河出文庫

さすらう者たち

イーユン・リー
篠森ゆりこ 訳

河出書房新社

さすらう者たち

両親へ

この世の大きさと尊厳、すべてが
重みを持ち、その重みはいつも変わらないのだが
別の者たちの手中にあった。かれらは小さな存在で
助けを望むことはできなかったし、助けは来なかった。
かれらの敵はやりたいことをやり、かれらの恥辱だけが
その最悪の者たちの望みだった。かれらは誇りを失い
まず人として死に、それから体が死んだ。

——W・H・オーデン『アキレスの盾』

第1部

1

その日は夜明け前に始まった。一九七九年三月二十一日、顧師《グー》が目を覚ますと、妻が毛布に顔を埋め、声を立てずにむせび泣いていた。等しくなる日か。春分であるこの日のことを考えるとき、顧師《グー》はそんな思いによくとらわれた。そしてまた脳裏に蘇《よみがえ》ってきた。太陽もその陰も君臨しないこの日に、娘の命が終わるのだと。一日たてば太陽は、娘をはじめ世界のこちら側の人々に近づく。最初のうち鈍感な人間の目には見えないかもしれないが、鳥や虫や木や川は大気の変化を感じとり、季節の移り変わりを示す務めを果たしてくれる。どれだけの川の氷が解け、どれだけの木に花が咲けば、季節を春と呼べるのだろう。でも川や花にとっては呼び方などきっとどうでもいいことで、そ知らぬ顔で忠実に時の周期を繰り返している。娘が死ぬ日は、悔悛《かいしゅん》しない反革命分子という罪状が裁判で決めつけられたのと同様、勝手に決められた。でたらめな日付に意味を求めるのは、愚かな者だけだ。顧師《グー》は身じろぎしないようにし、自分が起きていることに妻に早く気づいてほしいと思った。

　妻は泣くのをやめなかった。しばらくして顧師《グー》はベッドから出ると、寝室で唯一の明かりである古びた十ワット電球をつけた。赤いビニールの物干し紐が寝室の端から端へ渡してあり、昨夜《ゆうべ》妻が干した洗濯物が濡れたまま冷たくなっていて、重みで紐が沈みこんでいた。部屋の隅にある小さなかまどの火は消えていた。顧師《グー》は自分で石炭をくべようかと思ったが、やめることにした。火を蘇らせる役はいつも妻だ。かまどは妻に任せよう。

　彼は物干し紐から、白地に紅い漢字——全人民に共産党への絶対的忠誠を求めるスローガン——のプリントがついたハンカチをとってきて、妻の枕の上に置いた。「誰だって死ぬんだ」

　顧《グー》夫人はハンカチを目に押し当てた。さっと涙の染みが広がって、スローガンが深紅になった。

「今日はすべてを清算する日だと思いなさい。つけを全部なしにするんだ」顧師《グー》は言った。

「何のつけ？　私たちにどんな借りがあるの？」妻に問いつめられ、彼はいつになくきつい声にたじろいだ。「あるのは貸しでしょう」

　言い争いをする気はなかったし、質問に答えようもなかった。彼は黙って着替えを済ませると、前屋（玄関を入ってすぐの部屋）へ行き、寝室のドアは少し開けておいた。

前屋は台所と食堂も兼ねていて、娘の珊《シャン》が逮捕される前は彼女の寝室でもあったが、両親の寝室の半分ほどの大きさしかなく、長年のうちにためこんだ物で散らかっていた。珊《シャン》の好物の漬け物を作るのに毎年使っていた瓶が数個、からっぽのまま埃をかぶり、隅に積んであった。瓶の隣にはダンボール箱があり、顧《グー》夫妻はそこで二羽の雌鶏を飼っていた。多少なりと卵を得るため、そして寂しさを紛らわすために。足音を聞いて雌鶏たちがごそごそしたが、顧《グー》師は無視した。羊皮の古いコートをはおると、家を出る前にカレンダーから昨日の日付の紙を破いた。何十年も続けている習慣である。明かりのない部屋でも、一九七九年三月二十一日という日付と、その下にある春分という小さな文字がきわだっていた。彼は二枚目も破り、薄い紙二枚を一つに丸めた。彼自身が普段の習慣を破っているのであって、いつもどおりの日を装っても無駄だった。

顧《グー》師は、小路の端にある公共便所に行った。いつもの日なら妻が後ろについて来る。二人は習慣を守る夫婦で、この十年間、朝の日課を変えなかった。毎朝六時に目覚まし時計が鳴ると、すぐ起きる。便所から戻ったら、順番に流しで洗面をするのだが、妻が二人分の水をポンプで汲み出す。二人とも無言だ。

家まであと少しというところで、大きな赤い印のついた白い紙が、長屋の壁に貼ってあるのを目にした。娘の死の告知であることはわかっていた。小路の向こう端に街灯がぽつんと立っているのと、夜明け前のかすかな星が二、三あるのを除けば、あたりは暗い。近寄って見ると、告知の文字は古代の隷書《れいしょ》の書体で書かれ、一筆一筆に力がこもっていた。まるで人がいましも死のうとしていることを優雅な筆遣《づか》いで記すこういう仕事に、書き手が慣れてでもいるかのように。顧師《グー》は、その名前が思想的な罪ではなく、物理的な罪に問われている他人のものだと想像してみた。それなら知識人の習慣で、犯罪——強姦、殺人、強盗など、何の罪もない人たちに対する悪行——の恐ろしさは顧みず、書の美的価値を鑑賞できるのだが、やはりその名前は紛れもなく、彼が娘のために選んだ名前、顧珊《グー・シャン》なのだった。

顧師《グー》はとっくの昔にその名前の人を理解しなくなっていた。彼と妻はこれまでずっと、びくびくしながら法を守ってきた人民だ。でも珊《シャン》は十四の年から理解不能な情熱に取り憑《つ》かれ、初めは毛主席と文化大革命の狂信者になり、後には同世代の革命熱を断固否定して厳しく批判した。これが昔話だったら、珊《シャン》は天の使いになれただろう。母の子宮を借りて人間界に降り立ち、天上の神々の意志に従い英雄か極悪人として名をなすのだ。顧師《グー》と妻は、彼女の成長に必要な間は親でいられる。でも昔話ですら、子供は定められた使命のために去って行き、残された親は悲嘆に暮れる。親は生身の人間だから、自分よりも大きな生を思い描くことができない。

小路の先で門がきしむ音がしたので、顧師《グー》は告知の前で涙を流しているところを見られないうちに、急いで立ち去った。娘は反革命分子なのだから、その迫りくる死に涙するところを見られるのは、たとえ親であっても危険なのだ。

顧師《グー》が家に戻ると、妻が古いトランクの中をかき回していた。珊《シャン》が大きくなって着られなくなっても、妻が古着屋に売りたがらなかった女児用の服が、乱れたベッドの上に何枚か置かれていた。すぐその上にブラウスとズボンと二、三足のナイロン靴下が加わった。逮捕前の珊《シャン》のものもあるが、ほとんどは母親のものだ。「この十年、あの子に新しい服を買ってやったことがなかったわね」妻は祝日や特別なときにしか着ない自分の毛織《ウール》の人民服と、そろいのズボンをたたみながら、落ち着いた声で言った。「わたしので間に合わせなくちゃいけないわ」

子供が死ぬと、あの世へ向かう旅路で寒い思いをせずに済むように、親が服や靴を焼くのは地元の風習だった。道の辻で親が子供の名前を呼びながら袋を焼いているところを見ると、顧《グー》師も気の毒だとは思うが、妻や自分がそんなことをするのは想像できなかった。珊《シャン》は二十八歳で――二十八歳三ヶ月十一日、これからはずっとそうだ――もう子供ではない。二人とも、道の辻へ行って反革命的な霊に呼びかけるわけにはいかない。「よそゆきの靴、忘れずに買っておけばよかった」妻はそう言って、重ねた服の上に置いた自分のサンダルの横に、珊《シャン》の古い革靴を並べた。「あの子は革靴が好きなのよ」

妻が布袋に服や靴を詰めるのを、顧《グー》師は見ていた。最悪の悲しみ方は、あの世をこの世の続きだと思うこと――自分だけでなく死者の生活の負担まで負うこと――顧《グー》師はずっとそう考えてきた。学のない田舎者たちの、幼稚でくだらない習わしにとらわれないように。あらためて妻にそう言い聞かそうかと思ったが、口を開いても、角が立たないような言い方が見つからなかった。彼はふいに妻を残し、前屋へ行った。

小さなこんろにはまだ火が入っていなかった。ダンボール箱の中で、二羽の雌鶏が腹をすかせてコッコと鳴いた。普段なら、妻が火を熾《おこ》して残り物のご飯をお粥《かゆ》にしている間に、彼が雌鶏にヒエを少しやる。顧《グー》師は餌入れの缶に餌を足した。鶏は、服を詰めている妻に負けないほど熱心な様子で餌を食べた。彼はこんろの下に灰取りを押しこみ、やかましく火格子を開けた。昨日の灰が音もなく灰取りに落ちた。

「あの子にいま服を送ることにする?」妻がふくらんだ袋を抱えて、ドアのそばに立っていた。「戻ってきたら、私が火を入れるわ」彼が返事をしないので、妻はそう言った。

「外へ袋を焼きに行くわけにはいかないぞ」顧《グー》師は小声で言った。

妻はいぶかるように彼を見つめた。

「そういうことをするのはよくない」こんなことを説明しなければならないのが、いらだたしかった。「迷信だし反動的だ——間違ってるんだよ」

「じゃあ何が正しいの。娘を殺す人たちを称えること?」声に、珍しくとげとげしさが戻っていた。表情がきつくなっている。

「誰だって死ぬんだ」

「珊《シャン》は殺されるのよ。無実なのに」

「そういうことを決めるのは、私たちじゃない」一瞬、妻が思っているほど娘は無実ではない、と口が滑りそうになった。母親が誰よりも早く我が子の悪事を赦《ゆる》し、忘れてしまうのは無理もないことだ。

「何を決められるかなんて話をしてるんじゃないわ」妻は声高になった。「あなたの良心を見せてほしいの。何かを書いたからってあの子が死ななきゃならないなんて、本当にあなた、そう思ってるの？」

　良心は、生きていくのにどうしても必要なわけじゃない、と顧《グー》師は思ったが、何も言えないうちに、隣家を隔てる薄い壁を誰かがコツコツ叩いた。こんな早い時間にうるさいという文句か、いや、きっと警告だろう。隣に住んでいるのは若い夫婦で、一年前に入居してきた。妻のほうは地元の共青団（共産主義青年団。若手エリートを擁する中国共産党の青年組織）の支部代表をしており、顧《グー》家に二回やって来て、投獄された娘に対する姿勢を問うてきた。「党と人民は信頼の手をその肩に置いてきました。過ちを正すよう娘を助けるのは、あなたがたの責任です」二回とも女はそう言い、鳥みたいな鋭い目でこちらの反応を見ていた。それは珊《シャン》の再審の前で、当時は自分たちも、一審から十年服役したのだからすぐ釈放されるだろうと見こんでいた。まさか服役中に書いた日誌がもとで再審にかけられるとは思わなかったし、珊《シャン》が書いた言葉だけで死刑判決を正当化する証拠になるとも思わなかった。

　顧《グー》師は明かりを消したが、コツコツ叩く音はやまなかった。暗闇の中で、妻の目が怒るというより、怯えて光るのが見えた。二人は、弓の弦がちょっと音を立てただけであわてふためく鳥にすぎなかった。声をひそめて顧《グー》師は言い聞かせた。「袋をよこすんだ」

　妻がためらってから渡した袋を、彼は鶏の箱の後ろに隠した。鶏が引っかいたりつついたりする小さな音が、虚《うつ》ろな空間で大きくなっていく。暗い小路から、ときおり門を開けるきしんだ音が聞こえてきた。烏《からす》が数羽、近くの家の屋根を動き回って妙に会話のような鳴き方をした。顧《グー》師と妻はしばらく待った。壁を叩く音がしなくなると、彼は夜明け前に休んでおくよう、妻に命じた。

渾江市は、町の南境を東へ流れる川にちなんで名づけられた。渾江は下流で他の川と合流し、東北の平原で最大の河である金水河になるのだが、金水河は金を運んでいるのではなく、両岸の工業都市のゴミであふれかえり、ひどく汚染されていた。同じぐらいちぐはぐな名前をつけられたのが渾江（濁った川という意味）で、水源は白山の雪解け水だった。夏、川を泳ぐ少年たちが水の中で顔を上げると、忙《せわ》しく泳ぐ透きとおった小魚の群れの向こうに、ゆらめく陽光が見えた。その頃、彼らの姉や妹たちは土手の岩に洗濯物を打ちつけていて、ときに声をそろえて革命の歌をうたうと、その声は水の流れのように澄み、たわむれた。

北の山と南の川に挟まれた土地にできたせいで、市は糸を紡ぐ錘《つむ》のような形になった。町は広がろうとすると山と川に遮られるので、中心から東西へ伸び、先がしだいに細くなって未開の原野に続いていた。北の山から南の川岸までは歩いて三十分で、錘の端から端までは二時間だ。でも渾江はその面積の割に人口が多く、だいたいは自給自足でまかなっていた。二十歳を迎えたこの市は、僻地を工業化する計画で造成された土地で、住民に仕事や商品を提供する数多くの小さな工場に依存していた。同様に住宅も計画的に造成されていて、市の広場の周囲に四、五階建てのビルがいくつかあるのと、表通りに百貨店と映画館と二つの市場とたくさんの小さな商店が並んでいるのを除けば、あとは二十の大区画に分割されている。さらにその一区画が九つの小区画に分けられ、それぞれの小区画に、八軒つながった平屋の住宅が四列ずつ並んでいる。家はどれも一辺が四メートル半の正方形で寝室と前屋があり、それに小さな前庭がついていて、木の塀か、裕福な家庭なら人の背丈より高いレンガ塀で囲まれていた。庭と庭の間を通る表小路は幅が一メートル弱あって、裏小路は一人がようやく通れるぐらいだ。よその家のベッドをじかに覗《のぞ》けないよう、寝室に一つしかない窓は小さな真四角で、奥の壁の高いところにあった。暖かい季節に子供が母親を呼ぶと、別の母親が違う家からこたえることも珍しくなかったし、極寒期ですら隣人が咳をしたり、ときには鼾《いびき》をかいたりするのが、窓を閉めていても聞こえてきた。

番号が振られたこのような区画に、八万の人々が暮らしていた。下に暖房用のかまどがついているレンガのベッド（中国北部でよく見られる炕（カン））で、親は子供とともに寝た。そこに祖父母のどちらかが加わる家もあった。祖父母が二人とも同居しているのをめったに見かけなかったのは、市がまだ新しくて、ほうぼうの村から移住してきたばかりの住民が、両親がやもめになり一人暮らしもできなくなるまでは、彼らを家に迎えなかったからだ。

こうした孤独な老人たちを除けば、一九七八年の末から一九七九年の初め頃は、渾江にとっても国にとっても、希望が持てる時期だった。二年ほど前に毛主席が逝去し、それから一ヶ月のうちに中央政府の毛夫人とその一味が逮捕され、国の方向を狂わせた十年にわたる文化大革命の責任を問われた。国の技術と経済の発展を促す政策を知らせるニュースが、都市でも田舎でも同じように屋根の上の拡声器から流された。もしある町から別の町へ移動してみれば、夜明けにニュースで目を覚まし、日暮れには別のアナウンサーが読む同じニュースで眠りに誘われたことだろう。この省の渾江近くのある地域を、古びた二胡《にこ》（中国の二弦の弓奏弦楽器）を携えて老いた脚で歩き回っている、盲目の物乞いのように。十年もの長い冬を越えた春、こうした美しい声がいっせいにさえずって、愛と進歩に満ちた新たなる共産主義時代の到来を告げたのである。

　徐々に住宅地より工業地区のほうが多くなっていく西の区画では、人々が顧《グー》家に似た長屋で、今日娘を失う両親のことなど知りもせずに、夜明け前の最後の夢を見ながら眠っていた。そんな家の一つで、童《トン》が笑いながら目覚めた。目を開けるとすぐ夢を忘れてしまったが、大好きな肉とじゃが芋の煮込みの後味みたいに、おかしい気持ちがまだ残っていた。レンガのベッドの隣には両親が眠っていて、母親の髪の毛が父親の指にからみついていた。童《トン》はつま先でそっと両親の足をまたぎ、服を取ろうと手を伸ばした。服はいつも母親が、かまどの上のところで温めておいてくれる。両親の家に来たばかりの童《トン》にとって、下に謎めいた複雑なトンネルやかまどがついているレンガのベッドは、まだ物珍しかった。

　童《トン》は河北省にある母方の祖父母の村で育てられたが、小学校に入る年になったので、つい六ヶ月前に両親の家に戻ってきた。童《トン》は一人っ子ではないが、いま両親と同居しているのは彼だけだ。二人の兄は、ちょうど両親が二十年前に故郷の村から渾江へ出て来たように、中学を出ると省都に出て行った。二人とも工場で見習いをやっていて、将来のこと――省都にいる似合いの女性労働者と結婚し、ソビエト風の威厳ある建物が並ぶその市に居住権を持った子供をもうける――は両親の話し合いで綿密に決められていた。童《トン》の姉は、親でさえ器量が悪いと言うのだが、八十キロ川下の大きな町へなんとか嫁に行っていた。

童《トン》は兄や姉のことをよく知らなかったし、自分が生まれたのはコンドームが破れたせいだとも知らなかった。父親は、旋盤の仕事で長時間労働をしながら十代の子供三人を食べさせてきたせいで、辛抱強さがすり減ってしまい、男の子が生まれればたいていの家はお祝いをするのに、赤ん坊を喜ばなかった。そして妻の両親に預けてくるように言い張ったので、母親は一日泣き暮らしたあげく、思い切って生後一ヶ月の赤ん坊と、すし詰めの列車に二十八時間乗る旅に出た。鳴いていた豚のことも、隣でタバコを吸っていた農民のことも、童《トン》はもう憶えていないけれども、耳をつんざくような泣き声で母親の情を冷えさせていた。彼女が故郷の村に着く頃には、赤ん坊を両親に渡してほっとした気持ちしかなかった。童《トン》は、生まれてから六年の間に二回しか親に会わなかったが、恵まれない境遇だと思ったことはなかった。村から引き離され、知らない家に連れて来られるまでは。

童《トン》はそっと前屋に行った。明かりをつけなくても、歯ブラシに歯磨き粉がちょっとのっているのと、洗面台の洗面器に水が入っているのがわかった——母親は前の晩、忘れずに童《トン》の洗面の準備をしておいてくれる。母親はどちらかというと親切な知らない人という感じではあるけれど、こういう小さなことから愛情が伝わってきた。彼は口をちょっとゆすいで、母親を安心させるためにカップの外側に歯磨き粉をなすりつけ、指一本でおでことほっぺたに水をつけた。いつもこのぐらいしか洗面しないことにしていた。童《トン》は両親の生活の仕方に慣れていなかった。祖父母の村の農民は、妙な味のする歯磨き粉や香り付きの石けんに、無駄なお金を遣ったりしない。「顔を洗ってきれいにしたって、なんにもならん」昔の言い伝えを話してくれるとき、おじいさんはよくそう言っていた。「顔も洗わず二十年、風と土と雨と雪にまみれて生きろ。そうすりゃ一人前の男になれる」そういう話を聞くと、童《トン》の両親は笑い飛ばした。母親は、どうしても童《トン》の見た目やふるまいを都会っ子らしくさせたくて仕方ないらしく、努めてしょっちゅう風呂に入れたり、できるだけいい服を着せたりするのだが、近所のいちばん小さい子ですら、童《トン》の田舎なまりから仲間じゃないことに気づいてしまう。でも童《トン》は親を恨まなかったし、学校で馬鹿にされることも話さなかった。カブあたま、と男の子たちに呼ばれていて、それがにんにくの息や田舎まんじゅうになることもあった。

童《トン》は姉のお下がりのコートをはおった。母親がわざわざ留め金を全部つけ直してくれても、やっぱりコートは男児用というより女児用に見えた。小さな庭に出るドアを開けると、犬の〈耳《みみ》〉がダンボールの箱から飛び出して駆けて来た。〈耳〉は二歳で、村から渾江まではるばる童《トン》について来たのだが、両親にとってはただの駄犬にすぎず、つやつやした黄色い毛並みもアーモンドの形をした黒い瞳も、まったくと言っていいほど魅力がなかった。

犬は童《トン》の肩に前足をのせて、軽く喉を鳴らした。彼は唇に指を当てて、静かにさせた。両親を起こさずに済んだので、ほっとした。村にいたとき、〈耳〉は吠えたり出しゃばったりしないよう訓練されたことがなかった。食堂に売り飛ばすぞ、と両親や近所の人たちに脅《おど》されなかったら、移って来たばかりで〈耳〉をぶつ気にはなれなかっただろう。街は心が狭いところのように思えた。どんな小さな失敗も、重大な罪になってしまうことがあるのだから。

一緒に門に向かって走ると、犬のほうが先に飛んで行った。通りでは、まだ夜の最後の時間が、ぼうっと黄色く光る街灯や家々の寝室の暗い窓のあたりにとどまっていた。近くでゴミ拾いの華《ホア》じいさんが体をかがめ、大きなやっとこでゴミの山をかき回し、小さな古紙の切れ端をつまみ上げては麻袋の中に突っこんでいた。毎朝華《ホア》じいさんは、市の環境衛生課から若い男女の一団が来て持って行く前に、街じゅうのゴミを漁ってしまうのだ。

「おはよう。華《ホア》じいちゃん」と童《トン》が言った。

「おはよう」華《ホア》じいさんは返事をし、体を起こして目をこすった。目は睫《まつげ》がなくなっていて、赤くしょぼしょぼしていた。童《トン》は、華《ホア》じいさんの目をじろじろ見ないようにしていた。最初はぎょっとしたものの、この老人のことがわかってくると気にならなくなった。華《ホア》じいさんは、まるで重要人物のように童《トン》を扱ってくれた——童《トン》と話すときは、最高におもしろい話を聞き逃すまいと言わんばかりに、やっとこを持つ手を止めるのだ。それだけに、童《トン》は彼と話すときはいつも気を遣って目をそらしていた。ところが町の少年たちは、華《ホア》じいさんを追い回して赤目ラクダと呼んでいて、それを当人がまったく気にもしていない様子なのが、童《トン》は悲しかった。

華《ホア》じいさんはポケットから紙の束を少し取り出して——新聞から破りとった紙や片面しか使っていない紙が、どれもできるだけ平らに伸ばされていた——童《トン》に渡した。童《トン》が字を読んでから空《あ》いている隙間で書く練習ができるように、毎朝華《ホア》じいさんはきれいな紙をとっておいてくれる。童《トン》はお礼を言って、紙をコートのポケットに入れた。あたりを見回しても、いつもいま頃、埃《ほこり》に咳きこみながら大きな竹箒《たけぼうき》を振っているはずの奥さんの姿がなかった。華《ホア》ばあさんは道路清掃人として、市政府に雇われていた。

「華《ホア》ばあちゃんは？　今日は具合が悪いの？」

「朝から、いのいちばんに告知を貼ってるよ。処刑の貼り紙だ」

「うちの学校、今日見に行くんだよ。悪い奴の頭を狙って。バァン」

華《ホア》じいさんは頭を振って黙っていた。学校では様子が違っていて、男子たちはその校外活動をわくわくする行事だと言っていたし、その騒ぎをたしなめる先生もいなかった。

「告知の悪い奴のこと、知ってる？」と童《トン》は訊いた。

「見に行ってごらん」華《ホア》じいさんは通りの向こうを指さした。「戻ってきて、どう思うか聞かせておくれ」

通りのいちばん先に、貼られたばかりの告知があったが、すでに下の両隅が風で剥がれていた。童《トン》は庭先にある壊れそうな椅子を見つけ、引きずってきて上に乗ったが、まだ小さくて、背伸びをしても紙の裾に届かなかった。童《トン》はあきらめて両隅を勝手にぴらぴらさせておいた。

街灯の光は弱いけれど、東の空が裏返した魚のお腹みたいな青白い色になっていた。童《トン》は声を出して告知を読んだ。読み方がわからない言葉は抜かしたものの、あまり悩まなくても意味はわかった。


「反革命分子、顧珊《グー・シャン》（女、二十八歳）は、すべての政治的権利を剝奪のうえ、死刑を宣告された。処刑は一九七九年三月二十一日に執行される。教育上、すべての学校と工作単位（職場のこと）は処刑前の批闘《ひとう》大会に必ず出席すること」


告知のおしまいに署名してあったが、三つの字のうち二つがわからなかった。告知全体に大きな赤い印がついていた。

「告知、ちゃんとわかったかね？」華《ホア》じいさんは別のゴミ箱の前にいた。

「うん」

「女って書いてあったかい？」

「うん」

「ずいぶん若いよなあ」

二十八歳という年齢は、童《トン》には若いと思えなかった。幼い英雄たちの話を学校で教わったのだ。ある羊飼いの少年は童《トン》よりそれほど上ではない七歳なのに、侵攻してきた日本人たちに道を訊かれたとき、地雷原に連れて行って敵もろとも死んだ。ある少年は十三歳で、人民公社の財産を守って強盗に殺された。劉胡蘭《リウ・フーラン》は十五歳で、省で最年少の共産党員として白軍に処刑されたが、打ち首にされる前、処刑人たちをあざ笑い、「共産主義のために働く者は死を恐れない」と言ったと伝えられている。童《トン》が知っているいちばん年とった英雄はゾーヤというソビエトの女の人だ。十九歳でドイツのファシズム信奉者たちに絞首刑にされたのだが、十九年なら英雄の人生としてはじゅうぶんな長さだ。

「女が二十八歳で死ぬなんて、早すぎる」と華《ホア》じいさんは言った。

「劉胡蘭《リウ・フーラン》が共産主義のために命を捨てたときは、十五歳だったよ」

「小さな子供は命を捨てることじゃなくて、生きることを考えんとな。死ぬことを考えるのは私ら老人の仕事だよ」

童《トン》は違うような気がしたけれど、そう言うのは嫌だった。あやふやにほほえんでいたら、〈耳〉が小走りで戻ってきたのでうれしくなった。朝の探検に出かけたくてうずうずしていた。

空腹で凍えている者は、どんな小さな物音でも起きてしまいかねない。遠くで犬が吠えるかすかな声や、隣人の寝室から聞こえる小さな咳や、小路をゆく足音が、妮妮《ニーニー》の夢の中では雷鳴のようになるのだが、他の家族は平気なもので、父親は鼾《いびき》をかいていた。妮妮《ニーニー》はいいほうの手で薄い掛け布団を体に巻きつけたが、どうやっても体のどこかがいつも冷たい空気にさらされる。一家がまかなえる石炭は限られているので、毎晩レンガのベッドの下にあるかまどの火が消えてしまい、かまどからいちばん遠いところで寝ている妮妮《ニーニー》は、薄い綿の敷布団と寝るときも脱がない重ねた古着を通して、体に冷気がしみこんでくるのを感じた。両親は、真下にかまどがあっていちばん長く温まっていられる向こう端で寝ていた。その間に十歳、八歳、五歳、三歳の四人の妹たちが二人ずつ体を寄せ合い、互いに温め合っていた。他に唯一起きていたのは赤ん坊で、この子も妮妮《ニーニー》のように、夜、誰とも寄り添えず、いまは母親の乳を手探りしているところだった。

妮妮《ニーニー》はベッドから出て、変形した手を隠しやすい大きめの綿のコートの中にもぐりこんだ。赤ん坊は妮妮《ニーニー》のすることをきらきらした無表情な目で追っていたが、それからいくらがんばっても報われないので欲求不満になり、生えたばかりの歯で噛んだ。母親は悲鳴を上げて、目を閉じたまま赤ん坊をひっぱたいた。「この借金取り。がつがつ、がつがつして。食うことしか知らないんだから。前世で飢え死にでもしたのかい」

赤ん坊が泣き声を上げた。妮妮《ニーニー》は眉をひそめた。妮妮《ニーニー》や赤ん坊のように腹をすかせた人間は、いつも早すぎる朝を迎えることになる。ときどき、どちらも起きているときに一緒に丸くなると、赤ん坊は母親と間違えて、重みのある頭を妮妮《ニーニー》の胸にぶつけてきた。こんなとき妮妮《ニーニー》はかけがえのない存在になったような気がして、そのせいで赤ん坊に親しみを感じ、母親が与えないものはすべて自分が何とかしなくては、という気持ちになった。

妮妮《ニーニー》は脚を引きずりながら赤ん坊のところへ行った。赤ん坊を抱き上げてあやし、指を口の中に差しこむと、ビーズのような乳歯が触れた。いま小学校に行っているいちばん上と二番目の妹以外の子には、妮妮《ニーニー》と同じく正式な名前がない。両親は妮妮《ニーニー》のような愛称すら、下の女の子たちにはつけようとしなかった。ただ簡単に「ちび四」、「ちび五」、そして赤ん坊のことは「ちび六」と呼んでいた。

赤ん坊は妮妮《ニーニー》の指を強く吸っていたが、しばらくすると不満になり、指を放して泣き出した。母親が目を開けた。「あんたたち、ちょっと死んでてくれない？」

妮妮《ニーニー》はちび六をこっそりベッドに戻し、父親が目を覚まさないうちに逃げた。前屋で石炭拾いのための竹籠《たけかご》をさっと取り上げ、長靴を見つけた。小路を少し行っても、まだ赤ん坊の泣き声が聞こえてきた。誰かが窓を叩いて抗議している。妮妮《ニーニー》が速く歩こうとすると、不自由な左脚がいつもより大きな円を描き、肩にロープで引っかけた籠が、乱れたリズムで腰に当たった。

小路の切れ目まで来ると、壁に告知があった。近くに寄って、大きな赤い印を見た。告知の字は一つもわからない——両親はずいぶん前に、妮妮《ニーニー》みたいな障害のある者に教育なんて金の無駄だと明言していた——でも匂いで、告知を壁に貼った糊《のり》が小麦粉のできているのがわかった。お腹が鳴った。踏み台かレンガはないかと見回したが、何もないので籠を裏返しにして地面に置き、その上にのぼった。体の重みで底がたわんだものの、壊れることはなかった。いいほうの手で告知の隅に手を伸ばし、壁から引き剝がした。小麦粉の糊はまだ乾いても凍ってもいなかったので、妮妮《ニーニー》は告知から糊をかきとると、五本の指を口の中へ押しこんだ。糊は、冷たいけれど甘かった。彼女は糊をもっと告知からぬぐいとった。指をしゃぶっていると、野良猫が塀から飛び下りてちょっと離れたところで立ち止まり、黙ってこちらを威嚇するようにじろじろ見た。妮妮《ニーニー》は急いで籠から下り、悪いほうの脚を下にして倒れそうになりながらも、猫を追い払った。

妮妮《ニーニー》は次の曲がり角で華《ホア》ばあさんに追いつくと、告知の四隅に糊を塗っているところへ近づいて行った。

「おはよう」と老女は言った。

妮妮《ニーニー》は返事をせずに、糊の入った小さな器を見た。ときには華《ホア》ばあさんに愛想よく挨拶することもあるが、機嫌の悪いときがしょっちゅうで、そういうときは口の内側を強く吸い、誰とも口をきこうとしなかった。今日はそういう日だ——ちび六がまた面倒を起こして。この世の誰よりもちび六を愛しているとはいえ、ときに心配のあまり胃をきりきりさせるこの愛は、空腹を癒してはくれなかった。

「よく眠れた？」

妮妮《ニーニー》は黙っていた。いつもひもじい思いをしている彼女がよく眠れるなんて、どうして思えるのだろう。数回口に入れた糊はもう消えていたが、口に残るほのかな甘さのせいで、よけいに空腹感が増していた。

華《ホア》ばあさんは残りものの饅頭《まんじゅう》をポケットから出した。妮妮《ニーニー》が知ることは永遠にないが、華《ホア》ばあさんは妮妮《ニーニー》を見かけたときのために毎朝必ずそれを持って行くようにしていた。全員が親に棄てられた女の子だった。かつて面倒を見ていた娘たちのことを思い出すのだ。妮妮《ニーニー》を引き取り、暖かくしてちゃんと食べさせていただろう、と思う。そう遠くない以前、彼女と夫にとって人生は堅固なダムのようだった――放浪生活で女の赤ん坊を拾うたび、人生は物乞いにさえけちらずに、歓喜のときを与えてくれるのだと何度も知った――でもダムは大水に崩れて押し流され、なすすべもない低地のごとく幸福は消し去られてしまった。華《ホア》ばあさんは妮妮《ニーニー》が饅頭にかぶりつき、またもう一口かぶりつくのを見つめた。そうして数回ほおばると、妮妮《ニーニー》はしゃっくりを始めた。

「食べるのが早すぎるよ。ちゃんと嚙まなきゃ」と華《ホア》ばあさんは言った。

饅頭が半分なくなると、妮妮《ニーニー》はペースを落とした。華《ホア》ばあさんは告知貼りに戻った。長年にわたり道路を掃いて、その前は町から町をさすらいゴミを漁っていたせいで、老女の背は曲がったまま戻らなくなっていたが、それでもかなり背が高く、女はもちろん、たいていの男の中でも抜きん出ていた。だからこの仕事にありつけたのかも、と妮妮《ニーニー》は思った。糊が盗まれないよう、人の手が届かないところに告知を貼る仕事だから。

華《ホア》ばあさんは告知の隅っこを壁にとんとんと押しつけた。「次の道へ行くよ」

妮妮《ニーニー》はじっと立ったまま、華《ホア》ばあさんが持っている糊の器を狙うように見つめた。老女は妮妮《ニーニー》の視線を追うと、首を振った。通りに誰もいないのを見はからって、告知の束から一枚抜きとり、円錐《えんすい》の形にした。「これ持って」と、その円錐を妮妮《ニーニー》のいいほうの手に持たせた。

華《ホア》ばあさんが糊をすくって円錐の中に入れるのを、妮妮《ニーニー》はじっと見ていた。そしてもうおしまいだとわかると、手の上に垂れた糊をなめとった。華《ホア》ばあさんは、言いようのない悲しみを感じながら妮妮《ニーニー》を見つめた。そして何か言おうとしたのだが、言う前に妮妮《ニーニー》が歩き出した。「妮妮《ニーニー》、終わったらその紙の容れ物は捨てるんだよ」老女は妮妮《ニーニー》の背に向かって、小声で言った。「告知を使ってるところを、人に見られないようにね」

妮妮《ニーニー》は振り返りもせず、うなずいた。しゃっくりをしながらも、まだ口の内側をぎゅっとくわえて、余計なことは一切言わないようにしていた。華《ホア》ばあさんがどうして親切にしてくれるのか、わからない。妮妮《ニーニー》は世間の情けを冷酷さ同様に受け入れていた。ちょうど、生まれつき障害を負った体に甘んじるように。人間に関することは話を盗み聞きして知った――機嫌が特にいいときの両親は妮妮《ニーニー》を家具のようによけたし、他の人たちは彼女の存在を無視できるようだった。それで、他の子供たちが聞かせてもらえないことまで知ることができた。市場では主婦たちがイヒヒと笑いながら「あっち関係」のことを話し、山の村から来た十代の行商人たちについて下品な冗談を言う。仕事を始めたばかりの行商人たちは、懸命に女たちの言葉に気をとられないようにしていても、赤らむ顔でたいてい本音がばれてしまう。近所の人たちは、仕事が終わってから夕食までの間、小路に二、三人ずつ集まって噂話をする。近くに妮妮《ニーニー》がいても、他の子供が通りかかったときみたいに、あわてて話題を変えたりしない。ありとあらゆる話が聞こえてきた——嫁が姑の餃子の中身に、刻んだ草を混ぜたとか、子守が赤ん坊をひっぱたいたら二度と耳が聞こえなくなったとか、ある夫婦は「あっち関係」のことをするときに声が大きすぎるので、採石場の発破技師をしている隣人が、夫のペニスをびびらせる小型時限爆弾を綿飴《わたあめ》の中に仕込んだとか——こうした話から妮妮《ニーニー》は、他の子供たちが仲間とおもちゃやゲームで得る楽しみを得ていた。無関心な顔をしているぐらいの分別はあったが、盗み聞きで得られるつかのまの自由と喜びは、子供時代がなく、ないことに気づいてもいない彼女にとって、せめてもそれに近い体験だった。

六時半の貨物列車が警笛を鳴らした。毎朝妮妮《ニーニー》は、駅に石炭を拾いに行った。通江橋は町と渾江の向こう岸をつなぐ唯一の橋で、四車線あったが、こんな早い時間にはトラックも自転車もほとんどいなかった。歩いているのは山から下りてきた女や十代の農夫だけで、ハンカチに包んで保温した産みたての卵、しぼりたての山羊《やぎ》や牛の乳が入った小さな缶、手作りの麺や薄焼きパンなどを運んでいた。そんな農民の流れに逆らって歩く妮妮《ニーニー》は、彼らが彼女の変形した顔を見るなり嫌悪感を隠そうともせずに振り返ると、見透かしたような眼差しを向けた。

通江橋のそばにある駅は、貨物列車専用だった。山地の石炭、材木、アルミニウム鉱石をここで積みこみ、大都市に運ぶのである。旅客列車は、町の西端にある別の駅に止まった。ときどき橋の上に立ち、轟音を立てて走って行く列車を眺めると、たくさんの四角い窓から人々の顔が見えた。ある場所から別の場所へあっという間に移動するのはどんな感じなんだろう、と妮妮《ニーニー》はいつも思った。彼女は速さが好きだった――長い列車の車輪が金属音を立ててレールに火花を散らしていくところ。政府ナンバーのジープが、乾季には土埃を巻き上げ、雨のときは泥をはね飛ばしながら、どんなに混雑した道でも勢いよく走って行くところ。春の渾江を浮氷が流れて行くところ。自転車に乗った向こう見ずな十代の少年たちが、ハンドルから両手を離したままペダルを強く漕いで行くところ。

妮妮《ニーニー》は足を速めた。早く駅に行かないと、作業員が石炭をトラックから貨車に積み替えてしまう。毎朝、作業員たちは石炭をわざとぞんざいに扱って地面にこぼし、後で自分たちで山分けする。妮妮《ニーニー》の朝の仕事は近くでじっと見ながら待っていることで、そうすると最後には作業員が気づいて石炭を少し分けてくれるのだった。みんながあんたを食べさせるために働いてるんだからね、と母親から何べんも聞かされてきたので、妮妮《ニーニー》は駅に間に合って、朝食抜きにならなければそれでよかった。

農民の群れに交じって橋を妮妮《ニーニー》と逆の方向に渡っていた八十《バーシー》は、ひたすら考えごとにふけっていて、妮妮《ニーニー》のことは目に入らなかったし、二人の農婦がそのゆがんだ顔のことを話しているのも耳に入らなかった。彼は、女の子の股間《こかん》にあるあそこはどうなっているのか想像するのに夢中だった。八十《バーシー》は十九歳だが、女の子の陰部を一度も見たことがなく、こうだろうと思い描いてみることもできなかった。これは、共産主義の英雄の息子──誰よりも紅い生まれ──である八十《バーシー》にとって、とても冷静ではいられない欠陥だった。

八十《バーシー》の父親は国内初のパイロットの一人で、朝鮮戦争に参加し、軍の英雄として多くの称号を授与された。アメリカの爆弾では死ななかったのだが、小さな人為的ミスで死んだ──扁桃《へんとう》摘出手術のせいで、八十《バーシー》が二歳の年に亡くなったのだ。誤った麻酔薬を注射した医者は、共産主義国家を堕落させ、一流のパイロットを殺したかどで死刑を宣告されたが、終身刑だろうが死刑だろうが、八十《バーシー》には医者のその後などどうでもよかった。母親は父方の祖母のもとに彼を残して、よその省で再婚してしまい、それ以来ずっと彼は政府の補助で生活している。補助金の額は他の人々の収入に比べればかなりのものなので、祖母も彼もほどほどにいい暮らしができた。八十《バーシー》が優秀な学生になり、それから才覚を生かして人並みに生計を立ててくれることを祖母は願っていたのだが、彼が教育などいらないという感じだったので、そううまくはいかなかった。祖母は心配して小言を言ったが、愛し合っているたった一人の人なので八十《バーシー》は目をつぶっていた。いつかは祖母も死んでしまう――ここ二年、健康状態が悪化していたし、頭が混乱して現実と空想の区別もつかなくなっていた。八十《バーシー》は祖母が自分を置いてあの世へ行く日を待ちわびているわけではないが、家は政府の所有とはいえ死ぬまで住んでいられるし、まったく何もしなくても、預金口座の金で食事と衣服と石炭をじゅうぶんまかなえることは承知していた。他に人生から何を望めるだろうか。妻は確かに欲しいけれども、妻はどのぐらい食料を消費するのだろう。八十《バーシー》の見たてでは、女一人となら快適に暮らせるし、二人とも少しも汗して働く必要はなかった。

となると問題は、どうやって女を見つけるかだ。祖母を別にすると、八十《バーシー》に女運はほとんどなかった。祖母や母親の年頃のおばさんたちは、彼を子や孫の反面教師にしていた。もし八十《バーシー》みたいな息子や孫で辛抱しなきゃいけないとなったら、死んでからご先祖に合わせる顔がないよ――よくこんなことをこちらにまで届く声で、教訓話が必要な子供たちに言っていた。結婚適齢期の若い女は、ひき蛙を避ける昔話の白鳥の姫みたいに、八十《バーシー》のことを避けた。女の体をもっと知らないと心には近づけない、と八十《バーシー》は信じこんでいたのだが、軽蔑の眼差しで見る若い女が秘所を開けてくれるはずもない。

もっか八十《バーシー》は、ずっと若い少女に望みを持っていた。よその地域の小さな女の子にお菓子をあげるなどして、もう何度か試してはみたが、誰も土手近くの高い草むらに一緒に行ってもいいという子はいなかった。さらにまずいことに、一人が親に告げ口したため、その親にこっぴどく叩かれたうえに言いふらされ、いまやどこへ行っても娘を持つ人たちに監視されているような感じだった。小さな女の子たちは彼の歌をつくって、オオカミでスカンクで、女の尻を追うウナギと呼んだ。彼は腹を立てなかった。それどころか女の子たちが遊ぶ輪の中に入っていくのが好きで、面と向かって歌をうたわれてもにこにこしていた。彼は、人目につかない茂みに一人ずつ連れて行って、見る必要があるものをじっくり見るところを想像した。どの子も、あの瞬間どうなってしまうのか見当もつかないだろう。そう思うと彼はますますうれしそうににこにこし、当の女の子たちはきれいなかわいらしい声でうたうのだった。

　八十《バーシー》の計画はまだあった。たとえば深夜か早朝、公共便所に潜《ひそ》んでいるとか。その時間なら、来る女は急ぎながらもぼんやりしていて、唯一の電球の明かりが届かないところに彼がうずくまっていても、眠くて気づかないだろう。でも、寒いしくたびれるし臭いし、そんな思いをしながら延々としゃがんでいるのかと思うと、この計画は実行に移せなかった。そのぐらいなら、おばあさんの服をまとって頭をショールで包み、公共浴場へ行くほうがましだ。甲高い声を出して女風呂の入場券を頼み、脱衣所に入って女が服を脱いでいるところをぞんぶんに見ればいい。しばらくいたら、たぶん鶏の煮込みを火にかけているとか洗濯物を干しっぱなしだとか、何か大事な用事があって家に戻らなくてはならないふりをすればいいのだ。

　それから他に、ずっとあきらめずにいられる手があった。たとえば川の土手で女の赤ん坊を見つけることで、いま八十《バーシー》はそれをやってみようとしているのだった。線路沿いの土手を探し終え、いまは町側の土手をのろのろ歩いて、岩や切り株の後ろをくまなく見ていた。こんな寒い季節のこんなところに、女の赤ん坊を置いていく人などいそうもないけれど、見るだけ見ておいたほうがいい。二年前の二月の朝、通江橋の下で女の赤ん坊を見つけたことがあるのだ。彼は青白い顔をじっと見た。赤ん坊は硬く凍りついていた。寒い夜のせいでなければ、まさに死のせいだった。毛布をとってボロ布の下を見ようかと思ったら、なぜかぞっとして、棄てられていたところに置いてきた。一時間後にまたその場所に行ったら、人々が集まっていた。きっと女の子だったんだよ、と口々に言っていた。丈夫そうな赤ちゃんなのにねえ、男の子に生まれなくてかわいそうに。濡れた宣紙を数枚重ねたら、たったの五分だからね。人々はみな、少なくとも一度は女の赤ん坊を窒息死させたことがあるかのように、そんな生々しさで詳細を語っていた。八十《バーシー》は凍死じゃないかと言おうとしたのだが、誰も聞いていないようだった。人々が内輪でぺちゃくちゃやっていたら、華《ホア》じいさんとばあさんが来て、そのボロ布の小さな包みを麻袋に入れた。八十《バーシー》だけが、棄てられた赤ん坊たちを埋葬する場所まで華《ホア》夫妻についていった。それは川をさかのぼった町の西端にあり、町の子供たちに死んだ子の花と呼ばれている、名もない白い花が夏の間じゅう咲いているところだった。その日は土が凍っていて、少しも穴を掘ることができなかった。夫婦は岩の後ろに小さな窪みを見つけ、赤ん坊に枯れ葉や枯れ草をかぶせると、その場に印をつけた。追ってまた埋めに来るよ、と夫妻が言うので、八十《バーシー》は、誰一人見捨てない心の優しい人たちだから、きっときちんと送ってくれると思っている、と答えた。

待っていれば、いつか土手で生きた赤ん坊が見つかるだろう、と八十《バーシー》は思っていた。どうしてみんな女の赤ん坊を嫌がるのかわからない。家に連れて帰って乳を飲ませ、風呂に入れ、育ててやってもいいと本当に思うのだが、そういう企画は自分を馬鹿扱いする町の人たちには秘密にしておかなければならなかった。馬鹿というのはどんな罰をもってしても償いきれない、まれな犯罪の一つであるらしい。泥棒や強盗は一回やると一年以上の刑を受けるが、馬鹿というレッテルは反革命分子と同様、存在そのものに対する告発である。だから八十《バーシー》は町の人たちが好きになれなかった。反革命分子ですら赦免されることがあるのを、最近はよく耳にする。文化大革命で不当な扱いを受けていた某《なにがし》がふたたび共産主義の大家庭の一員になった、そんな話をよくラジオでしているが、八十《バーシー》にはこういう名誉回復は望めそうになかった。夏の晩、道の辻や脇でやる象棋《シャンチー》の集まりで会話に加わっても、相手にしてくれることはめったにないし、してくれるとしても皆けげんそうな困惑の笑みを浮かべ、まるで八十《バーシー》のおかげで自分がどれだけ知性があるかわかったとでも言わんばかりだった。こんな人たちと口をきくのはよそうとよく決心するのだが、ふたたびこうした集まりを見かけると、もう期待してしまう。ひどい扱いをされても彼は人々のことが好きだったし、話をするのが好きだったのである。彼は町の人たちに価値を認めてもらえる日を夢見た。みんなこちらの手や肩までつかんで、過ちを詫《わ》びるんじゃないか。

犬が朝の光に金色の毛をきらめかせながら、小走りで土手にやって来た。口に紙の容れ物をくわえている。八十《バーシー》は犬に向かって口笛を吹いた。「〈耳〉、おい。どんな宝物を見つけたんだい」

犬は八十《バーシー》を見ると後ずさりした。犬の主人は町の新顔だったから、八十《バーシー》は犬のことも少年のことも調べたことがある。犬に〈耳〉なんて妙な名前をつけるなんて、そんな名前をつける少年はどこかおかしいんだと思った。こいつら同類だな、田舎育ちであんまり利口じゃない。八十《バーシー》はポケットに手を入れ、優しい声を出した。「骨だよ、〈耳〉」

犬はためらって八十《バーシー》のところに来なかった。彼はまた甘い声で呼びかけつつ、目を合わせながらじりじりと近寄り、いきなり石を拾って犬に投げつけた。犬はキャンと短く吠えて逃げ、地面に紙の容れ物を落として行った。八十《バーシー》は犬が逃げて行ったほうへ石を投げ続けた。前に一度、〈耳〉をもっと近くまでおびき寄せて、腹を蹴っ飛ばせたことがある。

八十《バーシー》は紙の容れ物を拾って、地面に広げた。インクが擦れていたが、何が書いてあるかはわかった。「反革命分子は遊び道具じゃないぞ」と、八十《バーシー》は声に出して言った。告知の名前に聞き覚えがなかったので、町の出身だろうかと考えた。誰の娘だろう。誰かの娘が処刑されるのかと思うと気が滅入る。若い女がする犯罪を、こんな恐ろしい結末にしちゃいけない。ところで彼女はまだ独身かな。八十《バーシー》はまた告知を読んだが、顧珊《グー・シャン》という人についての情報はほとんどなかった。結婚しているんじゃないかな——二十八歳なら娘のままじゃないはずだ。ただし例外が……「オールドミスか?」声を出して考えを締めくくった。そして、反革命分子と呼ばれるなんてどんなことをしたんだろう、と思った。彼の知るかぎり、他に似たような罪を犯した人間は父親を殺した医者しかいない。八十《バーシー》は告知をもう一度読んだ。いい名前だし、彼女は誰にも理解されず、しようともしてもらえない僕みたいな人間かもしれないな。僕が見つけた日に死ななきゃならないなんて、ほんとに残念だなあ。

童《トン》が名前を何度か呼んだら、〈耳〉がふたたび姿を現した。「また黒い犬にちょっかい出したの?」〈耳〉はあわてふためいて童《トン》のほうに飛んで来た。黒犬を飼っているのは、発電所の用務員をしている昆《クエン》おじさんで、彼は区画の中に住むほとんどの人とは違い、住宅地と工業地区の境目にある荒れ果てた小さな掘っ立て小屋に住んでいた。昆《クエン》おじさんと犬のことは、童《トン》がここに来たばかりの頃、父親がしてくれた二、三の町の話に入っていた。犬は子犬のときからずっと小屋の前につながれて半径一・五メートル以内しか動けなかったので、気性の荒い町いちばんの番犬になり、主人の小屋に近づこうとする者は誰でも襲って喉を嚙み切ろうとする、と言われていた。こういう犬を飼う男には近づくな、と父親に注意されたが、どうしてか尋ねても、説明はしてくれなかった。

〈耳〉は好奇心が強くて人なつこいので何度か黒犬に近づいたことがあるが、そのたびに黒犬はすさまじい力で鎖を引っぱりながら、うなり声を上げて跳ね上がった。そうすると〈耳〉を落ち着かせるのに、いつも時間がかかった。「他の犬にかまわないようにしなきゃ」と、いまも言っているのに、〈耳〉はただ哀れな声を出すだけだ。童《トン》は〈耳〉を関係ないことで叱っているのかもしれないと思い、それから、黒犬の吠える声はしなかったことに気づいた。「うーん。黒い犬じゃなくて誰か他の人なのかな。よその人にかまわないようにしなきゃだめだよ。おまえが思ってるみたいに、みんなに気に入ってもらえるわけじゃないんだからね」

　彼らは土手を歩いた。空には雲が重く垂れこめていた。風が、解け残った雪の淀んだ臭いを運んでいる。童《トン》は樺《かば》の木のぱりぱりした白っぽい樹皮を剝ぐと、ちびた鉛筆を持って腰かけた。そして告知を見て憶えた言葉を、樹皮に書いた。〈女〉〈反革命分子〉〈学校〉

　童《トン》は、クラスでも指折りの勉強家だった。童《トン》は利口ではなくとも、しっかり勉強してその欠点を補っているよい見本です、と先生がときどきクラスのみんなに言っている。最初はそれを聞いて、うれしいというよりは悲しい感じがしたけれど、やがて自分を励ますようになった。とにかく先生からほめられたことはほめられたわけだし、こういういい評価が続けば、いつかは先生に大事な生徒だと思ってもらえる。童《トン》は、町の人たちにもっと認められるよう、一年生が終わったら先頭を切って少先隊（少年先鋒隊。子供たちのための共青団の下部組織）

に入る一人にぜひともなりたかったのだが、その夢を実現するには、先生や仲間をうならせるような何かが必要だった。そこで、初級国語辞典に載っている字を全部暗記して、その成果を学期末に先生に見せようと思ったが、親は二人とも労働者なので、練習帳を次から次へと与えられるほど裕福ではなかった。樺の樹皮を使おうと思いついたのは、教科書でレーニン同志の話を読んでからだ。彼は投獄されていたとき、黒いパンをインク壺に、ミルクをインクにして使い、同志宛ての秘密の伝達文を書き上げた。新聞の余白に書かれたその文は、火に近づけないと現れない。看守が近づいてきたら、レーニンはインクの入ったインク壺をむさぼり食うのだ。「正しい心を持っていれば正しい道が拓《ひら》けるのです」と先生がその話の教訓を話していた。以来、童《トン》は正しい心でいることにし、他の子供たちが捨てた短い鉛筆を集めて一握りほどになった。それに、樹皮は書きものにぴったりで、華《ホア》じいさんがとっておいてくれる紙切れより確実に手に入ることも発見した。

〈耳〉は座って、しばらく童《トン》が勉強しているところをじっと見ていた。それから凍った川のほうへ駆けて行き、残雪の上に花のような小さな足跡を残した。書いているうちに、指が冷えて動かなくなった。彼は白い息を指に大きく吹きかけて書いたものを読み上げ、ちびた鉛筆をしまった。

童《トン》は町のほうを振り返った。紅旗が、市役所や裁判所の上にたなびいている。市の広場の中央に毛主席の石像があって、そのせいで近くの五階建ての病院が小さく見えた。

学校の先生によれば、この毛主席の像は省でいちばん高く、渾江の誇りであり、よその町や村からも見に来る人たちがいるという話だった。地方の町から市に昇格した主な理由はそれであり、いまでは渾江は周囲の町や村を管轄していた。童《トン》が来てまもない数ヶ月前のこと、半年ごとに像の清掃をしていた労働者が、誤って毛主席の肩から落下して死んだ。町の人たちが大勢集まった。童《トン》も他の子供たちに交じって大人の脚の間からもぐりこみ、死体を間近で見た――清掃者用の青い制服を着た男が、顔を上に向け、口のそばに小さな血だまりをつくっていた。大きく見開いた目はガラスのように生気がなく、手足がありえない変な角度で突き出ていた。市立病院から職員が運びに来たとき、遺体は骨がないかのようにずるりと滑り、ゆらゆらして、おじいさんの村にいたナメクジを思わせた――よく肥えて湿っていて、塩をちょっとかけると、ゆっくりとねばねばした白い水たまりになる。隣にいた子供が気持ち悪がって両親に連れて行かれたが、童《トン》は弱いところを見せないようにがんばった。職員が男の頭を地面から引き剝がさなくてはならなかったときは、大人でさえ目をそむけたのに、童《トン》はどんな細かい点も見逃すまいと、我慢して何もかもじっと見ていた。勇敢だったら町の少年たちも、もしかすると大人たちだって、たいした奴だと認めてくれるだろうと思ったのだ。童《トン》が死体を見たのはこれが初めてではなかったが、こういう変わった死に方をした人は見たことがなかった。祖父母の村では、人は病気や老衰など、ありふれた死に方をした。一度だけ、殺虫剤のタンクを背負って畑に出ていた女が、タンクの爆発で即死した。童《トン》たち子供は畑の端に集まって、女の夫と十代の息子二人が離れたところからホースで死体に水をかけるのを見つめた。しまいに火は消えて毒ガスは消散した。夫と息子たちは参っているようにも、悲しんでいるようにも見えなかった。童《トン》の理解を超えたものがあることを、彼らの沈黙は語っていた。

〈泰山《たいざん》より重い死もあれば、羽より軽い死もある〉童《トン》は数週間前に先生に教わった教訓のことを考えた。爆死した女のことは物語となり、村人たちは道行く人々にそれを話すのを楽しみ、聞いた人たちは恐れをなしたような声を上げるのだけれど、それで祖父母の隣の横町にいる眠ったまま死にかけているおばあさんよりも、女の死は重くなるのだろうか。反革命分子の死は羽よりも軽いはずなのに、国旗も今日の大会も何もかも、そうではないと言っているように思えた。

少年のとまどう眼差しに見つめられながら、街は目を覚ました。この大事な日のために、特別な準備をしている者たちがいた。ある小学四年生は、少先隊の絹のスカーフが弟に破かれたのを知って凍りついていた。弟がスカーフを猫の前足に巻いて綱引きをしたのだ。母親が彼女を慰めようとした――代わりの綿のスカーフがあったじゃない。それに、たとえ絹のスカーフをしていても、小さな破れに気づく人は誰もいないわ――でも、少女のわめき声はどうしても止められなかった。クラスの少先隊隊長である彼女が、ただの綿や破れたのをしているなんて誰も思うわけがない。少女は泣いたが、しまいには泣いても今日の顔がひどくなるだけだと思い知った。生まれて初めて彼女は、人生のはかり知れない無意味さを感じた。大いなる夢が、猫の小さな前足でずたずたにされるなんて。

数区画向こうではトラック運転手が、ベッドから出ようとした若い妻をつかまえて、もう一回、とせがんでいた。妻は抵抗したが、きつく握られて腕を放せず、体を開いた。なにしろ二人とも批闘大会で居眠りできるのだし、妻も今日は夫の運転のことを心配しなくていいのだ。市立病院では、看護師が息子の寝坊のせいで午前の勤務に遅刻して、批闘大会に行く前に仕事を片づけようと急ぎ、肺炎の回復期にある幼児に誤った量の抗生物質を与えた。何年もたってから、やっと医師たちがその誤りによる聴覚障害を発見するのだが、それでも調査はおこなわれず、親は運が悪かったと思うしかなかった。通りを隔てた通信ビルでは、電話交換台の若い女が、隣の省に住む叔父に電話しようとした農民を怒鳴りつけていた。今日は大事な日だって知らないの。政治的行事の準備をちゃんとしなきゃいけないんだから、こんなことで時間を無駄にするわけにいかないのよ。彼女のきつい言葉は、回線のつながり具合がひどくて半分聞こえなかった。そうして農民を叱りつけている間に省都の軍病院から電話が入り、それをすぐとらなかったので、今度は女が怒鳴りつけられた。

2

少女はぶかぶかの黒っぽい男性用スーツに身を包み、髪を巻き上げて同色の中折れ帽の下に隠している。黒い手袋をはめた両手は抜いた短剣の柄を握りしめていて、白黒の写真の中で唯一明るい部分である刃の先端が、上を向いている。笑みを見せない少女の顔は帽子で半分陰になり、目はまっすぐカメラを見据えている。秋瑾《チウ・ジン》は命を捨てる覚悟だったんだと思いなさい。新しい歌劇の有名なヒロイン役に選ばれたとき、教師がそう言っていたのを凱《カイ》は思い出した。凱《カイ》はそのとき十二歳で、省都の演劇学校で注目の新人だった。だからあらゆる主役に抜擢されたのも不思議ではなく、その役は最後の皇帝直属の省長官暗殺がきっかけで斬首された秋瑾《チウ・ジン》から、銃殺隊の前で恋人と夫婦であることを互いに宣言し、もろともすぐに射殺された若い共産党員、陳鉄軍《チエン・ティエジュン》にまで及んだ。いつも大人びた演技をほめられたものだが、いま写真を見てみると、演じている殉難者のことをほとんど理解していないのが目からわかった。かつては友達より一足先に大人になったことで優越感を持っていたけれども、いまではその大人というものが、偽りに満ちた信用ならないものであることを知っていた。少女の頃の死や犠牲に対する理解も、その程度のものだったのだ。

彼女は額入りの写真を壁に戻した。五年前から他の写真とともに飾ってある。これらの写真は、十二歳から二十二歳までの舞台人生を思い出す名残りの品だ。このスタジオは、市政府の建物の最上階にある小さくて窓のない部屋で、防音壁と明滅する蛍光灯があり、凱《カイ》は初めて見たとき、刑務所の監房とたいして変わらないところだと思った。部屋を飾ってくれたのは寒《ハン》で、壁には彼女の写真を、ドアの裏にはハート形の鏡をかけ、陽に当てるなどの世話をしなくても一年じゅう咲いているよう、ビニールの花の花瓶を棚に置いた――彼女の専用スタジオにするためだと寒《ハン》は力説した――ニュースのアナウンサーの職を彼が世話してくれたときのことである。彼のプロポーズを考えたもう一つの理由は母親で、彼女には熱心に説得された。省の劇団を去った後で割り当ててもらえる他の仕事は、恩恵が少ないのを考えてのことだった。たとえば小学校の先生になって、声がそろわない子供たちの合唱をがんばってなんとかするとか、きれいどころでいる以外ほとんど役目がない文化娯楽課の事務員になるとか。寒《ハン》は市政府でも指折りの大物夫婦の一人息子で、当時凱《カイ》と交際して半年たっており、両親に言わせれば彼女にとって完璧な花婿だった。両親は中級の事務員であり、若い新人に舞台をとられた凱《カイ》のために何かをしてやれる力はほとんどなかった。凱《カイ》が渾江を出て北京か上海に行き、女優として活躍できる道を探そうと考えていたとき、女にとってもっとも大事な成功は職業にあるのではなく、結婚にあるのだと父親が言った。たくさんの人の心をつかんでも一晩で忘れられてしまうが、それよりも一人の観客を一生引きつけておくほうが、ずっと難しいことなんだ。父親がこういうことを話してくれるのは母親が不在のときだけだった。彼は名声の儚《はかな》さを見通して言っているだけではなく、母親——結婚生活で口やかましく威圧的なほう——が成功していないことを明らかにほのめかしていたのであり、それで凱《カイ》は決断を考え直した。初めて両親の結婚生活の暗い面を垣間見た子供は、かつて産道を押し出され生を主張したときのように、たいていは本人の気質や意志に反して大人の世界に入らざるをえない。八歳で家を出て演劇学校に入った凱《カイ》が、こうした第二の出生を迎えた頃は、学校の友達のほとんどが結婚に踏み切って母親になっていた時期でもあったので、凱《カイ》は寒《ハン》の家に嫁ぐ決心をした。その後まもなく父親が肝臓癌の発見が遅れて亡くなったため、決心した価値はあったように思えた。少なくとも結婚一年目は。

凱《カイ》はレコードをプレーヤーにのせた。針が赤いレコード盤の上を回ると、律儀《りちぎ》に朝のニュースのテーマ曲『熱愛祖国』が拡声器から町の隅々にあふれた。凱《カイ》は、放送スタジオの外の世界を思い浮かべた。あちこちの屋根から石炭の黒い煙が朝の鉛色の空へ昇っている。屋根から屋根へ飛び回る雀の翼は煤《すす》まみれで、さえずる声も愛国の歌にかき消されてしまう。屋根の下には人々がいて、音楽の後にニュース放送になる朝の決まりきった流れには慣れっこだ。番組を一言も聞きはしないだろう。

合唱曲が終わると、凱《カイ》は針を上げ、マイクのスイッチを入れた。「おはようございます。労働者や農民をはじめとする渾江のすべての革命同志」いつもの挨拶から始めると、よくしつけられた声が愛想よく、なおかつ非人間的に響いた。彼女はまず宣伝課の夜勤の事務員が『人民日報』や『参考消息』から選んでおいた国際ニュースと国内ニュースを伝え、続いて省内のニュースと地元のことを伝えた。その後、社説を手にした。ベトナム政府が共産主義に対する真の忠誠を裏切ったと非難し、ベトナムの侵攻で一時的に後退してはいても、ポル・ポトとクメール・ルージュのイデオロギー的重要性を熱烈に支持する、という内容だった。原稿を読みながら、凱《カイ》はマイクに貼ってあるメモを意識していた。顧珊《グー・シャン》の批闘大会とその後の処刑のことを、町の人々に告知するよう指示するメモだ。

顧珊《グー・シャン》は凱《カイ》と同じ二十八歳で、秋瑾《チウ・ジン》があわただしい裁判の後で斬首されたときより、四歳若い。秋瑾《チウ・ジン》が残した二人の子供は母の死を悼むこともできないほど幼く、夫は彼女が敵として戦った最後の王朝を擁護して離縁していた。凱《カイ》には夫と息子が一人いるが、顧珊《グー・シャン》にはどちらもいない。信念のために身を犠牲にする自由は、たいていの人には得られない贅沢だ、と凱《カイ》は思った。そして処刑の告知に「先駆者」や「殉難者」という言葉を紛れこませることを想像した。おそらくはいま最後の朝食と、もしかすると清潔な着替えを出されているであろう珊《シャン》に、友人の声が聞こえるだろうか。長年収監されているうちに、とっくの昔に友情を期待するのはやめてしまったかもしれないけれど。告知を読むとき、凱《カイ》の手は震えた。たとえ珊《シャン》が永遠に知ることがなくても、いま凱《カイ》と珊《シャン》は盟友だ。

凱《カイ》がマイクを切ると、すぐに誰かがドアを二度とんとんと叩き、それから引っかくような音を立てた。凱《カイ》は鏡で顔を見てからドアを開けた。

「最高の声には最高の薬を」寒《ハン》は魔法瓶を掲げ、芝居がかった身ぶりで渡した。毎朝寒《ハン》は、同じ建物にある自分の職場に行く前に、声にいいと言われる胖大海《パンダーハイ》という薬草を煎じた茶の魔法瓶を持って、スタジオに寄った。それは新婚旅行の後に愛情表現の習慣として始まった。凱《カイ》は、男女の衝動的な情熱がことごとく冷めていつかは消えるように、その習慣もなくなるのだろうと思っていたが、五年たって子供ができても、寒《ハン》はその習慣をやめなかった。この町で奥さんにお茶を運ぶ旦那は僕しかいないね。寒《ハン》はときどき、自分の行為に首をひねるのを喜んでいるかのように、驚きと感嘆をこめてそう言った。彼が、いま頃みんな僕を馬鹿だと思ってるよ、と自嘲して言いながらも優越感を隠さなかったので、凱《カイ》はぞっとした。以前は結婚して母になることが自分の人生にとっていちばん自然な道のように思われたが、ときおり、誤って決断してしまったすべてを何もかも消し去ってしまえたら、と願わずにはいられなかった。

「いらないって何度も言ってるのに」お茶のことを凱《カイ》はそう言ったが、たいていは愛情からなじっているように聞こえるその返事が、今日は自分の耳にもいらだたしげに聞こえた。でも寒《ハン》は気づいていないようだった。彼は頬に軽くキスをすると彼女の脇をすり抜けてスタジオに入り、お茶を一杯ついだ。「大事な日だからね。僕の妻の声は聞くに堪《た》えない、なんて評判が立つのは嫌だよ」

凱《カイ》は力なくほほえみ、寒《ハン》にお茶を飲むよう急《せ》かされると、少しすすった。彼がこちらを見つめている。しょっちゅうきれいだとほめるのでその隙を与えず、今日の準備はどうなの、と彼女は尋ねた。

「ヘリコプター以外は準備万端」

ヘリコプター？　凱《カイ》は訊いた。彼は自分の務めじゃないことだと言い、そこで話をやめてしまった。凱《カイ》が純粋に好奇心からを装って、何のためにヘリコプターがいるのか尋ねると、きっと誰かがきちんとやってくれることだ、つまらない仕事のことで気をもんではいけないよ、と彼は答えた。「悩むと老《ふ》けるぞ」彼が冗談でそう言ったので、じゃああなたもじきに若い女を探すようになるかもしれないわね、と凱《カイ》は言った。その返事を、気を引くために言ったのだと思い、寒《ハン》は笑った。

夫がまったく疑いを持たないことは驚きだった。寒《ハン》は彼女に――そして自分に対してはもっと――信頼と確信を寄せているので、二人の結婚を盲目的に賛美していた。信じやすい人間をだますのはなんとも簡単なことだとはいえ、そんなふうに思うと凱《カイ》の心は揺らいだ。凱《カイ》は時計を見て、そろそろ行く時間だと言った。八時には批闘大会の主要な会場の一つである東風体育場で、配置につくことになっていた。そこまで付き添って行く、と寒《ハン》が言った。凱《カイ》は断る口実が欲しいと思ったが、何も言わなかった。

彼女はニュースの原稿をしまい、髪を整えてから、彼とスタジオを出た。彼女は介添えなしでは階段を五つ下りることもできない、と言わんばかりに夫は肘に手を添えていたが、建物を出ると、人前で不適切な肉体的接触をしていると見られないよう、手を放した。

「それじゃ、三喜で会えるね？」角を曲がるとき、寒《ハン》が尋ねた。

何のため？　凱《カイ》が訊くと、寒《ハン》は祝賀の宴会だと答えた。誰からも聞いていない、と凱《カイ》が言うと、こういう行事の後には必ずやるのを、君はもうわかっていると思うけど、と寒《ハン》は答えた。「ここ二回ほど夕食で、どうして君がいないのか市長に訊かれたよ」そして、二回とも口実を見つけておいたと言い足した。

目に浮かぶようだった。自分がいるテーブルに、市長と奥さん、寒《ハン》と彼の両親と数名の親戚。社会的地位で結ばれた結束の固い集まりだ。結婚になびいた理由には、この家族の一員になれば自分の親みたいな事務員が一生憧れるような社交界に入れるから、というのもあった。いまでは認めたくないものの、虚栄は高くつく過ちの一つだったとわかっている。凱《カイ》は人前に出せる妻であり、嫁なのだ。美人で、寒《ハン》の前に男をつくったことがなく、一人目に男の子を出産できたという意味で。舅と姑はよくしてくれるが、彼女が一族に嫁いだ人間であることをいつも遠慮なく思い知らせてくる。

お昼どきには家に戻ると子守に言ってしまった、と凱《カイ》は言った。先週から来るようになった新人の子守は十五歳で、赤ん坊の面倒を見るには若すぎると凱《カイ》は思うのだが、前任の子守がやめて夫と息子との農作業に戻ってしまったとき——人民公社を長年続けた末、中央政府はようやく農民に自分の土地を耕作する権利を持たせた——後任に山の村の少女しか見つからなかったのだ。

両親の使用人に子守の様子を見てきてもらうよ、と寒《ハン》は言った。十八歳の男の子に十一ヶ月の赤ん坊のことがわかるわけないでしょう、と凱《カイ》が答えると、寒《ハン》はその言い方にかすかないらだちを感じとり、彼女の様子をうかがって、具合は大丈夫かと尋ねた。そして彼女の手をさっと握り、放した。

凱《カイ》は首を振って、明明《ミンミン》のことが心配なだけ、と言った。それはわかるけど、大事な社交の席に君がいないと親がいい顔をしないだろうな、と寒《ハン》は答えた。彼女はうなずいて、あなたが望むなら行く、と言った。赤ん坊は口実に使いやすかった。朝食の席で上の空でいるとき、寒《ハン》の親のマンションへ夕食に行かないとき、実の母親にはもっと疎遠にしているとき、寒《ハン》に夜セックスを求められて疲れた様子で詫びるときに。

「両親は君に来てほしいと思ってる。それに僕もね」

凱《カイ》はうなずき、二人は黙ってまた歩き出した。数区画向こうの交差点から煙が上がっているのが見えた。人々が群れていて、あたりに革の焼けるきつい臭気がする。ぼんやりと色あせた手のひらほどの絹の布切れが、風で道の向こうに飛ばされていた。低い塀の上で伸びをしていた茶トラの猫が、布切れが舞うのを目で追っている。

寒《ハン》が、通してくれと人々に頼んだ。数人が脇に寄ったので、凱《カイ》は夫のあとについて輪の中に入った。労働者治安警邏隊《けいらたい》の赤い腕章をつけた男が一人、燃える服の山の前に座っている老女をじっと見下ろしていた。どうして国家的行事がある大事な日に交通の邪魔をするのか寒《ハン》が尋ねても、老女は顔を上げなかった。

「ばあさん、耳も口も不自由なふりをしてるんですよ」警邏隊員はそう言ってから、仲間が警察を呼びに行ったことを付け足した。

凱《カイ》は、まばらな白髪にかろうじて覆われている老女の頭頂部を見た。そして老女のほうに体をかがめて、交通の規則に違反しているから、すぐ立ち去ったほうがいいですよ、と声をかけた。凱《カイ》が口をきくと、人々がちょっとざめいた。この町の人々には凱《カイ》の声がわかる。凱《カイ》が体を起こすと、隣に立っている女が顔をもっといい角度から見ようと、少しずつ体を離していくのがわかった。

「いま自分から消えれば、まだ望みがあるかもしれないぞ」と寒《ハン》は言って、それから小声で凱《カイ》に、自分は警察を待っているから、大会に向かうようにと告げた。

老女が顔を上げた。「そっちはそっちのやり方であの子を見送るんでしょ。あたしがあたしなりに見送って何がいけないの」

警邏隊員が寒《ハン》と凱《カイ》に、この女はまもなく処刑される反革命分子の母親だと説明した。そのとき初めて凱《カイ》は、顧《グー》夫人の反抗的な目に気づいた。十二年前、紅衛兵の敵対する派閥にいた珊《シャン》の目に、同じ眼差しを見たことがある。

「私たちが娘さんを送るやり方は最善であるだけではなく、唯一合法的でもある」と寒《ハン》は言い、警邏隊員に水を持って来るよう命令した。顧《グー》夫人は聞こえなかったかのように、木の枝で火をつついた。警邏隊員が重いバケツを持って戻って来ると、寒《ハン》は後ろへ下がって、火を消すよう身ぶりで合図した。顧《グー》夫人は水しぶきから顔をかばわなかった。服の山がしゅーっと音を立ててくすぶっても、彼女は気力で火をつけようとでもするように、またつついた。

もう一人の警邏隊員に呼び出された二人の警察隊員が人々を押しのけつつやって来て、立ち止まらないようにと大声で呼びかけた。それで立ち去る者もいたが、多くはただ後ろに下がって、輪を大きくするだけだった。「事を荒立てないようにしましょう」凱《カイ》は、大股で警察隊員のところへ歩いて行く寒《ハン》に声をかけた。

「罰を求めた者はそれなりのものを受けるんだ」と寒《ハン》は言った。

警邏隊員は警察隊員に挨拶し、寒《ハン》と凱《カイ》を指さしたが、顧《グー》夫人は周囲にいる男たちをほとんど相手にせず、何かぶつぶつ言って目の端から涙をぬぐった。

「逃がしてあげたら？」凱《カイ》は寒《ハン》にそう言い、〈人に親切にしたことは我が身に返ってくるし、人を苦しませれば我が身も苦しむことになる〉という古いことわざを引き合いに出した。

寒《ハン》は凱《カイ》に目をやり、君が迷信を信じる人だとはね、と言った。

「自分のためには信じたくなくても、せめて息子のために信じて」と凱《カイ》は言った。訴えるような声に寒《ハン》は立ち止まり、ちゃかすような目で凱《カイ》を見た。そして、古い世代の信じることに君が興味を持つようになるとは知らなかった、と言った。

「母親は、子供にいい人生を送らせてやるのに役立つことなら、何でも必要とするの。私たちのしたことが原因で明明《ミンミン》が呪われたらどうするの」

妻の道理をおもしろがるように、寒《ハン》は首を振った。そして警察隊員に応対し、老女を家まで連れて帰ることと、道を片づける人を探してくることを命じた。「今回は事を荒立てないようにしよう」と、彼は凱《カイ》の言葉をそのまま繰り返してから、この日をさらに深刻にすることはない、と言い足した。他の男たちが寒《ハン》の寛大さをほめ称えた。過ちを追わずに見逃してやるとは、さすがですな、と年のいった警察隊員が言うと、寒《ハン》は同意してうなずいた。

3

顧《グー》夫人が違反行為の現場から警察隊員に連れて行かれるところを、華《ホア》ばあさんは見なかった。目撃していたとしても、警察のジープまで引きずられるように運ばれて行く女が顧《グー》夫人だとは気づかなかっただろう。

華《ホア》ばあさんと同じく、顧《グー》夫人も祖母にはならない。路上で夫はゴミ漁りをし、自分は清掃をしているが、この年なら孫の一人や二人はいるものだ。路上より孫は生きがいをくれるだろう。でも路上は生活の手段になるが、孫を持つ夢はそういうわけにいかない。彼女は生きているだけで幸運なのを承知していて、そのことに感謝しなくては、と夫とともによく自分をいましめていた。それでも、赤ん坊を抱きたいという衝動が強いあまり、つい手を止めて息を殺し、温かく柔らかい小さな体の重みを腕に感じないではいられない。そのせいで彼女は落ち着きのない老女に見えた。五十代で独身を通している上司の少康《シャオカン》が、頼んだことを彼女がすぐにやらないので腹を立てたかのように、首にするぞと脅すこともある。でも彼は厳しい言葉の裏に優しさを隠しているタイプの男なので、環境衛生課の他の作業員の手前そう言っただけだということを彼女は知っていた。少康《シャオカン》が初めて自分の課の仕事を与えたのは十三年前だ。彼は二人のことを路上で見かけたのだが、そのとき華《ホア》ばあさんは高熱を出していて、夫が水を一杯恵んでくれるよう、ある店に請うているところだった。少し前に、下の四人の娘が別々の四県の孤児院に連れて行かれてしまったばかりだった。別々にする習慣は、女の子たちが新しく出直すためにいいことだと信じられていたのだ。華《ホア》ばあさんと夫は、新たな傷を旅が癒してくれることを願い、三ヶ月間、四つの省を歩き通した。渾江に落ち着く気はなかったが、申し出を受けなかったら今度の冬で二人とも死んでしまう、と少康《シャオカン》に厳しく言われ、それで最後には、生き続けようという意志が旅を終わらせた。

「解放通りと黄河通りの交差点だ」華《ホア》ばあさんが課に入ると、少康《シャオカン》が言った。そこは倉庫ほどの大きさの部屋で、隅に机が一つ置いてあり、事務をする場所になっていた。華《ホア》ばあさんは洗面台のところへ行き、糊の器を水洗いした。糊はほとんど残っていない。少康《シャオカン》は小麦粉をかなり多めにくれたのだが、余った小麦粉はどこか訊いたりしないのを、彼女は知っていた。

物置に行ってみると、ほとんどの箒が清掃班からまだ戻されていなかった。全部そろっていると、竹の枝の大きな箒や藁の小さな箒が一列に並ぶさまは、まるで兵隊のようだった。すべて少康《シャオカン》のきれいな字で番号が書いてあり、それぞれ決まった作業員に割りふられていた。ときどき華《ホア》ばあさんは、少康《シャオカン》の分厚い帳簿のどれかに、これまで環境衛生課にあったすべての箒の記録が書いてあるんじゃないかと思った。道に出ていた時間、物置に置かれていた時間、箒の先が全部なくなるまで持ちこたえた期間など。少康《シャオカン》は我が子のように箒を愛しているからな、と課の若い作業員たちがこっそり冗談を言うのだが、愛して何も悪いことはないし、そんな冗談は若い人たちが親とはどういうものかほとんどわかっていないから言うだけだ、と華《ホア》ばあさんは思っていた。

　華《ホア》ばあさんは自分に割りふられた箒を手にすると、昨夜《ゆうべ》、孫の誕生日に卵を赤く色づけする夢を見たよ、と少康《シャオカン》に話した。華《ホア》ばあさんは、周りに誰もいないときだけ少康《シャオカン》と口をきく。何日も何週間も話す機会が巡ってこないこともあるが、どちらもそれをおかしなこととは思っていなかったし、会話してもわずかに二言三言だった。

「〈夢は鏡に映った花や、川に映った満月のように虚《うつ》ろだ〉」と少康《シャオカン》。調べものをしている帳簿から顔も上げなかった。華《ホア》ばあさんはそのとおりとため息をつき、ドアのほうへ歩いて行った。その朝、夫に同じ夢の話をしたら、ただの夢だけどいい夢ではあるね、という答えが返ってきたのだった。

「今日は少し休みをとるかね？」少康《シャオカン》は、批闘大会は退屈じゃないかと心配だ、それに環境衛生課を代表して出る作業員はじゅうぶんいる、と言った。華《ホア》ばあさんは、自分のような人間は退屈なんか気にしたりしないんだけど、とも思ったが、一日休みをもらえば夫を手伝って小屋にたまった瓶の仕分けができる。確かに、風邪を治そうとしているところなんだよ。華《ホア》ばあさんは事務机と箒と四方の空白の壁しかないのに、そう嘘をついた。少康《シャオカン》はうなずいて、交差点を掃除したら批闘大会に出なくていいと言った。

交差点の服の山は無頓着な大人の足に踏まれ、子供たちに蹴られて、あちこちに散乱していた。子供たちは半分焼けた布や焦げた靴など、何でもおもしろくて飽きることがなかった。華《ホア》ばあさんは、まだやめない数人の子供をシッと追い払って路上を掃除しつつ、頭では昨夜の夢のことを考えていた。

「おはよう。華《ホア》ばあさん」ささやき声が耳のすぐそばで聞こえた。

ぎょっとして見ると、あの役立たずの怠け者、八十《バーシー》がにたにたしていた。華《ホア》ばあさんは、道で年寄りをびっくりさせるより、もっとましなことをしてほしいもんだ、とつぶやいた。

「びっくりした？　そんなつもりじゃなかったんだ。ただ、華《ホア》じいさんが家で待ってるかもしれないって教えてあげようと思って」

「家だって？　ゴミ拾いは家のことを吹聴したりしないさ。いっときのねぐらなんだ」

「だけど、僕の家はあんたの家だよ、華《ホア》ばあさん。あんたと華《ホア》じいさんは気が向いたらいつでもうちに引っ越してくるかもしれないからって、ばあちゃんに何度も話してあるんだ。ほら、ばあちゃんは一人じゃちょっと寂しいし、年とった友達がそばにいてもいいんだからさ」八十《バーシー》は、真剣に目を見て言った。

華《ホア》ばあさんは首を振って、「あんたの甘い話を信じるのはおばあちゃんしかいないよ」と言った。

「本気だってば、華《ホア》ばあさん。町の人に訊いてみな。僕が財産をけちらないし人助けもできる人間だって、みんな知ってるよ」

「あんたの財産？　それはお父さんが命と引き替えに稼いだお金なんだよ」

八十《バーシー》は肩をすくめて、特に口答えはしなかった。

「あんたね、自分の将来が不安じゃないのかい？」

「何を心配しなきゃいけないの」と八十《バーシー》。

「どんな仕事ができるんだい。あたしは心配だよ」

「華《ホア》じいさんとゴミ拾いできる。あんたと道を掃除してもいいな。僕は働き者だよ。この筋肉を見てよ。ここと、ここ。いいかい、華《ホア》ばあさん。しゃれじゃなくて、毎朝ダンベル持ち上げてるんだよ」ダンベルも自慢するほどの筋肉もないのだが、すぐ彼の頭に浮かび、いけると思えるのはそういう話なのだった。

「いま道路掃除の仕事にはなかなか就けないよ」と華《ホア》ばあさんは言った。文化大革命が終わったため、多くの若者が十年の間送られていた地方から戻ってきていた。道路掃除の職ですら、いまや争わないと手に入らないものになっていた。華《ホア》ばあさんが近いうちに仕事をとられたとしても不思議はない。

「ゴミ拾いに許可はいらない。簡単な仕事さ」と八十《バーシー》。

「きつい暮らしだよ」

「別にいいよ。正直言ってさ、華《ホア》ばあさん、ぜひ一緒にゴミ拾いして、赤ん坊も拾いたいんだ」

華《ホア》ばあさんは返事をしないで、地面の濡れた灰を掃き寄せた。彼女と夫がゴミ拾いの放浪生活で見つけた七人の女の子を手放してから、何年もたっている。その話はとっくの昔にそれなりの噂話や好奇の目を通り過ぎたというのに、どうしてこの若者が興味を持ち続けるのかわからない。彼はこのことをよく尋ねてくるのだが、彼女はあまり満足させるような話をしなかった。

「あんたたち、もしいま生きた女の赤ん坊を見つけたら、また育てる?」

華《ホア》ばあさんは空を見上げ、訊かれたことを考えた。どれだけ思い出そうとしても——眠れない夜はよくそうする——七つの顔をはっきりと喚び起こせなかった。ボロ切れにくるまれて道端に置き去りにされていた小さな頃から育てたというのに、どうして顔を忘れられるのだろう。でも老いのいたずらで、目はおろか記憶も曇ってしまった。

「たとえばさ、女の赤ん坊がいないか目を光らせたりする?」八十《バーシー》はしつこく訊いた。

華《ホア》ばあさんは首を振った。「人生はつらすぎる。みんながつらい」

「いや僕が一緒に女の子を育ててもいいんだよ、華《ホア》ばあさん。お金あるし。働くこともできる。僕は若いんだ」

華《ホア》ばあさんは、白内障のかすんだ目で八十《バーシー》をしげしげと見た。八十《バーシー》は背筋を伸ばし、帽子を直した。目の前にいる若者は人生の試練を少しも味わったことがない、と華《ホア》ばあさんは思い、そう言った。

「僕は小さいときに両親を失った。あんたに拾われる前の娘さんたちと変わらない、孤児《みなしご》なんだよ」

不意をつかれて、華《ホア》ばあさんは言葉が見つからなかった。八十《バーシー》が両親のことを思い出すとは思わなかった。間をおいて、彼女は言った。「あの子たちは初めから見殺しにしたほうがよかった」

「娘さんたち、いまどこにいるの。何歳？」

「運命が定めたところへ行くだけさ。そうするしかないんだ」

「それはどこだい」八十《バーシー》はしつこく訊いた。

「三人は童養媳《トンヤンシー》（中国の農村ではいずれ息子の嫁にするため、貧しい家の少女を養女として迎えることがある）として迎えてもいいっていう人たちのところに置いてきた。下の四人は、あたしたちが正式な親じゃないからって政府に取り上げられて孤児院へ連れて行かれた。どう思うね、あんた」知らず知らず声が大きくなっていた。「一口一口食べさせて育てたのに、保護するのはそもそも違法だったって言われたんだよ。ほんとに、最初に死なせていたほうがましだった」

八十《バーシー》はため息をついた。「納得できないよ、この暮らし。ねえ？」

華《ホア》ばあさんは答えなかった。八十《バーシー》がもう一度つぶやいたので、その台詞《せりふ》はしばらく二人の間に浮かんでいた。

妮妮《ニーニー》は顧《グー》夫妻が住んでいる小路に近づくと、ゆっくり歩くようにした。駅にはなんとか間に合って、作業員に石炭をもらい、それから追い払われた。作業員たちはみんな彼女のことをよく思っていないようだったので、いつかこの醜さに耐えられなくなって考えを変え、石炭をくれなくなるんじゃないかと彼女はよく考えた。そうなったことはないけれど、よく不安になった。

顧《グー》夫人がもてなしてくれるのも不安だった。二年前から、顧《グー》夫人は小路が通りへ出るところに必ず姿を見せる。枯れかけた梅の木のそばで、まるでいいかげんな体操でもしているかのように片手を幹に当てて脚を交互に振り、誰かが通りかかっても挨拶しなかった。妮妮《ニーニー》を見るとわずかにうなずいて小路のほうを向き、それで妮妮《ニーニー》は今日も家に迎えてもらえることがわかるのだった。

この朝の習慣は、妮妮《ニーニー》が両親に石炭を任されるようになってからまもなく始まった。顧《グー》家は妮妮《ニーニー》の通り道からはずれていたので、ある朝妮妮《ニーニー》を探し出し、家に帰る前に朝食を少しどうかと丁重に尋ねてきたのは顧《グー》夫人のほうだった。妮妮《ニーニー》は何か怪しい変な招待だと思ったけれど、生まれてこのかたずっと腹をすかせてきた子供なので、断りきれなかった。

どうして顧《グー》夫人と顧《グー》師が朝食に招いてくれるのか、わからなかった。少なくとも妮妮《ニーニー》がいるとき、夫妻はめったに言葉を交わさなかった。ときたま家族のことを尋ねてくるが、妮妮《ニーニー》が最小限の答えしか返さないと強いてそれ以上は訊いてこなかったので、彼女と同様そのことには関心がないのがわかった。顧《グー》師は朝食をさっさと食べてしまい、妮《ニー》妮《ニー》が食べ終えるのを待つ間、カレンダーを破いた紙で蛙を折り、食卓の上にきちんと平らにしておいた。妹さんたちにね。顧《グー》師は紙の蛙を妮妮《ニーニー》の手にのせるときそう言ったが、彼女は妹たちに渡したことはなかった。紙の蛙を全部とっておこうとは思ったものの、家の中には何もしまっておく場所がなかった。結局はクズ入れに入れてしまい、後で華《ホア》じいさんがそれを拾い、折り目を開いて廃品回収所に売った。

妮妮《ニーニー》は、いつか顧《グー》夫妻が気にかけてくれなくなり、朝食の碗が食卓から消えるんじゃないかといつも心配していた。いま枯れかけた梅の木のところに誰もいないのを見て、二人は寝坊したんじゃないかと一瞬思った。病気になることだってありうる、と思った。年をとっているから、もう体が頼りにならないし。それでも直感で、もう来てもらいたくなくなったんだ、という気がしてならず、顧《グー》家に行くことに決めた。たとえそれが正しいのを確かめることにしかならなくても。

小路を少し入ったところで、警察のジープがせっかちに短いクラクションを鳴らしながら走って来たので、妮妮《ニーニー》は急いで脇へよけ、悪いほうの足をくじきそうになった。ジープが小路から出て行くと、妮妮《ニーニー》は市場で憶えてきた悪態をついた――意味はほとんどわからないけれど、気分に合っているのでよく使った。顧《グー》家の門の前でしばらくぐずぐずし、小さく咳をしてみたが、顧《グー》夫人も顧《グー》師も、遅くなってごめんねと言いに門からさっさと出て来てくれない。妮妮《ニーニー》は門を少し開けて、庭に入りこんだ。前屋は明かりがついておらず、庭に面した窓は断熱のため分厚く重ねた古新聞で覆われていた。覗きこんでも、新聞紙に遮《さえぎ》られて何も見えなかった。「奥さん」そっと言ってから、少し声を大きくした。「顧《グー》先生」誰も返事をしないのでドアを開けてみると、音もなく開いた。前屋は暗く冷えていて、明かりといえば、半分閉じた寝室のドアから橙色《だいだいいろ》の光の筋が床に長く伸びているだけだった。「奥さん。具合は大丈夫ですか」

寝室のドアが開き、顧《グー》夫人が枠の中で黒い影になった。「すぐ帰ってちょうだい、妮《ニー》妮《ニー》」淡々とした声だ。「もうあなたに借りはないの。二度とうちに来ないで」

生まれてこのかた、妮妮《ニーニー》はこういう瞬間をずっと待ち構えてきた。驚くというより、ほっとした。やっぱりそうなのだ。いつも人は、たいていはわけもなく考えを変える。妮妮《ニーニー》は口の中を強く吸って、じっとしていた。顧《グー》夫人の顔は黒い陰になって見えなかったが、いまにも近づいてきて腕をつかみ、ドアの外へ押しやるだろうという予感で小さな体が緊張した。その手で顔をひっぱたかれたら、母親のときとは違う感じがするだろうか。「妮妮《ニーニー》」顧《グー》師が夫人の後ろから出てきて、もっと優しげな声を出した。彼は顧《グー》夫人の脇をすり抜けて妮妮《ニーニー》の肩からロープをはずした。彼女は籠を放し、彼のあとについて調理台と食卓を兼ねた古い机のところに行った。粥も白菜の漬け物も、用意がなかった。顧《グー》師はあたりを見回し、それから何か言おうとすると、寝室から顧《グー》夫人の押し殺した泣き声が聞こえてきた。彼は両手を擦り合わせた。「顧《グー》の奥さん、今日は体調が悪くてね。すぐ戻るから、ここにいておくれ」

妮妮《ニーニー》はうなずいた。顧師《グー》が寝室に入ってドアを閉めると、彼女は食卓についていた二つの引き出しが開くか試してみた。窓の新聞紙の隙間から入ってくるほの暗い明かりで、最初の引き出しに箸、刃物、紙マッチ、ろうそく、使いかけの電池などの小物がたくさん入っているのが見えた。音を立てずにそれを閉めて、次の引き出しを開けた。鉛筆二、三本、黒いビロードのケース、紙切れ、領収書をたくさん貼った分厚い帳簿、プラスチックの髪留め。ケースを開けたら、中に万年筆が入っていた。なめらかな紺色の表面をさすって、ケースに戻した。それから髪留めを手にとって、ポケットに滑りこませた。顧《グー》夫人には当然の報い。静かなので忘れていた二羽の雌鶏が、爪で何かを引っかき、喉を鳴らした。びっくりして声を上げそうになったが、誰も来ないので帳簿をぱらぱらめくった。貼られていない領収書が一枚あったので、それもポケットに入れた。そこへちょうど顧師《グー》が寝室から出てきた。彼が明かりをつけたので、突然のきつい光に妮妮《ニーニー》は目をぱちぱちさせた。彼は戸棚のところへ行ってビスケットの缶を出し、「妮妮《ニーニー》。ビスケットを持って行きなさい。君の分と妹さんたちの分だよ」と言った。

妮妮《ニーニー》は顧師《グー》を見上げた。彼の目は疲れて哀しげで、こちらの姿をとらえていないように見えた。彼女は、ポケットの領収書のことを考えた。彼は後でこれを捜すことになるだろう。もし顧《グー》夫人のことを詫びる優しい言葉をかけてくれれば、領収書を引き出しにこっそり戻す手を考えるか、ドアのあたりにただ落とすかしてあげようと思った。

顧師《グー》は彼女がぐずぐずしていることに気づかなかった。彼は籠を拾い上げた。「奥さんはこのところ体調がよくないから、しばらく会いたくないんだよ」顧師《グー》は妮妮《ニーニー》をドアの外にそろそろと押し出した。「よくなるまで来ないでおくれ」

通りに出ると妮妮《ニーニー》は、缶を開けてビスケットを口に入れた。甘くて古いような味がした。顧師《グー》も考えを変え、棚に長年置かれていたはずのビスケットの缶で彼女を追いやった。妮妮《ニーニー》はポケットから領収書を出して、赤い公印を見た。字は読めないけれど、赤いハンコがあるなら大事なものに決まっているので、うれしくなった。彼女は領収書を小さく丸めて、近くのゴミ容器に投げ入れた。ビスケットをもう一枚出し、齧《かじ》りながらのんびり家に向かって歩いた。すると、誰かに肩をとんと叩かれた。

振り向くと、見覚えのある顔。年じゅう市場をぶらぶら出入りして過ごしている若者だ。彼女は体を引いて彼を見た。

「妮妮《ニーニー》っていう名前だよね？」彼はふぞろいな黄色い歯をむき出して、そう言った。

彼女はうなずいた。

「どうして名前を知ってるんだろうって思うだろ。どうして知ってるか知りたい？」

妮妮《ニーニー》は首を振った。

「それに、妹が五人いるだろ。他に何を知ってるか知りたい？」

妮妮《ニーニー》は返事をせずに若者をじろじろ見た。別の日で違う気分だったら、他人のおせっかいを焼くなんて何様のつもり、と訊いたかもしれない。彼女は大人たちがこういう言い方をするのを聞いたことがあって、自分もずけずけと上手に言えるようになったと思っていた。少なくとも妹たちにこの言い方をすると、みんなおじけづくみたいだ。若者を黙らせて恥をかかせることもできるけれど、今日はそんな気分ではなかった。ただ血の味がするまで、ひたすら口の内側を噛んでいたかった。

「君のお母さんがもう一人娘を産んだら、玉皇大帝（民間伝承の天にいる皇帝）と皇后になるんだけど、なんでか知ってる？」

妮妮《ニーニー》は首を振った。

「七人の娘をもうけたのは玉皇大帝と皇后だけだろ。七仙女《せんにょ》だよ。へへ」

若者は彼女が笑うのを待っていたが、笑わないのでがくっときたようだった。「僕は八十《バーシー》っていうんだ。80だよ」

名前が数字だなんてすごい変、と妮妮《ニーニー》は思った。この人に兄弟や姉妹はいるのかな、いたら七十、六十、五十みたいな名前なのかな。そんな疑問を見透かしたように、若者は言った。「なんで八十《バーシー》っていう名前かわかる？　生まれた日に餃子を八十個食ったんだよ」

それも冗談なのはわかったが、おもしろくないので笑わないことにした。

「君、口きけないの？」八十《バーシー》が言った。

「まさか。ばかなこと訊かないでよ」

「よし、話せるんだな。いくつ？」

「関係ないでしょ」と妃妃《ニーニー》。

「僕は十九歳——あ、十九歳と四分の一。七月生まれ。七月七日は大事な日だよ、僕が生まれたからね。歴史の教科書見たことある？　重要人物の誕生日が全部書いてあるんだけどさ、いつか僕のも入るんだ」

妃妃《ニーニー》は石炭の籠を別の肩にかけかえた。彼の言うことを真に受けるほどどじではないけれど、これほど長く彼女と話したがる人は初めてだった。

「いくつ？　教えてくれなかったら当てるしかないけど」

「十二歳」どうしてこうしつこく訊くのか。

「十二歳？　最高だな」

「何が最高なの」

八十《バーシー》は質問にまごついたようだった。「僕と話をしに来ない？」

「どうして」

八十《バーシー》がごしごし頭をかいて、大きなフケがぽろぽろ落ちるのを妃妃《ニーニー》は目で追った。

「僕とおしゃべりしに来なよ。はるばる駅まで石炭をもらいに行かなくてもよくなるんだから。君のしてることは本当は盗みなんだよ、知ってるんだろ。いまは何も言われなくても、だからってこれからも見逃してもらえるとはかぎらない。見てな。そろそろ国の財産を盗んだかどで罪に問われるかも。『残念だねえ。あんないい子が、厄介なことになって』って言われるぞ。泥棒みたいに捕まりたいのか？　それで檻に入って町じゅう引き回されて、石を投げられたい?」八十《バーシー》は訊いた。「うちには石炭がたっぷりあるんだ。おばあさんと一緒に暮らしてるんだけど、この人、君みたいな女の子と話をするのが好きでさ。うちは君が持って帰る石炭を余分に買ったっていいし、君は親に言わなくてもいい。考えてみなって。いいね?」

これまで彼女のことでいいという言葉を使った人はいなかったので、ふと、若者は目が見えないんじゃないかと思った。それより、やっていることが法律違反なのは確かだ。そんなふうに考えたことはなかったけれど、いま思えば彼女が取りにやられるのはそのせいなんじゃないか。彼女は警察隊員が逮捕しに来るところを想像した。両親はほっとするだろうし、妹たちは食卓で競い合う口が一つなくなるのでお祝いをするだろう。顧《グー》夫人と顧《グー》師は、彼女がどうなったか考えもしないかもしれない。近所の人たちやよその人たちはみんな、ようやく醜い少女がいなくなってくれて幸運だと言うだろう。寂しがってくれる人は誰もいやしない。

八十《バーシー》は、申し出を考えてみるように念押しした。妮妮《ニーニー》は、どうして人々が彼女に親切にしようと思うのか、あるいはこっちのほうが多いが、意地悪をしようと思うのか、わからなかった。堅くていい石炭がある家を思い浮かべた。通りを数人の男女が通り過ぎて行ったが、みんなとっておきの人民服を着て、手袋をはめた手に色とりどりの旗を持っていた。妮妮《ニーニー》の話相手を馬鹿にしたような目で見る者もいたが、ほとんどは無視して行った。八十《バーシー》はそれに気づいていないようだった。にこやかに笑いながら手を振っている。「おはよう。おじちゃん、おばちゃん。今日はパレードがあるんですか？　処刑で？　結局その女、何者なの？　誰か身の上を知ってる人います？」

　大人が誰も返事をしないので、八十《バーシー》はまた妮妮《ニーニー》のほうを向いた。「今日誰かが処刑されるんだ。女だよ。考えてごらん。罪を犯しておいて罰を受けずに逃げられるなんて思っちゃいけない」それから声を落として言い足した。「ねえ、僕と話をしに来ない？」

「どこに」

「ついて来なよ。これから家に案内してあげるよ」

　妮妮《ニーニー》は首を振った。遅くなっているから、母親が足の悪い彼女をのろまと言ってののしるだろう。「帰らなきゃ」

「朝食が終わったら暇？　川上の古い柳のそばで待ってる。あの場所わかる？」

　その柳はねじれた老木で、あちこちにたくさん枝を伸ばしたさまは狂女のようだった。妮妮《ニーニー》の家からはかなり距離がある。町を半分越え、土手の樺の林を越えて歩いて行くと、背の低い長屋が消えて発電所の高い煙突が見えてくるのだが、そこにはちび六が生まれる前に行ったことがあった。その頃はいまやっている家事をほとんど任されておらず、春になるとときどき新しいタンポポやナズナを掘り返しに行かされた。春から初夏にかけて、一家は食べられる草をゆでて塩を多めにかけて食べた。旬を過ぎてもずっと食べ、しまいには口の中が苦くて硬い筋だらけになった。思い出すと、口が草の味でいっぱいになる。

「どう？」八十《バーシー》は、他の女の子の顔を見るように彼女を見た。まるで妮妮《ニーニー》の口が左へゆがんでいなくて、目も同じ方向に垂れ下がっていないみたいに。左手と左脚もよくないのだけれど、彼はどちらにも気づいていないようだった。「来る？」

妮妮《ニーニー》はうなずいた。

「やった」八十《バーシー》は妮妮《ニーニー》が持っていた缶からビスケットをつまんで、ひょいと口の中に入れると、行ってしまった。

顧《グー》師は火を熾《おこ》し、残り物の飯に水をかけた。水のざわめきが慰めのように眠りを誘う中、黄色い炎が鍋の底をなめる様子を見つめた。一粒の砂にも世界のすべてがある、と彼は火に向かって言ったが、その声は自分の耳にしか届かなかった。彼と妻が苦しんでいるこの小さな繭《まゆ》の中を、雲の上にいる誰かが見ているかもしれないと思うと、救われる気がした。天上から見れば、彼らの苦しみなどちっぽけでどうでもいいことだろう。いま見ている石炭のかけらが、焼けた燠《おき》からすぐ冷えて灰の塊になっていくことのように。

湯が沸いて、鍋の蓋が白い湯気のため息を漏らした。顧《グー》師は飯をかき混ぜて食卓の前に座った。寝室がしんとしていたので、妻は眠ってしまったのだろうかと思った。彼女は二人の警察隊員に連れ戻されてきて、手錠をはずす前に厳しい脅しを受けた。彼女の気がおかしくなってしまうんじゃないかと心配だったが、妮妮《ニーニー》が来る瞬間までは落ち着いていた。この世の誰よりも、妻に怒りをぶつけられるべきではない妮妮《ニーニー》が。

顧《グー》師の両手が盲人のように食卓の上を這い回った。長年の間に、何でもそばにあるもので手を忙しくさせる癖がついていた。憂慮すべき精神的な障害か何かの徴候かもしれないが、顧《グー》師は深く考えないようにした。残り物の汁の碗以外、食卓の上には何もない。また一つ習慣が破られて、妮妮《ニーニー》やカレンダーの紙の蛙とともに消えた、と顧《グー》師は思った。珊《シャン》が十四歳で、世界を破壊せんばかりの若い紅衛兵だった頃に、それは始まった。取り憑かれたように紙を折ったのだ。忙《せわ》しく指を動かしていると、娘が冷酷な他人に変わっていくのを見る悲しみから救われた。夏の初めのある日、朝食の席で珊《シャン》が彼に向かって、革命青年には沈黙で抵抗するのではなく、服従するべきだと演説をぶっていたとき、彼が紙の蛙を跳ねさせたら、妻の食べかけの粥に着地した。顧《グー》夫人も顧《グー》師も、蛙を取り除かなかった。そのとき彼は、家族が一緒に笑うことはもう二度とないのだと知った。同じ朝、若い革命の仲間たちがやって来ると、珊《シャン》は「反革命分子たちの尻を蹴飛ばしに行こうと言った。こういう下品なことが、実にすらすらと口から出てくるのだ。この娘には幼いときから唐の時代の詩を暗唱するよう教えたというのに。後で彼の学校に来た人が、珊《シャン》が何人かの尻を蹴り上げたうえに妊娠八ヶ月の女の腹も蹴ったことを知らせてくれた。顧《グー》師は職場に身を隠して長い随筆を書いた。詩的ではない時代に詩で教育した失敗を内省するものだった。彼は随筆を書き終えて読み直したとたん火の中へ放りこみ、妻と向き合う心の準備をした。妻とは、殺人者に近い人間をこの世に送り出した責任を共有するのだ。

珊《シャン》が自分のした行為の結果からどうやって身をかわしたのか、顧師《グー》にはわからなかった。妻はよくわっと泣き崩れた。それは朝っぱらからだったり、ときには味気ない食事の最中だったりした。珊《シャン》みたいな子ができるなんて、私がどんな悪いことをしたっていうの、と妻は尋ねた。天罰を受けているのは、二人とも前に結婚したことがあって、それでこの結婚を汚《けが》したからなの？　そんな考えは迷信じみた屁理屈《へりくつ》だ、と顧師《グー》は妻に言いたかったが、彼女も混乱しているのだった。娘の犯した罪の責任は自分にあると信じ、取り乱していた。彼が黙ってとがめるような顔をしていると、彼女はあらゆる災難や失敗に理由を探し求めようとする、ありきたりの浅はかな女になった。まるでこの世は説明のつくものであり、人生に筋が通っていないと人は生きていけない、とでも言わんばかりに。

顧師《グー》は首を振り、自分だって似たようなものだ、と独りごちた。愚かしくも自ら望んだものにだまされてきた男だ。初めて妻に会ったとき、彼女は元夫の五人いる妻の一人でいるのを、ちょうどやめたところだった。樹立してまもない共産党政府が一夫多妻を禁止したとき、自分の意志で一族から出て行った唯一の妻だった。他の妻たちは、政府の役人たちが無理に引き離さなければならなかった。彼女は文盲の女性を教える顧師《グー》の講座に真っ先に入ってきた——その年に十八歳になり、髪が黒々として絹のようになめらかで、頬は桃色をしており、目は悲しみの水をたたえた二つの深い井戸のようだった。

顧師《グー》が結婚することに決めたとき、町の人たちが彼女は生まれつき幸薄い顔だと忠告した。ほら、頬骨は高すぎるし、あまり唇はふっくらしていないし。彼はそんな意見を相手にしなかった。確かに不運な女で、十二で親を亡くして、十四で伯父に夫のところへ売られて、四十歳年上の男に半分小間使いみたいな妻にさせられたのだが、彼はどんな噂にも耳を貸すのは嫌だった。夫と妻は運命を同じくする鳥だ――昔の詩にそう書いてある。そもそも最初の妻と自分も、だからこそ夫婦になったんじゃないのか。最初の妻は、彼が再婚する日に電報を送ってきた。〈あなたがた自身の水で互いに命をつないでください〉と書いてあった。新妻はまだ字を全部読めるわけではなかったけれども、彼は電報を見せないようにした。その祝福の意味も、短い言葉の背景にある寓話のことも一切話さなかった――夫婦である二匹の魚が水たまりに取り残される。そして焼けつく日差しで水が干上がらないうちに、我先にとできるだけ多くの水を飲む。そうすれば愛する者に水を与え、生かしておくことができる。死ぬまでの長い苦しみの中に。

顧師《グー》と最初の妻は愛し合っていたのだから、物語の二匹の魚になりたいと願ったのは当然だが、この願いが他の夢や計画とともに結婚生活の最後に黙殺されたのも無理のないことだった。うまくいかなくなったのではなく、ただ二人の結婚は新しい社会の要求にこたえるものではないのです、と彼女は離婚届に記入した。彼女は模範的共産党員で、彼は教育の専門家として国民政府で働いたことがある反革命的知識人である以上。離婚後、彼女は大学に残って東北三省で初の女性数学教授となり、後に北京の名門大学の学長に昇格した。彼のほうは、省で初めて欧米型の教育をする高校の創立者だったが、地元の小学校へ降格になった。もしも夫と妻が本当に運命を同じくする鳥なら、彼は最初の妻にはふさわしくない。彼は彼女の職に見合った夫が見つかるよう幸運を祈った。党に認められた者か、いや党にあてがわれた者ならもっといいだろう。しかし彼女はいまだに独身で子供もいなかった。理由を尋ねるほどの勇気が湧いたことはない。毎年一、二通の手紙をやりとりしたが、ほとんど内容はなかった。言うことが何もないというより、ありすぎると感じていたからだ。彼女のほうの手紙は彼と家族への月並みな挨拶であり、彼はその穏やかな礼儀正しさに隠された苦しみを想像する気にはとてもなれなかった。

顧師《グー》の最初の結婚生活は三年続いたが、後になって思い出されるのは数々の知的な会話だ。新婚旅行のときですら、海辺の保養地を楽しむよりカントを読んで話し合う時間のほうが長かった。二度目の結婚をしてしばらくは、ときどき夜眠る若い妻を見ながら、いつかは彼女も肉体美以上のものを見せ、知的生活を分かち合えるようになればいいと望んだりした――彼はそのとき三十二歳で、まだ若いあまりに人間の欲のきりのなさ、というよりそういう貪欲の馬鹿らしさがわかっていなかった。

若い妻に期待できるのはこの程度、と結局は折り合いをつけたのだが、彼女への愛は変わらなかった。夫や男としてだけでなく、親であり教育者でもある者として、ますます責任を感じるようになった。彼女が最初の子供だといつも思っていた。それから珊《シャン》と、救えなかった子供たちができた——一人目の男の子は三日で死に、珊《シャン》が二歳のときにもう一度がんばったが、流産に終わった。二人はその後、子づくりをあきらめ、珊《シャン》という健康で丈夫でかわいい女の子を授かったのをありがたく思うことにした。

息子がいたら違っていたかもしれない、と思う。知性ある若者に育ち、真の会話をすることができただろう。息子がいればこの喪失の日、そして延々と続くこれからの日々、両親を気遣ってくれただろう。でも、こんなことは愚かな思いであって、何かを望んでも無駄なのだ。そんなとりとめのない妄想は終わらせたほうがいい。顧師《グー》は引き出しを開けた。昨日から帳簿をつけていなかった。

帳簿を注意深くめくってみたが、領収書が跡形《あとかた》もなくなっていた。彼は昨日のことを頭の中で再現した。無礼ではない役人が二人と、彼らが見せたピンクと黄色と白の領収書。娘の命を奪う弾丸の費用を親が払うことになっているとは思いもよらなかったが、質問できる立場でもないのに、こんな馬鹿げたことで文句を言えるはずもない。彼は署名をして、弾丸の値段の二角四分をかぞえて二人に渡した。鉛筆二本、あるいはトウモロコシ数本の値段——貧しい生徒のために、よく買った品々だ。彼は、妻が網袋に白菜と大根を入れて市場から戻ってきたとき、領収書を真ん中で一回折って、帳簿に挟んだのを憶えていた。妻は小路で、立ち去る二人の男に疑いを持たなかった。二人の姿を見なかったのかもしれないし、すでに誰なのか見当がついていたのかもしれない。彼と妻は控訴が棄却されてから、珊《シャン》の裁判のことを話さなくなっていた。

顧師《グー》はもう一度帳簿をよく見た。妻はお金のことをすべて彼に任せていて、決して手を触れない。彼自身は昨晩から帳簿を開けていない。「きっとお化けと散歩してるんだよ」聞き覚えのある声がして一瞬びくっとしたが、すぐに何十年も昔の子守の声だと気づいた。子守は祖父母の使用人で、彼のことを若旦那さんと呼んでいたが、彼にとってはむしろ母親のような人だった——実の母親は全寮制の女子校の校長をしていて、貧しい家庭の生徒たちが中等教育を受けられるよう、ほとんどの時間を資金集めに費やしていた。お母さんは男よりも才覚があるんだねえ、と子守が感心しながら言っていたのを憶えている。子守自身は、同世代の同じ出自の女たち同様何の教育もなかったが、生活のごくささいなできごとについて持論や解釈を持っていた。どこかに紛れこんだヘアピンはお化けと散歩しているに決まっているのであって、なくなった硬貨や消えたブリキの兵隊もそうだ。ときどきお化けは逃げた物を返してくれるが、違う場所に返してしまう。なぜならお化けは物忘れがひどいからで、物が永遠に消えてしまうことがあるのはそのせいだ。子守はしゃがれ声をしていて、夫や子供がみんなコレラの流行に巻きこまれたので、泣きすぎたからこうなったと言っていた。死んで借りを返したんだよ、と、まるで家族の死が、余計な説明がいらないありきたりのことにすぎないかのように話すのだった（人は借りを負って生まれてきて、死ぬときにそれを返すと昔は信じられていた）。

顧師《グー》は目を閉じた。眠気に誘われながら、子供の頃に返ったような気がして、子守のゆっくりした話にこっくりこっくり舟を漕いだ。

寝室のドアが開いて、帳簿をしまう暇もないうちに妻がさっとこんろに走り、鍋を火から下ろした。粥のぐつぐついう音はとっくにしなくなっていて、前屋じゅうに鼻をつく焦げくさい臭いが満ちていた。顧師《グー》はすまなそうな目で妻を見たが、彼女は目をそらし、焦げていないところを彼に、底の黒いところを自分によそった。

二人は話をせず、味わいもせずに食べた。どちらも食べ終えると、彼女は立ち上がって碗を洗った。彼はそれが終わるまで待った。「妮妮《ニーニー》は何も悪いことをしていないんだ。ああいう態度をとるもんじゃない」

口から出ると、その言葉は思いのほか責めているように聞こえた。妻が彼をじろりと見た。彼は声をやわらげてみた。「つまりだな、とにかく私たちのほうが妮妮《ニーニー》たち一家に危害を加えているんだ。あの人たちは私たちに何もしていないのに」

「あの人たちは、あなたの娘の殺害を祝う世間の一員よ。どうして他の人たちに借りがあるように感じなきゃいけないの。誰よりも貸しがあるっていうのに」

「〈持っているものは運のおかげ、できた貸しは宿命〉」顧師《グー》は答えた。妻は返事をせず、寝室に引きこもった。その言葉に慰められ、彼は詠ずるような低い声でもう一度自分に言い聞かせた。

妮妮《ニーニー》はビスケットを全部食べ終えると缶を捨て、それから門を開けた。渾江のたいていの家庭は小さな庭に簡素な物置小屋を持っているが、彼女の家庭にはそれがなかった。

妮妮《ニーニー》は古い防水カバーをかぶせた木箱に、石炭を流しこんだ。二羽飼っている雌鶏のうち白いほうが、翼をばたつかせて木箱の上に飛び乗った。妮妮《ニーニー》がぱっとはたくと、鶏は羽ばたきながら地面に下りた。この世でいちばん騒々しい生き物であるこの白い雌鶏は、妮妮《ニーニー》を監督するよう母親から言いつかったかのように、毎朝石炭を確かめに来る。妮妮《ニーニー》は叱るように、よけいなお世話、と小さく言った。鶏は悠々と歩いて行ってしまった。

台所を兼ねた前屋では、母親が熱した油で料理をしていて、その珍しい香りに妮妮《ニーニー》は鼻をひくつかせた。家にいる雌鶏のうち白いほうほどせっせと卵を産まない茶色いほうが、入ってきた妮妮《ニーニー》を見て翼をばたつかせたが、両脚を椅子にくくりつけられているのであまり動けなかった。母親は妮妮《ニーニー》のほうを向かず、じゅうと音を立てているフライパンのほうに声を張り上げ、どうして遅くなったのか訊いた。怒られて朝食抜きの罰を受けるだろうと覚悟していた妮妮《ニーニー》は、駅でずいぶん待たされた、ととぎれとぎれに話したが、母親は聞いていないようだった。

寝室では、父親と妹たちがレンガのベッドの上で卓を囲んでいた。小さな木の炕卓《カンジュオ》は一家が持っている唯一のいい家具で、あとはダンボールばかりが箪笥《たんす》や収納箱や棚の代わりをしていた。レンガのベッドの上は家の行事のすべてがおこなわれるところで、炕卓は作業台であると同時に夕食の食卓や妹たちが宿題をする机でもあった。父親は重金属工場で働いていて、母親は農業課の卸売部門で高麗人参や茸《きのこ》を包装していた。二人の稼ぎは娘たちをやっと食べさせられる程度だったので、服は両親から妮妮《ニーニー》へ、それから妹たちへと順番に下げられた。毎晩一家は炕卓の周りに集まり、副収入のためにマッチ箱を折った。三歳の子ですら束を少し渡されて仕上げた。赤ん坊を除くとマッチ箱を折らないのは妮妮《ニーニー》だけだ。手が不自由で役に立たなかったので、両親だけでなく妹たちの血と汗のおかげで生きていることを何度も思い知らされた。

レンガのベッドの腹で火が焚かれていた。父親が安い白干《バイガン》の杯をちびちびやっていたが、晩酌のときほど憂鬱な感じではなかった。母親が揚げパンの皿を持って来た。そんな贅沢な朝食だと知って、妮妮《ニーニー》はびっくりした。

父親は妮妮《ニーニー》を手招きして言った。「おいで。急がないと、みんなでおまえの分を食べちまうぞ」

妹たちがみんなくすくす笑った。最初はちょっと遠慮ぎみだったのに、静かにするよう母親から怒鳴られないので、もっと大っぴらにくっくっと笑った。ちび六でさえ、うれしそうにわめいていた。父親は箸の先を酒に浸すと、赤ん坊の口に垂らした。母親はやめるよう声を上げたが、それでも笑って満足げだった。三歳と五歳の子がやかましく酒の味見をさせろと言うので、父親は二人にもそれぞれ垂らしてやった。すでに学校に行っている上の二人の妹たちはもっと分別があって頼んだりせず、父親のそばに控えていた。最近、二人は争って父親の関心を引こうとしていて、二番目の娘は父親が帰って来ると室内履きやお茶を取りに走る。でも二番目がどんなにがんばって母親代わりにあれこれ世話を焼いても、しょせん三番目の敵ではないのが妮妮《ニーニー》にはわかった。三番目の八歳の娘は父親の機嫌を知るバロメーターだった――彼が上機嫌のとき、彼女はすねるような甘い声を出したり、なれなれしい仕草をしたりして、たった一人の恋人のようにふるまうのだが、不機嫌なときは一人でおとなしくし、忍び足で家の中を歩くのだ。妮妮《ニーニー》はベッドに上がった。炕卓の、母親からいちばん遠い隅のところに縮こまり、十歳の子に「茶色の鶏、どうしたの」と訊いた。

「今夜、お祝いに鶏の煮込み作るんだよ」母親が答えた。「ご馳走、しっかりお食べ。〈ひどい扱いを受けた者には償いの日が来る〉。やっとその日が来てくれてうれしいよ」

毎年春になると、ピヨピヨと餌をついばむふわふわした黄色いひよこでいっぱいの竹籠を持って、山の農民が渾江に下りてきた。小さな子供たちはおずおずと一、二羽をペットにしたいと頼み、両親が十元や十五元を払うので驚くのだった。ひよこはすぐに死んでたくさんの子供たちを悲しませるが、中には運よく夏が来る頃にもまだ生きているのがいて、そのうちの一、二羽の雌鶏がじきに卵を産むようになる。妮妮《ニーニー》の両親は何羽も買うお金がないので、春になると腹をすかせた野良猫によその家のひよこを食われないよう見張る仕事に、妹たちを行かせた。晩に妮妮《ニーニー》が料理をしている頃、妹たちは夜のために鶏を寄せ集める近所の人たちの手伝いをした。そしてときどき夏の終わりにどこかの家で鶏が余ると、妮妮《ニーニー》の家にくれるのだ。その取引は信頼と理解のもとにおこなわれていたが、時期が過ぎても鶏が残っていないこともよくあって、それでも文句は言えないのだった。

妮妮《ニーニー》は茶色い鶏のことを考えた。暖かい季節、庭で家族の洗濯物を洗っている彼女をつつき回るのが好きだった。母親が白いほうではなく、茶色いほうを殺すことにしたのも不思議はなかった。妮妮《ニーニー》は鶏肉を食べたことがなかったので、初めて食べるのが茶色い雌鶏でないといいのに、と思った。

父親は酒をもう一杯飲み干した。彼はよく飲みはするが妻に優しく、近所の酒飲みのように妻を叩いたりしなかった。八歳の子を除き、他の娘たちのことはたいていいつも無視していた。しょっちゅうため息をつき、夜一人で飲むときは、娘がみんな眠っていると思って泣くこともあった。妮妮《ニーニー》はそんな夜、ベッドの端から父親を盗み見た。母親は涙が見えないかのように彼を放っておいて、黙ってマッチ箱を折っていた。

「みんな、いいかい。いつも人には親切にするんだよ。天は性悪《しょうわる》な人間を見逃さないんだからね。絶対に罰《ばち》が当たるんだ」と母親が言った。

妹たちは熱心にうなずいた。母親はいちばん大きい揚げパンを、愛情をこめて父親の皿にぽんとのせた。

「あの顧《グー》のあばずれがいい例だよ。教訓にしなさい」

「あばずれって誰のこと」と八歳が訊いた。

母親は父親に酒をもう一杯つぎ、自分にもついだ。アルコールに口をつけるところを見せたことのない母親が、うまそうに酒をすすっている。「妮妮《ニーニー》、親があんたにだけ不公平で、奴隷みたいに働かせてるなんて思わないでちょうだいよ。誰だって何かの役には立たなきゃいけないんだ。妹たちは大きくなって結婚したら、旦那が死ぬまで面倒見てくれる」

八歳がこちらに向かってさも自慢げににたにたしたので、妮妮《ニーニー》はひっぱたきたくなった。

「でも、あんたと結婚してもいいなんて人は見つからない。あんたは父さんと母さんの役に立つことをしなきゃいけないの。わかった?」と母親は言った。

妮妮《ニーニー》はうなずいて悪いほうの手を脚の下に押しこんだ。彼女は感覚がなくなるまで悪いほうの手の上に座るのが好きだった。そうすると手は違う人のものみたいになって、指に一本一本触らないと、そこにあるように思えなかった。

「あんたを使ってあたしたちに呪いをかけた奴がいてね、妮妮《ニーニー》、それでうちには男の子ができないんだ。でも今日、そいつは最後の日を迎える。呪いが解けて、父さんと母さんにもうじき息子ができるんだよ」父親が手を伸ばして彼女の腹をなでた。彼女は彼ににっこりしてから、娘たちのほうを向いた。「みんな、今日の批闘大会のことは聞いたね?」

十歳と八歳が学校で行くことになっていると答えると、母親は満足そうにした。「あんたもだよ、妮妮《ニーニー》。東風体育場にちび四とちび五とちび六を連れて行きなさい」

妮妮《ニーニー》は、通りで会った八十《バーシー》という若者と、川沿いの樺の林を過ぎたところにある柳のことを考えた。「母さん《マーマ》、なんで?」と、八歳が訊いた。

「なんでかって言うとね、そのあばずれ女がどうなるか、娘全員に見ておいてほしいからなの」母親はそう言って、自分のパンを四つに分け、妮妮《ニーニー》と赤ん坊以外の妹たちに配った。

父親が杯を置いた。顔が赤らみ、目の焦点が合わないようだった。「話をしてやろうか。みんなずっと憶えておくんだぞ。母さんと俺は河北省の村で一緒に育った。そこには、おまえたちのおじさんやおばさんたちがまだ暮らしてる。母さんと俺はな──五年生のときに恋をしたんだ」

十歳が八歳を見て、それから二人ともくすくす笑ったが、年下のほうが物怖じしなかった。母親が頬を赤らめた。「なんでそんな古い話を教えるのよ」女の子みたいに恥じらったりして別人みたい、と妮妮《ニーニー》はちらっと思った。

「おまえと俺が一緒に何を乗り越えてきたか、子供たちみんなに知っておいてほしいからさ」父親は杯を上げて酒の匂いを嗅いでから、娘たちのほうを向いた。「村に帰れば、いまだに俺たちの恋の話をしてくれるぞ。十四歳のとき、母さんは内モンゴルにおばさんを訪ねて行った。その夏の間、手紙をやりとりして、村全体が一年に使う量よりたくさんの切手を二人で使ったんだ。郵便配達の男が、仕事を始めてからこんなのは一度も見たことないって言ってたよ」

「ほんとのこと言って、切手のお金はどこで手に入れたの」母親が言った。「あたしはおばさんの引き出しからお金をもらったんだけど、なくなったお札《さつ》に気づいたかどうか、とても訊けなかったよ」

「俺は銅線を発電所から盗んだ。ほら胡桃《くるみ》村の隣にあっただろ。それを売ったんだ」

それを聞いたのはきっと初めてだったのだろう。母親の目が父親のように、とろんと夢見るような感じになった。「よくもまあ、捕まらなかったもんだね。感電死もしないで」

「もし感電死してたら、誰がいまおまえをしびれさせるんだい」父親が含み笑いをした。

母親が顔を赤くした。「子供たちの前でそういう冗談はやめて」

彼は笑って彼女の口に腐乳《ふにゅう》（発酵させた豆腐）を入れた。ほろ酔いの二人は周りのことも忘れ、大胆になっていた。妮妮《ニーニー》は二人をじっと見ていたが、おもしろいような、うんざりしたような気分になって、目をそらした。

「母さんのお父さんは――おまえたちのおじいさんだぞ――豆腐屋で、俺の親父は地元でいちばんの農夫でな、自分の手で働いて、土地を買えるだけの金をつくったんだ」

「それと、憶えといて。あたしの父さんは正直な豆腐屋で、一生に一度だって人をだましたことはなかったんだよ」と母親。

「でも顧珊《グー・シャン》ていう若い女が、おじいさんたちは資本主義の地主だって言ったんだよ。その女は紅衛兵のリーダーで、若い女の集団を連れて母さんをやっつけに来た。母さんは妮妮《ニーニー》を妊娠していたのに、その若い女に腹を蹴られたんだ。だから妮妮《ニーニー》はこういうふうに生まれたんだよ」

十歳と八歳がそっと妮妮《ニーニー》に目をやった。ちび六がばぶばぶ言いながら、口にくわえようと妮妮《ニーニー》の手を握った。妮妮《ニーニー》はちび六を抱き上げて揚げパンの小さなかけらを食べさせた。「今日、批闘大会をやるのはそれでなの?」長い沈黙の後で、八歳が訊いた。「ううん」と母親。「あの女があたしたちにしたことなんて、誰も知ったことじゃないの。ただの一般人なんだから、あたしたちの災難なんか誰も憶えてないよ。でもそれだっていいんだ。どっちみち正義が務めを果たしてくれる。紅衛兵のリーダーだと思ってたら、もう反革命分子になって銃殺の身だからね。あの女が何のとがで刑に処せられたって、今日つけを払うんだと思えば、それだけでうれしいよ」

妮妮《ニーニー》が抱き寄せると、ちび六は手を妮妮《ニーニー》の頰に這わせてから、小さな指で耳をつかみ、引っぱった。その仕草はどちらにとっても慰めになった。

「前から思ってたんだけど」しばらくすると、母親の声は穏やかになっていた。「明日パーマかけたいな。職場にかけた人がたくさんいるの」

「お腹の子に障《さわ》らないかい」父親が訊いた。

「確かめたよ。大丈夫だって。そろそろあたしも、お化けっていうより女に見えるようにしなきゃね」

「俺にとっては、ずっと最高の美女だよ」

「酔っぱらいの寝言なんか信じないよ」母親はにっこりして杯を上げ、夫の杯に重ねた。

八十《バーシー》は口笛を吹きながら、元気よく大股で歩いていた。十歩や十五歩行くたびに人々が告知の前に集まっていたし、ますます多くの人たちが旗やスローガンを持って自分の工作単位に合流しようと道を歩いていた。八十《バーシー》は妮妮《ニーニー》のことばかり考えていたので、立ち止まって人々との会話に気を散らしている暇はなかった。どうしていままで思いつかなかったんだろう。四、五年前から通りで妮妮《ニーニー》を見かけていた。早朝は駅から石炭の籠を運び、昼間は市場に行って、主婦が野菜を買う前に剝ぎとるしなびかけた葉っぱを拾い集めていた。そのときは彼女を見下げ果てた奴だと思ったけれど、まだ見苦しいとはいえ、いまではだんぜん女の子らしくなった。十二歳か。八十《バーシー》は独り言を言って、うれしい数字を声に出す喜びに浸った。世間ではどんな女の子も健やかに美しく成長するというのに、彼以外の誰が妮妮《ニーニー》を手に入れたいと思うだろう。彼は調子はずれの大きな口笛で、五〇年代の恋愛映画のラブソングを吹き鳴らした。中学校の校門の前にいた二人の女の子が、彼を指さして忍び笑いしたが、彼は愛想よく笑顔を向け、前見た映画で俳優がしていたように、投げキスをした。その映画はどこか東欧の国から輸入されて、渾江で初めて上映された外国映画で、八十《バーシー》は俳優のさりげなさに感服し、祖母の鏡台の前で何度もその仕草の練習をしたのだった。女の子たちは侮辱されたように顔を赤くして急ぎ足になったが、彼は笑ってもう一度投げキスをした。それは彼が生きている間に投げる何百回ものキスの一つだったが、どこにも着地しなかった。

八十《バーシー》は華《ホア》ばあさんのことを考え、それからもう彼女の娘ではなくなった七人の女の子たちのことに思いを巡らせた。実の両親に棄てられたとはいえ、きっと妮妮《ニーニー》よりもましな顔と体をしていただろう。どうして妮妮《ニーニー》の両親は、あんなひどい顔に生まれた子を土手に置いて見殺しにしようと思わなかったんだろう。いや、妹たちのことだってそうだ。明らかに息子をつくろうとしているのに、どうして次から次へと抱えこんでしまうんだろう。彼は、華《ホア》ばあさんがよその人に童養媳《トンヤンシー》として預けてきた娘たちのことを思った。これこそ求めているものなんじゃないか。つまり、小さな女の子を未来の妻として華《ホア》夫妻みたいな人から買うのだ。でも、そういうことには少し時間がかかる。その間は、妮《ニー》妮《ニー》のことを考えていればいい。不細工だけど本物の女の子、妮妮《ニーニー》がもうすぐ会いに来る。

　八十《バーシー》が家に戻ると、テーブルの上に竹の蒸籠《せいろう》があり、小さな綿の四角い覆いで保温されていた。覆いの下には六つの白い饅頭が身を寄せ合っていて、できたてでおいしそうだった。一つつまみ、なめらかな皮が指でへこむのを見て楽しんだ。朝食だよと祖母に声をかけたが、返事がないので二人共有の寝室に入った。ベッドは二つとも整えられていて、間にあるカーテンが引かれて紐でまとめられていた。カーテンは八十《バーシー》が二年前、ベッドの中で一人で刺激的なことができるのを知ったときにとりつけた。祖母の感覚機能はすでに、古代の墓から掘り出した錆びた刃物のようになまくらなのだし、目を覚まして様子を探りに来るわけでもないのだが、カーテンがあると秘密の遊びが楽しくなるので、つける必要があると八十《バーシー》が主張したのだった。

　八十《バーシー》は饅頭を齧って、祖母のところへ行った。祖母は寝室の彼女側のスペースにあるクッション入りの肘掛け椅子でまどろんでいた。彼は鼻の下に指を一本出して、息があるか調べた。祖母は生きていた。「起きろよ、起きろ、ぐうたら子豚。お日様さんさん、家は火事」八十《パーシー》は喉を引きしぼって女の声——幼い頃の祖母の声——にしてうたったが、彼女は目を開けなかった。「朝ご飯だよ、蟻んこがくずを待ってるよ」八十《パーシー》はまたうたった。祖母は目を開けてちょっとうなずき、それからまた居眠りを始めた。彼はあきらめた。祖母は八十一歳なのだから、好きなことを思う存分やる権利がある。午前中に仮眠をとったり、軽い食事をとったりとらなかったり、おまるに長いこと座ってうたたねをしたり。彼女が公共便所へ行くのはもう危険だった。人がせかせかと出入りするし、臭くて濡れていて、ふぞろいな飛び石があるところを歩くことになるのだから。いつの日か祖母のために料理をしたり、ベッドを整えたり、おまるを洗ったり、体を拭いたりして世話をしなければならなくなる日が来るのはわかっていた。それを怖いとは思わなかった。赤ん坊のときからずっと面倒を見てくれたのだから、必要とされれば世話をしよう。もしもいつか女の赤ん坊が見つかることがあれば、その子にも同じようにしてやる。もしいま見つかったら、と八十《パーシー》は思った。八十一歳の赤ん坊である祖母にちなんで、名前を八十一《パーシーイー》、81にしよう。八十《パーシー》自身も、曾祖父が八十歳になる年に生まれたので、同じように名づけられた。彼は「八十一《パーシーイー》」と声を出して独り言を言い、天才でなければ思いつかない名前だと思った——赤ん坊は彼の妹であることが馬鹿でもわかり、なおかつその子は彼のものでもある。80の存在なしに81はありえないのであり、八十《パーシー》のいない八《パー》十一《シーイー》などどこにいようか。彼はこの思いつきを誰かに話したくてたまらなかったが、祖母は日に日に忘れっぽくなりつつあって、会話をしていると数年はおろか何十年も昔の関係ないできごとを持ち出し、話の腰を折ってしまうことがよくあった。妮妮《ニーニー》に話そうか。言っていることがわかるだろうか。お馬鹿さんな子に見えるが、彼自身、町の人たちにそろって間抜けだと思われている。「わからないぞ」八十《バーシー》は、すぐ脇に誰かが立っているかのように、わけ知り顔でうなずいた。「思ったより、ずっと頭がいいかもしれない」

八十《バーシー》は残りの饅頭を口に押しこみ、時計が八時を打つときに家を出た。表通りはお祭り気分に包まれていた。赤い腕章をした二人の男が、市場に錠をかけている。近所の小学校の生徒たちが行進しながらソビエトの歌をうたっている。よく聞く曲ではあったが、八十《バーシー》は歌詞を習ったことがなく、耳を澄ましても何を言っているのか聞き取れなかった。子供たちはみんなして口をO《オー》の形にし、うたうというより叫んでいるのだった。脇道では託児所の先生二人が、両端を持ったロープに十二人の小さな子供たちをつかまらせ、行進に参加させようと急《せ》きたてていた。菓子工場の労働者たちが男も女も青い作業着を着て、おしゃべりしたり笑ったりしながら、生徒たちが通り過ぎるのを待っていた。二人の男が小学校の年かさの女の子たち数人に口笛を吹くと、彼女たちは何度も留年してきたのか、じゅうぶん流し目を返せる年なのだった。

「批闘大会はどこですか」八十《バーシー》は交差点で警察隊員に尋ねた。

警察隊員は八十《バーシー》の腕をつかんで後ろへ下がらせた。「交通を妨害するな」

「僕がここにいて何の問題があるんですか、同志。壁のあのスローガンわかりますか。『人民に奉仕せよ』って書いてありますね。誰の言葉か知ってます？　毛主席ですよ。それがおたくの人民への奉仕ですか。怒鳴りつけたり、もう少しで手首をへし折ったりすることが？」

警察隊員は八十《バーシー》のほうを向いた。「おまえは何者だ」

「おたくが奉仕する人民の一人ですよ」

警察隊員はポケットから手帳を取り出した。「名前は何だ。どこの工作単位だ」

八十《バーシー》は何かでっちあげようとしたが、言う前に警察隊員が向きを変え、子供たちの行進をかき分けて渡ろうとした者を怒鳴りつけた。八十《バーシー》は肩をすくめ、こっそり逃げながら小声で言った。「名前は、おまえの母さんの間男。工作単位は、おまえの母さんのベッドだよ」

少し歩いて他の人に尋ねたところ、この地区の人々はみんな、処刑前の批闘大会をおこなう六つの会場のうち、高校に向かって歩いていることがわかった。

「女が誰だか知ってます？」八十《バーシー》は訊いた。

「反革命分子」と男が答えた。

「それは知ってるけど、何者？」

男は肩をすくめた。「それが君と何の関係があるんだ」

「入場券はどこで手に入れるんですか」

「入場券？　自分の学校にくっついて行けよ」

「いま学校に行ってないんで」

「じゃ工作単位に」

八十《バーシー》はどこにも所属していないことを説明しようと思ったのだが、男が聞いていないようだったので、途中でやめた。八十《バーシー》は突っ立ったまま、男女が、学生が、引退した労働者たちが行進していくのを見た。みんな歌をうたい、スローガンを叫び、色とりどりの旗を高々と振って幸せそうだった。八十《バーシー》は、単位に所属することの意義を深く考えたことがなかった。高校生たちの後ろについて行こうかとも思ったが、旗を持っていないので怪しい人間に見えるだろう。しばらくすると、彼は独り言を言った。「批闘大会のどこがそんなにすごいんだよ。僕は島に行って処刑そのものを見るぞ」

口に出してしまうと、八十《バーシー》の心は決まった。この世の何でもしたいことをしていい自由の身なのに、どうして行進の群衆に交じらなきゃいけないんだ。

「じゃあな」彼はにんまりと人々に手を振った。人々は羊の群れのように通りを突き進んで行った。

4

東風体育場は文化大革命の最盛期の一九六八年に建設され、収容人数はずっと少ないものの、北京の工人体育場を手本にしていた。ここは凱《カイ》にとっては馴染みの舞台だった。労働節（メーデー）、中国共産党建党記念日、国慶節（建国記念日）、そして大衆を集めて表彰すると市政府が決めたあらゆる類の偉業を祝賀する式典の進行役を、一年に何度か務めるのだ。彼女が立っているところからは聴衆がほとんど見えなかったが、自分の拡大された声を通じて一万五千人の注目度がわかるようになっていた。声はあたりのどんな小さな変化にも反応する感じだった。ときどき声のこだまが力をみなぎらせて響きながら生き物のように勝手に戻ってくるので、凱《カイ》は自分が憧れの目や、ひょっとすると悪気のない欲望の目で見られているのがわかった。知らない人の心の中で、恋人や妻や子供の代わりをさせられているのだ。その思いがどれだけ儚《はかな》いものだとしても。ところがここ一年ほどそういう瞬間が減っていて、いまでは声が入り組んだ迷路に消えたり、無関心な冷たい壁に跳ね返されたりして、こちらが情けを請うている気によくさせられた。

「緊張してるの？」二人が通用門のところで立ち止まると、寒《ハン》が訊いた。彼はあたりを見回してから手の甲で彼女の顔に触れ、うまくいくよ、と言った。彼女は黙って頭を振った。出産休暇を終えて仕事に戻った後の昨年秋、国慶節の式典の舞台で感情の抑えがきかなくなった。むせたような声になり、涙があふれてきたが、その状態は一分とたたないうちに終わった。聴衆は様子が変だと思ったとしても、行事の妨げになるような反応を見せなかった。とはいえ、賓客として舞台のもっとも近くに座っていた役人たちは、涙に気づいて話題にしたにちがいない。きっとホルモンよ。その後の宴会で市長の妻にそう言われたが、寒《ハン》の母親はそう甘くはないといった雰囲気で、女のつまらぬ感傷を国家的任務に持ちこまないように、と他の客の前で釘をさしてきた。

「処刑される女は注目を集めるもんだよ」と寒《ハン》は言った。凱《カイ》は彼を見上げ、紛れもない残酷な事実に後ずさりした。こういうことを言える人だとは思わなかった。国慶節の危機からしばらくは、寒《ハン》がどうしたのかと訊いてくるので、聴衆を引きつけておけないのが心配だったと嘘をついていた。舞台の上で襲ってきた巨大な虚しさを、寒《ハン》にも誰にも説明できないのはわかっていた。

今日は聴衆を引きつけておけるよ、と寒《ハン》が凱《カイ》にまた請け合ったので、凱《カイ》はうなずいて、会場入りしなくては、と言った。彼が宴会で会おうと言って、練習どおりに唇を上に曲げるのを見て——寒《ハン》はハンサムぶりをやたらに意識する十代の男の子みたいに、鏡の前でほほえんだり笑ったり、顔をしかめたりじっと見つめたりして表情の練習をした——彼女は一瞬ほほえましい気持ちになった。もしもっと地位の低い両親のもとに生まれていたら、寒《ハン》はたぶん少年のような無邪気さのおかげで、いい夫でいい父親であるだけでなくいい人でもあったんじゃないか。とはいっても、その無邪気さはとっくの昔に人生の厳しさに打ち砕かれていたかもしれないけれど。彼女はその朝初めて彼の目を見て、今日の幸運を祈るわ、と言った。

「運はいつも僕の味方だよ」と寒《ハン》は答えた。

凱《カイ》は彼と別れて、体育場の通用門に向かった。姿が見えなくなるまで、寒《ハン》は目で追っているだろう。彼女は振り返って赦《ゆる》しを求めたくなる気持ちを抑えこまなくてはならなかった。今朝は、急に情をたかぶらせて明明《ミンミン》にキスをし、子守を驚かせた。子守の少女は子供部屋の目立たない隅っこに引っこみ、目を伏せて平然とした顔をしながら、赤ん坊の母親役を引き継ぐまで待っていた。明明《ミンミン》は母の愛にも、その愛が保護している世界から去る母の決意にも気づかず、ぷくぷくした柔らかい指で凱《カイ》の顔を探った。

舞台裏では、直前の準備でみんな忙しかった。凱《カイ》は一人の同僚と式次第をさらい直し、それから小部屋で休んでいるようすすめられた。行ってみると、いい香りのするお茶のマグカップが用意されていた。じきに宣伝課の秘書が入って来て、誰かが通用門のところで待っていると言った。寒《ハン》なのか尋ねると、夫ではなく知らない人だと言う。秘書はにやにやして、密かな崇拝者でしょう、と言ったが、凱《カイ》はいまのところ死ぬまで崇拝者は必要ないと言って、その冗談を退けた。秘書が、もしよかったら、あなたがもう幸せな妻であり母であることをその男に言いに行きますよ、と言うので、凱《カイ》は礼を言い、いいえ、自分で言いに行きます、と答えた。秘書がそのとき、何かちょっとした用事を言いつけられた。廊下を行く彼女の後ろに、笑い声がたなびいた。世間は、疑いを持たない夫並みに信じやすくて鈍感なことがあるのだ。

体育場から通りを挟んだ木の下に、家林《ジアリン》が立っていた。灰色の上着が後ろの壁に溶けこんでいる。古びたソビエト風の綿の帽子が眉の下まで深くかぶさり、耳当てが下ろされ、あごの下で結ばれていた。渾江で長い冬の間、男も女もつけている白い綿のマスクが、顔をほとんど覆っていた。眼鏡のフレームが折れて医療用テープで何重にも補修されていたが、その眼鏡がなかったら、家林《ジアリン》は夜勤から帰宅する労働者か、鳥籠のような店に向かう店主というぐらいで、人目を引かなかっただろう。それでも、この日に公然と面会を頼むようなことをするのは、彼らしくなかった。

「何かご用でしょうか」凱《カイ》は言った。ときどき会う図書館の外に出れば、他人のようにふるまうしかなかった。

彼はすべて順調か確かめに来たと言い、それから咳の発作に襲われて顔をそむけた。咳がやむと、凱《カイ》はどういう意味かわからないと答え、声に嘘がにじんでいるのを感づかれるだろうかと考えた。

「では心配したのは間違いだったんですね。私は、あなた一人で実行する秘密の計画はないことを確認したかったんですが」家林《ジアリン》は言った。

「どうしてですか」

「早まった行動は自殺行為です」

「私が訊いたのは、どうして私があなたに黙って何かすると思ったのか、です」

家林《ジアリン》は凱《カイ》の様子をじっと見ていたが、彼女はその視線から逃げなかった。背後で笛が鳴り、警邏隊員たちが誰か通行人を怒鳴りつけた。もうすぐ彼との会話を終えなくてはならない。もうすぐ舞台に行くことになっている。そしてすでに世間からほぼ死んだようにみなされている彼は、聴衆の中にはいない。

「この前会ったとき何か言っていましたね」家林《ジアリン》はそう言って、首を振った。「私の思い違いだといいんですが」

革命には少しは衝動も必要だわ。彼女がそう言ったのは、顧珊《グー・シャン》の処刑日について知らされた二週間前のことだ。彼女は彼の小屋を予告なく訪問した。そして、行動を起こすときよ、と言った。顧珊《グー・シャン》の命を救いたい気持ちが、劇場を去って以来の情熱で語る人に、彼女を変えていた。大衆をやる気にさせなきゃいけない。人々の関心を裁判に引きつけなきゃいけない。うまくやれば、判決を取り消せないまでも、せめて処刑を遅らせることはできるはずよ。彼女が話している間、ずっと家林《ジアリン》は顔をしかめて聞いていた。その後で彼は、衝動に任せた賢明とは言えない提案だ、と言い、初めて二人は言い争ったのだった。

「私だって行動を起こしたい気持ちは同じなんですよ」と、いまの家林《ジアリン》が言った。

凱《カイ》は眼鏡の向こうの目を見た。そこにはうまい言葉が見当たらないような、とまどう感じがあった。

二週間前の午後、彼の結論の出し方に反論できず、彼女は腹を立てて弱虫と呼んだ。そのとき家林《ジァリン》は、この世のたいていの知り合いより死に近いのだから、気にかけているのは生死ではなく、正しい時期かどうかだと言った。その言い方は、彼の穏やかな物腰からは想像できないような冷たい怒りを帯びていて、凱《カイ》は謝りもせずに小屋を出ざるをえなかった。その六ヶ月前に初めて会ったときに彼が病状を教えてくれて、それ以後、結核の話が出たことはなかった。家林《ジァリン》は凱《カイ》より四歳年上だが、病気のせいで年をとらない。仲間になる決心をしたときには、凱《カイ》もその事実に気づいていた。初めて彼女に手紙をよこしたとき、彼もきっとそんな思い――死にかけている彼は、社会のたいていの決まりごとを免れる――を抱いていたのにちがいない、そんな気がした。その手紙には民主主義や独裁政権のことを書いていたので、刑務所行きになる可能性もあったのだ。未知の人間に、それもよりによって渾江の政府を代表する声の女に信頼を寄せるなど、とても理解できることではなかった。とはいえ、そもそもどうして理想だけでなく命まで彼女に委《ゆだ》ねようと思ったのか、尋ねたことはなかった。急速に親しくなったにもかかわらず、直接話せる機会はほとんどない。二人が交わす手紙はもっぱら政治問題や社会の動きに関する話ばかりで、生活のことにはめったに触れなかった。

「どうして私が一人でやると思ったんですか」凱《カイ》はまた訊いた。

思い違いであってほしいけれども、今朝話しに行かなかったら後で後悔するような気がした、と家林《ジァリン》は言った。凱《カイ》は、その直感は思い違いではない、と言おうかと思った。

この前別れたときから、独自の計画を実行すると決めていた。彼は及び腰だが、彼女が批闘大会で公然と抗議の声を上げれば、彼と仲間たちが行動をとらざるをえなくなる、と期待していた。自分の世界から母親が去っていく前に追い出さざるをえなくなった子供のように、家林《ジァリン》のいない一日と闘いと人生の覚悟はできている、と思っていた。彼が彼女の決意を感じとり、止めに来ることができる人だということに、彼女は心を震わせもし、怯えもした。

家林《ジァリン》は彼女のことを見つめた。「私の知らないことを、もう何か始めましたか」

「いいえ」

「それから、私に黙って抗議を始めようなどと考えているのでは？　不安は的中ですか」

道行く人が数人そばを通りかかったので、家林《ジァリン》も凱《カイ》も一瞬口をつぐんだ。自転車のベルがせっかちにチンチン鳴ってから、衝突する音がした。二人とも事故はどこかと目をやったりしなかった。

彼の顔を全部見たのは一度しかない。ある昼下がり、手紙に書いてあった彼の住所を探したときのことだ。その手紙は宣伝課の外にある彼女の名前の郵便受けに届けられていた。番組で取り上げてもらおうと、さまざまな行事や実況放送での語りを賞賛するファンレターが多い中で、それは目をとらえた。封筒の筆跡が、一生かけて書道の稽古に打ちこんできた父親世代の老人を思わせ、彼女は好奇心から、すべての手紙を宣伝課の秘書に回す前に、その手紙だけよけておいた。

半年前の午後、門をノックすると、彼が親しげな挨拶を返してきた。後で察したとおり、彼女だけが訪ねてくる人間ではないのだった。門を開けて小さな庭に入ると、しばらくして彼が小ぶりな小屋から出て来て、彼女が待ち人ではなかったので驚いていた。彼は背が高くて想像していたよりずっと若く、顔が青ざめ、やつれていた。話しているとときおり急に咳きこみ、顔が不健康な赤みを帯びた。訪問一回目のそのときは、小屋の中に招き入れてもらえなかった。今度はマスクと手袋をして来てください、と彼は言った。もっと親しくなると、彼は町で唯一の図書館にある閲覧室で会おうと言い出した。

「ここに長く引き留めておけないのはわかっています」声が届く範囲内に誰もいなくなったいま、家林《ジァリン》が言った。「でも、少なくとも、もう一度話し合うまでは何もしないと約束してくれませんか」

請うような口調を彼から聞くのは珍しかった。二人の間では、自信があるのはいつも彼のほうだ。凱《カイ》のほうは彼を失望させてはいけないと、手紙を何度も書き直さなくてはならないこともあった。

「遅かれ早かれ私たち、信じるもののためにすべてを捨てなくちゃならないんじゃないんですか」凱《カイ》は尋ねた。

「見境《みさかい》のない夢みたいなことで身を犠牲にはしません」

「では顧珊《グー・シャン》を私たちの犠牲にするんですね？」二週間前に言っていたように、彼は彼女の情熱を愚かな子供じみたものと思うだろうか、と凱《カイ》は考えた。でも、彼の考えに疑問を持ったのは方針に同意できないからというより、むしろ挫折感のせいだ。私たちは顧珊《グー・シャン》の命を救うために何もしていないじゃないですか、と凱《カイ》は言った。世間の人々に不正だと気づかせないまま、彼女をただ死なせるというんですか。私が一人で行動するつもりだとあなたが思ったのは間違いじゃない。私にはマイクがあり、声があるんです。

誰かが名前を呼んだので振り返ると、秘書が手を振り、それから警邏隊員たちに凱《カイ》と家林《ジァリン》を指さしてみせた。行かなければ、と凱《カイ》は言った。行動する前に、少なくとも私の言ったことをよく考えてみてくれませんか、と家林《ジァリン》は言ったが、答える暇がほとんどないまま、凱《カイ》は期待された約束をせずに別れた。通りを渡るとき、警邏隊員がけげんそうに凱《カイ》を見た。私と政治問題を話し合うと言ってきかない例の人たちの一員。秘書に尋ねられると凱《カイ》はそう言い、警邏隊員たちには、いいえ、あの人は放っておいていいんです、と言った。

いつか長男がいなくなってしまう。家林《ジァリン》の母親はそう思いながら、テーブルにしている木の切り株の上に彼の朝食を置いた。小屋には、切り株と椅子と細長い簡易ベッドの他に家具はなかった。ガソリン携行缶で作った暖房器に、母親が一日に三回湯を入れ、それが小屋を屋外よりわずかに暖かくしていたが、湿気が寝具に一年じゅうまとわりついていた。小屋の片側には、本の山がつぶしたダンボール箱の上にのっていて、その下にはビニールシートが敷いてあった。ワイヤーや真空管やスイッチを入れた靴箱——家《ジア》林《リン》はその簡易な組み立て品のことを、僕のラジオ、と呼んでいた——がベッドの上にあり、その脇にはワイヤーや金属の輪っかがむき出しになっているヘッドホンが置いてあった。

家林《ジアリン》が小屋にいないので、今朝はどこに行ったのだろうと母親は思った。彼はあまり外出しないので、彼女は小屋で一人になれるひとときができて、うれしいと言っていいぐらいの気持ちになった。ここにいるときの彼は態度がよく、彼女が食事や湯や洗濯物を運んで行くと礼を言ったが、座っていくようにすすめはしなかった。家林《ジアリン》が自分には理解の及ばない人だという事実はとっくに受け入れているけれど、成長して親離れしていく子を持つ母親が誰しもそうであるように、できるだけ長く小屋にとどまっていたい気分にかられるのだった。そうして何でもいいからつかんで離さないようにし、人生から息子がいなくなったときに、その記憶を使って彼を喚び起こすのだ。彼女は本を取り上げ、適当にページをめくった。誰かが段落に太い赤や青の印をつけていた——家林《ジアリン》かもしれない、いや前の持ち主だろうか。でも、本に過去がなくて、最初から息子のものだと思いたかった。言葉を見ても、彼女には読めない——彼女は文盲なのであり、紙製品を作る工場で発禁本を扱う担当にされているのも、それが理由だと家林《ジアリン》は思っていた。家林《ジアリン》は母親に、本を少し取っておいてくれとせがんだ。そのときには結核を患ってから一年たっていたので、母親は世間から隔離された息子を思うと、けちな泥棒にでもなるしかなかった。毎日彼女は、溶かしてパルプにする本の山から一冊か二冊取ってきて、服の下に隠した。家に着く頃には、本は彼女の体でぬくもっている。彼女はこの世の誰一人だましたことがない正直者ではあったけれども、本を見ると家林《ジァリン》の顔が輝くので、そのめったに得られない幸せから、犯した罪を後悔したことがなかった。

朝食が遅いと誰かが家の中から文句を言ってきたので、彼女は急いで台所に戻り、他の家族に食事を用意した。目の前に置かれた箸の上げ下ろしぐらいしかしない下の十九歳、十六歳、十四歳の息子たち三人と、そんな彼らを男らしいと言って褒めそやす夫だ。

家林《ジァリン》は、水の事故で終わった前の結婚でできた息子だ。最初の夫は海辺で育った屈強な男だったが、家林《ジァリン》が生まれる三ヶ月前に渾江に飛びこんで首の骨を折った。父の命を取りに来た息子だ、と言って人々が結婚話を持ってきて、赤ん坊を里子に出すよう助言した。彼女はそんな馬鹿げた話は聞きたくなかったし、それから十年再婚しなかったのだが、ときどき間違っていたのではないかと思うこともある。もし家林《ジァリン》がよその夫婦に引き取られていれば、違った人生を送り、理解の及ばない病気にも不幸にも見舞われなかったかもしれない。家林《ジァリン》は三十二歳で、結婚するには年をとりすぎ、死ぬには若すぎた。彼が結婚するのを見ることは永遠にないのに、自分が生きているうちに彼が死ぬのを見ることになる。彼女は深いため息をついたが、もう涙は出てこなかった。彼がどこから結核をもらってきたのかわからない。ちょうど彼の読書好きがどこからなのかわからないように。彼の実の父親はいまの夫同様、あまり学のない男だった。他の三人の息子はみんなたくましくて粗野で騒々しい――どの子も、貨物駅の人夫として働く父親をそのまま若くしたような男たちだ。家林《ジァリン》だけがよその家系から来たかのように違っている。最初の夫ではなく、親切で品のいい知識人の息子みたいだ。ときおりそんな思いが浮かぶことがあるが、あまりに不思議なので自分でも確信が持てなかった。

彼女は別の男を夢見ていたことがある。文盲の女性のために顧《グー》師が開いた講座に通っていた、新妻の頃だ。結婚してからまだ一年もたっていなかった。すでに夫は、男が妻に負わせられるかぎりの苦しみを、彼女に負わせていた。顧《グー》師はこれまで会った男の誰よりも優しく、黒縁眼鏡の向こうの目は哀しげで、シャツとズボンは清潔そのものだった。彼が鉛筆の正しい持ち方を教えてくれたとき、爪がきちんと短く切りそろえられているのに気づいて、後で鼾《いびき》をかいている夫の隣で眠れないときに思い出して頰を染めた。顧《グー》師が、同級生の一人で地主の妾《めかけ》だった小さな卵形の顔の出戻り女と結婚すると聞いたときは、がっかりした。講座に行くのをやめてしまったのは妊娠したからでもあるが、屈辱を感じたせいでもあった。長年にわたり町で顧《グー》師を見かけるが、彼は思い出の姿のままに物静かで哀しげだ。自分だとわかってはもらえなくとも、遠くから彼を眺められるという事実が不思議と慰めになった。老いた彼が娘を銃殺されて、どんな思いをするか考えてしまう。かつては密かに嫉妬していた顧《グー》師の妻でさえいまとなっては許せるのも、やはり顧《グー》師に必要なのは息子なのに、彼女が反革命分子の娘しか産めなかったからだ。青ざめた肌で頰に不健康な赤みがさし、彼女が知る顧《グー》師のように哀しい、家林《ジァリン》のような息子がいたらよかったのに。彼らは理解し合えるだろう。彼女はそう考えたが、しばらくして首を振った。テーブルに食事を運んで夫の隣に座った。家林《ジァリン》は若くして死ぬ。たとえ息子だとしても、顧師《グー》にとって何の慰めになるだろう。家林《ジァリン》を保養所にしばらく入れていたこともあるが、快復の望みはほとんど得られなかった。下の三人が一晩で大きくなって服が着られなくなるようなのに、家林《ジァリン》に金を浪費しても無意味だ。夫にそう言われるまでもなく、彼女は納得して家林《ジァリン》を家に連れ帰った。夫は庭に小屋を建てた。そして口には出されないものの、残された日々をそこで過ごしてもらうことになったのである。

顧師《グー》は朝食の後で家を出たが、歩きや自転車で工作単位に向かう近所の人たちと目を合わせないようにした。学校の生徒が数人、大声で挨拶をした。彼らの態度がいつもと違うかどうかわからないまま、彼はうなずいた。親たちは、娘のことを話すだろうか。明日また教壇に立って、道を誤った娘に教えたのと同じことを教えるとき、子供たちがどう思うかを考えた。

彼の家から町の西端まで、歩いて三十分あった。表通りへ曲がると、顧師《グー》はコートのポケットに突っこんだ両手に旗がなく、くたびれた脚が人の流れについて行けないことに気づいた。彼は細い脇道や小路を通ることにした。そこでは、人々が批闘大会に出払った後、鶏や猫や犬だけでなくやもめの年寄りたちも出てきて、長屋に挟まれた空間を我が物顔で占拠していた。低い椅子に座っていた初老の男が、顧《グー》師を見上げると歯の抜けた口でぶつぶつと何か言った。何と言われたのかわからないまま顧《グー》師がうなずくと、その男よりは若いが、それでも年のいった女が男のそばへかがみこんで、彼のコートに留めつけたハンカチであごのよだれを拭いた。それからもともと座っていたところまで歩いて行き、脚が一本折れている椅子の上でバランスをとりながら、使い古した赤茶色の毛糸で編み物をした。

旅客駅を通りかかったとき、省都へ向かう列車が一時停車していた。顧《グー》師の思い出せるかぎり前から昼間は詰所に座り、夜は隣接した小屋で眠る駅員が、線路の脇であくびをしていた。七、八歳の少女が窓越しにゆで玉子を乗客に売っていたが、指が霜焼けで小さな人参のように腫れ上がっていた。顧《グー》師は歩をゆるめ、少女を見た。習慣で、彼女がどこに住んでいるか、そして学校に行ったことがあるか突きとめようとも思ったが、忘れることにした。三十年にわたって彼は貧しい家の子供たち、それもだいたいは少女たちを、学校に通えるよう手助けしてきた。親に金がないときは学費を払ってやった。彼は妻の目も、新しく入ってくるどの世代の少女たちの目も、字が読める喜びで輝くのを見た。たとえほんのわずかでも、現状を改善する自分なりの貢献をしてこれたならいいと思った。でもいまの彼は、惑わしたりそそのかしたりしようと執念を燃やす男女による本の内容が、こうした少女たちの道を誤らせるだけなのを知っていた。いちばん優秀だった二人の生徒――妻と娘――でさえ彼を失望させた。もしも珊《シャン》が、文化大革命へと誘導する新聞の文章を読むことができなければ狂信的な紅衛兵にはならなかっただろうし、もしも目に見えない大衆の考え方に従うより自分の頭で考えることを教えなければ、疑問を綴って囚人になることもなかっただろう。そして妻は、動かせない運命に文盲の女たちがみな降伏し、唯一の望みを来世に託して子供の死に耐えるように、珊《シャン》の死がつらくてもただ黙って耐えただろう。

さっきの年配の駅員がベルを鳴らした。顧《グー》師は足を止めて、朝の冷えた大気に白い蒸気が立ち昇るのを見つめた。乗客たちが離れて行こうとしていた。口の中に玉子を詰めこんだ男。手作りソーセージを齧る女。すぐに列車は速度を上げ、顔がわからなくなった。これが彼と妻が、人生でいま置かれている状況だ。どの日も区別がつかないものになりうるのであって、一瞬や一日のことを長すぎるとかみじめすぎるとか悩んではいけないのだ。彼は妻が服を焼いて戻ってきたとき、少なくともそう言った。一、二年後にはいまほど痛みが激しくなくなっていることを期待すべきだし、それを承知しておくべきだ。「誰だって死ぬ。娘を失う親は、私たちが最初でも最後でもないんだ」子供を亡くしたのも初めてのことではない、とは言わなかったが、思い出してほしいと彼は思った。

列車が通過し、最後尾に立つ車掌が顧《グー》師に向かって手を振った。彼は少し気力を取り戻して二、三秒後に手を振り返したが、車掌はすでに小さな点で、振る手が見えないほど遠くなっていた。

顧《グー》師は線路を横切った。通りが山の田園地帯に向かう未舗装の道に変わるあたりに、華《ホア》夫妻の小屋があった。華《ホア》じいさんが小屋の前にしゃがんで、ガラス瓶を仕分けしていた。華《ホア》ばあさんは外で、小さなガスこんろの火にかけた粥の鍋をかき混ぜていた。顧《グー》師はじっと彼らのことを見ていて、華《ホア》ばあさんが顔を上げてから初めて挨拶した。

華《ホア》夫妻は立ち上がって顧《グー》師を迎えた。「朝食は食べた？　まだなら一緒にどうぞ」と華《ホア》ばあさんが言った。

「もう食べたよ。朝ご飯の邪魔をして申し訳ない」と顧《グー》師は答えた。

「謝ることないよ」華《ホア》ばあさんは、小屋の中にある木のテーブルに粥の碗を一つ余分に置いた。「いいからいらっしゃい。たいした量じゃないの」

顧《グー》師は両手を擦り合わせながら言った。「どうもご親切に、華《ホア》ばあさん」

華《ホア》ばあさんは首を振った。ゆがんだフライパンを火にかけ、蜂蜜用に使われていた小瓶から食用油を垂らした。「目玉焼きは？　顧《グー》先生」

彼は止めようとしたが、数分後には目玉焼きが小皿にのせられた。華《ホア》じいさんは仕分けをやめて、座って少し食べていくようにもう一度顧《グー》師を誘った。もてなしを受けないと話を始められそうになかったので、華《ホア》じいさんが籠を二つ重ねて自分の席にしている間に、顧《グー》師は華《ホア》じいさんの椅子に座った。

「今年は春が来るのが遅い。ほんとに異常だねえ」と華《ホア》じいさんが言った。

「そうだね」と顧《グー》師。

「調子はいいかい」華《ホア》じいさんは訊いた。

「うん、いいよ」

「それと奥さん。大丈夫？」華《ホア》ばあさんが訊いた。

「季節柄、ちょっと具合がよくないけど、たいしたことはない」

「すぐよくなるといいね」華《ホア》ばあさんは顧《グー》師のほうへそっと皿を寄せた。「遠慮なくどうぞ」

「こんなに食べられないから」と顧《グー》師は、皿を華《ホア》じいさんに回した。「腹は結構いっぱいなんでね」

しばらく譲り合ってから、華《ホア》じいさんは顧《グー》師が食べないのを受け入れて、目玉焼きを箸で二つに分け、半分を妻にやった。顧《グー》師が黙って待っていると、そのうち夫妻は朝食を食べ終えた。「頼みがあって来たんだ」と顧《グー》師は言った。夫妻は二人とも静かに座って、空になった碗を見下ろしていた。

顧《グー》師は包みを取り出し、華《ホア》じいさんに差し出した。「実は大変な頼みだ。迷惑をかける埋め合わせがこれで足りるといいんだが」

華《ホア》じいさんは妻と目を合わせた。「今日、娘さんの世話をする人を探してるのかね」

「そうなんだ。娘を役立つ人間にするように教育できなかったのは、私たちの不面目で……」

華《ホア》ばあさんが怒ったように口を挟み、うちでそんな建て前の口をきく必要はないと言った。顧師《グー》は謝って、しばし何も言えなくなった。

「お気の毒にね」華《ホア》ばあさんは優しい声で言った。「先生も、奥さんもね」

華《ホア》じいさんもそれにうなずいた。

「ありがとう」顧師《グー》は言った。

「だけど、許してちょうだい」華《ホア》ばあさんは現金の包みをテーブルの向こうに押しやった。「助けてあげられないんだよ」

顧師《グー》は胸に突き刺すような痛みを感じ、答えの言葉が見つからなかった。華《ホア》じいさんはきまり悪さのあまり咳をして目をそらし、「お気の毒だが、申し訳ない」と妻の言葉を繰り返した。

顧師《グー》はうなずいて、立ち上がった。「いや、こんなおかしなことを頼みに来て困らせたりして、謝るのは私のほうだ。訪ねてきたことを許してもらえたら、もう行くよ」

華《ホア》ばあさんは包みを持ち上げて華《ホア》じいさんに渡した。華《ホア》じいさんはそれを顧師《グー》の両手に持たせてから言った。「来るんじゃないかと思ったから、誰か手を貸してもいいって人はいないか、訊いて回ったんだよ。昆《クエン》さんのこと、知ってるかい」

顧師《グー》は、昆《クエン》のことは知らないし、これ以上華《ホア》じいさんを煩わせたくない、と答えた。望まれない子供なら華《ホア》夫妻は誰でも引き受けてくれる、などと考えた自分が浅はかだった、と言い添えようかと思ったが、やめておいた。

「煩わしいなんてことはない。昆《クエン》さんはちょっと人を寄せつけないところがあるんだが、独り者が年をとるとそういうこともある。手がけたことはちゃんとやる人だ。もしよければ家までついて行くよ」と華《ホア》じいさんは言った。

「そこまで煩わせるわけにはいかない」と顧《グー》師は繰り返した。両脚から力が抜けていき、テーブルに両手をついて体を支えなくてはならなかった。

「大丈夫？」と華《ホア》ばあさんが言った。

顧《グー》師はうなずき、一瞬、夫妻の気が変わってほしいと思った。もう一軒訪ねて行って見知らぬ他人を待った末、蔑《さげす》まれるか、もっと嫌なことに哀れまれるところを思い浮かべた。深い疲労感に襲われた。

「昆《クエン》さんはここからそう遠くないところに住んでるんだ」華《ホア》じいさんは羊皮のコートをはおった。「歩いて五分」

華《ホア》ばあさんは古びた毛糸の帽子を夫の頭にのせ、埃をはたいた。「あたしたちも助けてあげたいんだけど、ややこしい事情があるもんでね」

「ああ、わかるよ」

「ほんとに力になりたいんだよ」華《ホア》ばあさんは、信じてもらえないんじゃないかと心配でもしているように繰り返した。「珊《シャン》に恨みを持ってるなんて思わないでね」

顧《グー》師はうなずいた。どう言っても娘の弁護のしようはなかった——華《ホア》じいさんとばあさんは、珊《シャン》が一九六六年の集会で鞭《むち》打ったり蹴ったりした人たちの中に入っていた。その日、糾弾された人たちは全員が年配の人々だった。たとえば元地主の未亡人やひ弱な祖父母たちで、彼らの孫たちが聴衆の中から恐怖のあまり叫び声を上げると、親が黙らせていた。顧《グー》師と顧《グー》夫人自身がその日舞台に立つ被告の中にいたが、少なくとも娘は、両親を罰するのを仲間に任せるぐらいの情けは持っていた。顧《グー》師は、なぜ華《ホア》夫妻がそこにいるのかわからなかった――いずれにせよ二人とも貧しい出だというのに、若い革命家たちは気が狂っているので、人間だというだけで辱《はずかし》める理由になるらしかった。その日、顧《グー》師は娘のためにつないでいた望みをすべてなくした。その場で暴れ放題だったのは彼女だけではない。珊《シャン》より一つ下の同志で、まだ頬がふっくら子供っぽい女の子は、釘の突き出た棒で老女の頭を殴った。老女はよろけてドサッと舞台の上に倒れた。薄くなった銀髪が、ねっとりしたどす黒い血にゆっくり染まっていくさまを憶えている。その後で珊《シャン》は、同志の偉業を聴衆に強制的に賞賛させていた。

「この長い間どんな気持ちだったか、わかるよ」華《ホア》ばあさんは言った。

顧《グー》師はうなずいた。文化大革命が終結した際、珊《シャン》に代わって顧《グー》夫妻が、彼女に打ちすえられた人々に進物を持って謝罪しに訪れたとき、受け入れてくれた数少ない人たちの中に華《ホア》夫妻もいた。妮妮《ニーニー》の両親を含め、多くの人たちはドアの前で二人を追い払ったのだ。

「あなたが悪いんじゃない。あの頃は、あの子もまだ子供だった」

「〈弟子の悪行は師の無能〉」顧《グー》師は昔の教えを引き合いに出した。「〈子の過ちは父の過ち〉」

「自分を責めたらいけない」華《ホア》じいさんが言った。

年をとってきたことだし、余生は渾江にとどまりたいんだよ、と華《ホア》ばあさんは言った。夫妻は合法的に居住しているわけではないので、同調者《シンパ》と呼ばれるような危険は冒せない、ということだった。「もっと若かったら、迷わず手を貸すところだよ。若いときはずっと放浪の身だったんだ」

「うん」

「その頃は恐いもの知らずだったしね」

「うん」

「他のことなら何だって力になるから」

「うん。わかった」

「お茶でも飲みたくなったら、いつでも来てちょうだい」と華《ホア》ばあさん。華《ホア》じいさんは妻の話が終わるのを待って、それから顧《グー》師の腕を優しく引いた。「顧《グー》先生。どうぞ、こっちへ」

顧《グー》師は失望の色を隠しつつ、うなずいた。「ありがとう。華《ホア》ばあさん」

「奥さんも、お茶が飲みたい気分になったら、連れて来て」そう言うと華《ホア》ばあさんは、ためらいながら付け加えた。「あたしたちも、娘を失ったことがあるんだからね」

5

紅星小学校の一団が到着したとき、体育場は半分ほど埋まっていた。『共産主義はよい』という、童《トン》がそらで憶えている歌が拡声器から放送されていたので、彼は一緒に口ずさんだ。生徒たちは前のほうの列に席を割り当てられていて、その席に落ち着くやいなや童《トン》のクラスの何人かが、通学鞄に親が詰めたおやつを開け始めたり、水筒の中身を飲んだりした。童《トン》は重々しさを感じていたし、偉くなったような気分でもあったので、そんな子供っぽい過ちは犯さなかった。

批闘大会は九時に始まった。真新しい青い毛織《ウール》の人民服の胸に、紅い記章をつけた女が舞台に上がり、立って労働者合唱団とともに『共産党がなければ私たちの暮らしはない』をうたうよう聴衆に呼びかけた。童《トン》はさっと立ち上がり、女を憧れの眼差しで見上げた。童《トン》が渾江に来たばかりでまだ道を知らない頃、朝と夕方近くに〈耳〉と庭に座って、拡声器から聞こえてくるニュースのアナウンサーの声によく耳を澄ましたものだ。彼女が伝えるニュースはほとんどわからなかったけれど、温かくてほっとするような声を聞くと、おばあさんが寝かしつけてくれるときの愛情こもった手を思い出した。

大人たちは立ち上がるのに数分かかり、合唱団がうたい始めても、まだ半分はしゃべったり笑ったりしていた。さっきの女が聴衆にもっと大きな声を出すよう身ぶりで促したので、童《トン》は顔を赤くして、あらんかぎりの声でうたった。体育場の区画ごとにそれぞれ違ったスピードでうたうので、合唱団と伴奏が終わっても、聴衆はもうしばらくしないと最後まで行かない。歌のどの部分にもそれぞれ時間がかかる。あちこちから陽気な笑い声が上がった。

最初の話し手である市政府の党代表が紹介され、大人たちは数秒かけて静かになった。さらにさまざまな工作単位や学校からの話し手が舞台に上がって反革命分子を非難し、最後には必ずマイクに向かってスローガンを叫び、それを聴衆が繰り返して終わった。童《トン》がいちばん感心したのは、同じ学校で少先隊の隊長をしていて渾江少先隊合唱団の最高の歌い手でもある、五年生のスピーチだった。彼女はきれいな声で厳しい非難の言葉を暗唱した。童《トン》は、自分が彼女ほど見事には話せないし、なまりがあるからこういう重々しい式典で話すような栄誉は得られないのを知っていた。

しばらくたっても、集会がもっとも盛り上がる瞬間が来る気配はまだなかった――反革命分子を処刑場に連れて行く前にじかに非難するのだ。さっきの女が、犯罪人はあちこちの会場を移動しなければならないことを説明し、それから愛国の歌をもっとうたうよう呼びかけた。

大人たちはしゃべったり冗談を言ったりしながら、うろつき出した。編み物の針と毛糸玉を取り出す女たちもいた。教師が生徒たちにおやつを食べるように指示した。一人の男子が大声で、お母さんに体育場で一回はおしっこしておくように言われたと発言すると、四、五人の男子と女子が手を上げて同じことを願い出た。教師はその数をかぞえ、ある程度の子供たちを集めると、一列にして体育場の裏へ連れて行った。

童《トン》はきちんと席に座っていて、母親が入れたクラッカーも鞄の中で手つかずのままにしていた。彼は、女のアナウンサーが舞台に上がって、式典を縁日みたいにしてしまった子供と大人を叱ってくれたらいいのにと思ったが、渾江に来て以来、彼のような子供が意見を言っても仕方がないことを学習していた。祖父母の村では、有名な占術師の弟子に選ばれたことがあるので、農民たちから一目置かれていた。童《トン》はそのときまだ二歳半で憶えていられない年だったから、祖父母や近所の人たちが何度もしてくれる話しか知らなかった。年老いた盲目の男が、長年あちこちの村を旅しながら人々の運勢を占ってきたせいで体が弱り、死が訪れることを予知したので、この世についての秘密の智恵や知識を受け継がせる男児を選ぶことにした。彼は山を三つ越え、十八の村々をくまなく探した末に童《トン》を見つけた。言い伝えによれば、老人は村にやって来ると、十歳に満たない男児全員の頭蓋骨の形を調べた。一人調べるたびにがっかりしていたが、そのうち列でいちばん小さい童《トン》にたどり着き、その頭に触れるとたんに安堵《あんど》の涙をこぼした。それから六ヶ月間、老人は村に腰を据え、毎朝夜明け前になると童《トン》のベッドのそばに来て、経を唱えることや占術師になるために必要な詩や祭文《さいもん》をそらんじることを教えた。

師のことを童《トン》はもう憶えていない。童《トン》が三歳になるとすぐに老人は死んでしまい、村人たちを驚かせた。占術の名人が、自分の死を正確に予知できなかったのだから。彼の知識がこの世から失われたのは残念だが、それでも短い間占術師の弟子だったことで童《トン》は特別な存在になり、村人からあがめられた。ところが、こういう話は童《トン》の両親や町の人たちにとってはほとんどどうでもいいことなのだ。彼らは童《トン》の目を覗きこんだりしなかった。村の老人たちからは、実に慈悲深い目だといつも言われていたのに。非凡な子だと言われたので、童《トン》は自分が立派な大義のために生まれついたと思っているのだった。でも渾江では自分の存在などせいぜい道端の犬や猫程度にしか人目を引かないのに、どうすれば価値をわかってもらえるだろう。

警察隊が体育場の中に行進してきて、全通路の両端で監視についた。聴衆は席に戻るよう、アナウンサーが呼びかけた。彼女の声は風邪でも引いたようにくぐもり、童《トン》がいる前列から彼女が眉根を寄せているのが見えた。人々の熱心さが足りないことに、自分と同じぐらい嫌な思いをしているのだろうかと童《トン》は思った。でも見上げている心配そうな童《トン》の顔は目に入らないまま、彼女は反革命分子の到着を告げた。

体育場全体にひそひそ声がさざめく中、純白のぱりっとした制服に身を包んだ警察隊員二名によって、反革命分子が舞台の上へ引きずられてきた。腕は背中で縛られ、二人の男の手に体重をかけ、足がほとんど下についていなかった。式典が始まってから初めて、聴衆がいっせいにため息をついた。女の頭は眠るように垂れていた。警察隊員の一人が髪をつかんで顔を上げさせると、首に厚手の医療用テープが巻かれ、どす黒い血の染みができているのが童《トン》の目に入った。女の目は半分開いていて、前のほうにいる子供たちを何もわからないまま見ているようだったが、警察隊員が髪を放すと、頭はふたたび眠りこむようにうなだれた。

聴衆は立つように指示され、それからスローガンの叫びが始まった。童《トン》も同級生たちとともに叫んだが、だまされたような気がしていた。女は期待していたのと違っていた。両親が予想していたように頭を剃られてはいなかったし、同級生が言っていたような悪魔にも見えなかった。彼が立っているところから頭のてっぺんに禿《はげ》があるのが見え、小さい体に囚人服が灰色の小麦粉の袋みたいにだらりとかかっていて、危険な犯罪者みたいな感じではなかった。

数分後、女は舞台から連れて行かれ、二人の警察隊員とともに体育場の裏へ姿を消した。スローガンの叫びが尻つぼみになって消えると、もう聴衆は家に帰るだけになった。数人の大人が出口に向かったが、警邏隊員に通るのを阻止された。一、二ヶ所でもみ合いが始まって他の警邏隊員が集まっていき、するとすぐに女のアナウンサーが急いで舞台に戻り、合唱団とともに革命の歌をまた何曲かうたうよう聴衆に合図した。ほとんどの大人はすでに興味をなくしていたので、持ってきた旗を椅子の上に捨て置いて、ただ出口へと群がった。

学校に戻る道々、童《トン》は後ろにいる男子たちが大会のことを話しているのに聞き耳を立てた。一人は、もし二人の警察隊員が捕まえていなかったら、女は舞台から降りて襲ってきそうだったと悪口を言い、もう一人は、おじいさんから聞いたという話をしていた。

ときどき蛇《へび》が女に化けていることがある——もし彼女が人の目を自分の目に釘付けにするのに成功すれば、夜中その人の夢にずずずと滑りこんで、脳を食ってしまえる。

ばかみたいな話、と童《トン》は思ったが、ふさいだ気分だったので同級生の幼稚な考えに反論しようとは思わなかった。

ちび四もちび五も妮妮《ニーニー》の悪いほうの手をとろうとしないので、ちび四は自由に歩かせておくしかなかった。ちび五も妮妮《ニーニー》の手をなんとか放そうとするので、言うことを聞かないと車にひかれるか、さらわれて知らない人に売り飛ばされ、二度と親に会えなくなるよ、ときつく言い聞かせた。ちび五は怖がって泣き出し、すると背中で綿のおんぶ紐をされて機嫌よく声を出していたちび六が、姉が泣くのをちょっと見て、自分もわめき出した。

妮妮《ニーニー》は一瞬、市場に行くときよくやるように、妹三人を連れ帰って家の中に閉じこめておこうかと思った。それで一人で上手に行くのだ。八十《バーシー》という若者は、話すことは変だけどおもしろい人だし、無料《ただ》で石炭をくれるなんて本当かどうか興味があった。でも妹たちに告げ口されて、母親に昼食の間じゅう隅っこでひざまずかせられるのは確実だ。ビスケットの缶を隠しておけばよかったな。そういえば、ポケットに髪留めが入っているのを思い出した。彼女は妹たちを静かにさせると、青いプラスチックの蝶をいいほうの手のひらにのせて披露した。それから自分の番を待つよう、五分かけて上の子たちをなだめたり脅したりして納得させた。妮妮《ニーニー》はちび六を歩道に座らせ、柔らかい茶色の髪を頭のてっぺんで小さな三つ編みにし、その先に髪留めをつけた。三つ編みがよろよろしたので、ちび四とちび五が手を叩いて笑った。妮妮《ニーニー》はにっこりした。こういうときの妹たちは好きだった。

東風体育場に着くと、入口が全部閉まっていた。あたりにいるのは赤い腕章をした警邏隊員だけだ。「ここで何をしている」妮妮《ニーニー》が入口に向かうと、警邏隊員が叫んだ。ちび四はうろつくのをやめ、不安そうに妮妮《ニーニー》の袖を握った。

妮妮《ニーニー》はちび四を引き寄せ、批闘大会に来たと答えた。

「どこの単位の者だ」

「単位？」と妮妮《ニーニー》。

「そうだ。どの単位だ」男はにやつきながら言った。

年配の警邏隊員が近づいてきて、小さな女の子たちをからかうなと言ったので、さっきの男は、からかっているのではなく、単位の一員になるという人生でもっとも大事な教えをさとしているのだと答えた。後から来た警邏隊員は若者の言うことを無視して、妮妮《ニーニー》に言った。「すぐ家にお帰り。ここは君たちが遊ぶようなところじゃないんだよ」

妮妮《ニーニー》は、批闘大会に妹たちと行かなければならないわけを男に説明しようかと思ったが、すでに両腕を振って追い払われていた。

妮妮《ニーニー》は体育場のすぐ脇の小路まで妹たちを歩かせ、端っこで座っているように言った。

なるよ」
「顧《グー》家の娘を、処刑される前に見ておくことになってるの。見ないと今夜、ご飯抜きに
「なんで」とちび四。
「ここで待とう」

妹二人はすぐさま座った。数分たつと、二人はささやくようにうたいながら、小石と小枝を使って遊び始めた。妮妮《ニーニー》は円を描くように歩いた。まもなくちび六は眠ってしまい、首に寄りかかってくる頭が重く温かかった。体育場の拡声器からスローガンや歌や怒りの声が流れてきたが、何を言っているのかわからなかった。妮妮《ニーニー》は顧《グー》夫人と顧《グー》師のことを考えた。サヤインゲンの漬け物や炒り玉子を並べて、好きなだけ食べるように言ってくれた顧《グー》夫人。紙の蛙を手渡してくれた顧《グー》師。その手は優しかったけれど、こちらの手にわずかしか触れなかった。きっと二人は、彼女などいなければいいのに、とずっと思っていたのだろう。体の障害は、娘が犯した罪の証拠なのだから。

救急車と警察の車が表通りを走ってくると、小路に入ってきた。どちらの車も運転手がサイレンを消したが、青と赤のランプは点滅させたままだった。ちび四とちび五が遊びをやめて尋ねた。「何あれ」

妮妮《ニーニー》が返事する間もなく、警察隊員が警察の車から降りてきて、こちらに向かって怒鳴った。「家はどこだ。すぐ帰れ。この小路から出ろ」

ちび六がびっくりして眠りから覚め、泣き出した。妮妮《ニーニー》はちび五の手をとり、ついて

来るようにちび四に言った。小路の奥へ少し行くと、塀のない家があった。妮妮《ニーニ》は中に妹たちを入れて、隣の家の塀に隠れ、しゃべらないよう妹たちに命じた。ちび六が背中でむずがったので、指を口の中に入れてあやした。二人の妹は庭をうろうろして、隅にあった薪の山を見たり、軟らかい炭のかけらを砕いて粉にしたりしていた。

妮妮《ニーニ》は塀の後ろから覗いた。救急車から数人が飛び降りてきた。全員、白衣と白いキャップとマスクを身につけている。一人が救急車からストレッチャーを引き出し、小柄な二人が――髪がキャップの下からはみ出して首にかかっていたので、女だとわかった――救急車から白や青の袋とチューブと、長い金属のアームで救急車の中とつながっている妙な形の照明を取り出した。女の一人が試しに照明のスイッチをつけたり消したりし、四人の警察隊員は黒い警棒を手に、そ知らぬ顔であたりをうろうろと警戒にあたっていた。

突然誰かが叫び出した。犬がキャンキャン吠えながら小路を突っ切り、それを警察隊員が警棒を振りながら追いかけた。そこへ「急げ。来るぞ」と叫ぶ声がした。犬を追っていた警察隊員が駆け戻ったので、妮妮《ニーニ》はまた覗いた。誰かが小路に引きずられて来た。ほんの一瞬、その女の黒髪が見えたと思ったが、もう一度見ることができないまま数人の男にストレッチャーに乗せられ、すぐに白い布で覆われた。布の下で体がもがいたが、さらに数本の手が伸びてきて、身動きできないようにさせられた。「あれ何」ちび四が訊いたが、妮妮《ニーニ》は返事をしなかった。体を覆う白いシーツに赤い染みができると、心臓の鼓動が高鳴った。最初は皿ぐらいの大きさだった染みが、広がって乱れた形になった。数分たって、体はストレッチャーから下ろされたが、脚をばたつかせていた。でも不思議なことに、もがく体から悲鳴が聞こえてこない。妮妮《ニーニー》は胸に妙な重苦しさを感じた。まるで、どんなに声を出そうとしても出せない、そんな悪夢に襲われたかのようだった。その体を、警察隊員たちが警察の車の中へ引きずり入れた。白衣の男女は救急車に戻り、やがてまもなく二台とも表通りへ出て、緊急を告げるサイレンの尾を引きながら行ってしまった。

「何あれ」ちび四がまた訊いた。

妮妮《ニーニー》は首を振って、知らない、と言った。

「何あれ。何あれ」とちび五。人真似はやめなさい、と妮妮《ニーニー》は言った。妹たちを連れて、さっき救急車が止まっていた小路の入口あたりに行った。妮妮《ニーニー》は妹たちが気づく前に、ぽつぽつと落ちていた血の滴《しずく》を悪いほうの足で地面に擦り消した。黒い綿の靴の片方が落ちているのをちび四が指さし、ちび五がそれを拾った。ゴム底に穴が開いていたので、彼女は穴に指を突っこみ、くねくね動かした。妮妮《ニーニー》は捨てるように言ったが、ちび五が言うことを聞かないので、靴をつかんで小路の向こうに力いっぱい放り投げた。ちび五は泣き出したが、低い轟音が空から聞こえてきたら、泣きやんだ。彼女たちが見上げると、軍のヘリコプターが巨大な緑のトンボのように真上を飛んでいた。「ヘリコプター」ちび四がそう言うと、ちび五もそう言った。二人とも指で空を指した。

まもなく体育場の門が開いて、人々が盛んにしゃべりながら、ぞろぞろ出てきた。妮《ニー》妮《ニー》は妹たちの手を引いて群衆に近づいて行った。

「あの女、集会の最初から最後まで一言ものを言わなかったな。薬飲まされてたんじゃないの」一人の男が話していた。

もう一人の男は、集会の間に女が口を開けるのを見たと断言した。「薬を飲まされてるようにはぜんぜん見えなかったぞ」

「口きけるわけないだろ。きっと気管を切られてたんだ。首に包帯してたの見なかったか」と、さらに別の男が言った。

「気管？　あほか。気管を切られたら生きられないだろうが。切られたのは声帯だよ」一人目の男が肩をすくめた。「口がきけなかったのは確かだな」

「すみません」と妮妮《ニーニー》は言ったが、相手に届かなかったので、声を張り上げた。「すみません、おじさん。反革命分子はまだ体育場にいますか」

「君と何の関係があるの」男の一人が言った。

妮妮《ニーニー》は言葉につかえながら、その反革命分子の女を見たいんだと言ったが、言い終えないうちに男たちに遮られてしまった。「見るものなんかないよ。集会が終わったらすぐ連れて行くんだ。いま頃はたぶん射殺されてるね」

妮妮《ニーニー》はがっかりして、人ごみに踏まれないように入口からもっと離れたところに立っているよう、妹たちに言った。待っていると人がまばらになってきて、しまいには小学校の生徒たちが並んで行ってしまった。もう家に帰るしかなかった。

軍のパイロットは渾江市の姿も、そこから見上げるたくさんの顔も見下ろすことなく、ヘリコプターで毛主席の巨大な像の上を飛んでいた。省都までのフライトはわずか三十分で、それが終わればお楽しみの昼食だ。特別任務の後で出されるロースト・チキンや牛肉のリブや蒸し魚がついた昼食は、最高の待遇を受けているパイロットたちですら争ってありつこうとするぐらいだ。彼は軍に入った最初の年のことを考えた。十六歳で、教育担当官より頭一つ背が低かった。それで担当官は、隊列を組むと彼の顔に唾を吐いたり、脚を蹴ったりするのが好きだった。最初の三ヶ月は、肉を食べさせてもらえなかった。その担当官に、肩に線一本と星三つをつけたいまの自分を見せてやれたら。耐え難いことに耐えられる男こそ、すべての男の上に立つ男になる、と父親がよく言っていた。おまえたちみんなの上の男だぞ。パイロットは、少年たちが人で混み合った小路で互いにヘリコプターを指さし合いながら走っている様子を思い浮かべながら考えた。

空を見上げている顔の中には、八十《バーシー》の顔もあった。彼は丸背島の川向こうに立っていた。島は、渾江が町の東端で太くなり、南に折れるあたりにある鯨の背の形をした細長い土地だ。夏になると、北に渡ってきた野生の雁《がん》や鴨が群れをなした。その時期には子供たちが好んで島まで泳いで卵を盗んでくるのだが、卵はよほど強烈な香辛料を使わないと、くせが強くてひどい味だった。だから卵をとるのは食べるためというより楽しみのためだ。野生の鳥と子供たちを除き、ときおり訪れる者の中には警察隊員たちがいて、彼らは島から余計なものを撤去して行く。ここは渾江と周囲の数県の処刑がおこなわれる場所だからだ。この前誰かが銃殺されたのは二年前の夏、隣の県の男が若い女の強姦と絞殺未遂で有罪になったときだ。警察隊員たちが前もって島から人も物も排除していたが、向こう見ずな若者たち数人が泳いで行って岸近くの川に隠れ、後で男の頭が一発でスイカみたいにはじけるのを見たと断言した。それで、八十《バーシー》は彼らと一緒だったわけではないが、しばらくたつとそんな気がしてきた。それで、男が重い袋のようにドサッと倒れて死んでからもなお、一物がズボンの中で空を指していたと人々に話した。「ああいう男はさ、ほら、あそこに問題があるんだよね」八十《バーシー》はいかにもわかったような笑みを浮かべながら、男女を問わず話した。

八十《バーシー》は、赤い旗と黄色いテープが島を取り巻いているのを見つめた。川はまだ凍っているので、もぐって隠れられるところはなかったが、八十《バーシー》は権力を出し抜いて島に入りたくてうずうずしていた。意志の力で透明人間になれたらなあ！　そうすれば楽々と島に忍びこんで警察隊員のそばをうろつき、その顔にくすぐったいような冷たい息を吹きかけてやるのに。それどころか、若い女みたいなかわいいかすれ声で話しかけて親しげにあだ名で呼び、苦しい人生を終わらせてくれてありがとう、あの世であたしととっても楽しいことしましょ、なんて誘うこともできる。八十《バーシー》は警察隊員の中でも特に、さっき通りで脅してきた奴が取り乱して、制服の白いズボンを濡らすところを思い浮かべた。

彼はげらげら笑い、しまいには木にもたれて息をつかなければならなかった。これでお化けの出る島に足を踏み入れようとする者はいなくなるだろうから、島に小屋を建てて女と暮らせる。女は自分を救ってくれた彼に、きっと命を捧げることだろう。

女が二十八歳だったのを、告知を見て覚えていた。二十八歳なら、それほど年増ではない。ずっと年上の祖母と一緒に暮らしているけれど問題はないし、女はきっと祖母のように愛してくれるだろう。彼が家に帰って祖母と過ごす間――そういう取り決めでも女には理解してもらえるはずだ――彼女が島で耐えられないほど寂しくなったら、妮妮《ニーニー》に話し相手か女中にでもなってくれと頼めばいい。妮妮《ニーニー》が知っていることに興味を持つ者は誰もいないから、あの子には信頼が置ける。彼はそのとき、妮妮《ニーニー》がいま頃、ゆがんだ小さな顔に真剣な表情を浮かべて柳の木のそばで待っているのを思い出した。まあいいか、あの子にはいつでも会って処刑のほら話をして、楽しませてやればいい。情けない小さな顔をしかめたあの子を笑わせるのはなかなか大変だけれど、またやってみたってかまわない。

誰かが八十《バーシー》の肩をとんと叩いた。「ここでにやにやと間抜け面《づら》して、何をしとるんだ」見上げると、昆《クエン》が顔をじっと見ていた。昆《クエン》は一度も結婚したことがない。年をとっても独身で、ベッドを温めたり脚を洗ってくれたりする女がいないというのはどんなものなのか、八十《バーシー》はずっと訊いてみたいと思っていた。昆《クエン》も自分のように女を夢見ているのだろうか、とも思ったが、そういう質問は無礼かもしれない。八十《バーシー》のおしゃべりをうるさがらない人間は巷に一握りしかおらず、昆《クエン》はその一人なのだ。昆《クエン》は人々に気難しい人物だと言われていた。町じゅうの犬が、彼を見ると子猫のようにおとなしくなる。噂では山のオオカミやヘビはおろか、ツキノワグマさえ彼を恐れるということだった。八十《バーシー》はこういう話を露ほども疑ったことはない。昆《クエン》が口の端にタバコをくわえ、黒犬を打ちすえているところを一度見たことがあるのだ。昆《クエン》は穏やかと言ってもいいほどの顔をして辛抱強い笑みを浮かべていたが、この世の生き物と見ればたいてい敵意を示すけだもののようなその犬が、子羊のように従順になり、情けを請うように地面に頭をすりつけんばかりだった。

「聞こえてるのか」昆《クエン》はまた言った。近くで見ると、昆《クエン》はごく平凡な老人に見えた。顔には普通のしわが刻まれ、やぶにらみで前歯が二本抜けており、残った歯はタバコを吸うせいで黒っぽく黄ばんでいた。八十《バーシー》はにこにこして、降参したように両手を上げた。

「ああ、びっくりした。ここで何してるの」

「おまえと同じだ」

「僕がなんでここに来たと思うの」八十《バーシー》はぜひ知りたいとばかりに訊いた。

「処刑だろ」

「違うよ。人に会いに来たんだ。美人に」

昆《クエン》は首を振った。「死とデートしに来たって言うんなら、もっと信じる気にもなるけどな」

八十《バーシー》は手のひらに三回唾を吐いた。「縁起が悪いな。その言葉はなし」

「そんな女みたいな習慣、どこでつけたんだ」

八十《バーシー》は聞こえないふりをした。「で、あんたは何しに来たの」

「死とデートするんだ」

「勘弁してよ」八十《バーシー》はコートのポケットを両方探った末、ズボンのポケットに二週間前に買ったタバコの箱を見つけた――タバコは四、五回吸ってみたことがあるが、今回もまた、焦げたような味が好きになれなかった。八十《バーシー》は箱の底をとんとん叩いて、手のひらに一本落とした。「はい」彼はタバコをつまんで形を丸く整えてから、昆《クエン》に渡した。

昆《クエン》はそのタバコをけげんそうに見た。八十《バーシー》はため息をついて箱ごと渡した。昆《クエン》はタバコに火をつけると、残りをしまった。警察の車が土手のほうに走ってきて、そのあとに幌付きトラックが来た。トラックから警察隊が飛び降り、しばらくすると反革命分子が腕をつかまれ、車から運び出された。

昆《クエン》と八十《バーシー》は、一団が凍った川を静粛に渡って行くのを見守った。彼らが立っているところから、女の顔がほんのわずかに見えた。

「あんた、女のために来たの？」八十《バーシー》は訊いた。

昆《クエン》は、そうだ、遺体の回収に来たんだ、と答えた。

「死体を回収するのがなんであんたで、僕じゃないんだろう」

「俺は金をもらってる」

「誰から」

「女の親からさ」

「金はどこ」

昆《クエン》はジャケットの胸ポケットをぽんと叩いた。「ここだ」

「見ていい？」八十《バーシー》は昆《クエン》の言葉を信用していなかった。とにかく女には違いないからな。見たくて来たに決まってる。女がどんな状態であろうと。

昆《クエン》はポケットから小さな包みを取り出した。厚い束のように見えるが、自分でトイレットペーパーを包まなかったともかぎらない。もっと近くで包みを調べようとすると、昆《クエン》がすっとポケットに戻した。「俺の金に触るなよ」

「いくらもらったの」八十《バーシー》は訊いた。

「なんでおまえに教えなきゃいけないんだ」

「だって、死体を回収しなければ、僕が同じ金額を払ってもいいからさ」

「じゃ誰が回収するんだ。島で遺体を腐らせとくわけにはいかんぞ」

「僕がやる」

昆《クエン》は歯をむいてにやっとした。「思ったより愉快な奴だな」

「なんで」

「おまえほどおもしろい馬鹿は見たことがないからさ」

八十《バーシー》は気を悪くしたふりをしようかと思ったが、考え直して昆《クエン》と一緒に笑った。昆《クエン》をおもしろがらせることができれば、友達になれるかもしれない。自分だけが昆《クエン》と友達になれることがわかったら、人々は違った目を向けるようになるだろう。狐は虎と友達になったおかげであらゆる動物から恐れられた、そんな昔話を思い出した。だったら賢い狐になって何が悪い。「死体を回収する手伝いをしてもいい？　一人じゃ、きっと重いよ」八十《バーシー》は言った。

「手伝ってても、払う金はないぞ」

「手伝わせてくれたら、僕のほうが払う。せめて見るだけでも見せて」

昆《クエン》は八十《バーシー》のことを長々と眺めていたが、そのうち声を立てて笑った。木々の間の原っぱで何かをついばんでいた雀が、二、三羽飛び立った。八十《バーシー》は不安そうに、にたにたした。そのとき銃声が一発乾いた音を立て、金属の反響音を残した。昆《クエン》は笑うのをやめ、二人で鳥の群れが島から飛び去るのを見た。何事もなく数分が過ぎ、それから警察隊が、重いブーツで残雪を踏みつけながら並んで川を渡った。

「割れちまえ」八十《バーシー》は声をひそめてつぶやき、氷が割れて大きな穴ができ、この蔑《さげす》むべき人間たちが片っ端から呑みこまれるところを想像した。

「さて俺の出番だ」警察の車とトラックが走り去ると、昆《クエン》が言った。

「僕は？」

「いくら払える」

八十《バーシー》は指を二本突き出した。昆《クエン》が首を振ったので、八十《バーシー》はもう一本増やし、それからまたもう一本足した。昆《クエン》は眉をぴくりと上げて八十《バーシー》を見た。

「わかったよ。百。それでいい？」八十《バーシー》はせがむように言った。「百だとたぶん、遺族が払う金より多いんじゃないの？」

昆《クエン》はにやにやした。「それはこっちの話だ」彼はそう言うと、氷の上について来るよう合図した。

6

顧《グー》師は昼食ができていると言ったが、顧《グー》夫人は返事をしなかった。彼が昆《クエン》さんのところから戻ったとき、彼女は椅子に座ってじっとしていて、それから彫像のようになったままだった。彼はこまごました用事を考えついては、小さな物音を立ててみた。何もやることがなくなると、座って無理やり仮眠をとった。目が覚めたのは、批闘大会から戻ってきた人々のせいだ。男たちはしゃべったり自転車に鍵をかけたりし、女たちは昼ご飯だと子供たちを呼んでいた。彼は立ち上がると、音を立ててあれこれ切ったりゆでたり炒めたりして、昼食の準備を始めた。家の外で起こったことは、考えないようにした――生きていくただ一つの方法は、目の前にある生活の小さな断片だけに集中すること。成人を迎えてからは、ほぼずっとそのことをわきまえていた。

顧《グー》師は食卓に飯を盛った碗を置いて座り、せめてちょっとは食べるように、と妻にまた言った。彼女は食欲がないと答えた。

「人は自分の体に責任を持たなければいけない」と顧師《グー》は言った。彼は健康な心身でいるために、滋養のある食事を規則的にとる大切さを常に主張してきた。もし自分に一つ誇れるところがあるとすれば、困難に屈して体の管理をないがしろにした例《ためし》がないことだった。人生というのは予測がつかないものだが、食事と睡眠は、気まぐれな人生に打ち勝つために人がよすがにできる数少ないことの一つだ、と妻と娘に言って聞かせてきた。顧師《グー》は丁寧に嚙んでから呑みこんだ。水が足りなかったのか、米粒がぱさぱさして食べづらかった。白菜の筋がぐらつく歯にこたえたが、それでも嚙み続け、これまでどおり妻にいい手本を示そうとした。

食事を終えると妻のところに行った。まだじっとしている。彼は少しためらってから肩に手をのせた。彼女がびくっとしたので、手を放した。これで済んでよかったんだ、と彼は言った。いい面を見なければ。

「これでって何」彼女は言った。

彼は黙っていたが、しばらくすると「華《ホア》さんのところはやってもらえない。発電所の用務員やってる人に頼んだよ」と言った。

「あの子はどこへ行ってしまうの」

「場所を見つけてもらえる。墓標はいらないと言っておいた」

彼女は立ち上がった。「捜しに行かなきゃ」

「話し合いは済んだと思っていたがね」と顧《グー》師は言った。自分たちで娘を埋葬するのはやめようと彼が言い出し、彼女が受け入れて、一緒に決めたのだった。年老いた彼らにその作業は無理だ。心臓がすぐ使い物にならなくなる。

気が変わったと言って、顧《グー》夫人はコートを探した。知らない人に娘を送らせるわけにはいかない。

「手遅れだ。もう終わっている」

「最後に一目会いたいの」

顧《グー》師は口をつぐんだ。この十年で珊《シャン》のもとを訪れたのは、刑期の初め頃と再審のすぐ前の二回だけだ。一回目は妻と一緒に行き、十年の刑であるにもかかわらず、二人で希望を持っていた。当時珊《シャン》は十八歳で、まだ子供だった。十年を乗り越えるのはさほど大変なことではない、と彼は妻と娘に言った。長い人生からすれば短い期間にすぎない。このぐらいで済んでよかった。

彼が話している間じゅう、珊《シャン》は小馬鹿にしたような顔をしていた。彼女は後でこう言った。「父さん《バーバ》。自分でも信じていないことをしゃべるのって疲れない？」

「父さんは辛抱強さが大事だと信じているよ」顧《グー》師は答えた。娘がこういう態度をとることに驚きはしなかった。しかし娘が逮捕されたことは、顧《グー》師と妻にとって衝撃だった。娘は革命青年だと思っていたからだ。後になってからやっと、珊《シャン》が手紙をボーイフレンドに書き、毛主席と文化大革命に対する疑念を表明していたことがわかった。彼らは、顧師《グー》は珊《シャン》にボーイフレンドがいたことも知らなかった。その男のことを聞いていたら、珊《シャン》に警告していただろう。裏切り者は、人生でもっとも身近な愛する人々の中にいることが多い、と――たとえ珊《シャン》が聞かなくても再三――言っただろう。ボーイフレンドを両親に会わせるように求めもしただろう。でも、それで結果は違っていただろうか。ボーイフレンドはその手紙を市の革命委員会に提出した。珊《シャン》は十年の刑に処され、ボーイフレンドは出自があまりよくなかったのに――反革命分子である資本家の一族だ――軍に入隊する特別許可を与えられた。

この世でもっとも危険な生き物は人間なんだ。十年前の訪問のとき、娘にそう言おうと思った。塵の一粒のように小さく目立たない存在でいなさい。そう助言しようと思った。しかしそんな暇もなく、娘は同じ部屋にいることを拒否し、もう戻ると看守に合図したのだった。

それから顧師《グー》は娘に会いに行かなかった。妻は会いに行ったが、年に一、二回だけだ。あまり頻繁に行くと経歴に傷がついて、刑期が長引くのではないかと心配していた。二人はめったに娘の話をしなかったが、それぞれ内心では、なんとか何事もなく十年が過ぎてほしいと願っていた。ところが刑期が終わる頃になって、珊《シャン》が再審を受けるという通達が来た――刑期中に反省の色が見られず、来る年も来る年も自分のための嘆願書と個人的な日記を書きつらね、そこに共産主義に対する悪質きわまりない誹謗中傷が含まれていたという。

学校で毎週おこなわれる会議で、娘の再審が始まるに際し、思うことを述べるように党委書記に言われた。何も言うことはありません、と顧師《グー》が答えると、党員たちは皆失望して首を振った。「何も言うことがないなら、私の考えを申し上げよう」党委書記は言った。「前回、あなたの娘は我らが共産主義思想を誹謗したことで刑に処せられました。その頃は若くて教育する余地があったので、誤った考えを矯正する現在の機会を与えられたわけです。それでどうなりましたか。彼女はその機会を生かしませんでしたね。我が党と共産主義思想に対する愛と信頼を取り戻すことを拒否しただけでなく、もっとも反革命的な考え方で異論を唱えました。そのようなことは」彼は人差し指と中指で顧師《グー》を指した。「容認されません」

顧師《グー》は会議のことを妻に話さなかった。きっと彼女の工作単位でもこういう会議がおこなわれて、似たようなことを言われただろう。ときどき夜中に泣いている声を耳にした。慰めようとすると彼女は元気なふりをし、あまり心配しないようにしましょう、と言った。珊《シャン》はまだうら若き女性なんだし、もう刑に十年服したわ。判事も情けをかけてくれるでしょう。再審はただ警告としてやるだけよ。

顧師《グー》は、妻の根拠のない自信を裏づけるようなことは何も言わなかった。数日後、彼は刑務所へ面会しに行った。看守の態度は横柄だったが、人々のひどい仕打ちには長年のうちに慣れていたので、ことさらどうとも思わなかった。衝撃だったのは、珊《シャン》の状態だ——十年前の、あの反抗的で威勢のいい女の子ではなくなっていた。灰色でぼろぼろの囚人服は臭気を放ち、短い髪はひどく汚れて薄くなり、頭皮の中央には大きな禿《はげ》ができていた。肌は青ざめて透明に近く、大きく見開いた目は夢でも見ているようだった。父親のことはすぐにわかったが、十年前のことは何も憶えていないらしい。彼女は座ると、しゃべり出した。毛沢東に手紙を書いたら、誤った決定を下したことを謝罪し、解放を約束すると書いた返事をくれたという。毛沢東の死後二年たっていたが、顧《グー》師は冷や汗をかきながらも、そのことは指摘しなかった。彼女は早口で、解放されたらやろうと思っているいろいろなことについて話した。彼女の頭の中では、刑務所の塀の向こうで婚約者が待っていて、まず真っ先に二人で結婚許可証の申請をしに市政府へ行くことになっていた。面会時間が終わり、二人の看守が珊《シャン》の腕を乱暴につかんで部屋から引きずり出しても、顧《グー》師は抗議しなかった。珊《シャン》はまだしゃべっていたが、もう耳には入らなかった。彼は囚人服のズボンが月経血でどす黒く染まっているのを見つめた。人間に起こりうる最悪のことは、死などという生易しいものではない。彼は恐怖よりも大きな何ものかに襲われ、娘のためにその命を終えさせてやれたら、と思った。

娘の気が触れてからどのくらいたつのか、妻がこのことを知っているのか、彼にはわからなかった。長年伏せていたのかもしれない。今度は彼のほうが、珊《シャン》の不服従のため面会の権利を剝奪するという通達が刑務所から来た、と嘘をついた。妻はため息をついたが、それ以上問題にしなかったので、こちらの気持ちを慮《おもんぱか》って素直に受け入れたのだろうかと彼は思った。死刑判決が出たときは、ほっとした。妻もそうだったのかもしれないが、それは知る由《よし》もない。嘆願が通らなかったので、妻は最後に一目会いたいと言い出したが、面会の要求は却下され、その理由も告げられなかった。

顧《グー》夫人はコートを着た。女というのは子供みたいだな、と顧《グー》師は思った。虚しいことにしつこくすがりついて。彼がここにいるように強く頼むと彼女は声を張り上げ、どうして娘の姿を見に行かせてくれないの、と訊いた。

「〈ものが見えてなお盲目でいるに及ばず〉」顧《グー》師は古い詩を引用した。

「わたしたち、これまでずっと盲目だったじゃない。どうして目を開けて現実を見たいと思わないの」

珊《シャン》の目に巣くっていたのと同じ反抗心が、妻の目に浮かんでいるのを彼はみとめた。

「死んだ者はもう戻ってこないんだ。何もかも忘れよう」

「どうしてそんなに簡単に忘れられるの」

「そうせざるをえないんだ。せざるをえないというのは容易なことじゃないが、受け入れなきゃいけない」

「いつだってあなたは、何でもそのまま受け入れろって言うのね。どうして腰抜けの生き方をしなくちゃならないの」

顧《グー》師は目をそらした。その疑問には答えられない。妻がお互いのためにあきらめ、この苦しみを長引かせないことを願った。だが何も言えないうちに、いきなり左半身の感覚が消え、膝をつかなければならなくなった。助けを求めて妻を見上げたが、もう目が見えなかった。彼女はあわてて彼の体を支えようとしたが、重すぎた。ゆっくりと体を横にさせると、彼はコンクリートの床の冷たさが服を通して染みこみ、体全体を無感覚にしていくのを感じた。「行かないでくれ」彼は火を、彼女の温かく柔らかな体を、切に求めて懇願した。そして一瞬頭が混乱し、三十年前のままに若くて美しい最初の妻の顔が見えたように思った。「置いて行かないでくれ。君をまた失うのはごめんだ」

女の遺体は、水晶のように凝固した雪の上でうつぶせに横たわっていた。腕がねじられ、背中で複雑なやり方で縛られていた。八十《バーシー》の予想に反し、頭は割れずにまるごと残っていた。彼は少し離れたところで立ち止まり、囚人服の血の染みを見た。「死んでる?」

「おいおい。いまさら怖がってんのか」昆《クエン》は体をかがめて遺体を調べた。「金は払ってないんだから、ついて来なくてもいいんだぞ」

「怖いなんて、まさか。ただほんとに死んでるか確かめただけだよ」

「完全に死んでる」昆《クエン》は遺体の脚を片方蹴り、それからもう片方を蹴った。彼は遺体の脇にしゃがんで、女の背中を指さした。「ここを見ろ。こういうふうに腕を縛って、左手の中指がちょうど心臓の位置を指すようにしてあるんだ」

「なんで心臓なの」

「銃でどこを狙えばいいかわかるだろ」

八十《バーシー》は凍った川を島へ渡って来るとき、頭が吹っ飛ばされて、こぼれたペンキのように血だらけの脳が雪の上に広がった、という生々しい話を作り上げていた。彼を取り囲んで空恐ろしいものでも見るような様子の人々に、その話をするところを思い浮かべていたのだ。彼は近寄って、昆《クエン》の隣にしゃがんだ。背中の血の染みは碗の大きさ程度だったので、これほど小さな傷で命が終わってしまうのかとつくづく驚いた。女の顔は雪に半分隠れていて、目鼻立ちがわからなかった。八十《バーシー》は彼女の頭皮に触れた。冷たかったが、柔らかくて薄くて、妙に生きている感じがした。

「仕事にかかろう」昆《クエン》が言った。ナイフで縄を切ったが、女の腕は背中の上から動かなかった。

昆《クエン》は肩をすくめた。彼は上着のポケットから古タオルを取り出し、女の頭に二回巻きつけて後ろで結んだ。

「何のため？」八十《バーシー》は訊いた。

「目を合わせなくてすむようにな」

「なんで」

「霊は目から外を覗いている。死に追いやった者をみんな見ておくためだ。霊に見つかったら、まず逃げられないぞ。特に若い女の霊はな。生気を吸い取りに来る」

「迷信でしょ。僕なんか、誰かに吸ってもらいたいくらいだよ」

昆《クエン》は鼻でふっと笑った。「俺はおまえが食った飯よりしこたま経験を積んでるんだ。

信じようが信じまいがおまえの勝手だけどな、いざってときに助けを求めて泣くなよ」

「怖がることなんかないじゃないか。助けてあげるだけなのに」八十《バーシー》は遺体の中ほどを指さした。「あれ何だろ。そこにもう一発撃たれたのかな」

二人が遺体に近づいて背中の下のほうをよく見ると、囚人服に血が染みこみ、すでに乾いて焦げ茶色になっていた。布の重なっているところが持ち上がらないので、昆《クエン》は引きちぎって遺体から剝がそうとした。

「気をつけてよ」八十《バーシー》が言った。

「何を。もう何も感じないんだぞ」

八十《バーシー》は返事をしなかった。昆《クエン》が遺体から布を剝ぎとると、二人とも露わになった体の中央部を見た。肉が血まみれで大きく裂けており、不気味に笑う口元のようだった。八十《バーシー》は喉に生温かい液体が上がってくるのを感じ、それから茂みのそばに吐いた。雪をひとつかみして顔を擦ると、冷たさですっきりし、気分が落ち着いた。

「きれいなもんじゃねえよなあ」昆《クエン》はつぶやいた。すでに遺体を二枚の麻袋に入れ、せっせと二枚を紐で結び合わせているところだった。

「何をされたんだろう」八十《バーシー》が言った。

「たぶん射殺する前に何か取り出したんだな」

「何かって？」

「臓器だ。腎臓じゃねえか。でなかったら他の臓器か。よくある話だ」

「なんでそんなことを」

「臓器移植って聞いたことないか」昆《クエン》は言った。

「うん」

「おまえは学がある奴だと思ってたがな。いま頃は、誰が女の臓器を使ってるかわからん。移植どころか、医者が技術を忘れないよう練習するのに必要なこともあるんだ」

「なんで知ってるの」

「俺ぐらいの年になりゃ、知らないことはないんでね」

「年いくつ」

「五十六」

「だけど、きっと知らないことが一つはあるよ」遺体が袋の中にしっかり入ったので安心して、八十《バーシー》はまた機嫌よくなった。

「何だ」

八十《バーシー》は昆《クエン》に近づいて耳打ちした。「女」

「俺が女を知らんとどうしてわかる」昆《クエン》はちょっとにやっとして八十《バーシー》を見た。

「年をとっても独身だろ？」

「女を知る方法はごまんとある。結婚なんぞ最悪の手だね」

「なんで」

「一人の女しかわからんだろ」

「女、たくさん知ってるの？」

「ある意味、そうだな」

「どういう意味」

昆《クエン》はにやにやした。「おまえが町の連中に馬鹿呼ばわりされてるのは聞いてるけどな。馬鹿にしちゃ物を知りたがるじゃねえか」

「何が言いたいんだい」

「おまえは頭のいい奴だ。頭を使え」

八十《バーシー》は混乱した。祖母を除いて女と親しくなったことはない。「方法を教えてくれない？」

「入口は教えてやれるが、入ったら自分で方法を見つけなきゃだめだ」昆《クエン》はタバコに火をつけた。「一つ、話をしてやろう。おまえぐらいの頃、年寄りから聞いた話だ。昔あるところに女がいたが、夫は好んで他の女たちと寝ていた。もちろん妻は不満だった。どうして私を置いて他の女の体を求めるんですか、と訊いた。すると夫は、自分の顔を見ろ——きれいじゃないだろ、と言った。妻は鏡で顔を見て、計画を思いついた。毎晩野菜料理を作って、できるだけ豪華に見せたんだ。大根は牡丹《ぼたん》の形に彫って、エンドウ豆は真珠みたいにつないで首輪や腕輪のようにして、筍《たけのこ》はグラマーな女の形に切って」

八十《バーシー》は思わずごくっと喉を鳴らした。

「初めのうちは夫も感心していた。料理がすごくうまくなったね、と妻に言ったが、食事が済むと、やはり他の女と寝に行ってしまう。何日も野菜料理を食べ続けたら、夫が尋ねた。おまえの得意な豚肉の切り身や牛肉を煮込んだ料理はどうしたんだ。どうして作ってくれなくなったんだい。妻はにっこりして言った。だって旦那さま、それはぜんぜんきれいじゃありませんよ。夫は笑って、ああ、わかった、と言った。それ以来、夫は他の女とつきあわなくなったんだ」

昆《クエン》が話すのをやめても、八十《バーシー》はまじまじと彼を見ていた。

「話は終わりだ」と昆《クエン》。

「どうなったの」

「俺が話をして、それが終わったんだ」

「その男はどうなったの。そいつ、なんで他の女のところへ行くのやめたの」

「妻が教訓を授けたからだ」

「どんな教訓」

「頭を使えよ。考えろ」

「なぞなぞは苦手なんだ。全部教えてよ」

「なんで俺が」昆《クエン》はにやついた。

「頼むからさあ。タバコもう一箱どう？　米酒は？」

「一つ約束したら教えてやる」

「約束する」

「どんな約束か知りたくないのか」

「人を殺してほしいっていうんでなければ」

「おまえに人を殺してほしいわけないだろ。その気になれば俺のほうがずっとうまくやれる」

昆《クエン》がこちらを見て笑ったので、八十《バーシー》は身震いした。「心配するな。誰かを殺したいなんて思わんさ。で、こういうことだ。この女の親は棺と埋葬に金を払った。だけど棺なんて誰の得にもならん。本人にも親にも、おまえにも俺にもな。だからその面倒は省くことにする」と昆《クエン》は言った。

「もっともだね」

「でも、誰にも言わないと約束しろ。人に知られちゃ困る」

「いいよ」

昆《クエン》は八十《バーシー》を見た。「もし何か耳に届いたら、首をねじ折ってやるからな。わかったか」

「ねえ。脅かさないでよ。悪い冗談は苦手なんだ」

昆《クエン》は男の腕ほど太い枝を拾い上げ、両手でまっぷたつに折った。「冗談を言ってるんじゃない」彼は八十《バーシー》を険しい顔で見た。

「誓うよ——もし秘密をばらしたら、いい死に方はしない。さ、教訓を教えてくれない？」

昆《クエン》は八十《バーシー》をしばらく眺めてから言った。「教訓はな、きれいな顔なんぞ無意味だってことだ。本物の男にとって大事なのは肉の部分で、その部分に関してはどの女も同じなんだ」

「どの部分？」

昆《クエン》は首を振った。「もうちょっと頭のいい奴だと思ったんだがな」

「じゃあ教えてよ」八十《バーシー》はちょっとやきもきしていた。

「もう話は済んだ。あとは自分で考えろ」昆《クエン》は袋の作業に戻った。二枚をしっかり結び合わせると、遺体の端をつかんで重さをみた。

「言ってくれないんだったら、死体の手伝いはもうしない」と八十《バーシー》。

「結構だね」

「教えてくれなかったら死ぬ」

「好奇心で死ぬ奴はおらん」昆《クエン》は笑みを浮かべた。

「じゃ友達になるのやめた」

「友達だとは思ってもみなかったな。ほれ、好きにしろ。俺は俺で勝手にやる」

八十《バーシー》は昆《クエン》のもとを去ろうとせず、ため息をついた。「ただの冗談だよ」昆《クエン》が遺体の端を持つと、八十《バーシー》はもう片方の端を持ち、一緒に肩にのせた。思っていたより重く、八十《バーシー》は数歩で息が切れて遺体を下ろさなければならなかった。昆《クエン》も手を放すと、遺体はドサッと音を立てて地面に落ちた。「だらしねえな。それじゃ女がいたってどうしようもないじゃないか」と昆《クエン》は言った。

八十(パーシー)は息をはずませて身をかがめ、遺体を肩の上にしょい上げた。昆(クェン)がそれに続く前に八十《バーシー》はさっさと歩き出し、木の切り株につまずいて倒れ、遺体の下敷きになった。

昆《クエン》は高笑いした。八十《バーシー》は遺体を必死に押しやって逃れた。「ちっこい女だと思ったのに」彼は遺体のせいで強く打った胸をさすった。「きっとそうとう重かったんだな」

「知らないのか。死ぬと体は百倍重くなるんだ」

「どうして」と八十《バーシー》。

昆《クエン》は肩をすくめた。「死の悪ふざけじゃねえか」


三喜の二階の宴会場は、渾江の多くの人々の運命が決まるところとして一部には知られていたが、ほとんどの者にとってその部屋は、両開きのドアが常に閉じられたところだった。重いドアの向こうにあるものは、人々の乏しい給料と想像を超えている。一階は深紅に塗られた木のテーブル十卓とそろいの長椅子がある、ただのみすぼらしい食堂だった。食事の注文と支払いをする窓口で、不機嫌な女のレジ係が金を受けとって、釣り銭を竹の棒と一緒に投げてよこすのだが、棒は触ると油でべとべとしていて、片面に彫ってある番号がほとんど読みとれなかった。後で同じぐらい狭い窓口から番号が呼ばれて、そこに置いてある大皿を、遅いと文句をつけられる前に客がすぐ運んで行くことになっていた。料理はレストランらしく、脂っこくて香辛料がきつく、値段が高かった。経費が出る出張中の営業職を除けば、町では贅沢の見せびらかし――町の人たちをうならせる婚礼や、村の親戚をあっと言わせる食事——をする必要がある人々しか、三喜で食事をしなかった。

凱《カイ》はレストランに十二時ちょっと過ぎに着いた。一階には、床に旅行用のスーツケースを置いている男二人しかいなかった。凱《カイ》が入ってくると、男たちはもうもうとしたタバコの煙の中から彼女を見上げ、一人は凱《カイ》を知っているかのように会釈した。彼女は彼らをじっと見てしまい、男たちが目を見合わせて初めて、ちょっと長く見つめすぎたことに気づいた。彼女は階段のほうに向きを変え、宴会場へ上がって行った。あの男たちは家に帰ったら、処刑の話で妻を楽しませてやるのだろうか。それともあのできごとは、旅で増えたどうでもいい思い出の中に埋もれてしまい、言うことを聞かない子供に教訓話が必要なときだけ思い出されることになるのだろうか。見知らぬ他人の死は、あらゆる目的に使われる。死が別物になってしまうまで、時間と空間が足し算や引き算をするのだ。凱《カイ》はかつて舞台の上で、躑躅《つつじ》は春になると殉難者の血によって革命の色のように紅い花を咲かせる、とうたった。そんな歌詞や音楽は心を限りない情熱で満たし、自分のいる俗世間を小さくて儚《はかな》いものに感じさせた。でも十四歳の子が高邁《こうまい》な美という見せかけの姿以外、死に何を見ることができただろう。凱《カイ》は珊《シャン》と最後に会った先ほどの式典で、別の光景を思い描いていた。凱《カイ》のスピーチを前置きにして珊《シャン》が語り、二人の言葉はともに聴衆を目覚めさせ、その日の成り行きを変えてしまうのだ。でも、肉体を処刑される前に精神を殺されてしまった珊《シャン》に残されたもの——汚れた囚人服、切られた声帯、半分開いた口、からっぽの目、警察隊員につかまれた軽い体——を見て、凱《カイ》は吐き気がした。前もって準備したスピーチは、その虚しい言葉とともに、体育場に大きく響き渡るスローガンにたやすく消されてしまった。

凱《カイ》が宴会場に近づくと、警邏隊の腕章をつけた若い男が両開きのドアを押し開けてくれた。炒め物や強い酒やタバコの煙の匂いがする暖かな空気に、さっと顔が覆われた。市長の妻と別の役人の妻が凱《カイ》に挨拶し、批闘大会の司会が優れていたことを称えると、こういうときは謙虚なのが当然と思われているため、凱《カイ》は思ったほどうまくできなかったと言って否定しなければならなかった。会話はすぐに他の話題へ移った。市長の妻が、嫁がそろそろ産気づくので、母乳を止めるために凱《カイ》が出産後に受けた注射のことを質問してきた。寒《ハン》の両親は、同程度の社会的地位の人々同様、母乳で育てるのは時代遅れの育児法だと思っていた。凱《カイ》はそういう手はずだとは知らずに注射を受けてしまい、後で明明《ミンミン》のおくるみに顔を埋めて泣いた。いいえ、注射はぜんぜん平気でしたよ、と凱《カイ》は答えた。

「あなたの世代の若い女性はとても恵まれていますよ」と、中年の女が口を挟んだ。

「粉ミルクなんて私たちの頃には聞いたことがなかった」

「それに生の牛乳もね。本当に——あの欲張りな乳飲み子の寒《ハン》がいただけで、もう子供はいらないって決めたんですよ」と寒《ハン》の母親。

女たちは笑い、それから一人が、他の女にチャンスを与えないうちにこの家の一人息子と結婚できて幸運だと凱《カイ》を祝福した。凱《カイ》はよくしつけられた笑顔で聞いていて、求められるとうなずいたり答えたりした。部屋の反対側の端から寒《ハン》が彼女にほほえみかけ、それから向きを変えて市長のほうにうやうやしく首を伸ばした。市長は一緒にいる数名の男たちに向かって手ぶりを交えながらしゃべっていた。市長の妻は出産の話を続けた。寒《ハン》の母親が凱《カイ》に、市長の嫁を訪ねるよう促した。「凱《カイ》は私たちより出産のことをよく知っているわけじゃないけど、年が蘇蘇《スースー》と同じぐらいだからお互いもっといろいろ話せるんじゃないかしら」寒《ハン》の母親はちらっと凱《カイ》のことを見て、それから市長の妻のほうを向いた。「それに若い女の人たちは、私たち年増女にこうしろああしろって言われずに済む時間が少しでも欲しいでしょうし」

こういう女たちの義理の娘になるのは、顧珊《グー・シャン》のほうだったかもしれない。凱《カイ》は精一杯会話についていきながら、そう考えていた。凱《カイ》が人生を踏み外したのは、寒《ハン》の家に嫁ごうと自分で決めたせいだが、数名の他人がなにげなく決めたことのせいでもあるんじゃないか。もし二年生の歌と踊りのコンテストで、審査員が凱《カイ》ではなく顧珊《グー・シャン》を優勝者に選んでいたら、省都の演劇学校に行かされたのは珊《シャン》だったかもしれない。そうすれば状況は変わり、珊《シャン》が主演女優になって、凱《カイ》自身は渾江の平凡な少女のままだっただろう。もしそうなら、家林《ジァリン》ともっと早く出会っていただろうか。それも彼が病気になる前に。考えるとめまいがしたが、凱《カイ》は平静な声を崩さないようにして、寒《ハン》の母親が作り方を教えてくれた三杯鶏《サンベイジー》の話を市長の妻にした。寒《ハン》の好物なんです、と寒《ハン》の母親が市長の妻に言うと、凱《カイ》は、自分で作ったときはうまくいかなかったと言い添え、輪の年増女たちから満足げな笑みを勝ち得た。

今日まで何年も顧珊《グー・シャン》に会わなかった。一年生のとき同じクラスだったが、その年の珊《シャン》がどんなふうだったか思い出せない。むしろ当時の珊《シャン》の両親のことを憶えている——顧《グー》師はその年の担任だったし、顧《グー》夫人は学校の記念祭で一度だけ見たが、多くの母親たちの中で目立つ存在だった。一年生だというのに、珊《シャン》を妬《ねた》ましく感じたのを憶えている。父親が担任の先生というだけではなく、母親がきれいな人だったからだ——記念祭の日、地味な灰色の人民服の下に絹のブラウスを着て、赤い石榴《ざくろ》の色をしたその生地を、袖口と襟ぐりから覗かせていた。同じ色のプラスチックの髪留めが、既婚女性の常識の範囲より数センチ長い、なめらかな黒髪を飾っていた。凱《カイ》は十四歳の頃、共産党幹部の子供を救うために生まれたばかりの我が子を犠牲にした若い母親を演じたとき、顧《グー》夫人の姿勢を真似ようとした。背筋をぴんと伸ばしてプラスチックの人形をしかと胸に抱き、模様入りの青い布に包まれたもう一つの人形を舞台の川に投げこむのだ。溺死シーンに続いて流れるバラッドは、女優人生の中でもお気に入りの歌だった。日が昇っても永遠に目を覚まさない子供に聞かせる、母の子守歌だ。

凱《カイ》と珊《シャン》が最後に会ったのは一九六六年の秋だ。珊《シャン》は紅衛兵の地元支部でリーダーをしており、凱《カイ》が巡業中の紅衛兵劇団とともに省都から渾江に戻ったとき、市の広場で二つのグループが歌と踊りで張り合う形になった。毛沢東のもっとも忠実な信奉者になる争いだの、対抗意識から来る敵意だの、いまとなれば無益なように思えるが、凱《カイ》はその秋のことを大人としての人生が始まったときだと記憶していたし、同じ思い出を珊《シャン》と分かち合うのを想像することもあった。仮設舞台に立つ彼女たちの目に、九月の陽光が差しこんでいた。道路工事の労働者たちが歌の拍子に合わせてシャベルを地面にぶつけ、老人や子供たちは興味津々で見物しに集まっていた。凱《カイ》や珊《シャン》よりそう年上でもなさそうなひょろっとした青年が、人ごみから離れたところで薄ら笑いを浮かべながら立っていて、まるで彼だけがどちらのグループもたいしてよくないと思っているように見えた。

その青年は、祖父と二人のおじが内戦のとき国民党軍で共産主義を相手に戦ったので、町にある紅衛兵の支部すべてから除《の》け者にされていた。それから二年して、珊《シャン》が文化大革命に反対した罪で投獄されたという知らせが渾江から届いた。例のひょろっとした青年が当時 珊《シャン》のボーイフレンドで、軍に入隊させてもらう代わりに、彼女が書いた手紙を政府に提出したのだ。もし渾江にとどまっていたら、自分があの偽りの笑顔に恋していたのだろうか。

市長が客たちに、二つのテーブルにつくよう呼びかけた。テーブルの上で、できたてのスープの碗や料理の大皿が湯気を立てていた。その周りで人々の謙遜と敬意の示し合いが始まり、市長とその妻に近いもっとも特権的な席を辞退しては互いを丁寧に押し合った。一通りやり終えて初めて市長が、ぐうぐう鳴っている皆のお腹のために、勝手ながら私が席を割り当てさせていただくと告げた。客たちは席につき、真っ昼間の宴会が始まった。

妮妮《ニーニー》は午後、市場に行った後で家に戻らなかった。その代わり、しなびた野菜の葉で半分ほど埋まった買い物籠を肩にかけ、片足を引きずりながら町を突っ切って土手に着いた。太陽は厚い雲を抜け、いま西の中空にあったが、青ざめて暖かみがなかった。体育場から戻る途中でも、ときどき姿を見せる市場でも、八十《バーシー》の姿を見かけなかった。柳の木のところでまだ待っているのかなと思い——ぼけっと突っ立って待っていそうな気がした——探しに行くことに決めたのだった。家に戻るまでに妹たちが昼寝から起きてしまうのは確実だけれど、外からドアに南京錠をかけておいた。一つしかない窓は二重にふさいである。妹たちは思う存分泣いていい。自分に聞こえないかぎり、かまわない。

川沿いを上流のほうへ歩きながら、妮妮《ニーニー》は自分の将来のことを考えた。母親は娘全員のことを借金取りと呼んでいる。全員を嫁に出してしまうのが待ちきれないね、なんてよく言っている。行儀を憶えたほうがいいよ、そうしないと夫の家に行ったとき、姑が鞭でその体から恥知らずな魂を追い出すんだからね。義理の両親を怒らせたら罰を受ける覚悟をして、親に助けを求めたりしないでよ。母親はそう明言していた。でもこういう警告が妮妮《ニーニー》に向けられることはなかった。六人娘の中で最悪の借金取りである妮妮《ニーニー》は、親の重荷のままでいることが認められていた。誰も結婚を申しこみに妮妮《ニーニー》のところへ来ることはないから。息子と、あの世へ見送ってくれる嫁さえいてくれたらいいのに、と言うので、母親は六人娘よりも一人の嫁のほうに興味があるのがわかった。でも息子はいないのだから、結婚できない娘の妮妮《ニーニー》が、死ぬまで親の世話をしなければならないだろう。

今朝までは、顧《グー》夫妻の娘になりたいと思っていた。名前を呼んでくれるときの声が優しいし、温かな食事がたっぷりある静かな家庭だし、妮妮《ニーニー》は顧《グー》師と顧《グー》夫人のことが大好きだったのだ。希望が夢になって、何時間も何日も続くことがあった。その夢の中で妮《ニー》妮《ニー》は、顧《グー》夫妻と暮らしている自分を思い描いた。妮妮《ニーニー》と新しい両親の間には誤解も生まれるだろう——磁器の碗が悪いほうの手から滑り落ちて割れるとか、顧《グー》師が置き忘れた財布が見つからないとか、妮妮《ニーニー》がうっかりして夕飯を焦がすとか。でも二人は決してきついことを言ったり、疑いの目で見たりしない。妮妮《ニーニー》に悪気はないことは知っているし、いつも精一杯がんばっているのを知っているから。でも顧《グー》師と顧《グー》夫人を失望させると考えただけで、妮妮《ニーニー》は涙があふれてきた。彼女は二人が見ていないときに自分の体の役に立たない部分をつねったり、噛んだりするのだが、遅かれ早かれ傷痕や痣《あざ》があるのが見つかってしまう。二人は彼女の体の痛みよりも激しく心を痛める。顧《グー》夫人は妮妮《ニーニー》に、もうしないでくれと頼むだろう。顧《グー》師は途方に暮れてため息をつきながら、もみ手をする。妮妮《ニーニー》は二人を押しのけ、ますます体をつねったり噛んだりする。自分が二人の愛に値しない人間だからだ。醜いからいっそ死にたいと思っているってことを知らないの、と彼女は叫び、それからさらに体を傷つける。人生でもっとも大切な二人に向かって叫ぶなんて、罰を受けて当然の人間だからだ。

顧《グー》夫人と顧《グー》師が優しいけれども断固とした言葉で、自分を傷つけるのを禁じるときが来る。二人は、まったく醜くなんかないよ、と言って彼女を抱き、彼女はそれに抵抗しない。彼らは彼女を愛していて、宝石のように貴く見えると言うだろう。彼女は二人の言葉を信じようとしないのだが、二人は繰り返し言い続け、やがて彼女も穏やかな気持ちになって泣く。妮妮《ニーニー》は毎回そんな話を延ばしていって、しまいには最後の瞬間を待ちきれなくなるのだった。彼女を自分の命のように愛情こめて大切にしてくれる二人に、孤独と空腹が癒されるときだ。その瞬間が来ると――市場や駅に行く途中や、赤ん坊をとんとん寝かしつけたり夕飯を作ったりしているときなど、いつでも来る可能性があった――妮妮《ニーニー》は息を止め、窒息寸前にまでなる。すると心臓が勢いよく打って、手足は心地よくしびれて力が入らなくなる。

それから決まって、赤い腕章をつけた警邏隊員に面と向かって怒鳴りつけられたり、母親に肩をひっぱたかれたり、妹の一人に悪態をつかれたりして、夢から覚めるのだった。そういうときは別の夢を見て、顧《グー》家の娘でいられる世界を作り上げた。あるときには両親が死んで、妹たちと孤児院にやられそうになると、顧《グー》夫人と顧《グー》師が彼女を救いに駆けつけてくれた。またあるときには、両親に家から追い出されてドアをノックすると、顧《グー》夫妻がそれを聞きつけて出てきて、妮妮《ニーニー》を寒くて暗い道から暖かな家の中へ招き入れてくれた。そして彼らも同じぐらいこのときをずっと待っていたと話し、何もかもうまくいく、と言うのだ。またある夢では、母親に殴られて失神し、目覚めると顧《グー》夫人の腕の中にいた。妮妮《ニーニー》が死ななかったので、夫人の目に感謝の涙があふれていた。顧《グー》夫人と顧《グー》師が夢見たような優しい親ではないことがわかったいま、何を生きがいにすればいいのだろう。夢の中では背を向けたりしないのに。

「おやおや。どうしてそんなに悲しそうなの。僕がいなくて、もう寂しいのかな?」妮妮《ニーニー》が見上げると八十《バーシー》がいて、手品師のように羊皮の帽子を手でぐるぐる回し、おでこを汗で光らせていた。彼女は大きく息をついてあたりを見回した。樺の林まであと半分というところまで来ていた。凍った川の上の雪が汚れている。彼女は口の中をなめて、強く噛んでいたせいで出てきた血を味わった。「なんでここにいるの」彼女は洟《はな》をすりながら訊いた。

「待ってたんだよ。憶えてる? 今朝からだよ」と、八十《バーシー》は大げさに手首を指す仕草を二回したが、腕時計はなかった。「それなのに、来ないんだもんな」

「お母さんに批闘大会へ行かされたの」

「女、見た?」

「ううん」

「そりゃそうだ。君、どの工作単位にも入ってないんだから」八十《バーシー》は近づいてきて、妮《ニー》妮《ニー》の頭に帽子をのせた。彼女には大きすぎた。彼は帽子の具合を直したが、それでも眉の下まで深くかぶさった。「映画の少女兵士みたいだ」と八十《バーシー》。

「何の映画?」

「知らない。どれにだって少女兵士は出てくるよ。『ゲリラ兵』『紅い心の物語』『開拓者』。見たことある?」

妮妮《ニーニー》は首を振った。

八十《バーシー》は舌打ちして驚きを見せた。「そのうち映画に連れてってやるよ」

妮妮《ニーニー》は映画館に行ったことがなかった。両親はたまに工作単位で映画を見に行くし、二人の妹も学校で行っていた。夏になると渾江のそばの野原に白いスクリーンが設置され、一週間おきに映画が上映されるのだが、妮妮《ニーニー》はいつも赤ん坊と家で留守番だった。二人は、ぶんぶんいう蚊の大群に囲まれてしまうまでできるだけ長く庭にいて、川のほうから聞こえてくるかすかな音楽に耳を傾ける。

八十《バーシー》は妮妮《ニーニー》をまじまじと見た。「あれ。僕と映画に行きたくないの?」

「だって、映画に連れて行っても、石炭をくれる?」

「石炭? あげるよ、いつでも」八十《バーシー》はそう言って、腕を妮妮《ニーニー》の肩に回した。妮妮《ニーニー》が面食らって少しもがくと、八十《バーシー》はうれしそうに笑いながら手を放した。「丸太を見つけて座ろうよ」と言って、八十《バーシー》は妮妮《ニーニー》を上流のほうへ誘導した。彼女が大股で歩く彼についていこうとすると、八十《バーシー》はそれに気づいて速度を落とした。

「今日、僕が誰を見たか知ってる?」

「ううん」

「知りたい？」

妮妮《ニーニー》は少しためらってから、うん、と言った。

「例の反革命分子を見たんだ」

妮妮《ニーニー》は足を止めた。「その人、どこにいるの」

「もう死んだよ」

「生きているところを見たの？」

「見られたらよかったんだけどね。もう死んでたよ」八十《バーシー》は妮妮《ニーニー》の左腕を背中でそっとねじった。「腕がこういうふうに縛られてた。そうすると中指が心臓を指すだろ。それから、バァン」彼は人差し指で妮妮《ニーニー》の背中を突いた。

妮妮《ニーニー》はぶるぶる体を震わせた。腕を引っこめ、袖の中に悪いほうの手を隠した。「いまはどこにいるの」

「なんで」

「見たいの」

「みんな見たいんだな。でもほんと、見たってどうってことないよ。完全に死んで丸太みたいに転がってるだけ。実際、丸太より重いんだから。どうしてこんなこと知ってるかわかる？」

「ううん」

「ある男を手伝って、死体を島から運び出してきたところなんだ。ああ、重かった。ほんとだよ」

「その男の人のところにいるの？」

「そいつ、墓を掘ってる」

「どこなの」

「林の向こう側。いま穴を掘るのは大仕事だよ。ほんとは、こんな寒い季節に処刑しちゃいけないんだ。夏ならみんながもっと楽なのに。僕、やっても時間の無駄だってそいつに言ってやったよ。華《ホア》じいさんとばあさんだったら、冬に穴を掘ったりしないね。だけど、そいつは自分がやるから先に家に帰れって言うんだ。もちろん、哀れな男のそばで作業を見ていたくなんかないよ。明日の朝、お碗ぐらいの穴でも掘れてるかどうか見に行ってやろうか」

「いまそこに一緒に行ってもいい？」

「なんで」

「女を見たいの」

「だけど、見たってしようがないよ。もう二枚の袋の中に入ってるんだし」

妮妮《ニーニ》は上流のほうを見た。家に帰るまでに、こんろの火が消えてしまうだろう。火を熾すにはまた十五分かかるし、夕飯が遅くなってしまう。母親の固いげんこつで頭をごつんとやられる。八十《バーシー》の気が変わって、石炭をくれなくなるかもしれない。それでも、彼女は八十《バーシー》の手を押しのけて林のほうへ歩き出した。

「おい。どこ行くんだよ」

「死体を見たい」

「置いて行くなよ。僕も行く」八十《バーシー》は妮妮《ニーニー》の肩にまた手を置いた。「埋めている男はね、なんていうか、とっつきにくい奴なんだけどさ、友達なんだ。頼んだら何でもやってくれるから」

「どうして」と妮妮《ニーニー》。

「ばかだな。僕たち友達だろ？」


日が落ちてから風が強まり、八十《バーシー》は妮妮《ニーニー》の頭の上に帽子を置いてきたことに気づいた。彼女のきまじめな小さな顔を思い浮かべて、彼はほくそ笑んだ。彼女はめったに笑顔を見せないけれど、彼が話すと懸命に聞こうとして、垂れている悪いほうの目まで大きくなる。男と女の約束ごとをどれだけ理解しているのか、どれだけ彼の評判を聞いたことがあるのか、そのへんはわからないが、肩に手をのせても何も言わなかった。

別れる前に、明日また出かけようと誘ったが、彼女はそうするともしないとも言わなかった。きっと昆《クエン》のクソじじいのせいで心底びびったんだな。彼は地面から石を拾った。もう夕飯の時間で、道に人気《ひとけ》はなくなり、残った告知の紙だけが何枚も風に吹き寄せられて躍っていた。八十《バーシー》はあたりを見回して誰もいないとわかると、石をそばの街灯に向かって投げた。電球を割るのに三回かかった。

八十《バーシー》と妮妮《ニーニー》が見つけ出したとき、昆《クエン》の態度はぜんぜん友達らしくなかった。しばらく歩いてから、遺体を引きずった跡が枯れ葉の上に残っているのを見つけ、それでやっと八十《バーシー》は、昆《クエン》が林のもっと遠くのほうへ運んだことに気づいたのだった。昆《クエン》は大きな石を遺体のところへ転がすように運んでいるところで、遺体はすでにある程度さまざまな大きさの石で覆われていた。二人が近づいていくと、この寒さで地面に埋めろなんて親は現実がわかっていない、と昆《クエン》は言った。

「だから言ったじゃないか」と八十《バーシー》。

「一度くらい黙っちゃもらえませんかね」

よりによって新しい仲間がいる前で友達にする口のきき方ではなかったが、八十《バーシー》は文句を言わないことにした。「もし野犬が心配なら、少し重い枝をかぶせておきなよ。華《ホア》じいさんはそうしてる。そんなに石を運ばなくていいんだ」

「おまえは頭のいい人間で、人のことに口出ししないよう心得てるかと思ったんだがな」

「親切で言ってるだけだよ」

昆《クエン》は険しい目で八十《バーシー》を見た。「放っておいてくれるとありがたいね」

「大丈夫。秘密のことはわかってるから」八十《バーシー》はチャックを閉める音を出しながら、口元に指を走らせた。彼は昆《クエン》に近寄った。「だけど、そこにいる友達がさ、死体を見たいんだって」

「どうしてだ」

「誰だって見たいさ」

昆《クエン》は首を振って、だめだと言った。

「頼むよ」八十《バーシー》は肩をぽんと叩いた。男たちが互いにこうするところを、見かけたことがあるのだ。「その子はちょっと見たいだけなんだからさ。誰にも迷惑かけない。僕が石をどかして、それで元に戻しとく。あんたはここにいて監督すればいい。一分ぐらいしかかからないよ」

昆《クエン》は八十《バーシー》の手を払いのけた。八十《バーシー》は、男同士はぶっきらぼうなのが普通だとわかってほしいと思いつつ、妮妮《ニーニー》に顔をしかめて見せた。女の子にいいところを見せようっていう友達には手を貸すべきなんじゃないか、と八十《バーシー》は小声で言った。そして、この子は誰も気に留めないただの女の子なんだし、一日ぐらいいい思いさせてやったらどうだ、とひそひそと言った。昆《クエン》は首を振ったが、八十《バーシー》がまたせがんで、自分で袋を開けて女の子に見せると言い張ると、昆《クエン》は冷たい目を向けた。「俺が切れないうちに、消えたほうがいいぞ」

「何がまずいんだよ。ただの反革命分子の死体だろ。あんたのお母さんじゃあるまいし」

昆《クエン》は悪態をつき、黙れと言った。八十《バーシー》は愕然とした。自分は昆《クエン》に気に入られていると思っていた。ほんの一時間前は話を聞かせてくれたのに。妮妮《ニーニー》は二人をじっと見ていた。

八十《バーシー》は、彼女がまばたきもせずに自分の顔を見つめているのがつらかった。いま頃は頬がほてって、たぶん赤蕪《あかかぶ》みたいに真っ赤になっているだろう。「おまえなんか、くそくらえ。おまえの姉さんと母さんとおばさんとばあさんと、墓にいる女の先祖全員、くそくらえ」と八十《バーシー》は昆《クエン》に向かって言った。

八十《バーシー》がよける間もなく、昆《クエン》が長いナイフを喉まで上げ、肌に鋭い刃を押しつけてきた。昆《クエン》は冷たい声で、ひざまずけ、と言った。

それから五分の間、八十《バーシー》は命じることを何でもやらされた。あらゆる自分の悪口を言い、自分の顔をはたき、許しを請うた。昆《クエン》はにやつきながら見下ろしていた。「おまえは役立たずの人間なんだよ、八十《バーシー》、わかってんのか」

「はい、もちろん」そのとき、八十《バーシー》は昆《クエン》の股に怪しい染みがあるのに気づいた。黒っぽいコーデュロイの作業ズボンのチャック付近が、明るい灰色になっている。八十《バーシー》は、足に頭を擦りつけたいとでも言わんばかりに近づいて、もう一度盗み見た。昆《クエン》に訊けばいくらでも言い訳しそうだが、信じるものか。

八十《バーシー》と妮妮《ニーニー》が町に帰り着いたときには暗くなっていた。彼女は不安そうにしていて、明日会おうと言っても返事をしなかった。遅くなったと言って、必死に急いでいた。親がいい顔しないのかもしれないな、と彼は思ったが、彼女がどんな罰を受けることになるのか訊かないことにした。悩みごとはもうたくさんだ。彼女のつらさまで背負いこみたくない。

一区画先で八十《バーシー》はまた電球を割り、側溝に半分の電球を蹴り入れた。「死体の強姦魔！」ああいう男は他にも何をするかわからないぞ。町の人たちは誰かに警戒させておく必要がある。彼は、どうして昆《クエン》があれほど意固地になって遺体を守っていたのか、突きとめに戻ることにした。でもその前に、昆《クエン》の居所を把握しなければ。名探偵らしく考えろ、と自分を奮い立たせた。八十《バーシー》はこっそり昆《クエン》の小屋へ向かい、犬に嗅ぎつかれないよう風に逆らいながら近づいた。二十メートルほど手前まで来ると、石を小屋のほうに向けて投げた。すると黒い犬が、目に見えない敵に向かって吠えたり跳ねたりし始めた。八十《バーシー》がさっと脇道に入ると、昆《クエン》の怒鳴り声が小屋の中から聞こえてきた。数分後、昆《クエン》が小屋から出てきて、発電所の夜勤に向かった。これで探っても大丈夫だ。こんな闇夜に町の安全のため働いているのが、みんなに馬鹿呼ばわりされているあの八十《バーシー》だとは誰も思わないだろう。彼は両手で乱暴に耳を擦った。妮妮《ニーニー》から帽子をもらい忘れなければよかった。

八十《バーシー》は暗闇の中でつまずきながら、大変な思いをして場所を見つけた。明日、適当な道具を買うことを頭に入れておいた。よく切れるナイフ、警邏隊員が持っているような細長い懐中電灯、色がおそろいのペンがついた手帳、手袋、虫眼鏡など、探偵に必要と思われる物だ。もう遅くて買うことはできないが、雪に差す月明かりとかすかにまたたくいくつかの星が、せめても調査しやすくしてくれた。ポケットの中を手探りすると、半分残っている紙マッチがあった。一本火をつけて位置が正しいのを確かめ、それからやっと見えるかどうかの暗さの中で作業を始めた。石が重いので、ときどき息をつかなければならなかった。少なくとも昆《クエン》の野郎が年に似合わず屈強な男なのは、認めないわけにいかない。

石を全部のけてから、麻袋についている紐をほどこうとしたが、指に疲れが来て最後までできなかった。彼はかがんで歯で紐を嚙みちぎった。麻袋を剝ぎとるとき、手が何か冷んやりと硬いものに触れたが、それは前に見た裂けた囚人服ではなく、女の凍りついた遺体だった。八十《バーシー》はぎょっとして小さな悲鳴を上げ、それから自分を笑った。「これからはこういうことに慣れたほうがいいぞ」彼は声をひそめて言った。

遺体が完全に露出すると、おぼろげな明かりの中で不気味に見えた。昆《クエン》の古タオルが女の頭にまだ巻かれていたが、はずさないほうがいいと思った。「ごめんね、お嬢さん。眠っているところを二回も邪魔するつもりはないんだよ。自分の仕事をやってるだけ。あんたのためでもあるからね」

彼はマッチをもう一本つけ、遺体を調べようと身をかがめた。そしてしばらくかかって、自分が何を見ているのかを理解した。手が激しく震え、マッチが雪の上に落ち、しゅっと音を立てて消えた。八十《バーシー》は座りこんで、あえいだ。脚が萎えて、知ったことの重さを支えきれなくなった。しばらくすると彼はまたマッチをつけ、もう一度確かめた。間違いない。女の乳房が切りとられている。もともとあった移植手術の傷と昆《クエン》がひどく切り刻んだ痕のせいで、女の上半身は肉がむき出しでめちゃめちゃな状態になっていた。

どす黒い赤と青白い色と白が混在している。同じような状態が、股間にまで広がっていた。

指が熱くなったので、マッチをはじき飛ばした。遺体の隣にしゃがみかけ、すぐ吐き始めた。長い一日だったので、吐くものが残っていなかったが、それでも咳きこみながら吐き、顔が涙とあごに垂れた嘔吐液にまみれた。しばらくたって気を落ち着かせ、雪をつかんで顔を洗った。遺体を麻袋に包んだ後で石を戻そうとしたが、腕と脚が激しく震えてできなかった。彼は枯れ枝と枯れ草を上にばらまき、遺体がしっかり隠れたのがわかると、また座って荒い息をし、それから泣いた。

歩いて帰るのはずいぶんしんどかった。家まであと数区画というところで、犬の〈耳〉が走っているのを見かけた。彼は大声で呼び、最後の力を振り絞って蹴った。犬は悲鳴を上げ、道端に何か落として逃げて行った。

それを拾い上げると女用の靴の片方で、底がすり減って穴が開いていた。八十《バーシー》はゴミ入れめがけてそれを投げたが、はずれてしまった。「そろそろ世も末だな」彼は誰に言うともなく、そう言った。

一晩じゅう風がうなり、窓を揺らし、はずれかけた屋根瓦を奪って、人影のない庭や小路に叩きつけた。杭につながれた昆《クエン》の黒犬は哀れな声を上げて震えていたが、彼の苦しみなど世間にとってはほとんどどうでもよく、ましてや主人はなおさらだった。主人は立方体のような小さな用務員小屋で仮眠をとっていた。空のフラスコが足元の床の上に置いてある。

ところ変わって、華《ホア》ばあさんがずきずきする手のひらの痛みを消すため、欠けたカップに夫がついでくれた米酒をすすっていた。そして木立を吹き抜ける風の呼子のような音を聞いていた。華《ホア》じいさんと華《ホア》ばあさんは午後から夕方にかけてずっと瓶や紙を仕分けしたが、もうおしまいというときになって華《ホア》ばあさんが物思いにふけってしまい、割れた瓶の破片に手のひらをぶつけた。老いた体に血はそれほどないので、あまりあふれ出してはこなかった。夫が塩水で洗って、それから米酒をついでくれた。彼らはあまりアルコールに手をつけないのだが、常に一本は用意しておき、ヨードチンキと、洗って煮沸したボロ布と一緒に保管していた。それは彼らの手に入る最高の医薬品だった。一度華《ホア》じいさんが脚の壊疽《えそ》を自分で除去しなければならなかったときは、瓶の半分を一気に飲み、残り半分を後で切除部分にふりかけた。

手はどうだい。華《ホア》じいさんは椅子に腰を下ろしながら訊いた。必要がないときは灯油ランプに火を灯さないので、彼女は暗闇の中で、ほとんど心配ないと答えた。彼はうなずいてしばらく口をつぐんでしまい、彼女は強い酒で徐々に体が温まっていくのを感じた。朝顔《あさがお》。華《ホア》ばあさんは最初の娘の名前を口にした。あんた、朝顔の話をしようか。この赤ん坊を見つけたのは夏の夜明けだ。それはピンクや青や白や紫の朝顔が一面に咲いている荒れ地で、華《ホア》夫妻が物乞いをしながら通った山の村を出たところにあった。小さな子を包むボロ布には朝露が染みこんでいて、青白い顔は触れると冷たかった。華《ホア》ばあさんは一瞬、また人生を一日も楽しむことなく死んでしまった赤ん坊かと思ったが華《ホア》じいさんが小さな唇の吸いつきに気づいた。

華《ホア》じいさんがパイプに火をつけて、吸っている。琥珀色の火皿がちらちら揺らめき、それだけが部屋の唯一の明かりだった。話すようなことがあるかね。彼は反対するというより、あきらめの気持ちから言った。その日の午後、二人で仕分けをしながら、華《ホア》ばあさんは年をとって記憶が消えてしまう前に、そろそろ七人娘の話を始めなきゃいけないと言った。華《ホア》じいさんもばあさんも読み書きができなかったし、華《ホア》ばあさんはもう夢の中で女の子の顔が区別できなくなってきたので、いらだっていた。

朝顔から始めればいい、と言ってから、華《ホア》ばあさんはちょっとの間とまどった。どこから始めようかね。草むらから赤ん坊の包みを拾い上げたときか、それとも途方に暮れた母親が夜明け前に村から赤ん坊をこっそり運び出したときか。華《ホア》ばあさんと夫は、親が残していったものが何かないか探した——名前か誕生日か言づてがあれば、後で適当な人に読んでもらえる——でも、赤ん坊をくるんでいるボロ布が、古いシーツやすり切れた肌着を破いたものなのを見れば、それだけでなぜ棄てられたかはわかった。

あの子がいちばん器量よしだった、と華《ホア》じいさんが言った。まったくえこひいきな父親だ、と華《ホア》ばあさんは思ったが、そうは言わなかった。華《ホア》夫妻が娘たちを手放すほかなくなったとき、朝顔は十七歳だった。十七歳なら誰かの妻になってもいい年頃だ。それでも、一人前になった息子たちの一人の童養媳《トンヤンシー》として朝顔を引き取ってもいいという家が見つかったとき、夫妻はその家に、十八歳になるまで夫に触らせないことを誓わせた。あっちの親はどれだけ約束を守ってくれたかねえ。あの人たちにも娘がいたんだ。女の子の親ならきっとわかってくれたはずだよね。華《ホア》ばあさんは言った。

華《ホア》じいさんはうなずいた。もうどっちでもいいと言うこともできるのに、彼がただ黙ってぷかぷかやりながら聞いてくれているのが、彼女はうれしかった。

「あの子は酢を飲むのが好きだったっけ」華《ホア》ばあさんは言った。

華《ホア》じいさんは彼女の記憶を信用しないかのように首を振ったが、間違いないのはわかっている。一度、下の子が酢の瓶を倒してしまったとき、朝顔は泣いた。そのとき七つか八つで、もうこんなことで泣いたりしない年になっていた。その後、彼女がぴりっとした汁を吸おうとクローバーの茎をむしゃむしゃ嚙んでいるところを見て、きっと実の親にしかわからないことなのだろうと思ったのを憶えている。朝顔が妊娠したら変わったものを欲しがるんじゃないか、と華《ホア》ばあさんは考えた。自分は赤ん坊を一人も産めなかったので、妊娠した女が欲しがるものの話を聞くと、いつも興味をそそられるのだった。

「朝顔はいくつになったかね」彼女はふいに尋ねた。

華《ホア》じいさんは一瞬考えて、いま四十一、二歳のはずだと答えた。

彼女は年をかぞえたが、酒のせいでなかなか数を正しく把握できなかった。いま頃は中年で、子供がたくさんいるんだろうな、と思った。母親になった朝顔はどんな感じなんだろう。朝顔は野良猫や傷ついた鳥に優しかったし、前に夫も、朝顔が七人娘でいちばん仏心を持っている、と言っていたのを思い出した。女の子がそれを持って生きるのは難しいよ、と答えたのを憶えているけれど、たぶん家にうようよいる子供たちを食べさせ、たくさんの義理の家族を満足させなければならない日々が、とっくにその心を石にしてしまったことだろう。

夜になり、華《ホア》ばあさんは夫に酒をつぎ、自分にももう一杯ついだ。買う余裕さえあれば酒は最高の薬だ、と華《ホア》じいさんは言った。でも酒は、娘たちを奪われたときにできた傷を癒すにはほとんど役に立たない、と彼女は思った。知らないうちに顔が涙で濡れていた。大丈夫かい。すすり泣く声を聞いて華《ホア》じいさんがそう尋ねると、お酒と、外で鳴いている風のいたずらだよ、と彼女は答えた。

他の者も心をかき乱されていた。軽い風邪だと言って二日休むことにしていた刑務所の女看守が、とぎれとぎれの夢から覚めて、苦しげにあえいだ。夫が寝ぼけながら、具合が悪いのかと訊いた。くだらない悪い夢よ、と彼女は答えた。今朝、仕事中に気を失ったことを伏せておくぐらいの分別はあった。それは、最後になって反革命的スローガンを叫んだりできないように、顧珊《グー・シャン》の声帯を切るよう刑務所長が指示したときのことだ。処置のために囚人を押さえつけておく看守四人の一人をやらされたのだが、刑務所長と医者が言うほど平穏無事にはいかず、囚人はそのやせこけた体からは想像できないほどの激しさで暴れたのだった。この女看守はたいていの仕事には耐えられる神経の持ち主だったが、後ろ向きに倒れて床に頭を強くぶつけた。それからやっと医者は手術を終了した。

別の家で眠れずにいたのは、警察署の年をとった雑役担当者だ。ほんとだよ、と彼は言ったが、もう思い出させないでよ、と妻は答えた。囚人を運んだ警察のジープから、バケツ一杯分の血を洗い流した件である。だって異常だったんだぞ、と彼は言った。ほんとだって。あれほどたくさんの血を洗うなんて、身の毛のよだつようなことだった。あの女、何をされたんだろう。どうして島へ連行して息の根を止めるまで待てなかったんだ。彼は次から次へと疑問をぶつけたが、妻はもう聞いていなかった。妻がくれない答えを待ち続けて年をとってしまった、と彼は悲しく思った。若い頃には戦争で日本軍と戦って死体を山ほど見たのに、いま死んだ女の血をバケツ一杯見たせいで眠れなくなっている。小隊で一緒だった昔馴染《なじ》みの連中が、今度の同期会でこれを聞いたら笑うだろう、と男は思い、それから、自分がまだあの世へ出頭していない最後の一人であることに気づいた。

女はいずれにしろ死ななきゃならなかったんだ。顧珊《グー・シャン》を手術した外科医二名のうちの一人が、もう一度自分に言い聞かせていた——だから結局は、手順を変更しても問題はなかった。死体から何かをもらうのをよしとせず、囚人を生かしたまま腎臓を取り出すよう、患者が主張したせいだ。最高にやりがいのある手術というわけではなかったが、これで外科部長になれるだろうし、妻は内科の看護部長の地位につける。妻はまだ昇進させてもらえることに気づいていないが、そうと知ったら大喜びするだろう。それに、いま十四歳で若い美人に育ちつつある双子の娘たちも、市政府の推薦を受けて省都の一流高校に入れるだろう。男は妻と娘たちのことを思った——彼女たちは死だの血だのに悩まされず、すぐに寝入って無邪気な夢を見ている。重荷は一家を背負う彼の肩にかかっているのだ。特に二人の娘は薔薇《ばら》のつぼみのような少女らしく、この世界に愛情を抱いているけれども、世界の醜さから娘たちや妻を守ってやれなくなる日のことをどうしても考えないではいられない。ではどうする。現実と良心の板挟みになった男としての限界を、痛いほど感じながら考えた。結局は、家族のために最善の道を選んだのだと自らを納得させるほかなかった。そしてずっと必要としていた眠りに引き潮のように巻きこまれ、沖へと運び去られた。

百六十キロほど離れた陸軍病院では、老人の静脈に薬剤が点滴注入されていた。周りを取り囲む人々は、移植手術の成功を祝福し合っていた。そして渾江では、もっと患者が多くて医者と看護師が少ない病院に顧《グー》夫人が座り、夫の腕に点滴注入されている生理食塩水がぽたぽた落ちるのを見て、うとうとしていた。彼女はときおり目を覚まして、夫の顔を見つめた。その顔はしなびて急に老《ふ》けこみ、別人のようになっていた。

第2部

7

子守は子供部屋の入口にいて、凱《カイ》と明明《ミンミン》のことを他人《ひと》ごとのように辛抱強く見守っていた。朝のお別れが難なくできたことはないけれど、少女にじっと見られていると、凱《カイ》はこれまでになく不可能なことに感じられた。子守は十五歳とまだ若いが、顔にあきらめたような表情があるせいで年かさに見えた。まるで人生でこれから起こることすべてを本来の年より早く引き受け、生き抜いてしまった老女のようだ。

「ほら、ほら」凱《カイ》が明明《ミンミン》の小さな指を手から引き離すことができないでいると、しまいに子守が言った。明明《ミンミン》は凱《カイ》の腕から離されると嫌がって泣き叫んだが、子守はその小さな手首をとって優しく振った。「明明《ミンミン》、いい子にしていようね。母《マー》さんにバイバイしてお仕事に行かせてあげようね。お仕事しないと母《マー》さんはお金がもらえないよ。お金がないとご飯がなくなるよ。ご飯がないと明明《ミンミン》のお腹がぐうぐう鳴るよ。明明《ミンミン》のお腹が鳴ると、母《マー》さんが悲しくて仕事に行けなくなっちゃうよ」

少女はよくこんな堂々巡りの言い方をした。まるでもう新鮮味のない昔話でもするように、淡々とのんびりした口調である。すると明明《ミンミン》は、いつもおとなしくなった。こういうとき、凱《カイ》は少女が無垢なだけでなく、謎めいているのを感じた。彼女のひどくやせた体の中には子供と老女がともに棲んでいて、互いの存在に気づいていないのだ。

寒《ハン》が人民服の最後のボタンをとめながら、洗面所から出てきた。「母さん《マーマ》を仕事に行かせてあげよう、ね」彼は明明《ミンミン》のあごの下をくすぐった。「だけど母さん《マーマ》が仕事しなくても、父さん《バーバ》がたっぷり稼いできてやるよ。運のいい子だね」

明明《ミンミン》は今日も両親から棄てられる前にすでに両親を自分の世界から追い出していて、そっぽを向いて子守の首に抱きついた。この子の愛着と無関心の極端さが、凱《カイ》には謎だった。凱《カイ》は、自分の母親に親しんだ憶えがなかった。母親は人生の何にでもすぐ失望する不機嫌な女だった。夫の社会的地位が低いこと、三人の子供が父親っ子で自分にあまり愛情を見せないこと、同僚が昇進したこと、来る年も来る年も地方都市で退屈な暮らしをしていること。寒《ハン》の母親は、夫の政治の仕事と自分の仕事――内戦で看護師をし、何人かの高官を看護した――の両方で功績を認められている抜け目のない女で、寒《ハン》に必要なものによく気を配っており、凱《カイ》の母親よりはいい母親かもしれなかった。でも凱《カイ》は、姑の弟子になろうと思ったことはない。明明《ミンミン》が生まれるまでは、いつも助言を頼める人がいた。演劇学校には指導してくれる教員がいたし、劇団では年上の女優がいろいろ相談に乗ってくれたし、父親もいた。でも自分が母親になってからは、漁村の幼い子供とあまり変わらないような気がした——父親が昔、東シナ海に近い故郷の風習のことを、凱《カイ》と弟妹に話してくれたことがある。そこでは男の子が三歳になると、予告なくいきなり海に投げこまれ、本能で浮かんでいることが求められる。自力で身を守れなかった者は漁船から追いやられて、陸で女に交じって網をつくろったり、魚や海草の干物を物干し紐から取り入れたりして、ずっとつつましく生きていくのだ。人生とは闘いであり、死が迎えに来るまで休むことはできない、と父親が言っていたのを憶えている。彼女は明明《ミンミン》の小さな手足を見た。別の人生を送っていれば、もうじき最初の闘いをすることになるわけだ。

凱《カイ》は子守に、食事と睡眠のことで細かい点をいくつか念押しした。子守が辛抱しているように見えたので、彼女は凱《カイ》より上手にできるのだから、さっさと仕事に行って明明《ミンミン》の世話をさせてくれればいいのに、と考えているんじゃないかと思われた。この少女を雇うとき親が、この子は一家の長女として六人の弟妹を育てる手伝いをしてきて、いちばん下の子は明明《ミンミン》よりそう上じゃない、と話していた。少女は大人にならないうちに母親になったのだと凱《カイ》は思った。明明《ミンミン》が信頼しきってふっくらした腕を子守の首に巻きつけているのを見て、小さな子供の生活では、母親など実にたやすく別の愛情深い人間にとって代わられてしまうことを、あらためて思い知った。

寒《ハン》はスタジオまで凱《カイ》と一緒に行くと言い張った。昨日の批闘大会の調整がうまくいったのと、それ以上に移植が成功したのとで——このときにはもう、党の高官が顧珊《グー・シャン》の腎臓を得たことと、それで自分が賞賛されるであろうことを、凱《カイ》に秘密にする必要はほとんどないような気がしていた——寒《ハン》はおしゃべりになっていた。

「そのために裁判が早められたの？」凱《カイ》は訊いた。

寒《ハン》はにっこりして、自分たちは関係のない詳細まで気にする必要はなく、いまはもっと大事なことを楽しみにするべきだ、と言った。凱《カイ》が思わず辛辣にどういう意味か尋ねると、彼は二人目の赤ん坊はどうかと言い出した。

だけど明明《ミンミン》がまだほんの赤ちゃんなのよ、と凱《カイ》は答えた。寒《ハン》は彼女の顔をじっと見て、心配いらない、と言った。妹が生まれる頃には、明明《ミンミン》もお兄ちゃんらしくなっているさ。一人目は男の子のほうが両親が喜ぶのを知りながら、寒《ハン》は明明《ミンミン》が生まれる前ですら娘を欲しがっていた。

また男の子かもしれないわ、と凱《カイ》は言った。

「そうしたら、またつくろう。母親みたいに美人の娘ができるまでやめないよ」

凱《カイ》は一瞬絶句して、私は雌豚じゃないのよ、と言った。寒《ハン》は笑った。彼は彼女の言うことすべてにすぐ冗談を見つけ出せるのだった。彼が俳優になっていたら、台詞《せりふ》の微妙な趣《おもむき》を理解することも伝えることもできず、挫折していただろう。

そろそろもっと真剣に二人目と、その後すぐに三人目をもうけることを考える時期だ、と寒《ハン》は言った。初孫は祖父母に満足と楽しみをあげるために生まれるのだから、明明《ミンミン》は僕の親のためだ、と説明してから、自分をじっと見ている凱《カイ》の視線に気づき、あわてて、君のお母さんのためでもあるけど、と言い足した。でも彼女は機嫌を損ねたわけではなかった——むしろ、彼は思いがけず真実を突いたのだと思っていた。凱《カイ》の母親は、孫だと主張する権利が寒《ハン》の親ほどないかのように、明明《ミンミン》のことをおずおずとかわいがる。二人目は明明《ミンミン》のためだ、と寒《ハン》は言った。僕たちに睡眠を奪う赤ん坊がもう一人必要というよりは、明明《ミンミン》に遊び相手が必要なのだから。三人目になって初めて自分たちのための子供が持てる。「僕は自己中心的な人間じゃないけど、僕たち自身のものを何か持っていたいんだ」

凱《カイ》は返事をせずに歩き続けた。結婚するという決断は、テーブルについている全員に食事をご馳走するようなもので、いろいろな人のことを考えなくてはならない、といつも自分を納得させてきた。たとえば両親は、以前は敬意をほとんど払ってもらえなかった人たちから一目置かれるようになって有頂天になったし、弟妹の将来が拓けた——弟は寒《ハン》に省都の師範大学に入れるよう手配してもらい、妹は政府の大物の親戚として媚びを売られるのを喜んでいる。かつて舞台で演じたヒロインたちは、もっと重要な使命のために命を捨てたが、彼女が寒《ハン》と結婚することに決めたのは高邁な夢のためではなく、安楽で都合のいい暮らしのためだった。

スタジオに着くと寒《ハン》は、どうしてもっていうわけじゃないんだ、と凱《カイ》を安心させた。彼は運んできた薬草茶のマグカップを、凱《カイ》に渡した。「男は夢を見ると、ときどき馬鹿みたいなことを言うもんなんだよ」

凱《カイ》はほほえんで、私はただ疲れているだけ、と言った。妻との未来を思い描く夫を止める権利など、彼女にはなかった。すべての結婚の土台は欺瞞でできているのだろうか。そして結婚を崩壊させないためには、だまされた者は盲信し続けなければならないのだろうか。それとも、ありがたくない真実から目をそらしていなければならないのか。凱《カイ》の父親は、亡くなる年にした二人だけの数少ない会話の中で、母親と結婚したことはこれまででもっとも不運な決断だったこと、そして夫婦のままでいたのは三人の子供のためだけだったことを認めた。この告白を母親に教えないことは、約束を交わさなくとも互いに了解していた。

「僕は君にとって完璧な夫じゃないだろうなっていうのはわかってる。でも君のために僕ほどいろいろしてやりたいと思っている男も、いろいろできる男も見つからないってこともわかってるんだ」と寒《ハン》は言った。

「どうして私たち、愛を証明する必要がある新婚夫婦みたいな話をしているの」凱《カイ》は軽い言い方にした。

寒《ハン》は妙な笑みを浮かべて凱《カイ》をじっと見た。「明明《ミンミン》だけで、私たちの関係はじゅうぶんじゃない？」

私は落ち着かなかったことなんかないわ、と凱《カイ》は言った。

君だけが唯一の女の子じゃなかった、と寒《ハン》は言った。凱《カイ》は他の花嫁候補のことを尋ねたことがなかった。彼のほうも彼女の過去についてほとんど質問したことはなかったが、もし知りたければ彼には調査するつてがあるのを、彼女は知っていた。寒《ハン》は、他の女の子たちが欲しがるものはだいたいわかったし、それをすぐあげられるのもほぼ確実だった、と言った。「でも君は違ってた。見たとたんにわかったよ。君はどんな女の子よりも大きな野心を持っていて、僕でさえ君の欲しいものを手に入れられないんじゃないかと思った」

寒《ハン》がこれほど率直に話すのを見たことがなかったうえ、ものを見通す力があるとも思っていなかったので、凱《カイ》は不安になった。甘やかされた男の子という以外ほとんど内容のない人だと思っていたし、彼のお母さんと遊び相手の両方を務めるのは息の詰まることだった。でもいまは、彼がその程度までの人間であってほしいと願っていた。彼女は腕時計を見た。すぐ準備しなくちゃ。彼女がそう言うと、寒《ハン》はうなずいた。彼はさらりとした口調で、いま話したことを忘れるように言った。春だから浮ついてるんだ。昼食で会うときには治まっているよ。

夜はとっくに終わったと気づくのに、数秒かかった。寝室の高い窓から覗く空の切れ端は雲一つない青さだったし、寝室の半分開いたドアから、居間が明るい日差しであふれているのが見えた。妮妮《ニーニー》にいちばん会えそうな時間を逃してしまった。あの子は僕を探しているかな、と八十《バーシー》は考えた。落ち着かない夜だった。町に昆《クエン》の犯罪をばらす方法をあれこれ考えていたのだが、どれもこれだという感じがしなかった。その間にも、女の幽霊がベッドの足元にいるような気配があって、目を閉じて女はいないと思おうとすると、まぶたの裏の空間を乗っ取られてしまった。一時間ほど何度も寝返りを打ってから、オナニーをした。すると女の幽霊はいなくなって、最中のいつもの喜びも一緒に持って行ってしまった。最後には楽しいというより苦痛を感じてへとへとに疲れ、眠っていろんな夢を見た。ある夢では、二組の結婚式がおこなわれていた。一組は妮妮《ニーニー》と自分で、もう一組は処刑された反革命分子と昆《クエン》だ。なんてぞっとするような夢だろう。でもそれは、正義が昆《クエン》を死んだ花嫁のもとへ送る徴《しるし》なのかも。

八十《バーシー》が時間を尋ねても、祖母は返事をしなかった。間にあるカーテンを上げると、ベッドにいた。何の夢見てるの、と彼は訊いた。じいちゃん、来てくれた？　冗談を言おうとしたら、その前に祖母の様子がおかしいことに気づいた。頬に血の気がない。

五分後には、祖母が死んだことを確信していた。肌に触れると、まだぬくもりはあるのだが。彼はこれからどうすればいいかよくわからず、ベッドの祖母の傍らに腰かけた。生前の祖母は、同年輩の女の誰よりも人に厄介をかけない人だったのに、いちばん都合の悪いときを選んで死んでしまった。八十《バーシー》にとっては、妮妮《ニーニー》と親しくし、昆《クエン》と闘っていく新しい生活の始まるときなのであり、祖母にはもうちょっと生きて面倒を見てもらう必要があった。それから三十分の間、数回確かめてみたが、祖母はそのたびに冷たくなっていった。

祖母はしばらく末期の準備をしていたことがあった。数年前、大工二人と塗装工一人を雇って棺を作らせたのだ。手抜きをせず望みどおりの棺にするよう、一から十まで監督していた。また、埋葬用の刺繡入りの装束をいくつも集めた――金と薄紅色の満開の菊をあしらった黒い絹の衣や、〈寿《ショウ》〉――長生き――という字をややこしい模様にたくさん組み入れて刺繡した象牙色の上等な繻子《しゅす》の履物と頭巾。あの世へ持って行くのは宝石の安い模造品を入れた箱一つで、本物――金、銀、翡翠《ひすい》、エメラルド――は、八十《バーシー》が高校を出て仕事を確保できなかったとき、現金に換えられた。「おまえのために全部手配しておいたよ」月に一度か二度、あの世で必要な物を点検すると、祖母は言った。「おまえの重荷にはならないからね」

僕の人生でいちばん大切な人なのに、なんで自分のことを重荷だなんて言うわけ？　八十《バーシー》はよく祖母にそう言ったが、その言葉は祖母をうれしがらせるのではなく、涙をこぼさせた。「おまえはなんてむごい人生に生まれついたんだろうね。自分の親を知らないなんて！　長生きしておまえの成長を見守ることができて、ありがたいよ」祖母はそう言って、これまでのさまざまな時期の話を繰り返すのだった。

こういう話を聞くと、八十《バーシー》はいつも笑った。自分の面倒ぐらい完璧に見られるのだから、年寄りの女など必要ない。ところがいまは、祖母に力を貸してもらえたらいいのにと思っていた。旅立つ準備はできていると言っていたけれど、家から土の中へ本当に旅立たせるにはどうすればいいのか。八十《バーシー》は祖母のそばにしばらく座っていたが、助けを求めに行くことにした。近所の人たちは助けてくれないだろう――祖母には愛想がよかったけれど、みんな彼のことを蔑《さげす》んでいる。彼らに任せても、ますます夕食の席で話の種にされるだけだ。妮妮《ニーニー》は、石炭としなびた野菜を籠に入れること以外は何もわからないだろう。昆《クエン》はよその家庭から娘を埋葬するように頼まれるぐらいだから、世間をよく知っている男のようだけれど、隠れた暗黒の事実が記憶に新しいので、祖母に近づけたくなかった。唯一残されているのは華《ホア》じいさんとばあさんだけだ。二人はボロ布のように棄てられた赤ん坊たちの面倒を見た。きっと二人なら、まっとうなおばあさんの埋葬を手伝ってくれる。

　通りは昨日と変わりないが、工作単位に向かう人々は八十《バーシー》など見向きもしないし、肉親を失った悲しみを理解しようともしなかった。彼は土手に向かって南へ行き、土手を川沿いに西へ歩いた。町の人たちから見えないところに来ると、彼は岩に腰を下ろして泣いた。

「こんなところで朝っぱらから、何をめそめそしてんだ」誰かが八十《バーシー》の足を軽く蹴った。八十《バーシー》は手の甲で顔をぬぐった。昆《クエン》だ。肩に厚手の綿の上着をはおり、手に朝食の袋を持っている。きっと夜勤から戻ってきたところなのだろう。「放っといてくれよ」

「親しく挨拶してんのに、そういう態度はよくないな。豚の頭肉、一切れどうだ」

八十《バーシー》は首を振った。「ばあちゃんが死んだんだ」昆《クエン》を敵だと決めてはいたが、そう言った。

「いつ」

「昨夜《ゆうべ》。今朝かな。わからない。死んだばっかり」

「そりゃ気の毒だったな。で、いくつだったんだ」

「八十一」

「大往生と言っていいじゃないか。泣くことはない。喜んでやれよ」

八十《バーシー》の目が赤くなった。初めて聞いた慰めの言葉だった。もう少しで昆《クエン》を許さなければいけない気分になりそうだった。「どういう葬式がばあちゃんの人生を称えることになるのかな。僕にとっては父でもあり、母でもあり、祖母でもある人だったんだ」と八十《バーシー》。孤児になったかと思うと、昔、母親が彼を祖母に預けた日のように、また情けない気持ちになった。手を口に当てて咳をしようとしたのだが、泣きじゃくっているようになった。

「おい。悲しいのはわかるが、もしばあさんのために一肌脱ぎたいんだったら、こうして泣いている暇はないぞ」

「どうすりゃいいの。死んだ人間の世話なんてしたことないよ」

昆《クエン》は空を見上げた。昨夜から吹いていた風が弱まってきて、天気予報では温暖前線が来ることになっていた。日は山の上にあり、よく晴れた早春の一日になりそうだった。

「二週間したら氷が解ける。俺だったら、解けるまで安置しておく場所を見つけるぞ。市立病院へ行って、場所を借りろ」

「昨日の遺族はなんで病院から借りなかったの」八十《バーシー》は質問を口にすると、とたんに後悔した。

「霊安室は自然死による遺体しか受け入れんのだよ」

「自然死って何」

「おまえのばあさんみたいな死だ」

女の遺体の映像が八十《バーシー》の脳裏に浮かんだ。急にこみ上げてきた吐き気を抑えようと、深呼吸した。「教えてくれてありがとう。すぐそこへ行くよ」

「でも歩く方角が違うぞ」

道を見ると、西のほうに向かい、山へと続いていた。その山に、女の遺体が切り刻まれて枝の茂みの下で横たわっているのだ。昆《クエン》に見抜かれただろうか。華《ホア》じいさんとばあさんは昔からばあちゃんの友達だから、まず知らせたいんだ、と八十《バーシー》は言った。

昆《クエン》にしげしげと見られて、八十《バーシー》は緊張のあまり頭皮が引き締まるのを感じた。「じゃ行くよ」八十《バーシー》は遠慮がちに手を上げた。

昆《クエン》はタバコに火をつけた。「生意気な真似は誰にもしてほしくないんだよ。わかってるな」

「なんで僕が。ばあちゃんの面倒見なきゃいけないのに」

昆《クエン》はうなずいた。「念のためにな」

八十《バーシー》は悪さはしないと約束し、急いで立ち去った。昨夜《ゆうべ》、石を元に戻しておけばよかった。優秀な探偵なら調査の痕跡を残さない。失敗を取り返すには手遅れだろうか。

華《ホア》夫妻の小屋には錠がかかっていた。八十《バーシー》は炭の小さなかけらを拾うと、ドアに大きな字を走り書きした。「ばあちゃんが死んだ——八十《バーシー》」字を見て、それから「死んだ」を消し、「消えた」と書いた。二人の年寄りの心を厳しい現実で乱す必要はない、と八十《バーシー》は思い、それから、華《ホア》夫妻が字を読めないかもしれないことに気づいた。

霊安室に行ってみたが、失望に終わった。これもまた、世も末だという証拠である。受付にいた女は、八十《バーシー》が事情を説明する暇もなく、テーブル越しに帳面を投げてよこした。彼が口を開くと、彼女はその用紙を指さした。「口を開ける前に記入して」

設問にどう答えればいいかあれこれ考えていたら、少し時間がかかった。戸籍証明書を持ってくるのを忘れていた。女はあまり喜ばないだろうが、一人取り残された孫の手落ちを、きっと理解してくれるだろう。祖母が死んだいま、みんなも違った目で見てくれるんじゃないか。孤児だから、これまでのことは水に流してかわいがってくれるんじゃないか。彼はペンをインク瓶に浸し、書きながら女に言った。「あの、僕もばあちゃんも他に身寄りがないんですよ」

女は眉をつり上げ、返事をせずに八十《バーシー》に目をやった。僕のことを知らないのかもしれないぞ。「ばあちゃんに、今日先立たれたんです。僕には両親がいなくてね。物心ついてからずっと」

「用紙の記入が終わるまで口を開くなって言ったわよね」

「そうですけど、ただ親切にしているだけですよ。ここには話し相手があんまりいないでしょ」

女はため息をついて、開いた雑誌を目の前に持ち上げた。八十《バーシー》は雑誌の表紙を見た。タイトルには『大衆電影』（映画雑誌）とあり、若いカップルが木にもたれて希望にあふれた目でこちらを見ていた。八十《バーシー》はカップルにしかめ面を見せてから、用紙の記入に戻った。最後の一枚は火葬許可申請書だ。二回読んで、やっと内容がわかった。「同志」彼は同情を買うつもりで、小さくかすれた声を出した。同情されて当然なのだ。

「終わった？」

「質問なんですけど。うちの祖母は――八十一歳で、すごく小さいときから育ててくれたんですけどね――もう棺を作らせちゃったんですよ。焼かれるのは嫌がってました。あなたはどうか知りませんけど、僕としては生きてようと死んでようと、焼かれたくないなあ」

女は八十《バーシー》をじっと眺めていたが、しばらくすると彼の手から帳面をひったくった。「じゃあ、なんで人の時間を無駄にするのよ」彼女は用紙を破りとって丸め、入口近くのくず籠に狙いをつけた。狙いがはずれたので、八十《バーシー》が拾いに行った。「わかりませんね、同志」低姿勢に聞こえるように言った。「用紙に記入してから口を開けろって言われたんで、そのとおりにしたんですよ」これまでの見たてでは、仕事中の女というのはたいていご機嫌ななめである。家で文句の多い夫に尽くしているぶん、仕事では完全に牛耳《ぎゅうじ》っているところを示さなければならないのだ。女の見た目はいまいちでも――もう若くないし、目の下に黒ずんだたるみがあってパンダみたいだ――機嫌をとるのは別にかまわない。

女は壁の貼り紙を指さした。「それ読んで」彼女はまた雑誌に戻った。

「いいですよ、同志。何でも仰せのとおりに」彼は貼り紙を読んだ。人口が増加するいっぽうであり、それをまかなう食糧の生産に使えるはずの土地が土葬に多くとられてしまうため、この時代遅れの旧癖を改める省の新政策に従い、火葬を唯一合法の形式とすることを市政府は決定した。発効日は二ヶ月半先。

「政策の発効までにまだ少し時間があるみたいですけど。小さなおばあさん一人埋めるぐらいは余裕がありますよね」

「それは、そっちの事情」女は雑誌の向こうから言った。「こっちは違うの」

「じゃ、土が解けるまで、保冷庫に場所を借りてもいいですか」

「うちは火葬にする遺体しか受け入れません」

「だけど規則だと──」

「規則はいいの。ここには全員にあげられるだけの場所がないわけ。だからいまうちは火葬にする遺体だけを受け入れる方針にしてるのよ」女は受付をあとにして、奥の事務室に入って行った。

霊安室を去る八十《パーシー》の気持ちは少し軽くなっていた。祖母は賢い。ここぞというときを選んで死んだ。あと二ヶ月生きていたら、焼却炉行きだっただろう。彼女がいつも言っていたみたいに──あらゆる欲望に天罰は下る。祖母の死は、悲劇ではなく祝う価値のあるものになった。常に物事のいい面を見ないとな、と八十《バーシー》は自分に言い聞かせた。いつもの力が蘇ってきた。顔を照らす日差しは暖かく、晴れ晴れとした春の朝だ。「八十《バーシー》」脇道から小さな声が聞こえてきた。そちらを向くと妮妮《ニーニー》がいて、帽子をかぶらずにいいほうの手に持ち、小路の壁の陰に立っていた。思ったより、醜く見えなかった。「妮妮《ニーニー》！」八十《バーシー》は親しげな顔を見てうれしくなった。「ここで何してるんだい」「探してたんだよ。今朝見かけなかったから。一緒に話をしたら石炭くれるって昨日言ってたよね」

八十《バーシー》は自分の頭を叩いたが、思ったより強く叩いてしまい、たじろいだ。「そうそう。僕の手違い」彼はそばへ歩いて行った。「いや、ただね、今朝は大事な用事で忙しくしてただけなんだよ。この話聞きたい？」

妮妮《ニーニー》が目を見開いた。初めて八十《バーシー》は彼女の濃い睫《まつげ》と、瞳を囲む焦げ茶色のところがかわいらしいのに気づいた。彼が睫をふっと吹くと、妮妮《ニーニー》は目をぱちぱちさせた。彼は笑ってから目をごしごし擦り、悲しげにして見せた。

「ばあちゃんが昨夜《ゆうべ》死んじゃったんだ」

妮妮《ニーニー》は息を呑んだ。

「そうなんだ。僕を一人で育ててくれて、僕だけに愛情を注いでくれたばあちゃんがさ」

「どうして」

「わからない。寝てる間に死んだよ」

「じゃあ、悲しむことないよ。うれしく思わなきゃ。女が眠りながら死んだら、それはよいおこないをしたご褒美《ほうび》だって聞いたことがあるもん」

「僕、うれしい！　でも問題はさ、埋葬するのを手伝ってもいいって人がいないことなんだよ」

「いま、どこ？　体を浄《きよ》めて着替えさせてあげた？　きれいにしないまま着古した服を着せて送っちゃだめだよ」

「そんなこと知らないよ。誰も死んだことないのに。君よく知ってるね。手伝いに来てくれない？」

妮妮《ニーニー》はためらった。「市場に行かなきゃいけないの」

「うちには、君のところの仙女全員にあげられるぐらい野菜があるよ。石炭もある。好きなだけ持ってっていいからさ。まあちょっと、いいおばあさんを助けに来てやってよ。なあ頼むよ。友達を待たせるなって」

八十《バーシー》の数歩後ろで、妮妮《ニーニー》は街灯の数をかぞえていた。人に怪しまれないよう、並んで歩かないようにしようというのは、八十《バーシー》の思いつきだった。市場から北へ折れて、北の山へ行く道を途中まで登った。ここの区画は谷にある区画と同じ造りをしていたが、八《バー》十《シー》の家は並みはずれて大きかった。八十《バーシー》は小路を見回して、誰もいないので門の錠を開け、妮妮《ニーニー》に入るよう身ぶりで合図した。妮妮《ニーニー》は目の前の邸宅を見て、すごいと思った。庭は通常の倍ぐらい広く、彼女の家の前屋ぐらいある木造の物置小屋があり、高いレンガ塀で隣家の庭と隔てられていた。父さんが戦争の英雄だったから、広めの家がもらえたんだ。でもね、と八十《バーシー》は言い足した。建築作業班はわざわざ体裁よく造ってはくれなかった。できた建物は、同じ通り沿いにある他の家々と同じく二部屋で、ただ大きさが二倍というだけの家だった。

「この家をあったかくしておくんなら、きっと石炭がいっぱいいるね」妮妮《ニーニー》は前屋に入ると、そう言った。そこは背の高い棚で台所——水栓付きの流し、料理用こんろ、花柄の収納棚四、五台——と居間に仕切られていて、居間には暖房用のかまどがあった。居間の壁は革命映画や歌劇のヒーローとヒロインのポスターで覆われていた。妮妮《ニーニー》は居間の中央にあるテーブルに触れた。四方に古めかしい彫り物がしてあって、重厚な感じがした。二脚の肘掛け椅子は深紅で、背に複雑な模様が彫ってあり、柔らかくて心地よさげなクッションが見映《みば》えよくのっていた。「お母さんはどこにいるの」と妮妮《ニーニー》は言った。

「わからない。再婚してここに僕を置いていったんだ」

馬鹿な女の人、と妮妮《ニーニー》は思った。自分だったら、誰が何と言おうとこんな贅沢を捨てる気にはなれないだろう。思ったことを口に出さないうちに、カサカサとどこかで聞いたような音が聞こえてきた。「ネズミだ」しゃがんで音の源を探した。彼女の家にはネズミがはびこっていて、ガリガリ齧る音で夜は眠れない。ネズミたちは古着や、ときには一家がマッチ箱にする新しい厚紙まで破いてしまうことがあった。家の女の子たちは赤ん坊を除いた全員が、ネズミを見つけ出して首を一度ひねれば殺せるよう仕込まれていた。

「大丈夫。僕には策がある」八十《バーシー》は台所に行き、一分ほどすると、上等の赤い繻子にくるんだ箱を持って戻ってきた。箱の中には、しわが寄った薄茶色の乾物の根っこが何本か入っていた。「高麗人参だよ」そう言って、箱を妮妮《ニーニー》に渡した。

彼女は赤い繻子に触れた。高麗人参がどのぐらいするものなのかわからないけれど、箱自体が高そうで、家にあるどんなものより上等だった。

「じいちゃんは高麗人参採りだったし、ばあちゃんは高麗人参が大好きでさ。世界最高の薬だよ。だけどもちろん、永遠の命をくれるわけじゃない」

「おばあさん、いまどこにいる？」

八十《バーシー》は寝室のほうを指した。「すぐに始めるけど、でもまずはネズミを片づけようぜ」根の一本から細いひげを折って妮妮《ニーニー》の口のそばに差し出した。「味見したい？　とろける甘さだよ」

妮妮《ニーニー》は口を開けたが、食べる前に八十《バーシー》が引っこめた。「へへっ、冗談だよ、ばーか。高麗人参は七十を越した人しか食べちゃいけないんだ。火の要素が強すぎるからね。鼻血が出て、肌や肉が熱くなって腐るよ（中国医学で上火（シャンフォ）と呼ばれる、心身の熱が上がりすぎるなどの、陰陽バランスが崩れた状態）」

妮妮《ニーニー》は少しむっとしながら、口をきつく閉じた。なんで手伝うことにしたんだろう。

八十《バーシー》におばあさんを任せて、普段の生活に戻ろうかと思った。捨てられた白菜の葉を少し見つけて家に帰り、妹たちがちび六と遊ぶのを見張って、もし妹たちがちび六を泣かせたら怖い話をしてやり、文句を言ったら高麗人参を食べさせるよと脅すのだ。でも、なかなか脚が動かなかった。八十《バーシー》は石炭を持ち帰っていいとか、野菜もあげるとか、いろんなことを約束してくれた。それに友情と、言葉にできない何か別のものがあった。

八十《バーシー》は蜂蜜の瓶を見つけてきて、高麗人参を中に浸した。それを出すと、露に濡れたようになって、おいしそうだった。妮妮《ニーニー》は顧《グー》師の家で一度だけ蜂蜜を食べたことがある。お腹が鳴った。

「ほら」八十《バーシー》はスプーンと瓶を妮妮《ニーニー》の手の中に押しこんだ。「よかったら全部食べなよ。僕は蜂蜜好きじゃないから」彼は高麗人参からしたたる蜂蜜をぬぐいとった。妮妮《ニーニー》は蜂蜜を一匙口に入れた。やっぱり八十《バーシー》は気前がよくて親切で、いい人だ。冗談はよくわからないときがあるけれど。「何してるの」彼女は甘くべとつく口で、もごもごと言った。

「これが、僕の発明したネズミの毒。ネズミは君と一緒で、蜂蜜が好きだろ？　だから思わず高麗人参を食っちゃって、お腹が焼けつくように熱くなって、もだえ死ぬんだ。盗み食いした甘い一口を後悔しながら」

妮妮《ニーニー》はぞっとした。彼女は両手の中の瓶を見た。「毒を蜂蜜の中に入れた？」

「そんなことするかよ。僕が毒を盛ると思ったの？　おかしなこと考えるね。君はネズミじゃない。友達だろ」

にこにこしている八十《バーシー》の顔を見て、妮妮《ニーニー》はちょっと不安になった。「友達いっぱいいるの？」

「当然。渾江市民の半分は友達だよ」と八十《バーシー》。

「女の子の友達も？」

「うん。男も女も、老いも若きも。犬も猫も鶏も鴨も」

また冗談なのか、わからない。もし他に女の子の友達がいるなら、ここに来たことがあるのだろうか。ここに来る途中、一緒にいるところを人に見られないようにしていた様子からして、疑わしかった。「女の子をよく家に連れて来るの？」

八十《バーシー》は真剣な顔をして、手を振った。

「本当？」

八十《バーシー》は妮妮《ニーニー》に向かって指を小刻みに振った。「静かに」と彼はささやいた。「ちょっと考えさせてくれ」

妮妮《ニーニー》は八十《バーシー》を見た。口をとがらせて眉を寄せている姿は、大人の真似をしている小さな子供みたいだ。おもしろい人。彼の行動はまったく予測がつかない。近所の人たちが娘たちに、知らない人と話をしてはいけないと注意しているのを聞いたことがある。彼女の親も妹たちにはそう言うけれど、彼女には警告しなかった。まさか彼女が危ない目に遭うとは誰も思わないらしい。妮妮《ニーニー》はまた八十《バーシー》をしげしげと見た。もし彼が何かひどいことをしたら、声を上げて近所に知らせればいい。だけど、そんな心配はいらないんじゃないか。彼は知らない人じゃない。新しい友達だ。彼女は、顧師《グー》と顧夫人《グー》のときとは違う意味で、彼のことが好きだと思った。顧夫妻《グー》のことを思うと、もっといい子でかわいくて愛されるような人になりたくなるけれど、いまとなってはそうなっても仕方ない。嫌われているから、もう家に入れてくれないだろう。八十《バーシー》は、自分が醜い人間であることを忘れさせてくれる。もしかしたら、醜くないのかも。

「よし」しばらくすると八十《バーシー》は両手を打ってにんまりした。「全部計画ができたぞ」

「何の計画？」

八十《バーシー》は寝室へついて来るよう手招きした。二つのベッドの間にあるカーテンが閉まっていた。彼は乱れたままのベッドに彼女を座らせた。「秘密守ってくれる？」八十《バーシー》が訊いた。

妮妮《ニーニー》はうなずいた。

「誰にも言っちゃだめだよ。できる？」

「八十《バーシー》しか友達いないもん」

八十《バーシー》はほほえんだ。彼がカーテンを引くと、老女がいた。眠るように目を閉じ、毛布がかけられてあごの下まできっちり包まれていた。薄い白髪はおばあさんらしい髷《まげ》に結い上げられていて、ほつれた髪が少しネットからはみ出していた。好きになれそうなおばあさんに見えるけれど、死ぬといい人に見えるものなのかもしれない。市場にいるおばあさんたちは、みんな感じが悪いから。

八十《バーシー》は、祖母の鼻の下にちょっと指を突き出した。「うん。完全に死んでる。じゃあ、ばあちゃんの前で誓って」

「なんで」

「死んだ人には誰もいいかげんなことは言わないだろ。こう言ってよ。八十《バーシー》の秘密を人に絶対言わないことを誓います。もし言ったら、おばあさんの霊にいい死に方をさせてもらえません」

妮妮《ニーニー》は考えた。これだけの厄介や面倒を一家にかけているのだからきれいには死ねない、とよく親に言われているので、たいした損にはならないような気がした。どうせ生きていてもいいことは一つもないのだから、ひどい死に方を恐れる必要はない。彼女が誓いの言葉を言うと、八十《バーシー》は満足したようだった。彼は妮妮《ニーニー》の隣に座った。「昆《クエン》の犬を殺すんだ」

「昨日、昆《クエン》にやっつけられたから？」妮妮《ニーニー》はがっかりした。死んだ犬なんて、おばあさんの亡骸《なきがら》の前で厳粛に誓うことではないような気がした。

「それだけじゃない。あいつは極悪人だぞ。それを町じゅうの人に知ってもらうんだ。後でいろいろ教えてやるよ。いまのところは、あいつの黒犬を殺したら、他の計画を進められるってことを知ってればいい」

妮妮《ニーニー》はうなずいた。八十《バーシー》の計画の先を聞きたいのかどうか、よくわからない。ほんの一メートル半ぐらいのところにいる、おばあさんが気になった。

「じゃあ、どう実行するかだ。犬はおばあさんじゃないから、高麗人参を好きになったりしないだろ？　おばあさんにとって高麗人参に当たるものは、犬にとって何だ」

妮妮《ニーニー》は混乱して八十《バーシー》を見た。

「おい、考えろって。ソーセージとかハムじゃないか。犬は肉が好きなんだ。君も僕も好きだけど、でも僕たちは犬より頭がいい。こうするんだ。僕を見ればしっぽを振るようになるまで、犬に一日一本ソーセージを与える。それから、バタッ。毒入りソーセージの一撃だ。哀れな犬はさ、この世でたった一人の友達に殺されたとは思いもしないよ。これ、どう思う」

妮妮《ニーニー》はそわそわした。八十《バーシー》は昼までずっとここに座って彼女に、というより一人で話をしていそうな感じだ。もし昨夜《ゆうべ》の夕食のときみたいに、両親が帰るまでに昼食の用意に戻れなかったら、また母親に竹箒の柄で背中を何度も叩かれるだろう。

八十《バーシー》は彼女を見た。「僕の計画、気に入らない？」

「おばあさんの世話もしないで、他のことを考えてるのはよくないよ。あたし、ここで一日じゅう話をしてるわけにいかないの」

「死んだ人間のことより、生きてる人間のことのほうが先決だよ。でも言えてるな。君がいなくなる前に棺に入れる手伝いをしてもらわないと」

「専門の人たちに頼まなくていいの？」

「そういう人を雇うとね、火葬しなくちゃならなくなるんだ。大丈夫だよ。自分たちでできるさ」彼は、寝室の隅からトランクを引きずってきた。「ここに何もかも用意してあると思うんだ。必要なもの探し出して、ちゃんとした格好させてあげてよ。僕は棺を取ってくる」

八十《バーシー》は妮妮《ニーニー》の返事を待たずに物置小屋に行ってしまった。彼女はトランクを開けた。中には、絹や繻子の服が整然と重ねて並べてあった。外套、上着、ブラウスとズボン、履物、頭巾。いいほうの手でいちばん上の服に触れると、ひびのできた手のひらが糸を引っかけた。こんなに上等な服を死んだ女の人と一緒に埋めてしまうなんて、もったいないな。両手を自分のズボンにごしごし擦りつけてから、もう一度服に触った。一枚ずつトランクから出して、ベッドのおばあさんの脇にきちんと積み重ねた。トランクが底をつくと、封筒がいくつか出てきた。それぞれに番号がふられている。一つ目を開けると、ほとんど十元札か五元札ばかりの札束が入っていた。これほど多くのお金は見たことがない。彼女ははやる気持ちを抑え、あたりを見回した。八十《バーシー》がいないのを確かめると、お金を封筒に戻して真ん中で二つ折りにし、ポケットにそっと忍ばせた。

「棺が重すぎてさ」すぐに八十《バーシー》が入ってきた。「大工が鉛でも入れたんじゃないかな。いまはこのことで悩むのはよそう」

彼に封筒があったことを教えるとき、声が震えた。彼は封筒の中身を調べると、口笛を吹いた。「銀行の口座に全部預金してあるんだと思ってたよ」彼は十元札を二枚引き抜いて妮妮《ニーニー》に渡した。

彼女は首を振って、お金はいらないと言った。

「なんで。友達は支え合うものなんだから、幸運は分かち合おうよ」

妮妮《ニーニー》はお金を受けとった。年寄りの人たちが言うように、おばあさんの霊があたりにいて、死後のことに目を光らせているのだろうか。もしそうなら、ポケットにある封筒のことで怒るだろうか。でも、どうして幽霊のことを心配する必要があるだろう。顧《グー》夫人と顧《グー》師に背を向けられたのだから、いまよりひどい人生になりようがない。妮妮《ニーニー》は毛布を剝いで、おばあさんの寝間着を脱がした。鼻を刺すような臭いではなく、油脂のように甘ったるい妙な臭いがして、吐き気がした。肌に手を触れると革のように硬く、冷たかった。では両親が死ぬときも、こんなふうなのだ。そう思うと怖さがしずまった。結局のところ両親が年老いたら面倒を見て、最後に埋葬のために体を浄めるのは彼女の仕事なのだ。顧《グー》師と顧《グー》夫人を見送るのは誰なのだろう。死んでベッドで裸にされた二人の姿は、親の姿よりも想像するのが難しかった。顧《グー》夫妻の場合は状況が違えばいいのに――誰かの手が触れる前に、煙のように風に運び去られるとか――でも、ためらいもせずに彼女を追い出した彼らを、どうしてそう簡単に許してやるのか。

八十《バーシー》は妮妮《ニーニー》の手伝いをせず、カーテンの向こうでうろうろしていた。彼女は変だなと思ったが、やがて男の子が祖母の裸を見るのは、いけないことなのかもしれないと気づいた。彼は変わっているけれど、やっぱり尊敬できる人なのだ。

体を浄める段になると、八十《バーシー》はよけいな面倒を省くために蛇口から出る冷たい水を使ったらどうかと言った。妮妮《ニーニー》は反対した。折った封筒がポケットから飛び出して、八十《バーシー》にも世間にも正体をさらしそうになっていて——しっかり踏みつけておけるように靴の底に入れるとか、もっといい隠し方を考えればよかったと思った——その罪悪感から、おばあさんをもう一度お湯で拭けるように火を熾そうと言って譲らなかった。八十《バーシー》はあとについて台所に来ると、食器棚にもたれて、彼女が火を焚くのを見ていた。「君だったら、すごくいい義理の孫娘になれるよ」彼は感心してそう言った。妮妮《ニーニー》は顔を赤らめ、聞こえないふりをした。八十《バーシー》はこんろのそばに椅子を置いてまたがり、両腕で椅子の背を抱えた。「親は君の結婚相手、見つけた？」

変な質問。妮妮《ニーニー》は首を振った。

「翼の弱い鳥は早めに飛び立たなきゃいけないってことわざ、聞いたことある？」

「ない」

「考えなきゃ。もたもたしないで早くお婿《むこ》さんを探さなきゃだめだよ」

妮妮《ニーニー》は何も言わず、八十《バーシー》の言うことが正しいのかどうか考えた。両親は彼女を嫁にやりたいと思っていない。埋葬する前に体を拭いてくれる人が他に誰もいないのだ。もし彼女が顧《グー》夫人と顧《グー》師の娘だったら、いま頃二人は結婚のことを心配し始めているだろうか。二人がこの世を去るとき、一人で置き去りにされないようにと。

「もしよかったら、いい候補がいないか気をつけておくようにするよ」と八十《バーシー》。妮妮《ニーニー》は返事をせずに火を見ていた。湯がぐつぐついっていた。彼が念押しすると、彼女は「おばあさんをあんまり待たせないようにしようよ」と言った。

八十《バーシー》は笑った。「ばあちゃんにはもうわからないよ」彼は妮妮《ニーニー》に手を貸してやかんを寝室に運び、それからカーテンの反対側にある自分のベッドに腰かけた。妮妮《ニーニー》はそっとおばあさんの体を拭きながら、乾燥してしわしわになった肌や、不気味に長く垂れ下がった乳房や、ごつごつした関節をあまり見ないようにしていた。ポケットの中に盗んだ封筒がなかったら、作業を一、二分で終えていたところだ。ようやく拭き終えて絹の衣装を遺体に着せようとしたが、体が完全に硬直して動かないので、思いどおりにならない。腕の片方をぐいと引っぱって袖から出したとき、小さくぽきっと折れる感じがあった。腕を折ったなと思ったが、もう気にしなかった。いいほうの手だけを使って衣装の花ボタンをかけるのは、時間がかかった。頭巾と絹の履物をつけて仕上げると、八十《バーシー》に言った。「はい、見に来ていいよ」

二人は並んで立った。あの世への最高の装束を身につけたおばあさんは、穏やかで満足げな様子に見えた。しばらくすると、八十《バーシー》は腕を妮妮《ニーニー》の肩に回して引き寄せた。「なんていい子なんだい」

「すぐ帰らなくちゃ」

「必要なものを物置小屋からとって来よう」

「あんまりたくさんはいらない」八十《バーシー》が籠に白菜をいくつか入れると、妮妮《ニーニー》は言った。

「親に疑われるから」

「家まで送るよ」

妮妮《ニーニー》は、一緒に歩かないほうがいいと言った。

「わかった。君の好きにしていいよ。でも、今度はいつ会える？　今日の午後、来ない？」

妮妮《ニーニー》は口ごもった。食べ物も石炭も友達もいるこの家には、また喜んで来たいのだけれど、午後は無理だった。結局は八十《バーシー》が解決策を思いついた――妮妮《ニーニー》は彼の家で毎朝一時間ほど過ごして石炭箱から石炭を持って行けばいいし、その後も、少なくとも一度は会いに来ればいい。市場に行くという口実で。

さよならをするときは悲しかった。妮妮《ニーニー》は家に帰る途中、脇道に入ってポケットから封筒を出した。今日じゅうに親に見つかるのは確実だ。親は彼女を泥棒だと警察に突き出すだろうか、それとも喜んでお金を取り上げるだろうか。どっちも嫌だったので方向を変え、顧《グー》家のほうへ向かった。門の前まで来ると、二人がドアをさっと開けて腕の中に迎えてくれることを、つい望んでいた。

一人の男がそばを通りかかり、妮妮《ニーニー》のほうを向いた。「顧《グー》先生と奥さんを探しているのかい？」

妮妮《ニーニー》はうなずいた。小さな希望が湧いてきた――二人は彼女が来るとわかっていて、近所の人に気を配るよう頼んでおいたのかもしれない。

「顧《グー》先生が病気でね、奥さんは病院で世話をしているんだ。しばらくは戻って来ないよ」

もっと詳しく訊こうと思ったのだが、何も言えないうちに男は行ってしまった。彼女は男が見えなくなるまで待って、封筒を門の下に差し入れた。妮妮《ニーニ》からのお金だとは思わないだろうけれど、考えを変えてくれるかもしれない。自分たちは世間からいい思いをさせてもらっているのに、彼女にはつらく当たってしまったことに気づいて。顧《グー》師が退院したら、探しに来るかもしれない。

童《トン》は、昼ご飯を終えると家を出た。両親は昼寝をしていて、〈耳〉は町のどこかで走り回っていた。童《トン》の父親は〈耳〉のことを嫌っていて、一緒に遊ぶのは童《トン》の生活の無駄だと考えていた。童《トン》は、〈耳〉が日暮れまで外でうろうろしていてくれるのがうれしかった。暗くなれば父親の目障りになりにくいし、父親もその頃には晩酌を始めているのだ。

午後の授業までにまだ時間があったので、学校まで回り道をした。半年前から渾江の道や小路をあちこち探検してきたけれど、毎日の暮らしに忙しい人々の様子は、いくら見ても飽きなかった。たくさんの口が返事の隙も与えずにいっせいにしゃべっている感じの市場はわくわくするようなところだし、かと思うと男女が数人ずつ集まって噂をしている裏の小路では、他人の生活の話があれこれ聞こえてきた。ただ、老人が物思いにふけっているようで実は何も考えていなかったり、街角でぶらぶらしている猫が日差しにうっとりしていたりするのを見ると、手の届かない秘密の国のものみたいで、自分がどこにいるのかわからないような気持ちになった。

昨日の行事の後も暮らしは変わらないように思えた。人々はみんな批闘大会に出席したはずなのに、誰もが記憶にないような顔をしていた。告知の紙は剝がれていたり、壁に一部しか残っていなかったりして、もう道行く人たちに見向きもされていなかった。市場では、まるで売り子は全員恥知らずの嘘つきだとでも言わんばかりに、主婦たちが非難するような大声で値切っていた。野菜を売る国営の売店では、男の店員が暇をもてあまし、手を拳銃の形にして女の店員の胸に狙いを定めていた。満月のような丸い顔をした二十代のその女は、うるさい蠅でも追っ払うように手を振ったが、男がバァンと言うたびに笑った。童《トン》はほほえんだ。でも女は童《トン》を見ると、悪ガキと呼んだ。「何見てんのよ。気をつけないと目玉を両方くり抜いてやるよ」

童《トン》は顔を赤くして、背を向けた。背後で男の店員が、どうして自分はそんな贅沢にあずかれないのか訊いていた。女が、本当に盲目になりたいんだったら、この場で目をくり抜いてやってもいいと答えると、男は、この世のものとは思えない美人を見てしまったのでもう目はいらない、と言い、ぜひくり抜くよう女を急きたてた。童《トン》は歩き続けた。大人の世界には暗号があることがまたわかった。その約束ごとを知らないせいで、いつもどういうわけか怒らせてしまう。

すぐ近くで、数羽の鶏が小路をそぞろ歩いていた。童《トン》は雌のバンタム（チャボに似た鶏の一種）をにらみつけて餌をつつくのをやめさせようとしたが、鶏は熱心に餌を探していて気づきもしなかった。野良猫が、脚が三本しかない椅子の後ろから鶏たちに近づいて行ったが、そばへ行く前に、庭先の木の椅子に腰かけていたおばさんが、金切り声を上げながら棒で地面を叩いた。鶏は翼をばたつかせて狂ったように鳴きながら、散り散りになった。不意をつかれたので、童《トン》は何度か息をついて落ち着いてから、おばさんに大丈夫だったか尋ねた。

「あたしが番をしてなかったら、やられてたところだ」おばさんは答えた。

童《トン》は、安全なところからこちらの様子をうかがっている野良猫のほうを向いた。

「たぶんその猫、遊びたいだけなんだよ」

「猫のこと言ってるんじゃないよ」とおばさんが言った。童《トン》はどぎまぎしておばさんを見上げた。「あんたのこと言ってんだよ、ふん。誰もいなかったら雌鶏をひったくれると思ってたんだろ、え？」

童《トン》は、他人《ひと》の鶏を盗もうなんて考えたことはないとしどろもどろに言った。

「あんたが鶏を見てるとき、その腹の底で小さなそろばんをはじく音がしたの、聞こえなかったとでも思っているのかい。あんたみたいな田舎の子ときたら！」

童《トン》は小路をあとにした。自分をかばうために言い返せることは、ほとんどなかった。

昼食後、凱《カイ》は市政府の建物の一階にある小さな診療所に行き、医者に気分が悪いと言った。医者は六十五歳前後で、風邪薬と病欠証明書を出す資格しかなかった——咳や鼻水より重い症状だと、役人も事務員も通りを挟んだ市立病院へ行くのだ。

三日間にしますか?　伝票の頭に凱《カイ》の名前を丁寧に書きこみながら、医者は尋ねた。今日の午後だけで結構です、と凱《カイ》は答えた。医者は、風邪で半日休養の必要ありと書き、自分の古風な筆跡を一瞬満足げに眺めてから、署名した。宣伝課にそれを回してもらえますか、と凱《カイ》は頼んだ。ちょっとした風邪ぐらいで同僚を騒がせたくないんです、と説明すると、医者は察したようにうなずいて、伝票は直接持って行きましょう、と言った。

凱《カイ》は裏の階段からスタジオへ上がり、机のいちばん下にある引き出しの鍵を開けた。中には茶鼠色《ちゃねず》の着古した綿のジャケットが入っている。合わないボタンがついており、両肘に継ぎが当たっていて、ポケットの一つにはスカーフが、別のポケットには白い綿のマスクが押しこまれていた。ジャケットもスカーフも前の子守のもので、凱《カイ》はそれを自分のジャケットとスカーフと交換してもらった。よその土地に行く仕事があったときのために、と子守には話した。説明をぼかしておこうとしたのだが、もちろんご自分の毛織《ウール》のジャケットや絹のスカーフで、下々の者たちが住む汚らしいところへ行きたくはないでしょうね、と言われた。

凱《カイ》は服を着替えた。服の保管場所の下には手紙の束があった。どれも封筒に消印がない家林《ジァリン》からの手紙だ。ふたたび鍵をかける前に、束から無作為に一封抜き出した。中には一党独裁制の本質についての長い手紙が入っていたが、凱《カイ》は何度も読み返して内容を暗記していたので、ざっと目を通した。それは手紙というよりはむしろ瞑想録だ。同じ手紙が家林《ジァリン》の多くの仲間にも送られ、読まれたのだろうか、といつも考えさせられる。その手紙の別のページには、標準中国語で英国から放送している新番組について、短い文章が書かれていた。短波用トランジスタ・ラジオで最近受信したと言っていた番組だ。彼女と情報を分かち合いたいという彼の強い思いを感じるのは、気のせいにすぎないのだろうか、とまた考えてしまった。ほとんど知らない彼の生活のこまごましたことを伝える、彼女宛てのこういう短信があるので、手紙を焼くのは気が進まなかった。彼からそうするよう指示されてはいたのだが。

家林《ジァリン》と凱《カイ》はあまり会わなかった。凱《カイ》が口実を見つけて町の図書館へ行くまで、一、二週間過ぎてしまうこともあった。二人はあまり話をせず、雑誌の間に手紙を挟んでそっと交換した。渡された封筒に手紙が四、五通入っていることもあるのだが、彼が来る日も来る日も閲覧室で待っていたかもしれないとか、姿を見せないとがっかりしただろうかとか、そういうことは考えないようにした。図書館員は仲間だ、と家林《ジァリン》が前に言っていた。彼がマスクと手袋をつけているかぎり、閲覧室にいさせてくれる。四十代後半の物静かなその女性図書館員との友情があるから、家林《ジァリン》が図書館へ行くのは無駄にならない、と凱《カイ》は思うことにしていた。

家林《ジァリン》と凱《カイ》は会う予定を立てたことがなかった。またどちらも、ほんの四、五分会うだけでも口実を見つけなくてはならない世間のことは、ほとんど手紙で触れなかった。むしろ、直接には話し合えない問題について書いた。凱《カイ》は、彼からもらった手紙をすべて保管していた。こちらが送った手紙はきっといちいち焼かれているにちがいないので、自分も手紙を焼く気になれたらいいのにと思う。でもいつの日か、自分の手元に残る彼の形見はこの言葉以外にないのだ。学生ノートの紙に書かれた、ほっそりした右上がりの筆跡。ところどころ万年筆のインクが切れて、濃紺の文字が長い一節の中ほどで薄くなっている。それが紙と変わらないほど薄くなり、書いたというより紙を彫ったようになって初めて、万年筆にインクを足すことを彼は思い出す。

凱《カイ》は手紙を封筒の中に戻し、他の手紙と一緒にしまって鍵をかけた。数分後、彼女は頭を古いスカーフで包み、顔をマスクで覆って、建物を出た。もう人気アナウンサーだと気づく人はほとんどいないだろう。つかのま解放された気がした。

町で一般に公開されている唯一の図書館が入っているのは、かつて紅衛兵の地元支部が本拠地にしていた家だ。以前はある年配の男の家だったが、文化大革命が始まってまもなく、その男は殺鼠剤《さっそ》で自殺した。彼の行動に町の人々は困惑した。噂では、男は孤児だったのを、医者とその妻に養子にもらわれたという。そして交易地にすぎなかった当時の渾江で、唯一の医療関係者だった医者の息子として、また弟子として育てられた。医者の夫婦が亡くなると、男は財産と古風な家屋を相続した。家は手入れのいい小さな庭を囲む四合院（中庭を囲んで四方に建物を配した伝統的な家屋）になっていて、町の中心部に近かった。男は折りにふれて鍼《はり》療法もおこなっていたが、背中の痛みや関節炎に苦しむ年配の患者だけに施術した。彼は賢者のような面持ちで、礼儀正しく気さくであり、やがて来る革命の嵐を恐れる理由はほとんどないように思われた。しかし、死には何らかの説明が必要なのであり――自殺は、いかなる場合も共産主義の道義から逃れる罪深い行為となりうるため、特にそうだった――それで男は、最後の王朝を復活させる好機を待つ満州の皇太子だった、という噂がささやかれ始めた。ある有名な大将が言っていたように、嘘も千回言えば本当のことになるのであり、それからしばらくたつと、男は安易な死で道義の網をすり抜けた国家の敵とみなされるようになった。地元の紅衛兵はすぐに地所を占拠し、そこで宣伝ビラを印刷したり、武器を保管したりした。奥にある部屋は何ヶ月にもわたって取調室や牢屋代わりにも使われた。

設立からまだ一年半しかたっていない図書館は、家の玄関側の二部屋を占めていた。二、三の机と椅子が閲覧室の片側に並べられ、その反対側には肉屋の作業台が置いてあり、そこに十冊あまりの雑誌が展示されていた。図書館員は閲覧室の入口にある机の前に座っていて、書庫の本を頼むともう一つの部屋の鍵を開けるのだが、そこには書棚がわずかに十架しかなかった。図書カードや目録はなく、むしろ特定のテーマの本を探していれば、図書館員が書庫の中に入って、合っていると思われる本を一、二冊持って出てくるのだ。

図書館を利用する人は町にほとんどいなかったので、家林《ジァリン》がこの場所を選んだのも不思議ではなかった。図書館員は凱《カイ》が来ると遠くからうなずいて、また読書に戻った。ニュースのアナウンサーだと気づいているのだろうかとも考えたが、おそらくは、たまに立ち寄って閲覧室で定期購読雑誌を数冊チェックする女としか記憶にないだろう。凱《カイ》は図書館員に声を悟られないよう、口をきかないようにしていた。この女は未亡人で、亡き夫は市政府の事務員だった。彼は二人の小さな男の子たちに助けを求められ、渾江に飛びこんだ。ほとんど泳げなかったので、結局は自分の命も二人の男の子の命も救えなかった。市政府は彼に英雄の称号を与え、学校の教師だった妻がもう少し楽な仕事がいいと頼むと、町の図書館員という新設の職務を与えた。静かに死を悼む時間が、たっぷりある職務だ。

閲覧室にいるのは家林《ジァリン》だけだった。ドアのほうを向いて片隅に座っていて、綿のマスクの上から凱《カイ》の姿を見ると、ふたたび分厚いノートに書き物をした。凱《カイ》はいつも彼の顔に表情の変化がないか探すのだが、見つけられた例《ためし》はない。マスクの上の自分の目も、同じように空白なのだろうかと彼女は思った。雑誌コーナーへ行って、表紙に国家の新指導者の拡大写真が載っている雑誌を一冊取り上げた。

凱《カイ》は開いたページをちょっとだけ読んで、それからページをめくった。机の向こうの図書館員は、閲覧室の二人をほとんど気に留めていないようだった。凱《カイ》は紙きれを取り出して簡単な走り書きをすると、家林《ジァリン》のそばを通って別の雑誌を取りに行き、「話し合う必要あり」と書いたメモを彼の脇に落とした。いてもたってもいられない気持ちを感じとってもらえるだろうか。これまで彼女から何かを要求したことは一度もない。いつも彼に渡すのは、下書きと校正をした手紙だ。

家林《ジァリン》は鞄にノートをしまい、帰る支度をした。家で会う、と指示するメモが、雑誌の脇に目立たないように残されていた。凱《カイ》はその雑誌に関心があるふりを装った。

しばらく時間を置いてから彼女も出て行き、市の中心部から離れて、もっとごみごみした世界へ入って行った。猫や犬や鶏が、まどろむ年寄りたちとともに小路にいて午後の日差しを浴びているところだ。かつて凱《カイ》が馴染んでいた世界である——省都に移る前は、こうした小路に両親や弟妹と住んでいた。みすぼらしい家は、母親が不機嫌な理由の一つだった。父親がさっさと出世の階段を上らないから、現代風の建物に入れないと思いこんでいたのだ。凱《カイ》が寒《ハン》と結婚して初めて、両親は母親が一生夢見てきたマンションを手に入れた。そのときは凱《カイ》も家族も小路に別れを告げられることを喜んだのだが、いまの彼女は、この世界から出て行かなければよかったと思っていた。

家林《ジァリン》の家があったので、スレート材の門を少し押し開けた。庭は縦四メートル半、横六メートルぐらいの標準的な大きさで、ありとあらゆるガラクタでいっぱいになっていた。でたらめに重ねた未使用の漬け物瓶。車輪がない錆びた自転車のハンドルに、ねじって引っかけてあるタイヤのチューブ。つぶして高く積み上げたダンボール箱。目立つように三本の銃剣を囲んで三角形にした三本のチェーン・ロック。三人の弟のものなんだ、と初めて訪ねたときに家林《ジァリン》が言っていた。門まで送ってくれたそのときは、弟たちについての彼のふとした発言もガラクタも、他人の生活の単なる事実にすぎなかった。でも半年後にふたたびこれらを見ると、いつかこうした細かい部分を家林《ジァリン》がいた世界の一部として思い出すだろうし、記憶の中で彼の像を結ぶのに使うことになるのがわかった。

家のドアが開いた。「何かご用ですか」長い綿のコートにくるまった年配の女性に訊かれた。

凱《カイ》は小屋を指さし、くぐもった声で家林《ジァリン》を探していると言った。その年配女性の顔には家林《ジァリン》の面影がかすかにあって、母親であることはまず間違いなかった。その人はうなずいて、さよならするように手を振りながらドアを閉めた。

母は僕の生活のことを訊いてこなくなった。閉じた家のドアを凱《カイ》がちらっと振り返るのを見て、家林《ジァリン》がそう言った。彼は凱《カイ》を小屋へ通し、一つきりの椅子をすすめた。

「あなたのお母さんは――今日仕事じゃないの？」と凱《カイ》は訊いた。

「風邪を引いてるんだ」

「弟さんたちは――学校？」

これまでしたことがなかった世間話をされて、家林《ジァリン》は驚いたようだった。学校だといいんだけど、どうやら町の不良グループの仲間になって、勝手な用事で学校をさぼっているという噂だ、と彼は言った。

「ご両親は知っていること？」

「悪い知らせにはいつも実にうとくてね」

「弟さんたちと話をするか、少なくともご両親に知らせないの？」と家林《ジァリン》は言った。

彼らは自分たちの生活を僕に邪魔してほしくないんだ、と家林は言った。その代わり彼らもこっちの世界のことを放っておいてくれる。それに、弟たちは半分しか兄弟じゃないのだから、僕が実の父親の前にしゃしゃり出て責任があるように言いわれはない。彼はこういう生活の話を他の仲間にはしているのだろうか。そう思いながら、凱《カイ》は訊くことのできない疑問をあれこれ考えた。

家林《ジァリン》はしばし待ったが、凱《カイ》が黙っているので、何か話さなければならないことがあるんじゃないかと尋ねた。ええ、と凱《カイ》は答えた。当初からずっと求めてきたことだ。珊《シャン》のために抗議をすること。もはや命を救うためではなく、不当な処刑だったと認められる権利のために。凱《カイ》は裁判が妙なほど早められたことと、珊《シャン》の腎臓が別の人間の体に移植されたことを話した。そして、顧《グー》夫人が交差点でとった反抗的な行為についても話した。くすぶる焚火から引きずられていくとき、その背筋が伸びていたことを思い出しながら。いまこそ母娘に対しておこなわれた非道と不正を、渾江市民に気づいてもらうときよ。

凱《カイ》が話し終えると、しばらくの間どちらも口をつぐんだ。それから家林《ジァリン》が小屋の隅へ来るよう手招きし、ビニールのシートをめくった。ガリ版印刷機と刷ったばかりのビラの山が出てきた。一枚手にとると、家林《ジァリン》の字なのがわかった。それは渾江の市民に宛てた書信で、日付が処刑の日になっている。凱《カイ》はとまどいながら顔を上げた。「昨日、準備したの？」

「そう」

「知らなかった。何もかもあなた一人でやったなんて」

家林《ジアリン》は首を振って、数人の友達に手を貸してもらった、と言った。

「ビラを用意したんだったら、どうして先延ばしにするの」と凱《カイ》は訊いた。

「状況は日々変わるからね」家林《ジアリン》は、北京の「民主の壁」について何か情報を耳にしたことがあるか尋ねた。凱《カイ》が首を振ると、家林《ジアリン》は驚いたようだった。たとえ放送はさせてもらえなくとも、ニュースは聞いたことがあるだろうと思っていた、と彼は言った。凱《カイ》は、自分は政府の声にすぎないのであり、世の中の本当のニュースについては、彼がいちばんの頼りなのだと答えた。

壁は国の首都に立ち上げられた、と家林《ジアリン》。そこでは自由に自分の意見を表明できる。ここ数週間で多くの人々が意見を掲示し、もっと開かれた民主的な政府を要求している。彼が話している間、凱《カイ》は妙な敗北感に襲われていた。家林《ジアリン》がどのぐらい前からそのニュースに注目していたのかわからないが、手紙では一言も触れられていなかった。若い人たちが国の首都でグループをつくり、夢を語り合っているところが目に浮かんだ。家林《ジアリン》の小屋でも、他の仲間が短波ラジオから何かいいニュースが聞けないかと願いながら、夜更かししていくこともあるにちがいない。そんな夜に自分はどうしているかといえば、良妻賢母の役を演じているだけではないか。

家林《ジァリン》の仲間に会ってもいいかと凱《カイ》は尋ねた。

家林《ジァリン》は眼鏡をとった。目をもんで、袖でレンズを拭き、またかけた。「僕たちのほとんどの者と同じく、君も自由でないのはわかっているね？」彼は優しく問いかけた。「君にはこの件に関わってほしくない。少なくとも、まだ」

「どうして。私が信用できないの？」

家林《ジァリン》は首を振り、手でビラの山のほうを示しながら言った。一度ビラが世間にばらまかれれば、誰も後戻りはできない。僕は自分の命だけでなく、仲間の命の責任も負うんだ。

「私は他の仲間と違うの？」

「同じだと言ったら嘘になる」家林《ジァリン》は、仲間の間で少し意見の相違があると説明した。言い方をぼかしていたが、すぐさま凱《カイ》は、自分を信用していないのは家林《ジァリン》ではなく仲間の誰かであることに気づいた。彼は仲間の前で彼女の肩を持つことを言ってくれただろうか、そして仲間たちは、弁護するなんて彼女のことをどう知っているのかと問いただしただろうか。手紙は読まれた後で焼かれているのであてにはできないし、たとえとってあったとしても、彼が仲間に見せるとは思えなかった。「仲間は僕ほど君のことを知らないかもしれないね」家林《ジァリン》はすまなそうな目をして言った。

「それであなたは、仲間に私をもっと知ってもらおうとはしないの？」

全員を守らなくちゃならないんだ、と家林《ジァリン》は言った。その言葉よりも彼が目をそらしたことで、ただ仲間がよそよそしいという以上のことを隠しているのがわかった。

「もし私が警察にあなたのことを通報しても、仲間のことは知らないから彼らは免れるっていうのね」

「僕は君のことも守っているんだよ。僕たち一人一人が仲間を売る人間になりうるんだ」

「私に手紙を書こうと決めたこと、仲間はみんな賛成だったの？　それとも最初から反対があったの？」

君を失望させたいま、そんなことはたいした問題じゃない、と家林《ジアリン》は言ったが、でも知りたいの、と彼女は食い下がった。家林《ジアリン》は、僕たちは政府にいる人間を見つけようと考えていたんだけど、それから計画がまだ熟していないという結論になってね、と言った。

「それじゃ、あなただけで私に手紙を書いたの？」

家林《ジアリン》は黙って顔をそむけた。

「なぜ」凱《カイ》は尋ねた。

何年も前に、秋瑾《チウ・ジン》を演じている君を見たんだ、と家林《ジアリン》はしばらくして言った。彼はそれ以来、凱《カイ》がどんな人なのか、心に殉難者の純潔と気高さを持たずにああいう演技をすることができるものなのか、ずっと考えていた。「君は僕が思ったような人じゃなかったかもしれないし、いま頃僕は刑の宣告を受けていたかもしれない。自分と賭けをしたと言ってもいい。君のことを知りたいから手紙を書いた。でも、どうして賭けに負けずに済んだのかはわからない。ただの偶然かもしれないな。逆の結果になっていたとしても不思議じゃない」いまにも出そうな咳をこらえながら、家林《ジァリン》は言った。

それがずっと避けてきた過去なのか、と凱《カイ》は思い、観客の家林《ジァリン》の姿を想像した。たぶんまだ彼が病気に侵される前で、彼女が結婚する前だ。人の存在が本人の知らないところに及ぶことがあるのは、いま初めて知ったことではない。劇団で何度もファンから手紙をもらった。実名または偽名で書かれたものもあれば、名前のないものもあった。でも、悪いときに二人の道が交差したことは——早すぎたか遅すぎたかなのだが、家林《ジァリン》との出会いはどちらなのか、もうわからない——理解できることではなかった。人の意志でどうにもならないものの常で、ただ耐えるべきことなのだ。母親になったばかりではなく、もっと年をとってから家林《ジァリン》に会っていたら、と明明《ミンミン》が青年になったときを想像した。そうだったら、この出会いに感謝していたかもしれない。それどころか選択をやり直すことだってできただろう。しかし時が解放してくれる前に、家林《ジァリン》のほうでもうすぐ病が死になってしまう。もうすぐ二人の道は離れてしまう。

「友達として受け入れないわけじゃないことをわかってほしい」家林《ジァリン》は優しく言った。

家林《ジァリン》にはやることがあるんだし、仲間の希望を尊重して私は首を突っこまないことにする、と彼女は言った。だから、私がどう思うか心配する必要はないわ。あなたがどこで私に会えるか知っているように、私もあなたにどこで会えるかはわかっている。一瞬声が震え、ふいに彼女は立ち去った。二人とも弱気になって、言わずにいるほうがいいことを、何もかも口に出してしまう前に。

この病棟にいる他の患者たちは、娘のことを聞いているにちがいない。顧《グー》師が気に留めていないとわかると、ちらっと彼のことを見る。見返されると、目をそらしてうつむく。彼らが事件のことに触れないようにしようと努めているのがわかった。背を伸ばして立つこともできず、すぐに打ちのめされる哀れな男だ、と思われているにちがいない。顧《グー》師は病棟の患者と口をきかなかった。訪問時間が来て、彼らの妻や子供たちが集まってくると、縞の毛布の下にもぐって眠っているふりをした。妻も他の患者や家族と話をしなかった。彼女は鶏のスープを入れた魔法瓶を持ってきて、ベッド脇の椅子に座った。訪問時間を半分過ぎてもなお彼女が来たことを認めるのを拒否していると、彼女はそっと彼を揺すって、自分が帰る前にスープを飲んだほうがいいと言った。彼女は彼を枕にもたれるように座らせ、スプーンを手に椅子から枕元へ近づいた。彼はされるままになって素直にスープを飲み、三日待った。それから、どうして使い物にならない男のために雌鶏を殺したのか問うた。雌鶏は唯一の子供なのに、と言おうかと思ったものの、その酷な発言は口にしなかった。彼女は雌鶏には手をつけなかったと言ったが、どうやって鶏を買うお金を工面したのかは言わなかった。彼女は病院の隣にある高級店で、他の食料品も買っていた——いろいろな果物の缶、粉ミルク、棗《なつめ》の蜂蜜漬け、濃縮オレンジジュース。顧師《グー》はそうしたジュースにはサッカリンとオレンジ色の着色料しか入っていないと思っていた。ふたたびそんな日があったので、こうした必要以上の贅沢品を買うお金のことを尋ねないわけにはいかなくなった。彼女は重い口を開き、誰か親切で思いやりのある人がお金を庭にそっと入れてくれていたんだと話した。彼は、彼女がわずかしかない預金口座から金を引き出し、それからどうやって出費を埋め合わせるか悩んで、いるはずもない慈悲深い他人をでっちあげたのだろうと推測した。でも嘘を厳しく問いつめはしなかった。それでなくても世間は冷たい。小さな希望の火を灯したいのなら、そうさせてやろう。でもこちらまで幻想に引きずられるのはごめんだ。

脳卒中は致命的なものではなかったが、顧師《グー》の左半身を麻痺させてしまった。でも病棟の数人の年配男性に比べれば重症ではなかったし、少し動かせるまでは回復することになっていた。范《ファン》医師は四十代の女で、理学療法を指導する際、病棟の患者全員に関して厳しく命令を下す。そのため患者や親族たちは、彼女の前では敬意を表しながらも、雌虎というあだ名をつけていた。

顧師《グー》が入院して五日目、范《ファン》医師が朝の回診に遅刻し、来てみたら医師用の白い帽子をかぶっていなかった。顧師《グー》は、彼女の短い髪がくるくると細かいカールになっているのに気づいた。きっとかけたばかりのパーマを壊したくなかったのだろう――彼女の世代は、ブルジョアの遺物としてパーマが禁じられた時代に育ったので、まさに生まれて初めてかけたパーマなのだ。顧師《グー》は腕や脚を上げるよう命じられてもどうしてもできなかったが、後で范《ファン》医師の新しい髪型をほめた。

不意をつかれた范《ファン》医師は、頰を染めて何も言わなかった。隣のベッドにさっさと移動し、男に横になるようたしなめ、すぐ気を取り直した。その狼狽《ろうばい》した様子に顧《グー》師は悲しくなり、彼女の世代の女たちを哀れんだ。女らしい美しさを奪ってしまう、くすんだ色のだぶだぶした服やまっすぐな短髪で美しい盛りを過ごし、いまはきれいになりたいと望みながら、もはや若くない季節の最後の時を逃すまいとしている。とはいっても、こうした女たちをそんなふうに思う権利などあるものか。年老いて寝たきりになり、人から哀れみを受ける対象になっているというのに。

回復期病棟には十八のベッドがあって、そのうち十五が埋まっていたが、ほとんどは脳梗塞や脳出血に襲われた年配の人々だった。しかし、ある男だけが珍しい病状で、みんなの関心を呼んでいた。顧《グー》師も決して表には出さないものの、患者や家族や看護師たちの会話に耳をそばだてていた。漏れ聞いたところでは、達福《ダーフー》は四十代後半で、一年前に妻を亡くしており、胆嚢――胆石があったがたいしたことはなく、手術の必要はほとんどなかったらしい――を取り出す特別な手術を受ける前は、健康な男だったという。ところが、省都の陸軍病院が麻酔薬を用いない新手法を実証してみせるために、実例の患者を必要としているという報せが届いた。達福《ダーフー》は何かの縁故を通じ、二人の娘に工場の仕事を与えてもらう条件で、この国家的任務に選んでもらった。娘は二人とも教育を受けた若者だったが、何年も地方に下放《かほう》（青少年を農村に送って思想教育をおこなう政策）されてから街に戻ったばかりで、仕事を見つけられずにいたのだ。父親は手に鍼を五本打っただけで、麻酔をせずに手術を受けた。撮影しているのでじっとしているように言われたが、達福《ダーフー》は施術されている間ひどい痛みに苦しみ、その後よくわからない医学的理由で両脚が麻痺し、排尿能力が損なわれた。数日経過を観察して困り果てた陸軍医師たちは、問題は精神的なものだと結論づけ、達福《ダーフー》を渾江に送り返した。

顧《グー》師は、娘たちのために男がこれほどの辛抱ができるものかとほとほと驚いた。ところが達福《ダーフー》は、自分のことを病棟の他の患者たちが思っているような英雄とは考えていなかった。彼は自分の無私無欲を言われると、ヒラの事務員ですから、とすぐに照れてしまう。排尿に失敗すると、彼は謝った。「力を抜いてね」他の看護師よりも扱いが優しい年配の石《シー》看護師が、そう言って聞かせた。医者たちは達福《ダーフー》に、手術の痛みをこらえようと制御機能を使いすぎたため、筋肉が常に発作を起こした状態になっていて、そのせいでこんな症状が出るのだと話していた。「力を抜いて」石《シー》看護師がまた言った。「想像力を使うのよ。小さい頃、おしっこを我慢できなかったときのことを考えて。小さいとき、おねしょした？」

「はい」と達福《ダーフー》。

「目を閉じて、おねしょしたときのことを考えるの。我慢したいのにできない。なんでかっていうと、あ、あ、出てきた。出てきた」石《シー》看護師は息を荒らげてせっつくような声を出した。こういうとき患者たちは、あえて騒がしくしないようにしていた。ありもしない問題を嘆いたりこぼしたりして注目を集めるのを楽しんでいた、病室の向こう端にいる四人の年配男性たちですらそうだった。石看護師《シー》は達福《ダーフー》の想像をさらにかきたてるため、いつも若い看護師に命じて洗面台の水を出し、空の洗面器に水滴を垂らすようにしていた。達福《ダーフー》は石看護師《シー》と若い看護師に支えられながら足首までパンツを下ろし、ぎこちなくベッドの脇に座っていた。白いほうろうのおまるが、脚の間で待ち受けている。水がちょろちょろ落ち、石看護師《シー》が励ましの言葉をささやき、部屋にいる全員が息を殺していると、しまいには端にいる年配男性四人のうちの一人が沈黙を破り、もうおしっこを我慢できないから、誰かおまるをこっちにくれと大声を上げた。若い見習い看護師はその男の言うとおりにしてやりながら、ほっとするうれしさをひた隠すよう努めるのだった。石看護師《シー》は、前より上手になっているし、次はきっとうまくいくと言って達福《ダーフー》を慰めた。すると達福《ダーフー》は顔を赤蕪のようにして、看護師や部屋のみんなに迷惑をかけて申し訳ないと謝るのだ。彼は年じゅう謝っている人で、二人の娘に対してすらそうだった。娘たちは、製薬工場の仕事で着る白衣を父親に見せるため、病棟にやって来た。普通の青ではなく白なので、その仕事のことをよく知らない者の目からは、看護師どころか医者のレベルまで偉くなったように見える。娘たちは、その白衣でふさわしい男性の目を引きつけられるかもしれない、とは言わなかったが、父は彼女たちの目を見て、そんな希望を持っているのがわかった。彼女たちは二十六歳と二十七歳で、結婚にはもう若くなかった。彼は娘たちの重荷になるまいと、夜、暗闇の中でこっそり脚を動かす訓練をした。寝たきりの父親がいる女と結婚するのを恐れて、花婿候補が近寄らないかもしれない。死んだ妻が、天国から不満げにこちらを見下ろしているのが目に浮かんだ。妻がトラックにはねられた日の朝、ささいな家の用事のことで二人は口喧嘩をした。世界最低の男と結婚したよ、ほとんど妻と娘の役に立たないんだから、と妻が不平を言ったのだが、それが夫に対する最後の言葉になった。以来彼は、妻が本当にそう思っていたのか考える。妻はかんしゃくを起こすと言葉を選べなくなるほうだったし、傷つけるつもりで言ったのではないかもしれない。いまとなってはもう知りようがない、と達福《ダーフー》は思った。彼には、そうではないことを自分に証明することしかできなかった。

達福《ダーフー》が涙で枕を濡らしていた頃、病院の外ではさらに多くの人々が、親としての悩みに心を痛めていた。ある母親は、初潮が来て取り乱した娘の手助けを終えてきたところだったが、鼾《いびき》をかく夫の隣で目を閉じることができなかった。自分の母が、娘が見知らぬ人間に犯されたり誘惑されたりしてはいまいかと、絶えず娘全員のパンツを調べていたのを思い出したのだ。母が想像した悲しい運命を免れた娘は、自身が母親になり、母の恐怖の亡霊が自分の心に棲みついたことに、ぞっとした。

同じ区画の別のベッドでは、明るい色の服で着飾らないよう十代の娘二人に注意しろ、と男が妻に釘をさしていた。だけどきれいにするのはもう禁じられていないでしょ、と妻が娘たちの肩を持ち、まだ花を咲かせてもいないうちにしおれてしまった自分の青春時代のことを考えた。人に目をつけられて噂されるぞ、と気まずい話題を自ら娘に切り出すのは気が進まない父親は言った。娘たちは胸がふくらみ、唇がぷくっとしてきたので、父親はつい目をそらしてしまい、代わりに道でよその女の子たちの若い体を見て楽しんでいた。

妮妮《ニーニー》の両親は眠っていなかった。母親の目立ってきたお腹の上に父親が手を置き、二人で希望を持って息子のことを語り合っていた。またしても女の子ではないかという不安は、口にしたがらなかった。レンガのベッドの向こう端にいる妮妮《ニーニー》は聞き耳を立てていて、女の子を授かるよう、知らない神様と女神様に祈っていた。

家林《ジアリン》の母親も、息子の人生の残り時間を心配していた。でもそれ以上に、母親のお金を盗んでサングラスを三つ買ってきた弟三人のことを気に病んでいた。今日、三人がぴかぴかした黒いものを顔につけて帰ってきたので、見てみたらレンズに、疲れた顔と白髪の自分が六つ映っていた。街のギャングの新入りになろうとしているんじゃないかと心配して夫に話したら、一人前の男に成長するのは当然だという答えが返ってきた。

華《ホア》夫妻の小屋では、華《ホア》ばあさんが七人の娘たちのことを夢見ていた。彼女たちはときどき話しに来てくれる。女の子を産んだら夫の一族が喜ばなかったとか、ずっと待ち望んでいた息子ができたら、ようやく夫が殴らなくなったとか。年下の子たちがするのは孤児院の話で、本当に寒いとか、お腹がすくとか、仕事が多いとかいったことだった。今日の夜は、口蓋裂を持って生まれ、姉たちからうさ子ちゃんとあだ名をつけられていた末娘が来て、うちに帰ることにした、と言った。両親にさよならを言いに来たのは、一緒に暮らしていた頃が人生でいちばん幸せだったからだという。一瞬、頬に少女の息がかかるのを感じた。それから姿を消してしまい、華《ホア》ばあさんは冷や汗をかいた。指を噛んでみた。痛みは本物だから、夢を見ているのではない。彼女はしばし暗闇の中で横たわっていたが、やがて泣き出した。うさ子の霊が最後の別れを言いに来たよ。夫が目を覚ましたときにそう話した。何かが起こって、かわいそうなあの子がいまあの世へ行こうとしているんだ。華《ホア》じいさんは彼女の手を握った。しばらくすると、彼女は心を落ち着けた。あの子の命を奪ったできごとや人間のことは、絶対にわからないんだね。すると彼は答えた。あの子にとっては生きていくほうがつらいってことを、天はご存じだったのかもしれないよ。

8

そろってアンダーシャツを着て、おがくずと汗にまみれた中年の大工とその見習いが、凱《カイ》を部屋に入れるために作業台をどけた。同じ階の四家族が共有している廊下が臨時の作業場にされているので、気になった凱《カイ》はどの家の仕事をしているのか尋ねた。でも、その何でもない質問が、どうやら二人の男をたちまち困惑させてしまったらしい。二人はちょっと目を合わせ、年上のほうがうつむくと、若い見習いのほうが、市政府から国家的任務を言いつかったと答えた。

凱《カイ》は眉根を寄せた。もっと訊こうとしたが、その暇もなく部屋のドアが開いて、寒《ハン》がいわくありげな笑顔を見せた。びっくりするものがあるよ、と凱《カイ》に目をつぶるように言った。若い見習いがこわごわと好奇の目で見やると、寒《ハン》は作業を続けるよう命じ、部屋に凱《カイ》を引き入れた。何なの？　凱《カイ》は訊いたが、彼は目を閉じたままでいるように言い張った。凱《カイ》はため息をついて彼に手を引かせ、居間に誘導された。そして目を開けるように言われ、見ると、テレビが青く印刷された大きなダンボール箱が部屋の中央にあった。

「いつ町を出たの？」と凱《カイ》は訊いた。テレビを買えるのは省都だけで、しかも特別許可がいる。寒《ハン》は前からテレビを買おうと言っていたが、許可をもらえるまでに何週間もかかるものと凱《カイ》は思っていた。

「今日は職場から一歩も出てないよ。それに一銭も払わなくてよかったんだ」

凱《カイ》は気のない様子でうなずいた。彼女の冴えない反応に、寒《ハン》は拍子抜けしたようだった。「贈り物だよ。渾江では三家族だけがもらった。どの家だと思う？」

「あなたの実家と市長と、うち？」

「何でもお見通しだね。こんな褒美に値する者は他にいないさ」

「腎臓移植のことで？」

寒《ハン》はにこにこして、市長と奥さんが二日前に最高級のテレビ台を作り終えたところで、僕にその大工をすすめてくれたから、明日までに作ってもらうよう頼んだんだ、と言った。共有スペースを大工に使わせる前に他の家に相談するべきだったんじゃない？　凱《カイ》はそう訊いたが、寒《ハン》はその疑問を退け、ここの人たちは別に気にしないと思うと言った——寒《ハン》の言い方だと、他の三家族の男たちはさほど寒《ハン》に劣る地位ではないけれど、これ以上伸びない人たちである。この階で未来があるのは彼だけだ。

凱《カイ》はうなずいてから、他に何か変わったことはないか尋ねた。

「君に話さなきゃならないことがあるんだ」そのとき子供部屋のドアが開いた。明明《ミンミン》が子守に両手を万歳《ばんざい》されながら、つま先立ちで歩いてきた。明明《ミンミン》は両親を見ると、ソファに子守を連れて行った。寒《ハン》がテレビ台を置く場所をつくるために居間の家具の配置を変えていたので、明明《ミンミン》はソファによじ上り、そばに来たスイッチに手を伸ばして電気をつけ、それから消して、またつけて、消した。凱《カイ》と寒《ハン》はそれぞれの思いにふけりながら、明滅する明かりの中で赤ん坊を見つめた。

しばらくすると寒《ハン》が、子守のほうを指すような身ぶりをした。凱《カイ》は明明《ミンミン》を抱き上げてキスをしたが、彼は腕の中からソファへ移ろうとじたばたした。凱《カイ》は赤ん坊の昼食のことを子守に尋ね、それから彼に暖かい格好をさせて、広場あたりを散歩してくるよう指示した。お昼寝の前に散歩ですか？　子守は驚いて尋ねたが、今日は暖かいし、新鮮な空気を吸わせたほうがいい、と凱《カイ》は答えた。

寒《ハン》は窓辺に立って、通りを見ていた。「世間で何が起こってるか、きっと君も聞いているはずだ」子守がドアを閉めて出て行くと、彼は言った。

三日前の夜、最初のビラが千五百枚ばらまかれて、翌日の昼までに環境衛生課の一団によって排除され、以後は誰もそのことに触れなかった。二晩してから、二枚目のビラが現れた。今度は顧珊《グー・シャン》の処刑のことだけでなく、北京の民主の壁運動のことも書かれていた。すでに凱《カイ》は、気づいていないふりをすると怪しまれるだろうと考えていた。「ビラのことね」言葉に、自分にしかわからない苦々しさがこもるのを感じた。渾江で起きていることに自分も参加したかった、と彼女は思った。

「民主の壁についてのごたくと、死んだ女の話、別々だったらたいして頭痛の種にはならないんだけどね」

「どうして」

寒《ハン》は片手でその話題を片づけてしまった。昼食ができてるよ、手作りのおいしい食事をいただこうじゃないか、と言った。

凱《カイ》は寒《ハン》の仕事のことではめったに質問をしないが、寒《ハン》は夜ベッドに入ると、毎日の活動を細かく語る習慣があった。凱《カイ》は、いろいろ訊き出すのはもう少し待つことに決めた。二人は座って昼食を食べ、一瞬黙りこくったが、それから寒《ハン》が話を新しいテレビのことに戻して明るくふるまった。日本から輸入した十四インチの白黒で、もともと欲しいと思っていたテレビよりも大きくて品質が高い。三つのテレビは思いがけない贈り物として今朝届いた。これは明らかに省都にいる有力な友からの感謝の印だ。

凱《カイ》には、質問する絶好のきっかけに思えた。「あなたが言ってるその謎のお友達は誰」

寒《ハン》は思案してから首を振った。「例のビラの出所がわかり次第、教えてあげるよ」

「何か問題でもあるの」

「僕の見たところでは、ないな」寒《ハン》は皿越しに凱《カイ》の手を軽く叩いた。「君がわざわざ考えるようなことじゃないよ。女には政治は不要だ。君が母さんみたいになるのだけは嫌だからね」にたっとしながら寒《ハン》は言った。凱《カイ》の返事を待たずに、彼はまじめな顔をして、去年の労働節の集会で聞いた母親のスピーチを真似した。彼の母親は、陰で部下たちに「鉄の女」とあだ名をつけられていた。

家族である寒《ハン》も父親も彼女の崇拝者として知られていたので、そんな言われ方をしていることに寒《ハン》が気づいているとは思わなかった。「お母さんに感謝しなくちゃ。お母さんがいなかったら、こんなに幸運に恵まれなかったでしょう」と凱《カイ》は言った。

「おっと、母さんのことは心から愛しているよ。それでも僕たちの息子には、母さんみたいな母親を持ってほしくないだろ？」寒《ハン》はウィンクした。ドアをノックする音がした。眠っている赤ん坊を抱いた子守だと思い、凱《カイ》がドアを開けに行ったが、いたのは寒《ハン》の両親で、二人ともにこりともせずに入れてもらえるのを待っていた。凱《カイ》が挨拶すると、二人はうなずいて無言のまま部屋に入った。寒《ハン》はすでに台所へ行ってお茶を二杯淹れていたが、彼らは寒《ハン》に向かって低くいかめしい声で、ただちに自分たちのマンションに来るよう命じた。

凱《カイ》はドアの脇に立って、義理の両親に別れの挨拶を言った。どちらも何も説明してくれず、ただ寒《ハン》だけが彼女の肩をぎゅっと抱いて、心配いらないと言い、それから急いで両親に追いついて行った。大工の見習いが手を止めて、凱《カイ》に見とれた。年をとったほうが咳払いをして、仕事に集中しろと言うと、見習いははにかんだ笑顔を凱《カイ》に向け、再び木にやすりをかけた。

寒《ハン》はその午後、大工が仕上げるのを待たずに、省都へ向けて出発した。市長の特別な連絡係なんだ。両親のマンションから戻ったとき、寒《ハン》はそう言った。市長と寒《ハン》の両親は、ビラのことを自分たちで判断する前に、寒《ハン》を省都に送って、北京が民主の壁にどう対応するのか、直接情報を仕入れさせたがっているのだ。いつまでいることになるかわからない、と寒《ハン》はいつになく意気消沈して言った。自分には何も漏らさないように言われたんだな、と凱《カイ》は思ったが、それでもしつこく詳細を聞き出した。すると、北京の中央政府が民主の壁に対する姿勢をはっきりさせないので、市政府の全員にとって厄介な状況になっている、と彼は認めた。国政に何か変化があるってこと？　凱《カイ》が訊くと、そうなったら僕の経歴は終わりだ、と寒《ハン》は答えた。彼は失望しているようだった。両親に大人の仕事に就かされた男の子。同情しそうになりながら、凱《カイ》は彼を見た。手のひらで彼の頰に触れたが、慰めの空虚な言葉さえ見つからないうちに、寒《ハン》が彼女の手を取って、もしこれで負けても愛してくれるかと訊いた。

何に負けるっていうの？　その質問に寒《ハン》はただため息をついて、そのとおりだ、あきらめるのは早すぎる、希望は捨てないよ、と答えた。

凱《カイ》はまた医者に病欠証明書を書いてもらい、その日の午後、休みをとった。顧《グー》師の住所は知らなかったが、周辺を探しているときに主婦に顧《グー》家のことを尋ねたら、すぐ小路に案内してくれた。二号室だと教えるついでに主婦は、寝たきりの夫を一緒に世話してくれる子供もいないし、いま顧《グー》夫人の暮らしはどれだけみじめなことか、と漏らして行った。

凱《カイ》はノックをしたが、顧《グー》夫人が門に出てくるまでしばらくかかった。彼女が小脇に抱えた雌鶏が、コッコと鳴いていた。凱《カイ》が口も開かないうちに顧《グー》夫人は、住所をお間違えでしょう、と言った。

「顧《グー》先生の具合がよくないそうですね。私はお二人に会いに来たんです」

「うちはあなたのことを知りませんよ」顧《グー》夫人は凱《カイ》のことを一瞬じろじろ見て、それから硬い表情をやわらげた。「あなた、お金を置いていってくれた方？」

お金？　凱《カイ》がとまどう様子を見せたので、顧《グー》夫人はがっかりした。じゃあ誰なのかしら。彼女はぶつぶつ独り言を言った。

凱《カイ》は小路を見回した。日なたでまどろむ老人以外には、誰もいない。庭に入って数分ほど話をしてもいいか尋ねると、顧《グー》夫人はけげんな様子を見せながらも、門の中へ通してくれた。雌鶏が喉を鳴らすと顧《グー》夫人は、風邪を引かないように日なたにいてよ、と会話するように言いながら放してやった。雌鶏は自分の影をつつきながら、のんびり歩いて行った。

凱《カイ》は、とっておいた二枚のビラを取り出した。「このことについて奥さんと顧《グー》先生にお話をしに来たんです」

顧《グー》夫人は広げたビラを見たが、読みもしなかった。「うちの主人は病院にいるんです。お話しできません」

顧珊《グー・シャン》のために貼られたビラなんですよ。凱《カイ》は、渾江の人々全員が裁判の判決を支持しているわけでないことを説明した。顧《グー》夫人はぱっと凱《カイ》のことを見て、ニュースのアナウンサーじゃないの、とぴしりと訊いた。

「そうです」

「うちの娘を知っていたの？」

省都の演劇学校を卒業して渾江に引っ越してきたことを、凱《カイ》は話した。ずっと珊《シャン》に憧れていたと言ったが、そんな言葉が何の役に立つだろう。

「うちの娘だってあなたに負けないほどいい仕事をしたでしょう。あの子は歌がうまかったわ。いつもいちばんだった」顧《グー》夫人はビラに目をやった。「あなたがこれを書いたの？」

そうだったらいいんですけど、でも違うんです、私はほとんど手伝いませんでした、と凱《カイ》は言った。

「でも誰が書いたか知っているんでしょう。あなたのお友達なの？」

凱《カイ》はためらってから、そうです、中には友達もいます、と言った。

「どうもご親切にってお友達に伝えてちょうだい。でもね、うちはこんなことしていただく必要ありませんから」夫が入院していたのだけが救いだと顧《グー》夫人は言い添えた。もしビラを見たら腹を立てていたわ。

「でも、私たち――この人たちは、力を貸そうとしているだけなんですよ。過ちは正されなくてはなりません。珊《シャン》は私たちの先駆者です。自分が闘ったもののために友や同志が闘っていることを知ったら、彼女の慰めになるでしょう」と凱《カイ》は言った。

顧《グー》夫人は凱《カイ》のことを見つめ、しばらくするとため息をついた。「あなたとお友達が珊《シャン》のことを忘れずにいてくれると聞いて、ありがたいわ」私だって忘れていませんよ。病気の夫の世話があって、私があなたがたにしてあげられることはほとんどないし、あなたがたにしてもらえることもないんです。顧《グー》夫人がそう言うと、凱《カイ》は、何かしてもらおうっていうんじゃないんですよ、と言った。お二人を訪ねてきたのはただ、この世に味方は誰もいないわけではなく、娘さんの思い出はこの世に励ましとして生き続けていることを、知ってもらうためなんです。

「スピーチがお上手ね」凱《カイ》はその言葉に頬を赤らめたが、顧《グー》夫人に悪気はほとんどないようだった。「珊《シャン》もそうでしたよ。誰より弁の立つ子でした」顧《グー》夫人は穏やかに言った。

「おいくつなの」

「二十八です」

「それでご結婚は？　お子さんはいます？」

凱《カイ》は、夫との間に小さな男の子がいると答えた。

「それから、ご両親はお元気？」

父が亡くなりました、と凱《カイ》は答えた。顧《グー》夫人はお悔やみの言葉は言わず、うなずいた。

「会いに来てくれて、それに珊《シャン》のことを気にかけていると知らせてくれて、ご親切にありがとう。お友達はどういう方々か知りませんけど、あなたは母親であり娘です。こんなことをしているのをお母さんがどう思うか、考えたことありますか。これまでにお母さんのことを考えたことがある？」

凱《カイ》はどう答えていいかわからなかった。歩いて五分以内の距離にいながら、もう数週間ほど母親を訪ねていない。

「ぜんぜん考えたことがないんでしょ。娘なんてみんな同じ。親のことなんかほとんど考えないで物事を決めてしまうんですから、あなたを責めたりはしませんよ。息子さんのことは考えたことある？」

はい、息子がもっといい世の中に生きられるように、こうしているんです、と凱《カイ》は言った。でも、どんな親だってそういうふうに思うものよ、と顧《グー》夫人は言った。子供のために何だってよくしてやりたいんだけれど、実際には親のすることは結局子供の人生をだめにしてしまうの。

「どういうことかわかりません」

「珊《シャン》のことを考えてみて」顧《グー》夫人は顔を紅潮させ、いっそう熱をこめて言った。「わたしたちはあの子に最高の教育をしてやれると思ったの。うちの主人は町いちばんの知識人の一人なんですからね。でも私たちがしたことといえば、珊《シャン》を見知らぬ人間みたいにしただけ。あなたのご両親だって、あなたにいい仕事に就かせようと一生懸命なさったはずなのに、あなたはご両親のことも考えず、身を危険にさらしているわね。息子さんのために、たいしたことをしているつもりなんでしょうけど、あなたが秘密のビラのことを話しに出かけるのは、何より息子さんのためにならないことなのよ」

自分の家族にだけ責任を負えばいいというものではありません、と凱《カイ》は答えた。顧《グー》夫人は凱《カイ》を見つめた。あなたのお母さんに同情するわ。細めた目に、ほんのいっとき静かな悲しみが浮かんだが、それも冷たさに変わった。そろそろお帰りください。病院で主人が待っていますから。

童《トン》にとって今年の春が始まったのは、三月二十一日の春分の日だ。この日、南から帰ってきた最初の燕《つばめ》を見て、自然観察日誌にそう書き留めたのだった。燕は春を告げる鳥だよ、と華《ホア》じいさんが言っていた。燕は故郷を恋しく思う気持ちがどの鳥よりも強くて、来る年も来る年も古巣に戻ってくるんだ。でも、それじゃ燕の家族にうちに住んでもらえないじゃないか、だって巣がないから、と童《トン》は心配の声を上げた。すると華《ホア》じいさんは言った。そういうときは、親のところに戻らないで新しい家をつくる若いつがいを待たなきゃいけないな。

童《トン》はその翌日、雁の群れがよく晴れた午後の空を飛んでいくのを見た。先頭の雁は北を目指していた。燕と同じで、雁も飛んでいく場所を絶対に間違えないんだよ、と華じいさんは言ったけれど、どうして迷子にならないのか訊くと、そういうふうに生まれつ

いたんだとしか答えなかった。

童《トン》は毎日午後に学校が引けると、ガラスケースの中に今日の新聞が掲示してある市の広場へ行った。新聞は北京と省都の両方で刷られていて、十二紙以上の選択肢があるのだが、童《トン》にとっていちばん大事なのは『渾江日報』だ。地元の天気予報から、気温を自分の観察日誌に書き写すのだ。童《トン》は、数週間前に華《ホア》じいさんが見つけてきた古い『児童季刊』誌で、ある少年の話を読んだ。その少年は何年もの間、一日に三回、自然観察日誌に気温を記録していた。十三歳になった年、少年は気温のパターンに変化があることに気づいて地震予知に成功し、人々の命を救ったことで「科学英雄」の称号を得た。そこには少年がどういう変化に気づいたのかは書かれていなかったので、童《トン》は自分なりの理論を作り上げることになったが、それでもその記事は英雄になる新たな方法を教えてくれた。もちろん両親は、温度計を買うような余分な金はないと言うだろうから、童《トン》は頼まなかった。その代わり、地元の新聞を利用することに決めたのだ。華《ホア》じいさんは自然観察日誌のことを聞くと、外気の温度のわずかな変化に気づくいちばんいい方法は自分の肌だというのに、いったいどうしてみんな数字に頼る必要があるのか不思議に思った。童《トン》は計画を華《ホア》じいさんに話さず、秘密を胸にしまっていて、いつか渾江の人たちから用心していたことを感謝されたいと願っていた。

天気予報によると、気温は批闘大会の翌日の三月二十二日に氷点を超えた。昼下がりの風は、もう顔にあたる剃刀《かみそり》のようには感じられなかった。子供たちは下校するとき帽子をかぶらず、空に高く放り投げて落ちてくるのを受けとめたりしていた。晩になって〈耳〉が、親指の先に穴が開いた女児用のピンクの手袋をくわえて戻ってきた。はめてみると、童《トン》にサイズがぴったりだ。それで穴からくねくねと親指を出し、指人形の真似をした。女の子も僕みたいに広場が好きかもしれないから、明日の朝、毛主席の像のそばに手袋を置いてこよう、と彼は〈耳〉に言った。

翌朝、童《トン》は小路に出ると、重ねたレンガに乗れば届く高さの壁に、ビラが貼ってあるのを見た。彼は壁から一枚剝がして読んだ。ビラには、よくわからないことが書かれていた。その二日後には、別のビラが小路に入ってきた。こそこそと配られる感じだったので、不安を感じた。地下の共産党員たちが真実を人民に知らしめようと命を賭けた話を、学校で教わったことが思い出された。でも、学校で習ったばかりの新しい歌に出てくるように、新中国ではみんなが蜜壺の中みたいに幸せな暮らしをしているのに、どうしてビラなんかいるんだろう。

童《トン》は、誰に訊けるかなと考えた。両親は彼の言うことには興味がないだろうし、学校の教師は何事もなかったかのように授業をしている。彼は〈耳〉をぽんと叩き、協力して謎を解決しなきゃ、と言った。「怪しい物があったら何でも僕に見せるんだよ。どんな小さな物でも」

〈耳〉は興奮した様子で童《トン》の周りをぐるぐる回った。夜中、小路でひたひたと抑えた足音が止まり、また歩き出すのを聞いたのだが、童《トン》はそれを知らない。躾《しつけ》を受けたばかりなので、〈耳〉はできるだけ高くジャンプして前足を塀にのせて立ち、匂いを嗅いだが、土と馬糞と冬の干し草の山と収穫した小麦の匂いは、故郷の村を思い出させた。二晩とも同じ人間で、夜の謎の人物は、童《トン》や自分と同じく田舎から来たのだ。田舎で〈耳〉はキィキィ鳴く子豚を追いかけ、我が子の窮地にも動じない母豚の山のような体にぶつかったり、通りかかる荷馬車に何度も吠えかけたりしていた。荷馬車には行きずりの行商人が座っていて、慣れた手つきで威勢よくはじくでんでん太鼓の、どんどん、どんどんという音は、〈耳〉と仲間たちが吠える声にも決して負けなかった。ここ六ヶ月で、〈耳〉は山から来る村人たちに慣れていた。彼らは古い雪や松の古木の匂い、皮を剝がれたばかりの野ウサギや採ったばかりの茸の匂いをさせていて、故郷の平原の匂いとは違う。夜の謎の人物のせいで、〈耳〉は落ち着かなかった。

共産党支部である渾江市委員会の会員など、役人たちも落ち着きをなくしていた。一枚目のビラは、顧珊《グー・シャン》の再審を疑問視する文書であり、あまり警戒心をかきたてなかった。むしろ、どんな理由であれ暮らしに不満を持つ少数の人々が、死んだ女の体を口実にして騒ぎ立てている不愉快ごとであり、市長は静観したほうがいいと判断して、夜間の監視を強化するよう要請した。しかし、臨時の警邏《けいら》隊員が深夜に寒い中をすきっ腹で巡回しても、当事者たちを捕まえることはできず、二枚目のビラが掲示された。そのビラは渾江市民にこう告げていた。北京の民主の壁運動が、国の歴史に新時代をもたらしました。なぜ我々はそのニュースを耳にすることができないのでしょうか。なぜ国の首都で起きていることを知ることができないのでしょうか。なぜ顧珊《グー・シャン》のように処刑されることなく、自らの考えを述べることができないのでしょうか。

抗議の報《しら》せは、ほんの数名の高官にだけ知らされた。顧珊《グー・シャン》の処刑と北京の状況の間にできたつながりは不吉な組み合わせのように思われ、省都だけでなく北京も民主の壁運動にどう対応するのかわからなくなってくると、ますますそう思われた。地元の政界のこうした重鎮は、日々北京でどんな成り行きになっているか伝えるニュースが機密扱いの通信社から配信されてくると、すぐに何べんも読み返した。明らかに二派に分かれていた。どちらにも中央政府の人間や党幹部たちが多くいる。渾江のビラは、千キロ離れた民主の壁が生んだ産物なのか。さてどうすればいいのか。どちら側を支持するべきなのか——これまで食事やベッドや仕事がなくなるのを心配したことのない人たちが、そんな疑問に頭を悩ませた。職場は地雷原になった。絶えず味方なのか敵なのか、あるいは味方から敵になってまた戻るような風見鶏なのかを見きわめつつ、自力で警戒しなければならなかった。自分の運命と家族の将来がかかっているので、人々は昼間は夢遊病者のようになり、夜は身を震わせていた。災いをもたらすだけの例のビラを、どうしてくれよう。

どうにも判断がつかないうちに、冬に疲れた残雪が解け出した。地面がほどけて、日差しを浴びた黒い土から水がにじみ出してきた。表通りの両側に並ぶ柳の木が黄色味を帯び、それから一日か二日で芽が緑色になった。一年でいちばんきれいな緑だ——清潔で真新しくて、輝いている。中学校の少年たちは、柳の枝のしなやかな先端を切って軟らかい髄を取り出し、外皮を柳の笛にした。音楽の才がある何人かは、その笛で簡単なメロディを奏で、同じ年頃の少女たちの顔をほころばせた。

夜になると川の氷は重々しい音を立てて春に抵抗したが、昼が来るとその決意も陽の光に解けてしまった。中学の少年たちは、学校からも親からも繰り返し注意を受けているのに、両足をできるだけ踏んばりながら浮氷に乗って川下りした。彼らは浮氷が近づいてくると、互いを川の中へ押し出そうとした。ときどき一人がバランスを崩して川に落ちると、他の全員が足を踏みならして、獣のような甲高い叫び声を上げた。びしょ濡れになった少年は浮氷をよけて土手に這いのぼり、自分も笑いながら家に駆け戻った。こういうへまは気にしない。誰もが同じ目に遭う可能性がある。翌日は彼が勝ち組の一人になって、落とされた子を笑うだろう。それはゲームなのであって、一晩たっても消えないような勝ちも負けもないのだ。

山から下りてきて通江橋を越えていく村人たちは、孵《かえ》ったばかりのひよこや鴨の雛を入れた竹籠、小さい子を背に負った子供たちが小さな手で摘んだ初物の薇《ぜんまい》の束、猟師の散弾をかわせずに解体された鹿などを持参していた。鹿は角、皮、乾燥肉、牡鹿の陰茎などに分かれており、陰茎は鹿鞭《ろくべん》と呼ばれ、男のあっち関係の力を向上させると言われていた。

四月がやって来ると、それとともに清明節が近づいて来た。待ちに待った春の最初の祝日だ。先祖や最近亡くなった人々に、春の草で色づけした蒸したての青団子（草餅）や新酒などの供え物を持っていくのだ。渾江の人々は新しい街に入ってきた移民であり、訪ねて行く一族の埋葬地や先祖代々の土地が近くになかったので、清明節は死んだ者だけでなく生きている者のための祝日にもなった。薬局や行商はろうそくや線香を売る準備をした。渾江では清明節の後まで本物の草が出てこないので、食用の緑の染料も売られた。女たちは祝日の遠足で楽しむ薄切りハムを作るため、最高の肉を買いに出かけ、男たちは年に一度の春の遊山のために自転車に油をさし、汚れを拭いた。清明節を公休日から除く、という新しい政策を市政府が発表したとはいえ――どんな形でも死者と交流するのは迷信的行為であり、文化大革命を終えて国家が再建されつつある新時代にふさわしくない――今年の祝日は日曜日にあたっていたので、新しい政策はほとんど市民に影響を与えなかった。

妮妮《ニーニー》の両親は、今年の清明節は特別なお祝いをしなければならないと考えていた。これまでにも増して先祖のお恵みが必要だ。死んだ人たちのことはここ何年もめったに考えたことがなかったものの、故郷の省では信心深い親戚たちにちゃんと供養されているのは間違いない。でも、お供えを増やすのを拒否されることはなかろう。妮妮《ニーニー》の両親は先祖への供え物を何にするか、夜中に計算したり話し合ったりしていた。もし満足してもらえれば、男子を授かるよう、きっと加護をくれることだろう。

どの妹が生まれるときも、これほどの準備がされた記憶は妮妮《ニーニー》にはなかった。顧《グー》家の娘が処刑されてからというもの、両親は人生を明るく見るようになった。母親は両手でお腹を守りながら、格別に用心して動いた。妮妮《ニーニー》は父親が母親のお腹をしょっちゅう触る仕草が気持ち悪くて身震いしたが、母親の体に触れる節くれだった手をつい見つめないではいられなかった。そうしてじっと見ていると、必ずだいたいは母親が視線に気づいて用事を言いつけてきた。父親は、小さな子ですら難なくできるマッチ箱づくりも含め、家事を一切母親にやらせなかった――妮妮《ニーニー》がすべての務めを肩代わりするよう命じられたのだ。石炭をもらい、余った野菜を拾い、食料品の買い物をすることに加え、一日三食作り、家族全員の洗濯をすることになった。妮妮《ニーニー》は、石炭を持って駅から戻ってから朝食を作るのを待っていたら、みんな仕事や学校に遅れるんじゃないかと言った。両親の決めたことに口答えをしたので両親はびっくりしたが、確かに言っていることは正しいので、二番目の娘にその仕事を割り当てざるをえなかった。そのせいで妹は、妮妮《ニーニー》のことをいっそう嫌った。

赤ん坊以外の娘たちは、みなこの妊娠が大事なものであることを感じていた。毎日、朝と晩の二回、母親は吐き気を催して部屋のおまるにもどすのだが、そのおまるを洗うのは妮妮《ニーニー》の仕事だった。上の二人の妹たちは、ぬるま湯ときれいなタオルをさっと母親のために用意した。母親の受胎のつんとする臭気が、暮らしの隅々にまで染みとおっていくのにぞっとしながら、妮妮《ニーニー》は様子を眺めていた——もう暖かいから窓を開けられるとはいえ、それでも臭いは部屋じゅうのすべてにまとわりつくような気がした。レンガのベッドの毛布や枕、妮妮《ニーニー》が作る食事、部屋の端から端まで干してある洗濯物、それに自分の肌にまで。二人の妹は母親の世話をするとき鼻にしわを寄せなかったので、父親はそのことをほめた。やっぱり教育を受けているせいで、もののわかった使える人間になったな。すると母親が、妮妮《ニーニー》はいちばん年上かもしれないけど、いつまでたっても役立たずの馬鹿だと言うのだ。妮妮《ニーニー》は顔色を変えずに聞いていた。口の内側を噛み、床の上のひびを見つめた。それを見て母親がいらだち、妮妮《ニーニー》を叩く箒や物差しを探すと、父親が止めに入った。妮妮《ニーニー》に道理を叩きこんで何になる。いまは赤ん坊を気づかわないと。あんまり怒ると赤ん坊に障るかもしれないぞ。

母親はそれもそうだと応じ、では目障りにならないように、その醜い顔を見せるなと妮妮《ニーニー》に命じた。いつもの知らんぷりはやめて、妮妮《ニーニー》は人が押し合いへし合いしている小さな部屋に隠れ場所をわざとらしく探し、ちび六を抱き上げて柔らかなお腹に顔を半分埋めた。

ある夜のこと、妮妮《ニーニー》はベッドの向こう端で両親が、自分を数ヶ月よそへやったほうがいいかどうか話し合っているのを漏れ聞いた。妊娠中の母親は、周囲の人の体の特徴を知らず知らずのうちに赤ん坊に伝えてしまう、と巷で信じられていた。母親は、誤って赤ん坊が妮妮《ニーニー》から何か受け継いだりしないようにしたかったのだ。二、三ヶ月、あの子をやれるところがあるかしら。

やれるようなところはないよ、と父親が答えた。しばらくすると母親は「生まれたときに片づけておけばよかった」と言った。

妮妮《ニーニー》の父親はため息をついた。「言うのは簡単だけど、なかなかできることじゃない。命は命なんだし、俺たちは人殺しじゃないんだ」

妮妮《ニーニー》の目がほてって潤んだ。両親を埋葬するときが来たら、このお返しに父親の体は冷たい水ではなくお湯で拭いてあげよう。父親は一日にせいぜい三言ぐらいしか口をきいてくれないけれど、もともと無口な人なのだから許せる。しかし、そんな救われるようなひとときも、父親がこの一言を言うと終わった。「それに、妮妮《ニーニー》は金のいらない家政婦みたいなもんだろ」

心の中で妮妮《ニーニー》は火を消し、洗面器に氷のように冷たい水を入れた。

最近ちび四とちび五は同盟を結んでいて、二人の秘密の世界から外の生活にあまり関わってこなかったが、朝と晩に母親が吐くそぶりを見せると、手をつないでじっと見ていた。二人が妮妮《ニーニー》にとってそれほど憎たらしくなかったのは、親の注意を引こうとしたりしないからだった——まだ年端《としは》がいかないから、というより、欲しいものは何でもお互いに与え合っているのかもしれない。何度か妮妮《ニーニー》は二人と仲良くしようと思ったが、二人は興味を示さなかった。こちらの顔を見る不思議そうな二人の目から、妮妮《ニーニー》は自分が彼女たちほど美しくなれないことをあらためて思い知った——いまの時点で、二人が一家でいちばん美しく成長することは間違いなかった。

でも、これらの何もかもが——両親のいらだち、妮妮《ニーニー》が罰を受けるように仕向ける上の妹二人の密かな企て、ちび四とちび五の無関心——八十《バーシー》がいるいまとなっては気にならなくなった。彼女はどこまで自分の力をふるえるかやってみるのを、こっそり楽しんだ。煮込み料理に塩をひとつまみ余計に入れたり、米に水を半カップ多めに入れたりした。両親の下着をせっけん水に浸してゆすがないまま絞って乾かしたし、妹たちの紅い少先隊のスカーフに唾を吐き、母親のブラウスには赤ん坊がおしっこをした布おむつを擦りつけもした。こうした破壊工作はまだ誰にも気づかれていなかったが、いつになく大胆な気分のときは、見つかってしまえと思った。もし両親に家から追い出されたら、町向こうの八十《バーシー》のところへ行こう。歩いて三十分とかからないけれど、はるかに遠くて、囚人のような暮らしから解放されるところへ。

ところが家事が増えたので、昼間八十《バーシー》と過ごす時間を増やしにくくなった。石炭と野菜をくれるのはさておき、ひとりでに朝食ができたり洗濯されたり、かまどや妹たちが勝手に自分の面倒を見てくれるようにする魔法を、八十《バーシー》は持ち合わせていなかった。彼は、両親が仕事に行っているとき、家に行って一緒にいようかと言い出した。その思いつきにはそそられるし、わくわくするけれど、よく考えてから妮妮《ニーニー》は断った。両親は八十《バーシー》のことを、近所の人からでなくとも妹たちからすぐ聞きつけるだろう。放り出されるのは確実だ。これだけ期待をしてはいるけれど、八十《バーシー》は本当に支えてくれる人なのかどうか。妮妮《ニーニー》はもうしばらく彼の様子を見ることにした。

早朝の短いひとときが、一日でいちばん幸せな時間になった。六時に着くと、八十《バーシー》がいつもご馳走を用意してくれていた——ソーセージ、揚げ豆腐、炒った南京豆、豚の血の煮こごりなど、どれも前日に市場で買ったもので、二人で食べきれないほどあった。妮妮《ニーニー》は火を熾した——この簡単な仕事を八十《バーシー》は一人でできないようだけれど、そこは男ということで、できなくても許される——そして彼女がこんろで朝のご馳走に添える粥を作っているとき、八十《バーシー》は隣で凍った梨の皮をむく。梨の果肉はまずそうな焦げ茶色をしているのだが、八十《バーシー》が薄く切って口に入れてくれると、しゃりしゃりして甘くてびっくりした。口の中の冷たさと、燃えるこんろの熱に不思議な快感を覚えて、彼女は身震いした。梨が口の中に入っても、まだ彼の指が唇から離れないことがあって、そんなとき口を大きく開けて齧る真似をすると、彼は笑ってさっと手を引いた。

清明節の前日の朝、八十《バーシー》が凍った梨を食べながら言った。「華《ホア》じいさんが、そろそろばあちゃんを埋葬するってさ」

「いつ」

「明日。二人の考えだと、清明節に埋めるのが理にかなってるって」

どうやらみんな、清明節に大事な計画があるらしいと妮妮《ニーニー》は思った。父親は祝日に三輪車（中国の自転車タクシー）を予約しているのだが、それは一家がかろうじてまかなえる贅沢だ。ちび四とちび五とお供えを入れた大きな籠が母親と一緒に乗り、上の二人と父親は歩く。妮妮《ニーニー》と赤ん坊はみんなについて行くことができないので、家に残ることになった。妮妮《ニーニー》は思わず肩を落としてしまった。それは思い出せるかぎり一家で計画した唯一の遠足だったし、山には行ったことがないので、一度行ってみたくてたまらなかったのだ。たとえ丸一日家族といるのを辛抱しなくてはならないとしても。

「どこに埋葬するの」彼女は訊いた。

「じいちゃんと父さん《バーバ》の隣。華《ホァ》じいさんが今日そこに行って、ちゃんと準備しておくって言ってた」

「八十《バーシー》が渾江の出身だなんて知らなかった」

「この近くだよ。じいちゃんは高麗人参採りだったんだ。女体の形に育った人参が最高だって言ってたな」

「ばかみたい」

「シーッ。死んだ人のことをそんなふうに言うなよ。幽霊が聞いてるぞ」

妮妮《ニーニー》はぶるっとした。

「ところで、ほんとだよ。女みたいになる高麗人参があるんだ」八十《バーシー》は梨の最後の一切れを妮妮《ニーニー》の口に押しこみ、待ってろと言った。まもなく寝室から赤い絹に包まれた箱を持って戻ってきて、それを開けてみせた。箱の中には高麗人参が入っていて、象牙色の絹の上に飾られていた。「ほら見なよ。頭に、腕に、脚。それに長い髪」八十《バーシー》は指で高麗人参のあちこちを指した。びっくりすることに、本当に女の裸のように見えた。「すごいだろ。これがじいちゃんが採ってきたいちばんいいやつなんだ。これを売れば妾を七人は軽く買えたんだけど、じいちゃんは手放したがらなかった。高麗人参の女神だと思ってたんだよ。軍が来たとき、じいちゃんとばあちゃんは父さんが連れて行かれないようにこの女神に祈った。だけど、もちろん聞き入れられなかったんだけど」

「お父さんは戦争の英雄だって言ってなかった?」

「戦争の英雄だなんて、あほらしい。父さんがどんなふうに徴兵されたか知ってるかい。軍が父さんの村に来て、若者全員をある家の夕食に招待するって言った。なあ、夕食に招待するって銃を頭に突きつけられたら、誰だって行くだろ。それで父さんは他の若い人たちと一緒に行ったんだ。それですごいご馳走をしてもらってから、レンガのベッドに座るようすすめられた。少年兵が薪をくべながらずっと火を焚くもんだから、すぐにベッドは熱くなった。鉄板焼きみたいなんだよ、わかるだろ。そこで将校が言った。『君たち、我々は人民解放軍であり、人民のために戦っている。考えてみてほしい。我々の大義に関心がある者は、来てくれれば我々の栄誉ある一員になってもらう』誰も動かなかった。当然どこの親も、軍に入らないように息子たちに言い聞かせていたんだ。共産党軍は国民党軍みたいに銃で脅して徴兵したりしないからって。そう、確かに将校は礼儀正しかったよ。彼はお客さんのためにレンガのベッドを温かくするよう少年兵に命じ続けていたし、当番兵が熱いお茶と、煙管《きせる》に詰めるタバコの葉を次々持ってくる。

さあ訊くけど、自分だったらどうする？　前へ出るか、それともベッドの上にいてケツを焼くか。そんなわけでずいぶんたってから、父さんは熱さに耐えられなくなったんでベッドから離れた。父さんが一番乗りだったから仲間より上の階級になって、それから戦闘機の操縦を教わりに行かされた。他の若者は歩兵や当番兵になったよ」

「それじゃ、みんな立ち上がったの？」

「一人だけ立たなかったのがいた。父さんの親友。お尻がひどい火傷《やけど》を負ったから、死ぬまでひりひり尻って呼ばれてた」

妮妮《ニーニー》はほほえんだ。八十《バーシー》はよくいろんな話をしてくれるけれど、どこまでが本当でどこまでが想像なのか、ぜんぜんわからない。

「あれ。信じないの？　父さんの村の誰でもいいから訊いてみなって！　父さんは早めにベッドから離れて、いちばん昇進したから賢いって言われたけど、でもそれで父さんはどうなった？　いっぽうでひりひり尻はどうなったかっていうとさ、たいして変わらない境遇で終わった。破壊工作のかどで五九年に処刑されたんだ。父さんが死んだのと一ヶ月と違わない。父さんは友達の霊に呼ばれたんだって言われたよ。これで何がわかる」

妮妮《ニーニー》は首を振った。

「誰でも行き着く先は一つしかないってことだよ」

妮妮《ニーニー》は、八十《バーシー》のおばあさんのことを想像した。体は高麗人参のようにしなびていて、霊は二人の話を盗み聞きしながら空中に浮かんでいる。粥を碗によそった。「はい。もっと食べて口数は減らしてね」彼女は八十《バーシー》に言った。孫がちゃんと世話をされているところを、おばあさんの霊に見せておくにかぎる。

二人は座って食べた。ちょっと口をつぐんでから、妮妮《ニーニー》が言った。「うちの家族は明日山に行くんだよ」

「なんで。君の家はここに先祖の墓があるわけじゃないだろ。山には供え物を送る電報サービスはないぞ」

「無駄にお金を遣って山に遊びに行く口実が欲しいだけなの」

「どこの家も同じだな。君も行く?」

「あたし? あの人たちがあたしを連れて行ったら、お日様が西から昇るよ」

八十《バーシー》はうなずくと箸を止め、意味ありげににやにやしながら妮妮《ニーニー》を見た。「じゃあ家にいるんだ……一人で」

「赤ん坊がいる」

「赤ん坊はどこでも寝られるよね?」

心臓がどきんとした。「だけど、おばあさんの埋葬があるじゃない」

「僕が行かなかったら、ばあちゃん、気を悪くすると思う?」

「うん。がっかりさせないであげて」

「でも、具合が悪くて埋葬へ行けないってこともあるだろ」

妮妮《ニーニー》はにっこりした。おばあさんの霊より優先されていることがうれしかった。彼女は謙遜と用心のために、おばあさんが気を悪くしているといけないから、霊のために紙銭（供物として燃やす紙幣に似せた紙）をいっぱい買ったらどうかとすすめた。それはいい考えだと彼は答えた。二人で計画を練れば練るほど、妮妮《ニーニー》には絶好の機会のように思えた。彼の心が他の女の子になびかないよう、つなぎとめておくための。「昆《クエン》おじさんの犬のほうはどうなってるの」妮妮《ニーニー》は彼がしていた犬の話をぜんぜん信じていなかったのだが、八十《バーシー》のほうは、まるで大事な問題みたいに質問されたので機嫌をよくした。

うまくいってるよ、と八十《バーシー》は言った。強い酒に浸したハムやステーキを与えてきたので、犬はもう彼になついていた。昆《クエン》みたいな飼い主の犬が、それ以外何を欲しがる？　すぐ毒を試せるようにしてあるんだ、と笑みを浮かべながら八十《バーシー》は言い足した。妮妮《ニーニー》は上の空で聞きながら、一心に食べた。

「当然、やったらやっただけの収穫はある。昆《クエン》の犬のことをやってるうちに、おもしろいことがわかったんだ。君が見られなかった死体の女いるだろ？　あの女のために抗議運動を組織しようとしている町の人たちがいるんだ」

妮妮《ニーニー》の箸から煮こごりが一切れ、粥に落ちた。「どうして。もう死んだんじゃないの？」

「僕に言わせれば人はわけもなくおかしくなるもんなんだよ。ビラが町じゅうに貼られてるの見た？」

妮妮《ニーニー》は気がつかなかったと言ったが、両親がベッドでひそひそ話していたのを思い出した。あるとき父親が、死んだ人間を武器に使うのはよくある手で、そんなことをしたって埒《らち》はあかない、と言っていた。またあるときには、彼らには彼らなりの勝利と正義があると言っていた。母親はどちらのときも、いつもの毒舌を吐いていた。

「その人たちは誰」

「髑髏《どくろ》の首飾りをして夜中にやって来る謎の集団の人たちだよ」

また大げさなことを言っているんだろうとは思ったものの、妮妮《ニーニー》は身震いした。「その人たちは女の人の何が気になってるの」

八十《バーシー》は肩をすくめた。「死んだ女の幽霊が帰ってきて呪いでもかけたんじゃないの。それでみんな女の言いなりになって働いてるんだ」

「そんなばかな」妮妮《ニーニー》は声を震わせた。

「じゃあなんであいつら、いそいそあほみたいな真似やってるわけ？」

妮妮《ニーニー》は、顧《グー》夫人が前は優しかったのに、突然態度を変えたことを思い出した。ここ一週間ほど四、五回顧《グー》家に立ち寄ったが、顧《グー》夫人も顧《グー》師も会いに出てきてくれはしなかった。顧《グー》夫人こそが娘の霊の呪いにかけられて、思ってもいない行動をとるようになったのかもしれない。「あのおばあさん」妮妮《ニーニー》はむっとしたように言った。「あの人、あたしのこと嫌いなの」

「誰」

「処刑された人のお母さん」

「なんでその人と関係があるんだよ」

「知らない。みんなあたしのことが嫌いなんだ」

「僕は違う。君のこと好きだな」

「それはいまの話でしょ。いつ考えが変わるかわからない」

　絶対変わらないと八十《バーシー》は誓うのだが、妮妮《ニーニー》はもう話を聞く気分ではなかった。彼女はふいに、そろそろ行かなきゃ、と言い、八十《バーシー》が反対する間もなく、自分で石炭を取りに台所へ直行した。八十《バーシー》は頭をかきかき、何を怒っているのか教えてくれと頼んだ。自分を喜ばせようとする彼の熱心さが、彼女には滑稽に思えた。笑ってほしいなら笑ってあげるのに。でも、熱い鍋の上の蟻んこみたいにやきもきしている様子を見ると、うれしくなった。明日親と妹たちが出かけた後にまた来るね、と彼女は言った。そして「そのときに本当だって証明して」と言い、弁解する暇も与えず帰ってしまった。

　顧《グー》師は市立病院に二週間いたが、清明節の前日、祝日のために家に戻りたいと要望していた他の患者たちとともに退院した。顧《グー》師の左手は回復し、かろうじて使える左脚と杖で、ゆっくり歩くこともできた。顧《グー》夫人は三輪車を呼んだ。顧《グー》師は、病院から家まで乗って行く短い間に、数人が立ち止まって二人が通り過ぎるのを見つめ、中にはこちらに会釈をする者もおり、一人などは手を振って、自分の仕草に照れたように頭をかくのを見た。顧《グー》夫人もやはり人目を忍ぶようにうなずき返したのを、彼は見逃さなかった。顧《グー》師が膝から滑り落ちていく毛布を引き上げると、妻は秘密の夢から覚めたかのようにびくっとし、かがんで毛布を整えた。「ブーツがないと冷たいでしょう」彼女は手袋をはずして両手を毛布の下に差し入れ、彼の足をつかんだ。綿の靴下を通して手のひらのぬくもりが感じられた。「血行を妨げないようにブーツはやめておきなさいってお医者さんが言うのよ」子供をなだめるように彼女は言った。「もうすぐ家ですからね」

顧《グー》師は足を見下ろした。足をくるんでいる古びた毛織《ウール》の毛布には、つがいの鳳凰《ほうおう》が描かれていて、赤や金がすでに色あせていた。渾江へ旅立つ日に最初の妻から贈られた餞《せん》別《べつ》だ。渾江はその頃小さくて未開発の町であり、彼の流刑の地にはもってこいだった。華美な色柄の毛布は、彼の美学では侮辱だと感じられたので、妻でいるのをやめた女に投げ返した。彼女は毛布を拾って彼の旅行鞄に詰め直した。知性に頼ってばかりではいけない時期に来ていると彼女は言った。知性を偏重して現実が見えないままでいるのは、間違っているのよ。

　学のない労働者階級の主君の機嫌をとりに行け、という返事を、彼は怒りと自己憐憫の気持ちから彼女に浴びせた。でも後で落ち着いてみると、最初の妻の言葉に悩んでしまった。彼女は常にものが見えており、内戦でどちらが勝つとも予想できないうちに、勝利者側につくことを選んでいた。ところが彼は、象牙の塔に住んでずっと夢ばかり見ているうちに、ついには退去命令という憂き目に遭ったのである。

知性を重んじることをやめる時期。顧《グー》師は渾江に落ち着くと彼女の言葉を思い出し、文盲の女性たちに夜間授業をすることに決めた。知識人ではなく働き蟻として、生徒たちの進歩に自らの功績を見出した。生徒たちと啓蒙された文明社会との間に横たわる山から、ごく小さな砂粒をどけたのだ。二人目の妻と挙げた婚礼の夜、彼は毛布を取り出した。古い友人からの贈り物なんだ、と若い花嫁に言った。毛織の毛布はまだ地方の町では珍しい品だったので、それは高価な贈り物だった。妻はそれをとても気に入り、以後数年は宝物のように扱って、祝日や記念日や新年の最初の月など、特別な機会にしか使わなかった。でも新婚のとき大切にされるものは何でもそうだが、何年もたつと以前のように大事なものではなくなり、いまでは実用に使われていた——質は最高であり、六ヶ月続く渾江の厳しい冬には役立つのだ。

小路に到着すると、道幅が狭くて顧《グー》家の前まで入れないので、三輪車が止まった。顧《グー》師は足を引きずりながらゆっくり家に向かい、妻は運転手に渡す札《さつ》をかぞえた。鶏が数羽跳ねながら脇へどいて、顧《グー》師のことを眺めた。自分の二羽の雌鶏も交じっているのがわかった。門を押し開けると、薪が割られてきちんと積んであるのが目に入った。若い女が、足音を聞きつけて家の中から出てきた。ちょうどお昼ご飯どきに間に合いましたね、と女は言った。

顧《グー》師は女をじろじろ見た。二十代後半で、肩にかかるぐらいのまっすぐな髪が首筋を覆い、それを横分けにして髪留めで留めていた。灰色の人民服と濃い灰色のズボンを着ている。一見すると、普通の若い既婚女性らしい中性的ななりだ。妻になると女らしさや美しさを他人にさらさないことになっている。でも桃色の透けるスカーフの端を、おそらくはわざと人民服の襟から覗かせていた。顧《グー》師は目を細めてスカーフを見た。婚礼の晩、最初の妻が同じ色合いの絹のネグリジェを着ていた。桃色は彼女の好きな色だった。

女がにっこり笑った。歯が真っ白できれいにそろっている。「具合はいかがですか。顧《グー》先生」

彼は返事をしなかった。本人が意図している以上に女がきれいであることに気づいた。

「どなたですか」彼はよそよそしい口調でそう言った。

「凱《カイ》よ」顧《グー》夫人が門から入ってきた。「ニュースを読む人」

「ああ、そうでしたな」彼女の声は忘れようにも忘れられない。それは晴れた秋の空や春の澄んだ小川など、他の女のアナウンサーを評するのにも使えるあらゆる空虚な比喩的表現に、容易にたとえることができる。中央ラジオ局から省のラジオ局まで、女のアナウンサーはみな、声に個性がないという理由で厳選されているのだ。欠点のないほぼ同じ声を持つ人間で容易に替わりがきく身だというのは、いかに哀しいことか。自分のものではない言葉を明けても暮れても話すというのは、なんと飽き飽きするような仕事だろうか。とはいっても、彼女を見下すような権利が自分にあるのか。ことによると、彼女はこの仕事で得られた名声を楽しんでいるかもしれないのだ。「いい声ですね。党の喉と舌になるにふさわしい」と顧《グー》師は言った。

ちょっと間を空け、凱《カイ》はためらいがちにうなずいた。顧《グー》夫人は二人を心配そうに見守っていたが、顧《グー》師の腕に手を添えた。「もう疲れたでしょ。少しお昼を食べて横になったら？」彼女は彼を支えるようにして家の中に引き入れた。彼は意図した以上の力を出して、体を離そうと腕をくねらせた。

凱《カイ》は鶏の煮込みの鍋を食卓に運び、病院からの帰り道はどうだったか尋ねた。彼は答えなかった。彼の心には、妻とも他人とも世間話をする余地はなかった。病院で寝ている二週間の間、最初の妻と何度も会話をし、議論したり同意したりしていた。誰にも邪魔をしないでほしかった。

顧《グー》夫人は小声で凱《カイ》に謝り、動いたので疲れ切っているんじゃないかしら、と言った。すると凱《カイ》は、ぜんぜんかまいません、どっちにしろ用事が二、三あるのでもう行かなきゃいけないんです、と答えた。顧《グー》師はふたたび考えに没頭しようとしたが、若い女が気になった。彼は彼女の顔を見上げ、しげしげと眺めた。「君は私の生徒だったね」彼はふいにそう言って、凱《カイ》と顧《グー》夫人を驚かせた。

「凱《カイ》は渾江育ちじゃないのよ」顧《グー》夫人は、凱《カイ》は省都の劇団を出てからアナウンサーになったのだと説明した。

顧《グー》師は凱《カイ》を見据えた。顧《グー》夫人が、昼ご飯の前に休みたかったら、ベッドの用意をすると言った。

過去三十年、何百人もの生徒を教えてきた。最近になって名前や顔を混同するようになってきたものの、年寄りの常で、新しいことに忘れっぽくなればなるほど昔の記憶ははっきりしてきた。「君は私の生徒だった」顧《グー》師はまた言った。

凱《カイ》は動揺しているようだった。「引っ越す前に二ヶ月、先生の一年生の組にいました」

「いつだったかな」

「一九六〇年です」

顧《グー》師は目を細めて計算した。「いいや、一九五九年だ。珊《シャン》と同じ組だった」

顧《グー》夫人が凱《カイ》のほうを向いた。凱《カイ》は引きつってしまい、しばしみんな黙りこくった。顧《グー》師は凱《カイ》のことをもっと思い出そうとがんばってみたが、目に浮かぶのは珊《シャン》だけだった。一九五九年の一年生の組にいる、やせこけた少女。二本の細いお下げの先が枯れ草のように黄色くなっていた。飢饉で飢えた子供たちに交じって、彼女も栄養失調だった。飢饉は、国を席巻する力を失うまで、三年間続いた。

顧《グー》夫人が最初に我に返り、碗に煮込みをよそった。「凱《カイ》が鶏肉と栗を持ってきてくれたのよ」

「どうして転校したんだい」顧《グー》師は尋ねた。

「選ばれて少年演劇学校に行ったんです」

顧《グー》師は鼻を鳴らした。「じゃあ選ばれしスターとして、ちゃんと食べさせてもらったんだろうね」この若い女の何かがいらだたしかった。その声。珊《シャン》と同い年なのに安全な仕事と楽な暮らしを得ていること。この家に侵入してきたこと。珊《シャン》に会ったことがないと妻に嘘を言っていたこと。娘はその頃、七歳だった。乏しい食べ物を分配するとき、訴えるような目で彼のことを見上げていた。それは彼が大家族の子供や、我が子より腹をすかせた子供たちのために、自分の配給からよけておいた分だった。こうした子供たちが成長して、もっとも危険な若者たちになったのだ。口に負けないほど頭もからっぽで、何でもがつがつと受け入れてしまい、善も悪も災いも、与えられたものをすべてむさぼってしまう。「これまでに飢えた経験があるのかね」顧《グー》師は敵意を隠さずに言った。

「〈家にいる人は誰でも客人〉」顧《グー》夫人がそう言うと、顧《グー》師はその非難するような口調に気づいた。「今日のあなたのもてなし方はよくないわ」

「先生はきっといまお疲れなんですよ。また来てお話しします」と凱《カイ》。

彼はどちらにも返事をしなかった。よろけながら椅子から立ち上がり、寝室に入った。かまどの火がよく燃えていて、暖かさでいきなり重い疲労感に襲われた。彼は、凱《カイ》に謝っている妻の声に耳をそばだてた。凱《カイ》が、もちろんわかっています、いいえ、ぜんぜん気にしていませんから、と答えていた。まもなく会話は聞こえなくなった。顧《グー》師は壁の時計を見た。春の日中《ひなか》に焚かれたかまどのせいで、病気の夫が暑くて不快な思いをしていることを妻が思い起こすのに、どのくらいかかるだろうと考えた。

時計で七分計ったところで、手をつけなかった煮込みの碗を持って顧《グー》夫人が入ってきた。「本当にちょっとは食べなきゃだめよ」

「あの女はどこだ」

「凱《カイ》っていう名前よ」

顧《グー》師は苦労して体をなんとか座る姿勢に持っていった。妻が急いで手を貸しに来ないので驚いた。

「ずいぶんそっけなかったわね。あの人があなたに何か負い目でもあるみたいに」顧《グー》夫人は言った。

「嘘をついていたじゃないか。どうしてここに来ていたんだ。政府の政治の道具だぞ。私たちの何が狙いだ」顧《グー》師はとがめた。

妻はいぶかしげに彼を見つめた。その目つきは十年前の反抗的な娘を思い出させた。

「あなたは自分の頭を使うことと、あわてて結論を下さないことを、生徒に教えていたんじゃなかったの」

そうか、こんなことのために家に戻ってきたのか、と顧《グー》師は思った。一言一言に疑いを投げかける、感じの悪い妻のために。「どのぐらいそんな人間でいるつもりなんだ。病院に行く前、私は知る権利をもらえなかったようだが。私は説明を受けるに足る人間かね」彼は声を荒らげた。

「安静にしているようにってお医者さんが言ってたわ」

「もっとも安静なのは死者だ」

妻はベッド脇の椅子に碗を置いた。彼女が椅子に座って食べさせるのだと思ったが、そうしないので、彼は食欲はなかったがスプーンに手を伸ばそうと努めた。

「知っていてほしいんだけど——わたしたちが言わなかったのは、あなたの回復のほうがそのときは大事だと思ったからなのよ」

「『わたしたち』というのは誰のことだ」

「凱《カイ》とわたしと、凱《カイ》の仲間。珊《シャン》の名誉回復の陳情のために市民を動員するの」

妻の変わりように——話すとき目が下に向かず、はきはきとものを言い、彼女らしくない言葉を使う——顧《グー》師は戦慄した。夫婦は下級の人民として約三十年、とりわけ珊《シャン》が収監されてからの十年は、ともに織り上げた繭の中に引きこもってきた。それはもろくて息の詰まるような殻だったけれども、彼らにとっては唯一のぬくもりだった。ときどき互いの境界線がわからなくなることもあった。干上がろうとしている水たまりで、死ぬまでともに生きることにした二匹の魚——すべては幻想だったのか。目の前にいるこの女は誰だ。抗議しようなどと、何か常軌を逸した無意味なことをもくろんでいる見知らぬ若者たちを信用したりして。抗議しても娘の運命は決して変えられないというのに。何もつかまるものがないまま倒れていく感じがして——病に倒れたときと同じ感覚だ——息が苦しくなった。

「もう隠しておくべきじゃないと思ったの。これがいちばん大きな報せになったわね」

「新人スターになったわけだな」

彼女はその言葉を無視した。「どれだけの人が同情してくれているか、あなただって信じられないぐらいよ。みんな怖がってはいるけれど、だからって冷たいわけじゃない。そういう人を見つけてきさえすればいいんだわ」

顧《グー》師は妻を見据えた。頰は紅潮し、二つの深い井戸のようだった目は、長い年月のうちに干上がっていたが、珍しくほのかにきらめき、彼の頭を飛び越えてどこかを見ていた。かまどが焚かれているのに、じわじわと寒気が襲ってきた。これは病だ――魔法をかければ、容易に集まって塔を建てられる砂粒か何かのように、大衆を動員しようという政治へのこの情熱――死に至る病だ。この病は娘の命を奪い、今度はもっとも縁がなさそうな人間を掌握してしまった。従順でつつましい老女である妻を。「何が望みなんだ」彼はようやく言った。「珊《シャン》はもういないんだぞ」

「わたしたちは、政府に過ちを認めさせたいと思っているの。珊《シャン》は無実だわ。誰も思想によって罰せられてはならない。間違っているのよ。その過ちを正すときが来たの」

こういう言葉を妻に吹きこんだのは、おおかたあの凱《カイ》という若い女だろう。苦しむ人々に幻影を見せるため、もったいぶった空虚な言葉を次々読み上げるのが仕事の女。

「珊《シャン》は死んだんだ。どうしようとあの子の命は返ってこない」

「あの子の命のために闘っているんじゃないわ。あの子に値する正義のためよ」顧《グー》夫人は言った。

まったく、愚かな女め。わかりもしないで人の言うことをそのまま繰り返し、虚しい望みと引き替えに自分の娘の亡骸《なきがら》を社会の犠牲に差し出そうとしている。薄っぺらな論理と欲にかられた精神を持った女たち。華麗な言葉に惑わされるがまま、洗脳されて他者の考えを頭に刷りこむ女たち。死ぬまでずっとこういう敵と向き合わなければならない運命なのか。最初は、共産主義に入れこんで結婚を解消せざるをえなくなった妻、それから娘、そしていまや生涯に残された唯一の女。彼女はこれまでずっとこの病に侵されなかったのに。彼は妻をにらんだ。「おまえをヒロインに仕立てるのに、どのくらい時間がかかったんだ」彼は冷淡に尋ねた。「五秒というところだろう」

あなたと同じで私も疑問だった、と顧《グー》夫人は落ち着き払った声で言った。でも私たちは変革を望み続けなくては。娘の命を無駄に犠牲にさせるわけにはいかない。

娘が死んだのは愚かだったからだ。死ぬまで間違った人間どもを信じたからだ。顧《グー》師はそれを妻に思い出させたかったが、結局のところ、いましていることをやめるようにとしか言わなかった。「認めないぞ。おまえだろうと誰だろうと、何かを手に入れるための口実に珊《シャン》の名前を使うことは許さん」

顧《グー》夫人は愕然として彼を見上げた。ずいぶんそうしていたが、やがてにこりとした。「先生。女はもう男の奴隷でも家来でもない、とずっと昔に教えてくれたのは先生じゃなかったの？　それに、男が与えてくれないものは、自分たちの手で得ようと努力する必要があるって」

顧《グー》師は身をわななかせながら、妻を見た。昔教えざるをえなかった嘘が、跳ね返ってきて彼を縛りつけ、道化にしている。鶏の煮込みを、壁か硬いセメントの床に投げつけようかと思った。熱く脂ぎった汁をそこらじゅうにまき散らし、磁器の碗が粉々に砕けるところを見物してやる。でもそんなことをしても、教養も分別もない男に成り下がる以外、何にもなりはしない。さっきは抑えがたいほどだった怒りが、失望と疲弊に変わった。彼はかすかな笑みを浮かべて妻を見た。「そうそう、いまは共産主義の時代だったね。年寄りの勘違いを、大目に見ておくれ。同志」

あの妮妮《ニーニー》が女の子っぽいかんしゃくをぶつけ、忠誠を示すよう要求したりするとはね。茎に棘《とげ》のある薔薇《ばら》は危険や痛みの価値があるけれど、もしそれが薔薇だと思いこんで嫌な棘を出す道端の野草だったら？　八十《バーシー》は一人でくっくと笑った。市場にいるあの怒りっぽいおばさんたちみたいにならないように、あの子の気性には気をつける必要があるかもしれないな。八十《バーシー》は、夜勤を終えたばかりの若い看護師が店のウィンドーの前にいるのを見た。髪の分け目が気に入らないので指で懸命に直そうとしていた。彼女に近づいて行って、若い女の子と話をするときのために常に携帯しているおやつの袋を取り出した。「君の髪、素敵だね。おいしいもの、いらない？」

若い女は八十《バーシー》を冷たい視線でじろじろ見た。「うちに帰って鏡を見たら」

「なんでだい。鏡を見なくてもどう見えるかは知ってるよ。道で身づくろいしてるのは君のほうじゃないか」

「朝からひき蛙に会うなんて運が悪いわ」女はぶらついていた猫に向かってそう言うと、

さっさと行ってしまった。まだ髪を手で整えている。

何様のつもりなんだ。白鳥のかりそめの姿だとでも？　八十《バーシー》は店のウィンドーに映る自分の姿を見た。新しいジャケットを着た、見映えのいい若者じゃないか。彼のそばに、頭を剃りあげてサングラスをした十代の若者が三人、立ち止まった。「おい、八十《バーシー》。なんでおまえにそんなジャケットがいるんだよ」

八十《バーシー》は彼らの目を探したが、黒いレンズに映る自分の姿が六つ見えただけだった。彼らのことを八十《バーシー》は知らなかったが、渾江の新興ギャングと何度か運悪く遭遇していたので、目をつけられないでいることを心得ていた。「素敵なサングラスだね」彼はポケットをぽんと叩き、こういうときのために持っているタバコの箱を見つけた。三人は、八十《バーシー》が放ったタバコを受けとった。「おまえのジャケット、一日借りてもいいか」にかっと笑いながら、いちばん年下が言った。

「いいよ。兄弟と分かち合えるものは何もないからな」八十《バーシー》はジャケットを脱ぐと、朝のそよ風に震えた。若者たちはうなずき、歩いて行った。いちばん年下がジャケットを試着し、兄貴たちに見てもらっていた。

この街は、なんて危険な奴らを生んでるんだ。八十《バーシー》は、ズボンのポケットに入っている札束を軽く叩いた――ジャケットに金を入れておかないぐらいの知恵はある。彼は近くの店に入ってヒマワリの種の小袋を買い、店から出てくると口に数粒入れ、ぐちゃぐちゃのかすになるまで噛み砕いた。粒のすべてが嫌な人間たちで、それが歯でつぶされていると想像しながら。自分にふさわしい敬意を払ってもらえるのは、妮妮《ニーニー》といるときだけだ。それなのに彼は、数回分の石炭と野菜の他に、妮妮《ニーニー》に何をあげただろう。確かに彼女の言うとおり、自分の言葉を証明する必要がある。彼は明日の朝いちばんに「感じの悪い奴の名前を挙げて」と妮妮《ニーニー》に言う自分を想像した。「全員の名前を挙げるんだよ。そいつらは陸八十《ルー・バーシー》の敵でもある。僕がそいつらを幸せに暮らさせてはおかない」まずは彼女を嫌っているという、処刑された女の母親からだ。

小路の入口で、犬の〈耳〉を見かけた。「よお」八十《バーシー》は手をポケットに入れながら、声をかけた。〈耳〉はしっぽを振った。「おいで」八十《バーシー》は猫なで声を出した。「元気かい。僕のこと探してるのか。ちょうどおまえのことを考えてたところだよ」

犬は近づいてきて、首を八十《バーシー》の足にすりつけた。あほな犬、と八十《バーシー》は思った。彼は手をポケットから出して、両手を叩いた。「悪いね。今日はおまえにやる肉がない。あのさ、他にちょっと用事があるんだよ」

犬はしばらく彼の周りをぐるぐる回ってから、走り去った。八十《バーシー》は満足だった。〈耳〉と仲良くなったのは、昆《クエン》の犬の計画を進める中で生まれた副産物だ——〈耳〉をなつかせるのに、たいした時間もハムもいらなかった。肉を拒む犬なんているわけがない。しょせん犬は犬なんであって、人間の知性にはかないっこないのだ。

八十《バーシー》は、金色で〈寿〉と書いた黒い木の板を掲げる店に入った。老女がカウンターの前にいて、しわしわの札《さつ》を何枚も店の主人の前に並べていた。「おばあちゃん、何買うの」と八十《バーシー》は声をかけた。

　東村にいる巫女《みこ》が、死者と話をする新しい方法を見つけ出したって話を聞いたことがないかい、と老女は尋ねた。ちょうどその巫女のところへ行って、あの世で旦那が酒を買う金に困ってるっていうお告げをもらってきたところだよ。

「へえ、旦那さんの言うこと信じるの」八十《バーシー》はカウンターに置いてある金を見た。「そんなわずかな金じゃ、きっと酔っぱらえないだろう。その金を使って、あっちで女を買ってるんじゃないの？」

　旦那が女にのめりこんだことは一度もない、と老女はぼそぼそ言った。あの人は酒に生きて酒に死んだんだ。八十《バーシー》は、人生の真の喜びを知らずに死んだその愚か者のことを思い、信じられないように首を振った。「かわいそうだなあ。酒の何がそんなにいいんだろう」

「酒の本当の味を知らないから、そんなこと言うんだよ」と店の主人が言った。パーマかけたての中年の女だ。「酒と女の美しさは必ず並び称されるもんさ。なんでかわかるかい、お兄ちゃん。酒と女は、男にとって最高だからだよ」

　八十《バーシー》はふっと鼻を鳴らした。店の主人が男の何を知ってるんだ。彼は紙銭の束、ミニチュアの邸宅、四頭の馬が引く馬車、棚、それから小間物をいくつか手に取った。どれも白い宣紙でできていて、あの世まで祖母の供をするよう燃やして灰にするのである。彼が殺鼠剤も少し頼むと、店の主人は面食らった。「うちの店は不滅の園へ入った人たちのためにあるんだよ」渾江の人々のご多分に漏れず、この女も死という言葉を避けられるなら、どんな遠回しな言い方でも使う。八十《バーシー》はほほえんだ。紙の商品に金を払ってから、殺鼠剤を頼んだのはネズミにおばあさんの遺体を齧らせたくなかったからだと言った。すると女は怯えて青ざめ、焚かれた線香を前に隅に座っている仏像に頭を下げた。若者はものを知らないもので、大目に見てやってください。それを聞いて八十《バーシー》は笑い、これ以上商売人に悪い夢を見させるのはやめることにした。彼は数軒先の薬局で、殺鼠剤を一箱買った。

家に着くと、紙の供え物を祖母の棺の脇に置いた。「ばあちゃん。明日、華《ホア》じいさんとばあさんが、じいちゃんと父さん《バーバ》のところに送ってくれるからね」八十《バーシー》は作業しながら祖母に話しかけた。一人でいるときは祖母に話しかけるのが習慣になっていた。彼はハムを一切れ厚めに切り、それにいくつか穴を開け、酒に浸した。「向こうに行ったら、じいちゃんと父さん《バーバ》に僕のことよろしく言っといて。元気でやってるし、名を汚《けが》したりしないからって。いいかい、明日は僕、行けないんだ。もっと大事な用があるからね」

彼は殺鼠剤を開けて、祖母が乾燥唐辛子をすりつぶすのに使っていたすり鉢に何粒か入れた。粒は、嫌な感じの濃い灰褐色をしていた。こんなまずそうなものに手を出したくなるネズミなんかいるわけがない、と粒を砕いて粉にしながら、声に出して不思議がった。毒がどのぐらい強いのか知らないが、粉を見ると心許《こころもと》なかったので、すり鉢の中に粒をもうひとつかみ足した。「ほんとにさ、ばあちゃん、最近は自分の頭を使う人があんまりいないよ。いま父さん《バーバ》ほど頭のいい人はなかなか見つからないよね」生きている者と同じく、幽霊もお世辞をいそいそ聞くものと思い、八十《バーシー》はそう言った。年をとった女は、息子や孫のことをほめるとすぐうれしがる。これで明日埋葬に行かなくても、ばあちゃんは許してくれるかもしれない。彼は父親をさらにほめながら、話を続けた。粉にする作業が終わると、すり鉢を顔に近づけて匂いを嗅いでみた――古い糊のような臭いを除くと、危険な感じはぜんぜんしない。彼はハムを出してきて、粉が両面ともまんべんなくつくようにまぶし、さらに小さなスプーンで穴に粉を入れようとした。「何やってるんだって思うだろ。でも僕のことを見守って、うまくいくように祈ってて。この大きな仕事が済んだら、ばあちゃんたち全員にじゃんじゃん紙銭を焼きに行くよ」

祖母が最後に祖父と父親の墓に連れて行ってくれたのは、十二歳のときだった。今度行くときは妮妮《ニーニー》を連れて行って、子孫のことは心配しなくていいと教えてやろう。彼はちょっとの間ハムを眺めてから、毒の粉がとれないようにしつつ、慎重に両面に蜂蜜を塗りつけた。「ほらどうだ。いい出来だろ」

八十《バーシー》は街を半分ほど越えたところで〈耳〉を見つけた。小さめの肉でそそのかし、うまくあとをついて来させることができた。それから通江橋を渡り、南山を登った。よく晴れた日で、日差しが顔をぬくぬくと照らし、春の息吹が漂うのがはっきりわかった。八十《バーシー》は、野生の梅の低木が早咲きしているところで立ち止まった。「すごくいいもの、やろうか」八十《バーシー》はそう言うと、低木のそばにハムを置いた。

〈耳〉は物珍しそうにハムの匂いを嗅いだが、すぐには食べる様子を見せなかった。八《バー》十《シー》が急きたてても、犬は前足でハムを叩いたり、匂いを嗅いだりするだけだった。八十《バーシー》はいらだってきた。ハムを犬から横取りすると、自分が食べるふりをした。これは効果があったらしく、ハムをまた放り投げると、犬は宙で受けとって小走りに行ってしまった。

　数分待ってから犬の居所を見つけて毒の効果を観察しようと思いながら、八十《バーシー》はあたりをぶらぶらした。こんな小さな犬に殺鼠剤が効かなければ、昆《クエン》の黒犬に効くはずがない。もしそうなら薬局に文句を言いに行く必要があるかな、と彼は考えた。うちのネズミは豚並みにしぶといと言って、もっと強力なやつを頼もう。あれこれ考えているうちに、犬の痛々しい叫びが聞こえてきた。「さあどうだ」長く尾を引く痛切な吠え声がする。

　地面であえぎながら、力なく手足をぴくぴく動かしている犬を見つけた。小さな斧が眉間に打ちこまれ、どろどろした赤い血が流れ出している。すぐに死ぬのは明らかだった。犬のそばに十代の少年が立っていて、ボロ切れの寄せ集めみたいにくたびれた灰色の綿の上着を着ていた。左手が犬の噛み傷で出血していて、右手は厚切りハムをしっかり握っている。八十《バーシー》は犬から少年に視線を移し、それからまた犬に戻した。「それのために犬を殺したのか」

　少年は目の前にいる若い男を見た。犬を殺す気はなかったと言い訳しようかと思ったが、斧がすでに犬の血で汚れているのに、信じてもらえるわけがない。少年は小柄で、せいぜい十歳ぐらいにしか見えず、発育不全の貧弱な筋肉だけを売り物に町へやって来ていた。ときおり主婦が雇って薪を割らせたり、生きた鶏を殺させたり、石炭の荷下ろしをさせたりするのだ。そういうささいな家事は主婦が自分でやっても、息子や夫に頼んでもいいのだが、少年を使ってやることで自分の優しさにいい気分になる。女はみんな同じだ、と少年は二、三週間働いてから思った。自分の人のよさを口にしながらも、財布には用心怠らない。女たちは彼に食べ物は渡しても金は払わなかった。少年は女たちの良心にとっては半分物乞いで半分腰抜けなのであり、彼ももらえる以上求めないぐらいのことはわきまえていた。

「おまえが殺したのか」八十《バーシー》はまた訊いた。

少年は後ずさりして言った。「犬のほうが先に噛んだんだ」

「そりゃそうだろ。こいつの肉を盗んだんだから。僕だって噛むよ」八十《バーシー》は少年の袖をつかんで犬のところまで引っぱっていった。犬の呼吸は速く浅くなっていて、前足は解けたばかりの土を掘ろうとしていた。「自分がしたことを見ろよ。小さな犬と食べ物を争うなんて、どういう奴だ」

少年は状況を判断した。もし逃げても簡単に捕まってしまうだろう。戦う手もあるけれど、そんなことをしてもたいして得はない。かなりぶたれる覚悟をしたほうがよさそうだ。でもぶつ以外に男がやれることはない。少年は気が楽になった。

「何だ、その目は。どうやってごまかそうってんだ」と八十《バーシー》。

少年は膝をついて泣き出した。「ねえ、おじさん、全部僕が悪いんです。小さい犬がそんなにたくさん肉を食べるのはもったいないって思ったんです。お母さんに肉を持って行ってあげられると思って。お母さんと妹はここ三ヶ月、肉を一口も食べてないから」

「それじゃ妹がいるのか。いくつだ」

「九歳。お父さんは六年前に死んで、お母さんは病気なんです」それを証明するために、少年は小さな布袋をほどいて、中身を見せた――半分欠けたのも含めて、手に入れた饅頭が二、三あり、すでに石のように固くなっていた。残り物の饅頭を練り粉に作り直す方法を妹が発明した、と彼は話した。

八十《バーシー》はうなずいた。町でおばさんたちの同情を買うために、この話を千回したにちがいない。八十《バーシー》は何枚か札《さつ》を取り出した。「家族の面倒を見る方法を知ってるのは確かだな。それがなかったら」八十《バーシー》は歯をむいて脅かした。「おまえの母さんと妹がいなかったら、警察を呼ぶところだぞ。さあ、金を受けとって妹にいい服でも買ってやれよ」

少年は金を見て、ごくんと喉を鳴らした。「僕はうっかり犬を殺しちゃったんですよ、おじさん。お金を受けとるなんて、とてもできません」

八十《バーシー》は笑った。こちらがそう年上ではないことはわかるはずなのに、少年が口のきき方を知っているので、悦《えつ》に入った。「僕の犬じゃないんだよ。僕の犬だったら、おまえの細っこい首なんかこんなふうにねじってやる」

「本当に警察に行かせようと思っていませんか」

八十《バーシー》はげんこつで少年の頭をこつんとやった。「ばか言え。犬を十四八つ裂きにしたって、警察は相手にしないよ」

少年はお金をもらって、しきりに感謝の意を表した。八十《バーシー》は手のひらを見せてそれをやめさせた。二人とも犬のそばへ行った。犬はもうあえぐのも動くのもやめて、地面に横たわっていた。前足が半分泥にまみれている。やせこけた少年がここまで的確な一撃で犬を殺せるなんて、ちょっと考えられなかった。

少年は膝をついて斧を取り上げ、上着で拭いた。八十《バーシー》はハムを捨てるように言ったが、少年はなかなかそうしようとしなかった。「だって、もったいないじゃないですか」

「なんでそう何度もばかなこと訊くんだよ」

少年が見守る中、八十《バーシー》はハムを力いっぱい投げた。それは午後の空に見事な弧を描いて見えなくなった。「さあ、僕が切れる前にさっさと家へ帰れ」

少年はわかったと答えたが、そのまま死んだ犬をじっと見ていた。八十《バーシー》がもう一度急かすと、少年は言った。「おじさん。この犬、どうなるんですか」

「知ったことか。僕の犬じゃないって言ったろ」

「犬皮の帽子とか襟巻きとか、欲しいですか」

八十《バーシー》はにやっとした。「ははあ。抜け目のない小僧だな。僕は必要なら買う金があるよ。そうしたきゃ犬を持ってって妹に何か作ってやれ」

少年もにこっとした。「おじさん、うちがみすぼらしいところじゃなかったら、犬肉のスープで清明節のご馳走をしたいところなんですけど」

「おべっかはいらないよ。さあ、自分の用事を続けなきゃいけないんだ。妹によろしくな」

少年は八十《バーシー》が姿を消すのを見届けてから、座って作業をした。古い饅頭を道端に捨て、布袋を引き裂いて紐にした。上着を脱いで犬をくるみ、それから紐で背に負った。思ったより重くて、まだ温かかった。それで彼は、妹をおんぶして墓地まで父親の棺のあとについて行った日のことを思い出した。父親は死ぬ直前に少年の両手を握り、これからは一家の主になって、母と妹の面倒を見なければいけないと言った。

少年は、父親の墓のことを考えた。六年、手入れしていない。空を見上げると、まだ明るい青だ。急げば暗くなる前に家に着いて、清明節のために墓を掃除できるだろう。もう五年前から止められているから母親は墓まで行けないけれど、妹を連れて行こう。もう一人前の男なのだから、生きている人にも死んだ人にも責任がある。少年は急ぎ足になったが、しばらくすると踵《きびす》を返した。少し歩き回って、肉のありかを見つけた。肉はちょっと砂で汚れていたけれど、よく擦って落とせば、祝日の上等な食事になるだろう。

凱《カイ》は宣伝課の同僚に、スタジオの春の大掃除をやると言った。編集担当が眉を上げたが、何も言わなかった。それで清明節の前日に掃除をすると、迷信的な祝日を祝っているようにとられるのだと気づいたが、凱《カイ》はこだわらないことにした。ビラがまかれてから、宣伝課の同僚はお互いいんぎんになったが、あえて現状に触れる者は誰もいなかった。皆よく使いこんだ気圧計のようなものであり、政治的な気圧のどんな小さな変化も見逃さないよう、絶妙に調整されているのだ。

秘書が手伝うと申し出たが、スタジオは小さいから二人いると動き回れないと言って、丁重に断った。午後二時で、一日でいちばん暇な時間帯だった。職場を出てスタジオに向かうと、市政府の建物に入っている多くの職場が閉鎖されていた。市政府の職員だから公式には清明節を重んじてはいけないことになっているのに、翌日の祝日のために午後の半休をとり始めているのだ。今朝、母親のマンションに立ち寄ったところ、紙銭などの供え物を父親のもとに送るために、信頼できる助っ人を雇ったと母親が言っていた。義理の両親にも同じような予定があるのかはわからない。寒《ハン》が省都からまだ戻らないからだ。彼が出かけてから二週間近くになるが、二、三度職場のほうに電話が来たのを除けば――寒《ハン》はもうすぐだと請け合っていたが、地位が高いわりにマンションに電話はなかった――あまり話をしていない。職場は情報交換に都合のいい場所ではないし、想像するに、寒《ハン》も省都にいてはあまり自由がきかないのだろう。二人がしたのは明明《ミンミン》の話だけだ。明明《ミンミン》は最初の二日間は寒《ハン》がいないのを寂しがっていたが、その後は何も変わりないかのように落ち着いてしまった。

た。凱《カイ》はスタジオに閉じこもった。顧《グー》師から敵意のようなものを持たれるのは覚悟してい
た。最初に顧《グー》夫人に会ったときも、抵抗を示されたからだ——それは見知らぬ他人への
不信感なのだが、凱《カイ》の場合は政府を代表する声なのだからなおさらだ。何度か足を運ん
で、やっと顧《グー》師のために買った果物や粉ミルクを拒否されなくなり、それからしばらく
して話をするようになったが、それも顧珊《グー・シャン》や抗議運動のことではなく、季節の移り変わ
りについてごく当たり障りがないように話したのだ。少しずつ顧《グー》夫人は心を開いていっ
た。ある日、親のことを訊かれたので、父親は数年前に亡くなったと凱《カイ》は答えた。顧《グー》夫
人はしばし考えこみ、親を見送ってあげられるのは娘にとって幸運なことだと言った。
そして人生の三大不幸にまつわる古いことわざを口にした——幼くして親を亡くすこと、
中年になって連れ合いを亡くすこと、年をとって子供を亡くすこと。三つの不幸のうち、
すでに二つ経験したと顧《グー》夫人は言った。凱《カイ》はかける言葉が見つからず、思わず目をそら
した。そろそろ自分のような老いた女が、なんらかの形で役立つことをするときが来た
と言って、顧《グー》夫人はこちらの目をじっと見つめた。そこには自己憐憫も悲しみもなかっ
た。

自分が生徒だったことに、顧《グー》師は気づかないだろうと凱《カイ》は思っていた。彼に冷たい態
度をとられたことで、自分が意に反して過去や家庭や地位に縛られていることをまた思
い知らされた。望めばまだ、これまでどおりの暮らしに戻ることができる。顧《グー》夫人を家《ジア》
林《リン》に紹介したのは別として、今度の抗議運動にはあまり関わっていないし、家林《ジアリン》とビラ

をつくったり清明節の集会を計画したりしている仲間たちにも、あまり接触していない。でも、何もかもひっくり返るかもしれないという事実が、心をかき乱した。他の選択肢はいらない。それに、誰よりも顧師《グー》に理解してほしかったし、認めてほしかった。

誰かがドアを強く叩いた。心臓が激しく打った。ドアを開けると、寒《ハン》が中に体を押し入れてドアの鍵を閉めた。

「びっくりしたわ」隠しごとをしているときに見つかったので、頬がほてるのを感じたが、寒《ハン》は彼女の不安に気づいていないようだった。同じようにうろたえている様子だ。

「どうしたの。明明《ミンミン》は大丈夫？」と凱《カイ》は訊いた。

「家には戻ってないんだ。十分で行かなきゃいけないから」

「どうして」

寒《ハン》は凱《カイ》を見つめて黙ってしまった。明日やることになっている抗議行動のことが、寒《ハン》の耳に届いた可能性はあるだろうか。情報を漏らしたのは誰か考えたが、家林《ジアリン》の仲間のことは知らない。家林《ジアリン》によれば、すべて信頼できる人たちの手で順調に進んでいて、清明節の日に凱《カイ》と顧《グー》夫人のための舞台が用意されている、ということだった。でも彼の信頼は誤りだったのかもしれない。自分が仲間に会っていれば、と凱《カイ》は思った。

「もし僕がただの男になっても」寒《ハン》はスタジオに一つしかない椅子に腰かけた。「いや、ただの男どころじゃなく——犯罪者になって、二度と君に何もあげられなくなっても、それでも僕を愛してくれるかい」

目に苦悩を宿した寒《ハン》を見て、凱《カイ》は気持ちをわかってあげられたら、と思った。舞台で演じたヒロインは、愛を訴える夫と向き合うことはなかった。彼女たちは崇高な使命のために命を捨てた乙女であったり、二度と戻れない旅に出る前に刺繍入りのハンカチを赤ん坊のおくるみにしのばせていく母親であったり、仲間の革命家の妻であったりした。秋瑾《チウ・ジン》の場合は、夫が下劣な人間で、彼女のことを愛していなかったし誰をも愛する資格がなかった。

寒《ハン》は凱《カイ》に近づき抱き締めた。彼女はじっとしていた。まもなく彼が彼女の髪に顔を埋めて泣き出すと、彼女は彼の頭の上に手を置いた。北京で民主の壁を支援している派閥が勝ちそうだ、と省都では予測されていてね。寒《ハン》は気を落ち着かせると、そう言った。もしも噂が本当なら、腎臓移植を助けた男性は勢力争いで負けることになる。

「あなたの両親は知ってるの」

「僕は一時間前に両親と市長に会いに来たんだ。両親は市長が自己保身のために、僕をかばうのをやめるんじゃないかって心配してる」

凱《カイ》は寒《ハン》を見た。彼のつるんとした子供っぽい顔が、一日伸びたひげに覆われ、目の白いところが充血している。「どうしてあなたが責任をとることになるの」

「腎臓だよ」いまのところ勝ちそうな省都の敵対者が、移植と顧珊《グー・シャン》の処刑について調査していて、法的な手続きに違反したと主張している、と寒《ハン》は言った。

「本当なの？」

「このことがなくたって、別の口実を見つけて攻撃してくるよ。昔からの真理と同じだ――〈略奪に成功した者が王となり、略奪に失敗した者が罪人と呼ばれる〉」

凱《カイ》は寄りかかっていたテーブルの端をつかみ、心を落ち着かせた。寒《ハン》がようやく目を上げると、涙をためた目が、珍しく覚悟を決めたような目つきに変わっていた。「一つ約束してくれるかい。念のため、今日の日付で離婚届を書いて署名しておいてくれないか。君をひどい目に遭わせたくない」

　私は噂のせいで家族を捨てるような人間じゃないわ、と凱《カイ》は力なく答えた。

「いまは情にこだわっているときじゃないんだ。届を書くんだ。愛してくれているのはわかってる。でも君の将来を台無しにはできない。もう夫を愛していないし、子供は一人で育てたいと明言するんだよ。何も知らないふりをするんだ。そして君が処分されないことを祈ろう。いまから僕とは一線を画せ。君と明明《ミンミン》の将来をだめにするな」

凱《カイ》はゆっくり首を振った。

「下書きしてあげようか。君は署名だけすればいい」

凱《カイ》はとうの昔に、目の前にいる男を愛さなくなっていた。一度も愛したことがないかもしれない。でも、勇敢な男らしくふるまおうと懸命な子供を励ます母親のように、彼を抱き締めたい衝動にかられた。寒《ハン》が腕の中でまた泣き出したので、顔を自分の髪に埋めさせ、襟が湿っていくのを感じた。婚礼の晩、僕ほど君を愛している人間はいない、と彼が言ったのを思い出した。乙女のように長く下ろした黒髪に、彼がそんな秘めごとをささやいているとき、彼女はホテルの部屋の壁にかけてある毛主席のポスターを見上げていた。

〈一九七九年四月四日〉と自然観察日誌に書き入れて、それから『渾江日報』の右の欄に載っている天気予報を読んだ。〈晴れ。弱い風。最高気温一二度、最低気温マイナス一度〉童《トン》は数字を記録してから、〈耳〉を探しに行った。土曜日は学校が半日で終わるのに、それを〈耳〉が忘れているのにびっくりしていた。お昼頃に家に戻るよう今朝言っておいたし、〈耳〉が土曜日にそうしなかったことは一度もなかった。何をしているんだろう。もう子犬じゃないから、犬なりに秘密がある。童《トン》がダンボール箱に持っていった餌を、興味なさげに見ていた晩が何度かあった。何か悪さをして、他の犬や市場から食べ物を盗んだんじゃないか、と童《トン》は思っていた。

あちこちの小路を歩きながら、童《トン》は〈耳〉の名前を呼んだ。犬は四、五匹見かけたが、〈耳〉ではなかった。この春の午後、どの犬も自分の生活で忙しくしていた。〈耳〉を叱っちゃいけないかもしれないな、と童《トン》は思った。長い冬が終わったのだから、誰だってちょっと気ままにやりたくなる。彼は町を一周すると、川まで歩いて行った。

少し前まで十代の少年たちを楽しませていた川の浮氷は、解けてしまった。でも少年たちは、新しくてもっと刺激に満ちた遊びを小路で始めた。野獣の名前を冠したギャングを形成し、グループの名を不動のものにするために争ったのだった。最初は殴ったり蹴ったりと穏やかなものだったが、まもなく小さいグループが大きいグループに吸収され、ありとあらゆる武器が、盗んだり磨いたり研いだり想像を働かせたりして作り出された。ところが市政府はギャングの存在を無視した――親も教師も市の役人も、家族を養ったり出世したりする心配で忙しかったし、さらにこの春は、彼らの暮らしに侵入してきた招かれざるガリ版のビラという厄介ごとに、すっかり気をとられていたのである。あとへ引けないところまで来た。どちら側につこうか。仕事中、彼らは密かにそう考え、家では連れ合いに尋ねていた。

大人の世界の厄介ごとや優柔不断は、悩みの少ない人たちが住む世界にはおおむね立ち入ってこなかった。今年もまた小学校の子供たちは、新たに夢中になれることを見つけていた。この春、女子の間では、去年流行《はや》ったプラスチックのビーズ集めに代わって、菓子のセロハンの包装紙を集めるのが流行していて、男子のほうは、三角に折った紙の代わりに武道の英雄のシリーズでメンコをするようになっていた。路上の喧嘩は中学校の女子の関心を引くための場合もあったのだが、彼女たちは知らんぷりしていた。若い少年たちの欲望にも気づかず、彼女たちはいちばん仲良しの女友達にむやみに情熱を注いでいた。手を組み合わせたり指をからませたりして、土手や自宅の庭に座り、将来のことをそっとささやくように話した。神秘の花のようにもうすぐ開く世界のことを夢見ているのに、びっくりしてその夢から覚めてしまうといけないから。

童《トン》は、人の悩みなど気づきもせずに川べりに座り、恋の歌をうたっている二人の女の子のそばを通りかかった。まもなく樺の林のところまで来ると、浅い横穴の前でしゃがんでいた一人の若者が、近づいてくる童《トン》の足音を聞いて立ち上がった。童《トン》がそばへ寄って行くと、たくさんの矢のようなものが刺さった灰色の玉が地面にあった。「それ何」若者は童《トン》のほうを向いて、シッと言った。「僕のハリネズミを起こさないでくれよ」若者の名前は知らなかったが、見覚えがあった。「大丈夫。冬眠してるんだから、しゃべっても起きないよ」

「もう春になったぞ」と若者は言った。

「だけど、ハリネズミにはまだ寒いんだよ」華《ホァ》じいさんがゴミ箱から持ってきた子供向けの学習年鑑で、ハリネズミは日中の気温が一五度に上がるまでは冬眠から覚めないと読んだことがある。童《トン》はそう言って、自然観察日誌の記録を見せた。ヘビも同じぐらいに目を覚ますけど、カメは川が暖かくなるまで時間がかかるから、もっと先なんだ、と童《トン》は言った。若者は肩をすくめて、そんなことを知ってもしようがないと言った。「僕の家のほうがだんぜんあったかいぞ」若者は手袋をはめ、矢だらけの玉をすくい上げた。

「なんで家に持って帰りたいの」若者の腕の中にいるハリネズミは、死んでいるように見えた。心配いらないのはわかっているけれど。

「ペットが必要だから。おまえには〈耳〉っていう犬がいるだろ?」

「今日〈耳〉のこと見かけなかった? 探してるんだ」

八十《バーシー》は、変ににやにやして童《トン》を見た。〈耳〉を殺した少年の足はどのぐらい速いかな。

いま頃はきっと市の境界を越えただろう。「ガールフレンドとどこかうろついてるんじゃないか」

「ガールフレンドなんかいないよ」

「なんでわかる」八十《バーシー》がにたっと笑いながら言うので、童《トン》は不安になった。もう話すのはやめることにした。童《トン》は背を向けて歩き出したが、八十《バーシー》が両手でハリネズミを包んで追いついて来た。「いいこと教えてやろう。犬を親友だと思っていても、勘違いってこともあるんだ。たとえば、急に他の人の家に行こうって決めるかも」

「そんなことしないよ」童《トン》は少しむっとして言った。

「なんでわかるんだよ」

「わかるに決まってるじゃない。僕の犬なんだもん」

八十《バーシー》は何も言わずに口笛を吹いた。しばらくして童《トン》が訊いた。「どうしてついて来るの」

「町に帰るんだろ。僕もなんだ。だからついて来るのは僕じゃなくて、おまえなんじゃないの」

童《トン》は立ち止まった。すると八十《バーシー》も立ち止まった。童《トン》が向きを変えて川のほうへ歩くと、八十《バーシー》も向きを変えて童《トン》と並んで歩いた。

「ほら、ついて来るじゃないか」と童《トン》。

「偶然僕も気が変わって、その方角に行くことにしたんだ」八十《バーシー》は片目をつぶった。

童《トン》は怒って赤い顔になった。なんてあつかましい大人なんだろう。五歳の子供だって、世の中の決まりをもっと知っているのに。「一緒に歩きたくない。ついて来るなよ」「僕は一緒に歩きたい」八十《バーシー》はわざと子供みたいな声を出した。「一緒に歩いちゃいけないっていう法律はないもん」

「だけど、遊びたくないって言われたら、ついて行っちゃいけないんだよ」童《トン》はいきり立った。

「誰が決めたんだよ。この道はおまえのじゃないだろ。だから、僕はこの道のどこに立ってもいいんじゃないの？　ついて行きたかったら、どこへでもついて行っていいんだ。おまえの家に入らなければ」

童《トン》は何も言えずに、べそをかいた。目の前にいるこの男みたいな人間には会ったことがないし、どう言って聞かせればいいのかわからなかった。八十《バーシー》は童《トン》の涙を物珍しそうに見て、それからにんまりした。「いいや。僕、もう遊びたくなっちゃった」まだ小さな男の子みたいな声を出していた。彼は、ハリネズミをボールのように放り上げては、手袋をした両手で受けとめながら、立ち去った。何度か失敗してハリネズミが道に転がると、笑った。

〈耳〉は夕飯の時間になっても戻ってこなかった。犬がいなくなったことを童《トン》が両親に話すと、父親は一つしかない肘掛け椅子にどさっと座って何もない壁を見ていたが、投げやりに言った。「帰ろうと思えば、帰ってくるだろ」

夕飯前の父親には、何を話しても無駄だった――父親にとって夕飯はいちばん大事な食事であり、それを待っている間はたとえ空が降ってこようとも心を乱されなかった。母親は気の毒そうに童《トン》を見やったが、何も言わなかった。彼女はテーブルに夕飯を並べ、米酒の瓶を出してきた。童《トン》は瓶を受けとると、磁器の杯に少し注いだ。父さんが酔って寝てしまったら、母さんに助けてくれるように頼もう。

童《トン》は酒の杯を両手で父親のところに運んだ。「ご飯ができたよ。父さん《バーバ》」父親は杯を受けると、童《トン》の頭をげんこつでこつんと叩いた。痛かったけれど、童《トン》は顔に出さないようにした。「犬より坊主を育てるほうがいいな」童《トン》をほめる父親なりの言い方だった。彼はテーブルに移動して杯を飲み干した。「さあ坊主、もう一杯ついでくれ」

童《トン》が酒をつぐと、おまえも少し飲んでみたいか、と父親が訊いた。母親がいいかげんな調子で止めたが、父親は耳を貸そうとせず、「一度飲んでみろ」と童《トン》にすすめた。「もう大きいからな。俺がおまえぐらいの頃は、おやじと一緒に毎晩タバコと酒をやってたもんさ」彼は拳《こぶし》でテーブルをどんと叩いた。「おやじは――おまえのじいさんはな――男の中の男だった。いいか、坊主、じいさんに負けないような男になれよ」

酔った父親の話によると、童《トン》の父方の祖父は地元では伝説に残る人物で、気性が激しく、どんなわずかな不正があっても、誰とでも闘おうとしたという。一九五一年に四十代後半で亡くなった。なんでも彼は村の仲間をかばって、個人の土地を共同体のものにする措置を監督するため派遣された党の役人と、大喧嘩をしたという話だった。彼は役人を殴って半死の状態にしたのだ。翌日、新共産主義国家の敵として逮捕され、その場で処刑された。

母親が、揚げた南京豆を少し父親の皿によそった。「すきっ腹でお酒を飲まないで」

父親はそれを無視した。自分でもう一杯ついで、箸の先を童《トン》に向けた。「よく聞け。おまえのじいさんは男の中の男だったんだ。父さんだってそうだぞ。おまえも、父さんたちをがっかりさせるなよ。さあ、そばに来い」

童《トン》はぐずぐずしていた。酔ったときの父親の息やなれなれしい態度が嫌だったのだが、母親が有無を言わせず童《トン》ごと椅子を動かした。父親は童《トン》の肩に手を置いた。「いい話を聞かせてやろう。これで、どうしたら一人前の男になれるかわかるぞ。劉邦って聞いたことあるか。漢の初代皇帝だ。皇帝になる前、劉邦はいちばん手強い敵である項羽と、何年も戦わなきゃならなかった。一度、劉邦の祖父母と母親と妻を、項羽が捕らえた。項羽は戦場に彼らを連れて行って、劉邦に使者を送った。〈もしもいますぐ降伏しなければ、今夜ミンチにして兵が宴会をやる〉それで劉邦は何て言ったと思う？　ああ、彼こそは英雄の中の英雄じゃないか！　項羽にこう返事を書いたんだ。〈宴会のことを知らせてくれてありがとうございます。ここはぜひ寛大になって、腹をすかせた敵の私に一杯のミンチ肉を送ってくれませんか〉考えてみろ、坊主。母親と女房を食えるぐらい無情な心があれば、何にだって勝てる」

も童《トン》はテーブルの向こうにいる母親を見た。彼女がこちらにほほえみかけたので、童《トン》もほほえみ返した。どうやら童《トン》と母親は今夜も、父親のいつもの昔話をじっくり聞かされて過ごすことになりそうだ。料理も飯も何度か温め直すことになり、しまいに父親が飲みすぎて話を続けられなくなって、ようやく童《トン》と母親は食事をさせてもらえるのだ。

童《トン》は〈耳〉のことを考えた。犬に愛情を持つのは情けないことだと父親が言っていた。童《トン》のことで父親が関心があるのは、男らしい男にすることだけのようだ。童《トン》は、自分は父親をがっかりさせてしまうんじゃないかと思った。もし敵が祖父母と母親の命を奪うと言って脅してきたら、命を救ってくれるなら何でもする、と泣いて訴えるだろう。

また何杯か飲むと、父親は椅子を下げ、母親にレンガを持ってくるように言った――母親は、父親がカンフーの術を実演できるように台所にレンガを積んでいて、減るとこまめに補充していた。彼女が赤レンガを持ってくると、彼は首を振った。それじゃ簡単すぎる。今夜はもっと大きくて硬いレンガがいるんだ。聞こえるか？　父親は指を伸ばして関節をぽきぽき鳴らした。母親は、赤レンガしかないから、それを二つ重ねたらいいんじゃないかと答えた。彼は腹を立てて能なし女と呼び、隣から一つ借りて来いと命じた。隣では、訪ねてきた大叔父が出て行かないと決めたため、庭に小屋を建て増ししているところだった。

母親が、赤レンガの六倍の大きさがある重い建築用レンガを持って戻ってくると、父親はそれを手に受けて、別の手を彼女の首に当てた。「俺は指二本でおまえの首をねじ折ることだってできるんだぞ。信じるか」彼女はくすくす笑って、もちろんそうでしょうとも、と言った。彼は満足げに鼻を鳴らし、庭の真ん中にレンガを置いた。

童《トン》が見守っていると、父親はちょっとうたったり踊ったりしてからかがみこみ、かけ声とともに、手のつけ根でレンガを打った。〈耳〉が遅れずに家に戻ってさえいれば、この晩を楽しんだだろうに——父親が酔っぱらって実演するとき、いつも家族でいちばん興奮するのは〈耳〉なのだ。レンガは無傷だが、父親の手は赤く腫れ上がった。童《トン》は自分の両手をポケットに隠した。父親はときどきしかレンガを割ることができないし、割れたのもまったくの偶然かもしれないのに、レンガ割りの術をやめたがらなかった。

父親は両手でもう一度試してみたが、レンガは壊れなかった。両手をよく見ると、どちらも脇から血が出ている。それには動じず、彼は母親が柔らかい清潔な布切れを持ってくると、騒ぎ立てるなと言った。さらに二回やってみた。レンガが降参しようとしないので蹴っ飛ばしたが、つま先が手にも増して痛かったようだ。悪態をついて、痛くないほうの足で跳ねながら物置小屋へ行き、母親が止める暇もなくレンガを金槌で思い切り叩いた。レンガは砕けたが、まっぷたつにはならなかった。彼はしゃがんでよく調べ、それから高笑いした。童《トン》が母親と一緒に近寄って見ると、三本の錆びた鉄の棒がレンガの真ん中を通り、ばらばらにならないようにしていた。「あいつら、掘っ立て小屋つくるのに建築用ブロックなんか、どこで盗んで来やがったんだ」父親は血が出ている両手をズボンでぞんざいに拭き、面子《めんつ》を失わずに済んだことに満足して、また酒を飲んだ。

もう寝るよう母親にふたたび急かされると、彼は最後の一杯を持って寝室に引っこんだ。まもなく閉じたドアの向こうから、大きな鼾《いびき》が響いてきた。

二人でテーブルにつくと、母親は童《トン》に向かってほほえんだ。「ほんとにおかしな人ね」と彼女は穏やかな声で言い、畏《おそ》れ入ったというように首を振った。食事はもう冷めていたが、母親が童《トン》のために火をかきたてて温め直した。でも童《トン》は食べる気になれなかった。

「母さん《マーマ》。〈耳〉に何かあったんだと思う？」

心配いらないよ、と母親は言った。童《トン》がそれに返事をしようとしたとき、音がした。彼は庭へ走って行ったが、〈耳〉が門を引っかいているのではなく、誰かがノックしているのだとわかってがっかりした。黄色い街灯の光で、ショールにくるまれた知らない中年女性の顔が見えた。彼女は小声で、両親はいないか尋ねてきた。脇に大きなナイロンの袋が置いてある。

「僕の犬のことで来たの？　〈耳〉に何かあったの？」童《トン》は訊いた。

「あら、犬が迷子なの？」

「こんなに帰りが遅くなったことないんだ」

「それは気の毒ね。でも心配しないで」

大人はみんな同じことを言って、ぜんぜん助けてくれない。童《トン》は脇へ寄ったが、女を庭へ入れないうちに、母親が門のところまで出てきて、用件は何でしょうと訊いた。

「同志。きっともう顧珊《グー・シャン》の裁判のことはお聞きでしょう。顧珊《グー・シャン》のための集会についてお話ししに来たんです」

母親はあたりを見回してから、あたしも主人もその話題を気にかけるタイプじゃないもので、と小声で謝った。

「恐ろしいことが別の母親の子供に起こったんだと考えてみてください。私も三人の子の母なんです。あなただって母親でしょう。兄弟は何人いるの、坊や」

「三人」と童《トン》。

母親は童《トン》を引き寄せた。「すみません。うちは政治のことに興味がないんです」

「政治から逃げることはできません。つけを払うことになりますよ」

「同情しないわけじゃないんです。でもそんなことをしてどうなるんですか。死んだ人は生き返らないのに」

「でも、もしいま声を上げなかったら、同じことが繰り返されます。たぶん別の子供に。〈砂粒も千個集まれば塔が建つ〉んです。一人一人、できることをしなければいけませんよね？」

童《トン》は母親をじっと見ていた。母親は女から目をそむけ、ふたたび謝った。ときおり、よその町から来た物乞いが小路に立ち寄り、金と食べ物を乞《こ》うことがある。父親はこうした人々を庭に寄せつけなかった。自分は堅気《かたぎ》の労働者であり、血と汗で稼いだ金を出す義務などない、と貧しく飢えたよそ者に向かって怒鳴りつけ、そのたびに母親がきまり悪そうにしていた。父親が酔っぱらって寝てしまうと、母親は残り物の饅頭をいくつか包んで、門の外に置いておくこともあった。童《トン》が翌朝早く起きると、饅頭は必ずなくなっていた。物乞いの人たちが饅頭を取りに戻ってきたの？　父親がいないときに訊いても、質問の意味がわからないとでもいうように、母親はただ首を振ってほほえむだけだった。

「同志。どうか今回だけ私の言うことを聞いてください。市の広場で明日、顧珊《グー・シャン》の追悼集会をおこないます。彼女のお母さんに会いに来てください。そうすれば気が変わって、集会を支持する陳情書に署名してくださるのでは」

母親はそわそわしていた。「行けません——あたし——というか、主人が嫌がります」彼女は父親が来ないか見るように、振り返った。

「あなた自身のお気持ちと良心にお願いしているんです。何でもご主人に決めさせてはなりません」

責められて失望したように、母親はゆっくり首を振った。女はナイロンの袋のチャックを開けて、白い花を取り出した。「署名をしたくなくても、この白い花をお持ちになって、勇敢な女性とその母親に敬意を表してください」

童《トン》は花を見た。白い薄紙でできていて、やはり白い紙でできた長い茎につけてあった。母親はため息をついて、手を出さなかった。童《トン》が花を受けとると、女はにっこりした。「あなたはお母さん《マーマ》のいい助手なのね」女は童《トン》にそう言うと、母親のほうを向いた。「今夜どの家庭にも白い花が渡されます。明日籠に花を入れるだけなら、何の危険もありません。私たちはそこに夜明け前からいますから」

女が立ち去ると、母親はそっと門を閉めた。母親も童《トン》も闇の中に立ち、女が隣の門を叩くのを聞いた。しばらくして童《トン》は、母親をつついて紙の花を渡した。彼女はそれを受けとると花を紙の茎からもぎとり、両方とも小さく丸めてしまった。童《トン》が声を上げてどうしてか訊くと、彼女はふかふかの温かい手を彼の口に当てた。「花を持っていてはいけないの。父さん《バーバ》に見つかって、いい顔されないよ」

童《トン》が反対しようとすると、母親はシッと黙らせ、この問題は放っておくほうがいいと言った。彼女は童《トン》の腕を優しく引いて行き、一緒に家の前屋に入った。父親はまだ寝室で鼾をかいていた。温め直した料理がまた冷めてしまったが、母親はもう疲れて、どうでもよくなったようだった。彼女は童《トン》をテーブルにつかせて、自分は反対側に座り、「お腹ぺこぺこでしょ」と言った。

「ううん」

「少し食べない？　好物のじゃが芋の煮込みだよ」

「いらない」

「あたしに腹を立てないで。大きくなればわかるよ」

「どうして明日花を返しに行かないの。おばさんは大丈夫だって言ってたじゃない」

「あの人の言うことを信じちゃだめ」

「なんで」

「こういう人たちとは関わっちゃいけないの。父《バーバ》さんは、頭がおかしい人たちだって言ってる」

「じゃ父《バーバ》さんが間違ってるよ。頭がおかしい人たちじゃないもん」

母親は厳しい目になった。「何も知らないくせに、そんなこと言うんじゃないよ」

童《トン》は黙ってしまった。何枚も取っておいて字の練習帳にしたビラのことを考えた。彼はビラに書いてあることを読んだ。意味がわかったところは、もっともなことを言っているように思えた——人は思ったことを発言する権利がある、と書いてあったし、社会的地位がどんなに低くても、すべての人の権利は尊重されることも説明されていた。童《トン》自身が田舎の子として、いつも見下されるのはどんな感じがするものか知っていた。

「親の言うことに文句をつけないの。自分らにとっていちばんいい選択をしてるんだから」

「母《マー》さん《マ》、おばさんは悪い人なの？」

「誰？　花を持ってきた人？　わからない。悪い人じゃないかもしれないけど、間違ったことをしてるね」

「どうして」

「そもそも政府は、人を間違って殺したりしないよ」

「おじいちゃんは悪い人だったってこと？」

母親は黙ってしまったが、ずいぶんたってから立ち上がり、寝室のドアを閉めた。

「これは話さないほうがいいのかもしれないんだけど。でも、父《バーバ》さんの話が全部本当ってわけじゃないこと、おまえも知っておかなきゃね。おじいちゃんは確かに役人を殴ったんだけど、でもそれはおばあちゃんが亡くなってから結婚したいと思っていた後家さんを巡ってしたことなんだよ。役人もその女の人と結婚したくて、それで食堂で言い争いしてから喧嘩になったの。殴られた役人が、おじいちゃんのことを反革命分子だと言って処刑したわけ。この話に偉大なところなんかないし、父《バーバ》さんもこのことは知ってるんだよ」

「じゃあ、おじいちゃんは間違って殺されたの？」

母親は首を振った。「おまえが憶えておかなきゃいけないのはね、政府の役人には絶対逆らうなってこと。父《バーバ》さんをただの酔っぱらいだと思っちゃだめだよ。約束ごとを全部肝に銘じているから、過ちは犯さないんだ。そうじゃなかったら、反革命分子の父親がいて、これまで生きてはこれなかったよ」

「それで、もし政府が間違っていたらどうなるの。先生が、常に正しい人はいないって言ってたよ」

「よその人が不当な扱いを受けたとしても——うちには関係ない。父《バーバ》さんがしていた皇帝の話、憶えてる？　一人前になるには無情にならなきゃいけないんだ、わかった？」

童《トン》はうなずいたが、母親の話をどう考えればいいのかわからなかった。こういうことを話してくれたことはなかったし、母親はいつもと違ってちょっと恐い感じさえした。

彼女はまたしばらく童《トン》を見つめていたが、やがてにっこりした。「そんな深刻な顔して。小さい子供なんだから、大人の問題なんか気にしないの」

童《トン》は黙っていた。食べるように母親がまたすすめた。童《トン》は食べ物を味わいもせずに口の中へかきこんだ。そのとき物音がしたので門まで駆けて行ったが、小路を吹き抜けていくただの風だった。童《トン》は戻ってきて、〈耳〉を捜しに行ったほうがいいか尋ねた。

母親はため息をついて、コートを着た。「年じゅう気を引こうとする男の子が、ここにもいたよ」彼女はげんなりと言った。「顔を洗ってもう寝たら？　あたしが探しに行くから」

「僕も行っていい？」

「だめ」その声がいつもよりきつかったので、童《トン》はもう頼めなくなった。

母親は二区画先にある友人の家に行って、ドアをノックし、おしゃべりしに来たと言った。風の強い晩に寒い思いをして迷子の犬を捜した末、無駄足に終わるのはごめんだった。友人――同僚の労働者――に招き入れてもらい、一緒に熱いお茶を飲みながら翌日の計画を語り合った。友人の一家は、清明節の日には山へ出かけるのが恒例になっているので、遠足に行くことにしていた。童《トン》の母親は、うちは何の予定もないと言った。でも、子供たちが興奮ぎみに食べ物の容器を詰めているのを見て、童《トン》のためにうちも何かできたら、と考えた。

市内では、ナイロンの袋の白い花が一軒一軒に配られていた。門を開けたとき人々が会うことになったのは、労働者診療所の医者、眼鏡工場の事務員、退職した中学校の教師、百貨店の会計係、薬剤師、地方から戻ってきてまもない学のある若者数名といった人たちだ。白い花はゴミ入れやおもちゃ箱など、片隅に追いやられてすぐに忘れられるものもあったが、中にはきちんと置かれて、一晩じゅう夜が明けるのを待っている花もあった。

その晩、童《トン》はよく眠れなかった。何度か目を覚まして、〈耳〉のダンボールの家を見に庭へ出た。錠のかかった門を〈耳〉が通れないのはわかっているのに。〈耳〉は何か大変な目に遭ったにちがいない。童《トン》が一人で静かに泣いていると、母親が一度目を覚まして、朝になったら戻ってくるかもよ、とひそひそ声で言った。童《トン》はすすり泣いた。母親が思ってもいないことを言っているのはわかっていた。しばらくたってもまだ泣きやまないので、彼女は童《トン》を抱き寄せて揺すり、〈耳〉は二度と戻ってこないかもしれないね、と言った。何かあったのかな、と童《トン》は訊いた。わからないけど、最悪の事態を覚悟しておいたほうがいいんだよ。

牡丹《ぼたん》という名は、おくるみについてきたハンカチにちなんでつけた。絹の四角いハンカチに、牡丹が一つだけ刺繡されていた。花の薄紅色も葉の緑色もあせて白い布地が黄ばんでいたが、生まれたばかりの赤ん坊を腕に抱いた華《ホア》ばあさんは、身分の高い古い家柄の子だろうかと考えた。同じことだ、お姫さまでも女中になる運命に捕らわれた身なんだから、と華《ホア》じいさんは答えて身をかがめ、当時三歳だった朝顔に向かって、おまえの願いに天がこたえて妹を送ってくれたよ、と言った。

華《ホア》ばあさんは彼に訊いた。ハンカチを牡丹に渡したっけ？

そのはずだ。そうしない理由がない。牡丹はそれが特別なものだとずっとわかっていたよ。

華《ホア》じいさんが頭部がゆるくなったつるはしを修理するのを、彼女は見ていた。八十《バーシー》は新しい道具を買おうと申し出てくれたが、彼女は八十《バーシー》があっという間に貯金を浪費してしまうんじゃないかと心配して、老いた手に馴染んだつるはしやシャベルを使うほうがいいと答えたのだった。

お母さんは牡丹を見つけたかねえ、と華《ホア》ばあさんは言った。これは何度も一人で考えたことだった。華《ホア》じいさんはつるはしを金槌で叩いて、母親が生きているかどうかさえわからないし、牡丹を見つけ出す気があるかどうかだってわからない、と答えた。華《ホア》ばあさんは、会えないでいたら気の毒だ、と言ったが、彼は何も言わずに金槌をふるった。

牡丹は養父母や姉、それに次々加わった妹たちよりも、夢見がちな子だった。ゴミの仕分けはいちばん遅かったものの、ゴミ入れに捨てられた財布があると誰よりも早く、家族が死ぬまで愉快に暮らせるぐらいお金が入っているかもしれない、と言った。そして財布に入っているのが、何が写っているかわからないほど丹念に切り刻んだ写真で、がっかりするのだった。彼女は道端に棄てられた赤ん坊を見つけるたびに涙を流した。

妹たちを拾った町の名前を憶えておくようにし、自分の親も朝顔の親も含め、本当の親を見つけるという望みを隠さなかった。

華《ホア》ばあさんもじいさんも、牡丹を実の親のところへ帰したいと望んでいたので、それに驚きはしなかった。のっぴきならない状況に陥ってわざと仕上げなかったハンカチを、母親はいつか探し求めるかもしれない。どんな身の上なんだろう。華《ホア》ばあさんは、他の娘たちの母親よりも、よく牡丹の母親のことを考えた。自分たちの手に牡丹を預けたのは天がしたことだし、親元に返すのも天の御心次第だと華《ホア》夫妻は思っていたのだが、最後には心を鬼にして、彼女が十三歳のとき、十歳年上の男の童養媳《トンヤンシー》として預けてきた。男は、両親が四十代後半になって子供をつくる希望を失いかけた頃に生まれた、一人息子だった。牡丹を自分の娘のように大切にする、と男の両親は約束した。どうやら少女に愛情を持ってくれているらしいので、華《ホア》夫妻は安心した。

実の母親が牡丹を見つけていたら、この縁組を認めて受け入れただろうか、と華《ホア》ばあさんは思った。よくいろいろな場面が想像の中に出てきた。ずっと夢見てきた生活に戻るために牡丹が去ることにし、若者と両親ががっくりと肩を落とすところや、棄てた罰として牡丹に背を向けられ、実の母親が苦しむところ。華《ホア》ばあさんがこうした心配ごとを話すと、華《ホア》じいさんは金槌を打つ手を止めた。いつまでたっても母親はやめられないんだな、と彼はとがめるように言った。彼女は、彼にも父親として同じことが言えるのを知っていながらも、そのとおりとため息をつくだけだった。親を失った子は孤児になり、夫を失った女は未亡人になるけれど、子供を失った元親にあたる単語はない。ひとたび親になれば、死ぬまで親のままだ。華《ホア》じいさんはつるはしを脇に置いて、なまくらになったシャベルの先端に取りかかった。

華《ホア》ばあさんは沈黙を破り、明日の朝、市の広場へ行かなきゃ、と言った。

彼は彼女の顔を見上げたが、返事をしなかった。

顧《グー》先生のことで責任を感じるんだよ、と彼女は言った。顧《グー》師の病気のことを知ってから、気にかかっていた。行って顧《グー》夫人に謝らなければ。

華《ホア》じいさんは、埋葬の仕事があるぞ、と言った。

埋葬に出かける前に早めに行けばいい、と華《ホア》ばあさん。八十《バーシー》が夕方ここに来て、ひどい風邪を引いたと言い、夫妻だけで祖母を埋葬するように頼んでいった。華《ホア》じいさんもばあさんも、面と向かって嘘だとは言わなかった。八十《バーシー》は気前よく金を払っていたのだ。

華《ホア》じいさんはうなずいた。じゃあ行くとしよう。彼女にはわかっていたが、やはり彼はそう言った。

9

清明節の朝、妻が忍び足で寝室を出たり入ったりしている間、顧《グー》師は眠ったふりをしていた。彼は小さな物音を無視して、別の朝の思い出に集中した。はるか昔、新婚旅行の日、最初の妻が婚礼のベッドを抜け出して、彼のためにお茶を淹れた。彼は茶碗と茶托のカタカタという小さな音を聞かないようにしたが、目を開けてお茶に驚いたふりをすると、彼女はほほえんで演技を愛おしげに非難した。睫《まつげ》が揺れてばれていたのを知らないの、と彼女が言うと、これまで誰かに眠ったふりをする必要は一度もなかったからね、と彼は答えた。

「二、三時間出かけてくるわ」顧《グー》夫人がベッドの脇に来て言った。「これが朝食で、魔法瓶に入ってるから。すぐ戻ります」

顧《グー》師は返事をしなかった。あの朝に戻れるよう、妻を意志の力で消してしまった。

「もしおまるがいるんだったら、椅子の後ろのここに置きましたからね」

顧《グー》師は、新婚の朝の自分が知らなかったことに思いを巡らせた。自分以外には誰にも知られたくないぶざまな状態、つまり、年をとるとどうしても弱くなることについて。それから隠しごとについても考えた。ある女と同じ床《とこ》で寝ながら他の女を夢見ていること、そして病院で死にかけている病気の夫から妻が外の付き合いを隠していたこと。こんなだまし合いは、傷つく程度に差はあれ、どの家にもあるにちがいない。一人目の妻は新婚旅行の間、きっと他の男たちのことを何度も考えていただろう。恋愛感情抜きで考えていたにしても、彼女の心は名前もわからないよそ者たちに占められていたわけだ。彼女は新婚旅行先を、ある海辺の観光地にするよう手配した。人民代表大会で仕事をする夫を隠れ蓑《みの》にして、地下共産党の密使として動けるように。結婚しているとき隠されていたこうした話は、離婚の書類に署名をした後で明らかになった。当時は離婚届を見せられてからでさえ、彼女の愛を疑ったことはなかったが、三十年がたち娘も死んだいまは、単純すぎて真実が見えていなかったのだろうかと思う。一度目の結婚はそもそもの初めから、彼女と同志たちが転覆させようと闘っている政府に、彼が勤務していたのが都合がよかったからかもしれない。彼は彼女に潜伏場所を与え、彼女が調べるとも思わずに政府の書類を家へ持ち帰った。彼女は味方している側が勝てなかった場合、彼を逃げ道にしようと考えたことはあるのだろうか。

顧《グー》師は、苦労してベッドから出た。顧《グー》夫人が寝室に入ってきた。四月初めの朝の中へ踏み出そうとすでにめかしこんでいて、腕には黒い喪章をつけていた。「何かいるものがあるの？」彼女はそばに来て、靴をはく手助けをした。「何を言ってるのか聞こえなかったわ」

「何も言っていない。空耳だ」

「大丈夫？　わたしがいない間、誰か世話してくれる人を探してきましょうか」

「死にかけた男の世話をして何になる」

「言い争いはやめましょう」

「いいか、おまえ、私はおまえとも誰とも言い争いはしない。おまえはおまえでやることがあるし、私は私でやることがあるんだ」彼は妻の手を押しやり、足を引きずりながら前屋に入った。ドアのそばに珊《シャン》の写真があった。ポスターの大きさに引き伸ばされ、黒い紙と白い絹のリボンで縁取られている。「そうか、おまえと同志は珊《シャン》を操り人形にするんだな」妻の返事を待たずに、彼は台所にある古い食卓のところへすり足で行き、腰かけた。彼はコップ二つと残り物の料理の皿を押しやった。

「あの子は殉難者なのよ」顧《グー》夫人は言った。

「操り人形が芝居に奉仕するように、殉難者は大義に奉仕する。この国ではもう誰も歴史を見なくなったがね、歴史を振り返れば常に殉難者は、大規模に人々をだます目的に奉仕してきた。宗教であろうとイデオロギーであろうと」顧《グー》師は、流暢で根気よい自分の口ぶりに驚いた。ここ数日、最初の妻とのさまざまな会話を想像していて、その中にこうしたやりとりがあったのだ。顧《グー》夫人が何か言ったが、顧《グー》師には何を言っているのかわからなかった。心はすでにもう一人の女のところへさまよっていた。その女は――彼の不運な人生にもまだ多少の運が残っていれば別だが――故意に彼のことを三年間だましていた。彼は彼女に手紙を書いて、真実を教えてくれと頼みたかった。

顧《グー》夫人は挨拶もせずに写真を携えて出て行った。顧《グー》師はちょっと思案して、万年筆を探していたことを思い出した。食卓の脇についている二つの引き出しを開けてみた。中にありとあらゆる雑多な物があるのを見て、まるでそこにあるのを何年も忘れていたかのようにぞっとした。少し手探りしてみたところ、何十年も使ってきたパーカーを、病気になってから妻が保管のためにどこかに移動させたことに気づいた。彼が死んで一緒に万年筆を焼くことになるとでも思ったのか。それとももう古道具屋へ売って、鶏を二、三羽買ったか。そんな恐れが湧いてきて、顧《グー》師は冷や汗をかいた。万年筆は、当時教育水準が低かった省に初の男子校を設立したとき、大学の恩師がくれた贈り物だった。金のペン先がすり減ったので二回取り替えたが、胴軸は——なめらかで紺色で、何年も丁寧に手入れをしてつやが出ていた——一級品の手触りを保っていた。若い革命家として熱狂の頂点にいた頃の珊《シャン》は、西洋の物を何でも資本主義的だと非難していたが、当時の彼女ですら隠し場所がわからないふりをして見逃したぐらいだ。万年筆は、妻に掛け布団の中央に縫いこんでもらっていた。

顧《グー》師は食卓を支えにして立ち上がった。家の中で保管場所になるところはそう多くない。彼は寝室で、木箱に納められた万年筆を見つけ出した。妻はそこに文化大革命を乗り越えてきた二、三の宝石類を、珊《シャン》がよちよち歩きだった頃の三人全員が写っている写真とともに入れていた。一九五四年の春、訪ねてきた友人が撮影したその写真を、顧《グー》師は目を細めて見た。珊《シャン》はカメラを見据えていて、両親は二人とも珊《シャン》を見つめている。その頃渾江でカメラは珍しかったので、子供たちの一群と大人二、三人が集まってきて、友人が首から下げている黒い箱をじろじろ眺めていた。友人は顧《グー》師の一家の写真も、見物している子供たちの写真も気前よく撮っていたが、送ってくれたのはこの写真だけだった。顧《グー》師は、他の写真はどうしただろうと思った。もう一通手紙を書く必要があると思い、それから友人が、一九五七年に反共の知識人として自らの命を絶ったことを思い出した。

顧師《グー》は足を引きずって前屋に戻った。ビロードのケースから万年筆を取り出し、丁寧に蓋を回して開け、金のペン先にこびりついているインクを、その用途のために入れてある小さな絹の布で拭き取った。

〈大変尊敬する程同志《チェン》〉と手紙を書き始めた。とはいえこれまで三十年の間、一年に一、二度、手紙でこのように堅苦しく語りかけてきたのだが。彼は帳面から一枚破りとると、また忌まわしさがあっておかしいと考えた。それから、こんな始め方は革命時代の最初から始めた。〈かつて親友であり、同僚であり、愛する妻だった人へ〉と、懸命に書いた。「かつて親友であり、同僚であり、愛する妻だった人へ」と声に出して読み、これなら心情に合っていると考えた。

〈私の父がパリの街角で母に傘を貸し、それから一生の恋物語が始まったことを憶えていますか。まだ憶えていれば、それは一九一六年の秋でした。この話を初めてしたとき、あなたはとても感動的な恋だと言いましたね。この偉大な愛の象徴は、もう存在しないことをお知らせしたく筆をとりました。傘は娘の死とともに消えました。娘の母、つまり私の現在の妻が、天国で娘に傘が必要だと考えたからです。もし天国があるなら、両親は傘の所有権を巡って娘と争っているでしょうか。両親は生前、孫娘に一度も会ったことがありませんでした。死後にあまり娘と過ごさずにすめばいいのですが。憶えているでしょうが、両親はあの世代の知識人が持つ気品や智恵を身につけていました。しかし娘は、祖父母の気高い満州族の血というよりも、革命の時代が生んだ産物です。娘は自らが調合に手を貸した毒で死にました。芸術があり、哲学があり、あなたが愛する数学があり、そして私は啓蒙を信条としているにもかかわらず、結局のところ私たちの時代を象徴するものは——乏しい情報から判断して、この時代は百年続くと勝手に信じるぐらいはいいのでしょう?——空虚な言葉の重みに砕かれた、私たちの骨の嘆きです。このように砕かれても何の利もないというのに。ああ、私たちには今、いや、永遠に逃げ道はないのです〉

顧師《グー》は書くのをやめて、手紙を読んだ。彼の筆跡はふらつく老人のようだったが、能書家でなくなったことを恥じても仕方がない。彼は、四十年前の若い恋人たちが恋文を折った特別な方法で手紙を折り、封筒に入れた。そのときになって初めて、例の質問をするのを忘れていたことに気づいた。無益に悲観したような手紙を書いて、時間と空間を浪費してしまった。彼は帳面を開けた。

〈大いに尊敬する程《チェン》同志。どうか心から正直に教えてください。共産主義の大義のため私と結婚するよう、党の指導者に命じられたのかどうか。私は日々死に近づいています。だまされた男のまま、この世を去りたくないのです〉

顧《グー》師は自分の名前を丁寧に署名し、最初に書いた手紙と一緒にして、どちらも読み返さずに封をした。彼は封筒をポケットに入れて部屋を横切り、古い肘掛け椅子によろめくように座った。書き物をしたら疲労困憊《こんぱい》した。目を閉じて、最初の妻と一晩じゅう続けていた討論をふたたび始めた。マルクスがかつて他の宗教のことを評して述べたように、マルクス主義も一つの精神の阿片かどうかについてだ。

「大変尊敬する渾江市民にお伝えします」拡声器から声がして、顧《グー》師の雄弁な主張が邪魔された。人気アナウンサーの声だとわかると、幽霊の祝日のために厳粛な声を装っているな、と彼は思った。「おはようございます。同志の皆さん。これは渾江の時事に関する特別放送です。ご存じないかもしれませんが、わが国の首都では歴史的に大きな変化が起こっています。民主の壁と呼ばれる壁がもうけられ、人々がわが国の方向性に関して自らの意見を表明しているのです。それはわが国にとって重大な局面なのですが、私たちのもとに民主の壁について知らせるニュースは届きませんでした。共産主義国家においては、私たちが自らの国の、そして自らの運命の支配者であると、何年も教えられてきました。しかし本当にそうだったことが、これまでにあったでしょうか。先日、顧珊《グー・シャン》という渾江出身の女性が不当な死刑判決を受けました。彼女は犯罪者ではありません。わが国の将来に大きな責任を感じ、腐敗した制度に対して勇気と洞察力をもって率直な意見を述べた女性なのです。それなのに、時代に先んじて行動したこの英雄的な女性はどうなったでしょうか」

肘掛け椅子から立ち上がろうとする顧師《グー》の手は震えていた。女は話し続けていたが、彼にはもう聞こえなかった。苦労して帳面を開こうとしたら、手がひどく震えて四、五枚破いてしまったが、無傷のページを見つけた。〈いまはただ、この一つだけを切にお願いします〉と、顧師《グー》は最初の妻に書いた。

〈三十年連れ添った妻をもはや信用できなくなりましたので、私の身をあなたに委ねてもいいでしょうか。遺体を墓から掘り返し、他の人々の政治的野望のために人目にさらすようなことをするのは、我々の文化だけです。私が火葬されるように手配してもいいと承知してくれませんか。いまの妻に、いや、それを言うなら誰にも、私の痕跡を残さないようにしてください〉

「良心ある同志の皆さん！」拡声器越しに女はしゃべり続けていた。「どうか市の広場へ来て、腐敗した制度に対し抗議の声を上げてください。娘の伝説を不滅にしようとしている英雄的な母親に会いに来て、支持をしてください」

馬鹿な女どもめ、と顧師《グー》は言った。彼は寝間着の上にコートをはおって、手紙を出しに行く支度をした。

夜明け前に童《トン》が目を覚ますと、庭は不気味なほど静かだった。〈耳〉が入りたがって外で待ちかねていますように、と思いながら門を開けたが、早起きの男が数人、遠出のために供え物を入れた竹の行李《こうり》を自転車に積んでいるほか、小路には誰もいなかった。男たちに〈耳〉のことを尋ねても、犬を見かけた人はいなかった。

童《トン》は小路を出た。そして大通りの交差点まで来て初めて、人々が市の広場に向かって歩いているのを目にした。人々は沈黙していた。男たちは眉の下深く帽子をかぶり、女たちはショールで顔を半分隠していた。童《トン》は道端に立って、人々が通り過ぎるのを眺めた。二人連れもいたが、ほとんどは一人で列に入り、前の人と距離を置いていた。童《トン》は父親の工作単位にいるおじさんを見つけて挨拶したが、彼はただちょっとうなずいて、童《トン》を振り切ろうとするように足早に歩いて行った。表通りの店は今日は閉まっているし、町の中心に人々を呼ぶようなものは、その公開行事しかなかった。〈耳〉は人好きで、にぎやかな催しを楽しむほうだから、そこにいるかもしれない。童《トン》は隙間が空《あ》くのを待って、列に加わった。

東の空が明るんできた。今日も雲一つない春の日だ。脇道や小路から入ってくる人の数は増えていくのに、表通りはしんとしていた。誰も口をきかず、淡い光の中で烏《からす》と鵲《かささぎ》が鳴くしわがれ声が、いつもより大きく響いた。人々は知り合いを見かけると会釈したが、だいたいは目の前の地面だけを見ていた。表通りの両脇に並ぶ店の前に男たちが数人うろうろしていて、やはり顔を帽子や大きな襟で隠していた。

「あの犬、まだ捜してるの?」誰かに肩を叩かれた。見上げると昨日の若者がおり、黄色い歯をむいてにかっと笑っていた。

「どうしてわかったの」と童《トン》は訊いた。

「だって、そうじゃなかったら犬がおまえと一緒にいるだろ。いいか、僕は探偵だから何でもお見通しなんだ」

「僕の犬、見かけた?」

「見たのに言わないような人間に見えるか? いいこと教えてやる。おまえが来たのは見当違いのところだ。ここだってあっちだって」八十《バーシー》は市の広場の方向を指した――「迷子の犬を気にしてくれるような人は誰もいないぞ」

若者の言うことが正しいのはわかっていた。みんなもっと大事なことを考えているのに、小さな犬のことなんか訊けっこない。それでも童《トン》は八十《バーシー》に礼を言うと、ついて来ないでほしいと思いながら広場へ進んで行った。

「僕の言うことを聞いていなかったようだな」と八十《バーシー》はとがめ、列から童《トン》を引き出した。

「一人で行っちゃだめなんだ」

「どうして」

「おまえだけでどうやって広場へ行くんだよ。入場券を持ってるのか。券がないと入れてくれないぞ」

嘘をついていると思って童《トン》が行ってしまおうとすると、八十《バーシー》が肩をつかんだ。「信じないのかよ」八十《バーシー》は袖口から何かを出した。「ほら、これがいま言った入場券。おまえ持ってる?」

見ると、白い紙の花が八十《バーシー》の袖に半分隠れていた。

「みんなを見ろ。全員袖の中やコートの下に白い花を持ってるんだ。持ってなかったら、入れてくれない。おまえが敵のために偵察してるんじゃないことを確かめなきゃいけないからな。店の前にいるあの男たちを見たかい。ほらあそこ。なんであいつらは広場に行かないんだ」八十《バーシー》はいったん話をやめて、童《トン》のいぶかしげな眼差しを楽しんだ。「いいか——僕にはあいつらが秘密警察のように思えるね。おまえが警察の手先じゃないってどうやって証明するんだよ。もちろんおまえは小さいから、そんなことできないとも言えるけど、集会に行くにも小さすぎるんだよ。誰か年上の奴と行かないんだったら」

童《トン》は八十《バーシー》の言ったことを考えてみた。あまり筋は通っていないが、言い返すのは難しかった。「そこに行くの?」と童《トン》は訊いた。

「ほら、それが頭のいい子が訊く質問だ。行くとも行かないとも言えないね。僕はこの人たちとは違う理由で行くからな。でも、もしくっついて行く奴を探してるんだったら、おまえはぴったりの奴を見つけたぞ。ただし一つ約束してもらわないと困る——僕の言うことを聞くんだ。迷子になったり群衆に踏みつけられたりしてほしくないからな」

ちょうどそのとき、拡声器から女のアナウンサーの声が聞こえてきた。童《トン》も八十《バーシー》も、立ち止まって耳を傾けた。話が終わると、八十《バーシー》は言った。「エンドウ豆嬢が支援してるなんて知らなかった。じゃあ政府がこの集会の裏にいるんだな。まずいな」

「何がまずいの」

「何でもない。じゃ、僕と一緒に来る？」

童《トン》は考えてみて、それから受け入れた。

「僕はもう、おまえのおじさんでもおかしくない年なんだけど、今回はまけておく。兄貴って呼んでいいぞ」

童《トン》は返事をしなかったが、八十《バーシー》と一緒に歩いた。広場に着くと、童《トン》は八十《バーシー》が嘘をついていたことに気づいた——入場券として白い花を見せるよう求める人は誰もいないし、人が押し寄せて混乱しているわけでもなかった。列は広場の中央から西南の隅へ続き、それから東へ曲がって東南の隅へ伸び、そこにもっと人が集まっていた。童《トン》は列のいちばん後ろについたが、八十《バーシー》は彼を引っぱって、他にもっと見るものがあるとささやいた。童《トン》は迷ったが、好奇心にかられてついて行った。頭の切れる子だ、と八十《バーシー》はほめた。そうして二人で毛主席の像の東側へ歩いて行くと、人がすいているところがあった。台座の端に沿って、白い花輪がいくつか置かれている。花輪の前には拡大写真があって、竹竿で作った間に合わせの写真立てに掲げられていた。写真の中の若い女は十代で、頭をやや後ろにそらし、写真を撮る人が冗談でも言ったかのように、にっこり笑っている。

八十《バーシー》は舌をちっと打った。「あれがその女か」

「誰」

った。

童《トン》は写真を見た。その若くて堂々とした美しい少女と、処刑の日に見た、顔が青白くて首に血がにじんだ医療用テープを巻いている女とが、どうがんばっても結びつかなかった。

「反革命分子」

「おいおい、美人を見て度肝を抜かれたか。あそこを見ろよ」

童《トン》は息をはずませながらつま先立ちした。男の背ぐらいある花輪スタンドが円を作っており、その中に人々の列が入って、それから円の反対側にある隙間から出て行くのだが、人の列に遮られて童《トン》には見えなかった。

八十《バーシー》はしばらく眺めていた。「えらくおもしろいぞ。ははあ。あれが彼女だ。それからあいつもいる」

童《トン》は小さくて何も見えないことを認めたくなかった。八十《バーシー》が彼を見てため息をついた。「うーん。僕がここに連れてきたんだから、楽しませる責任があるよな」彼はしゃがんで、童《トン》に肩に乗るように言った。童《トン》は尻ごみしたが、そんな弱虫じゃだめだと言われて、肩の上に乗った。「頭につかまってろ」八十《バーシー》はそう言って立ち上がった。「うっ。おまえ白菜みたいに見えるのに、石仏みたいに重いんだな」八十《バーシー》はこぼしたが、童《トン》は返事をしなかった。円の中に気をとられていた。真ん中で一人の女が、直径が腕二つ分以上ある大きな籠に、白い花を丁寧に入れていた。籠の隣にはテーブルがあり、白い布が一枚のっていた。テーブルの向こう側にいる男が、白い布を指さして女に何か言うと、女はすまなそうに首を振って、彼を見上げることもなく立ち去った。童《トン》は、その男が学校の教師であることに気づいた。

「おまえにも見えたか」八十《バーシー》はそう言って、花輪の囲いに近寄った。体がぐらついたので、童《トン》は首につかまった。「おい、息ができないぞ」

童《トン》は両手を放した。「あそこにいるおばさん、ニュースのアナウンサーだよ」童《トン》はちょっと大きすぎる声で言った。

凱《カイ》は男の子の声がするほうを見上げたが、すぐにまた円から出て行こうとしている女のほうを向いた。「ありがとうございます、同志。こちらが顧珊《グー・シャン》のお母さんです」

「ご支持をありがとうございます」顧《グー》夫人が言った。

凱《カイ》と顧《グー》夫人が感謝の手を差し出しても、その女は応じなかった。彼女は夫と二人の子供のことを考えながら、足早に出て行った。いま頃は、工作単位にちょっと立ち寄るのに、どうしてこんなに時間がかかるのか不思議がっているにちがいない。彼女は、食品加工工場で動かしている機械のペリメーターを調整し直す必要があるから、と嘘をついて来たのだった。

列は粛々と進んだ。一人また一人と、籠の中に白い花を入れた。白い布に署名をしていく者もいるが、署名を促されると詫びていく者もいた。凱《カイ》は列の全員に挨拶をし、国の福利のために陳情書がいかに大切かを語りかけた。優しく澄んだ彼女の声は安心感を与えた。なんといっても政府筋のニュースのアナウンサーじゃないか。凱《カイ》と話をすると、中には考えを変えて署名をする者もいた。

「おい、聞こえないのか。質問してるんだよ」八十《バーシー》が言った。

「なんて言ったの」

「いま列の長さはどのくらい？　おまえがいるから頭も上げられないよ」

「まだすごく長い」

「何人見える」

童《トン》はかぞえてみた。「六十か、八十いるかも。かぞえきれないよ。行ったり来たりするから」

「知ってる人いる？」

「籠のところにいるおばさん。アナウンサーだよね。僕のほう見て笑った」

「そんなの誰でも知ってるよ。他には？」

「学校の先生」

「それから？」

童《トン》は待っている人たちを見渡して、いくつか知っている顔を見つけた。学校で上の学年を教えている別の先生、子供たちに梅の漬け物をおやつにあげるのが好きな薬屋の年寄りの店員、童《トン》の地区に一日に二回手紙を配っていて、緑の郵便自転車で通りかかるたびに口笛を吹く郵便配達人、それに華《ホア》じいさんとばあさん。二人とも周りの人々を見ないで、腕一本分離れて列にいた。見たことを童《トン》が教えると、八十《バーシー》はその調子で続けろと言った。「僕のいい弟子になれるな」八十《バーシー》は誰もが知り合いであるかのように、通りかかる人みんなに挨拶をしたが、こたえる人はほとんどいなかった。中には童《トン》に目をやる人もいたが、たいていは童《トン》のことも付き添いの人間のことも無視した。この人たちの目には、何か場にふさわしくない遊びをしに来た小さい子にしか見えないんだろうな、と童《トン》は思った。そうじゃないことを証明できないのが悲しい。童《トン》は、一緒にいる若者は楽しむためだけに来たんじゃないかとも思ったが、責めるには手遅れのような気がした。

三十分か、それ以上たったかもしれない。すでに籠はあふれかえって、新しい籠に取り替えられた。もう日が昇って、童《トン》と八十《バーシー》がいるところに毛主席の影を投げかけていた。八十《バーシー》は童《トン》を肩に乗せたまま、影から出た。しばらくして、列が短くなってきたと童《トン》が言うと、八十《バーシー》は下りるように言った。「おまえ、そのうち僕の背中を折っちゃうぞ」八十《バーシー》は首を両手でもんだ。

「白い花を入れるの？」と童《トン》が訊いた。両脚がしびれていたので、元に戻すのに足を強く踏みつけなくてはならなかった。

「いいや。なんで僕が」

「だからここに来たんだと思ってた」

「違う理由で来たって言ったろ」

童《トン》はがっかりして、よたよたと離れて行った。

「〈耳〉がどこにいるか知りたくないのか」

童《トン》は振り返った。「見かけたの?」

「最近は見かけないね。でもほら、僕は探偵だろ。何でも見つけてやれる」

童《トン》は首を振った。「自分で見つけるよ」

「僕の花、貸してほしい?」

童《トン》はその申し出を考えてから、うなずいた。母さんが花をだめにしなければ、嫌いなこの若者に頼まなくて済んだのに、と思った。八十《バーシー》は袖口から花を出して童《トン》に渡した。

「やるよ。ただし、まだ僕と一緒にいるって条件で」

「なんで」

「だって一緒に来ただろう?」八十《バーシー》が片目をつぶると、童《トン》はしぶしぶ承知した。八十《バーシー》は童《トン》に付き添って列の最後尾についた。順番が来ると、童《トン》はアナウンサーに挨拶し、母の使いで来たと言った。八十《バーシー》はにこにこしているだけで、黙っていた。

「お母さんに、私たちみんなからのお礼を伝えてくださいね」と彼女は言った。隣にいたおばあさんが、大人相手みたいにお辞儀をして礼を言った。近づいてみると誰かわかった。処刑の日に交差点で服を焼いていた人だ。

「顧《グー》さんですか」八十《バーシー》が握手をした。「陸八十《ルー・バーシー》です。娘さんの初めての清明節がいい日になるといいですね。僕の祖母も初めてなんです。今日埋葬でして。埋葬は春を待たなきゃいけないのをご存じでしょう。僕に言わせれば、あまり死ぬのにいい時期じゃなかったですね。それで、娘さんはもう埋葬したんですか」

凱《カイ》は八十《バーシー》の腕を軽く叩いた。「どうかもう。お話しする時間はありませんので」

「でも、おしゃべりしに来たわけじゃないんですよ」八十《バーシー》は凱《カイ》の手を握った。「陸八十《ルー・バーシー》です。お嬢さん、あなたの番組、ほんとに好きなんですよ。みんながあなたにどんな愛称をつけてるか知ってます？　エンドウ豆。新鮮でおいしい。はい、わかってます、もう行きます。大丈夫。お忙しいのは知ってます。でも、ひやかしに来たわけじゃない。この子の親に、ここまで付き添うよう頼まれたんですよ」八十《バーシー》は童《トン》を指さした。「この子はえらく小さいから、一人では来れませんよね」

　童《トン》は唇を噛んだ。この男と一緒だと思われたくはなかったものの、彼は白い花をくれたし、さっき母の使いで来たと嘘をついたとき、何も言わなかった。八十《バーシー》が話をしている間、童《トン》はいたたまれない思いで待っていた。八十《バーシー》は凱《カイ》に、集会に集まった人々の数をどう思うか、これからどうする予定なのかを尋ねた。凱《カイ》は失礼にならないようにはしていても、話す気がないのが童《トン》にはわかった。「お忙しいでしょうけど、ちょっと内密に話せませんか」と八十《バーシー》は言った。凱《カイ》は、忙しいんです、と言った。八十《バーシー》は舌打ちした。残念だなあ。それなら顧《グー》さんと、娘さんの腎臓の話をしなきゃいけないかもな。

　彼の声は小さかったが、凱《カイ》はぎょっとしたようだった。彼女は顧《グー》夫人をちらっと見てから、八十《バーシー》に脇のほうへ来るよう合図した。童《トン》も二人について行った。でも凱《カイ》も八十《バーシー》も、童《トン》には気づいていないようだった。

「腎臓のことで何を聞きました？」と凱《カイ》。

「秘密ってわけじゃないんでしょ。いや、秘密なのかな」

アナウンサーが顔をしかめるのを童《トン》は見た。「顧《グー》さんの前で、そのことを言わないでくれませんか」

「何でも仰せのとおりにしますよ」八十《バーシー》は声を落とし、遺体には腎臓の他にも問題があって、それを調べていることを知らせたかっただけだと説明した。彼は、安心して任せてもらっていいし、事件が解決したらすぐ知らせると請け合った。童《トン》には、彼女が何のことを言われているのかわからず、ただ耐えているだけなのがわかった。そこへ厚ぼったいコートを着た男が近づいてきた。顔がほとんど綿のマスクで覆われている。「何か問題でも？」眼鏡の向こうの目が不安そうだった。

八十《バーシー》は、何の問題もありませんよ、と答えた。その男は凱《カイ》のほうを見たが、彼女はゆっくり首を振って黙っていた。男は手袋をはめたまま八十《バーシー》と握手し、集会を支持しに来てくれてありがとう、と言った。八十《バーシー》は、悪と闘うのはみんなの大義ですから、と答え、それから凱《カイ》と二人きりにしてもらえないのがわかると、童《トン》にテーブルまでついて来るよう合図した。「見てもいいですか」八十《バーシー》は白い布の上にかがみこんだ。

テーブルの向こうにいる男は学校の新任の教師だったが――でも童《トン》には気づいていなかった――見せ物じゃないと答えた。

「だけど、僕たちも署名に来たんだよな、坊主？」八十《バーシー》が童《トン》に向かって言った。「ここでは親の代理だって親に言われなかったか？　ところで」男のほうを向いた。「この子はおたくのところの生徒ですよ」

男は童《トン》を見た。「紅星小に行っているのかい」

童《トン》はうなずいた。

「陳情書に署名しに連れて行ってくれって僕に頼んだじゃないか」それから八十《バーシー》は男のほうを向いた。「この子は内気なんですよ。先生がいるもんだから、よけい」

男は童《トン》を見て、署名するには年が若すぎるだろうと言った。

「若すぎる？　そんなばかな。甘羅《ガン・ルオ》は十一歳で一国の君主になりましたよ。若すぎるなんてことはない。英雄は若い人物から出てくるって言われてるの、聞いたことありませんか。ほら、この若い英雄を見てくださいよ。だいたいが、署名はできるだけたくさんいるんじゃないんですかね」

男はためらってから筆を墨入れに浸し、「陳情書のこと、本当にわかっているのかい」と童《トン》に訊いた。

「当然ですよ。若い英雄だって言ったじゃないですか」八十《バーシー》はそう言って、童《トン》に耳打ちした。「ほら、先生もアナウンサーのおばさんも陳情書を支持してるだろ。おまえが署名したら二人とも喜ぶぞ。名前の書き方、知ってるか」

童《トン》は恥ずかしくて、八十《バーシー》にうんざりしていた。童《トン》は筆をとって、名前を書けるところを探した。教師が何か言おうとしたが、八十《バーシー》が騒ぎ立てることはないと言った。この子は、燕が巣のありかを知っているぐらい、自分が何をしているかわかってますからね。

童《トン》は呼吸を整えて、一筆一筆むらのないようにしつつ、白い布に署名した。自分の名前を書こうと思っていたのだが、いざとなると考えを変え、父親の名前を書いた。なにしろ若すぎるから、自分の名前では数に入れてもらえないかもしれない。

家族が呼んだ三輪車が角を曲がって姿を消すと、妮妮《ニーニー》は家に錠をかけた。洗濯物を洗い、深鍋や平鍋を擦り洗いし、家を掃いてモップをかけておかなくてはならなかった。それに、戻ってくるまでに家事をやっておくよう両親が命じたとき、妹たちが忍び笑いを押し殺していた。それでも、今日の気分がそがれることはほとんどなかった。父親が母親に、山に行く途中で運転手が三輪車を漕げなくなるだろうから、自分が押すのを手伝わなきゃいけないだろうと言っているのが聞こえてきた。母親は、運転手に払う料金を最大限利用して、向こうにできるだけ長くいなきゃね、と答えていた。家族が戻ってくるまで、長い一日になる。家事を全部終えなくても、どうってことはない。今日は彼女にとっても祝日であり、八十《バーシー》と一緒にいられる特別な日なのだ。妮妮《ニーニー》はいいほうの手でちび六を抱き、あたしたちだけで出かけて楽しもうね、と話しかけた。ちび六は疑うことを知らない澄んだ瞳で見返した。妮妮《ニーニー》が柔らかなあごの下をくすぐって、お出かけの用意はいいか尋ねると、ようやく赤ん坊はにっこり笑って、生えそめた小さな歯を見せた。

一点の曇りもない青空に日が昇り、清明節にはうってつけの日だった。あちこちの小路から人々が出てきて、通江橋に向かった。女と子供は歩きで、男は供え物や行楽用の籠をのせた自転車を押して。妮妮《ニーニー》は人々の流れとは逆に北へ歩いていたので、ときどき立ち止まって人を通さなくてはならなかった。中には彼女がいないかのように、スピードを落とさず正面から来る者もいた。ちび六は手をしゃぶり、そばを通る人たちを濡れた指でさした。にゃんにゃん、と片言を言っていたが、あまり意味をなしていなかった。

八十《バーシー》の家まで行く途中で、妮妮《ニーニー》は顧《グー》夫妻が住んでいる小路に入った。祝日のご馳走をしてもらおうというのではなかった。たとえ家に入って少し休んでいくよう頼まれても、とても忙しいので時間がないと冷たく答えよう。それか、もっと寛大になって親切な言葉を二、三交わそうか。顧《グー》師が病気だと聞いたと言って具合を尋ね、今度市場から持って来てもいいけれど必要な食べ物はないか訊いたりするのだ。目の前で二人が、彼女の気品と大人びた少女らしい余裕に唖然とし、言葉を失うところを想像した。そうしたら笑顔を見せて、もしとりたてているものがなかったら、時間があるときにまた来ると言おう。彼らはもうちょっとそばにいてもらいたいという密かな願いにもだえつつ、うなずいて返す言葉を探すのに、それでも彼女は行ってしまうのだ。ちょうどお金持ちの夫に嫁いだ娘が、平凡な両親に別れを告げるときみたいに。親の人生にとっては、娘の幸運が唯一の輝きだというのに。

鶏に交じって雀が数羽跳ねているのを除けば、顧《グー》家の小路はひっそりしていた。妮妮《ニーニー》は門を最初は用心深く、それからちょっと強めに叩いた。しばらくたつと、庭から小さな物音が聞こえてきた。一瞬、胸の動悸が激しくなり、姿を見られる前に脚が逃げ出そうとした。でも、そんなことをしたって、ろくでもない子供になるだけじゃないか。彼女はとどまって、今度は大きな音を立てて門を叩いた。

門が開いた。杖に寄りかかった顧師《グー》が、妮妮《ニーニー》をにらんだ。「ここで何をしている。みんな大事な用があるのを知らないのか。邪魔されるのを待ってるわけじゃないんだぞ」ちび六が顧師《グー》の杖を指さして、本人以外は謎の理由でくすくす笑った。妮妮《ニーニー》はすっかり幻滅して彼を見た。きっと病気のせいで弱くなって気が滅入り、慰めが必要だろうと思っていた。いま目の前にいる老人はまるで、自分を虐《しいた》げてきたと思いこんでいる世の中につらく当たることだけを楽しみに、市場をうろついたり道端に座ったりしている他の老人たちのようで、顧師《グー》の体を乗っ取った見知らぬ他人としか思えなかった。彼女は息をはずませた。「病気だって聞いたんです、顧先生《グー》」妮妮《ニーニー》は最近見出したばかりの自信を発揮してみた。「具合がよくなったかどうか見に来たんです。それに、何か必要なものがないか」

「それがどうした。余計なお世話なんだから、もてなしなど期待しないでくれ」妮妮《ニーニー》が答える間もなく、顧師《グー》は鼻先でバタンと門を閉めてしまった。

ちび六がびっくりして泣き出し、それからしゃっくりを始めた。妮妮《ニーニー》は門を眺めた。これまで屈辱を受けるたびにしてきたように、唾を吐いたりののしったりしようかと思ったが、そんなことをしても今回ばかりは気が済まないのがわかった。かつては慕い、崇拝し、父になってほしかった顧師《グー》が、彼女より程度の低い人間になってしまった。

妮妮《ニーニー》とちび六が着いたとき、八十《バーシー》は心配していたようだった。町いちばんの高級レストラン三喜で注文した料理が、テーブルいっぱいに用意されていた。八十《バーシー》は赤ん坊を引き受けようと申し出た。でもちび六が両手を振り回してむずがるので、彼はおもしろい顔をしたり、高い声でカタツムリの歌をうたったりしたが、赤ん坊は怖がって泣いた。

妮妮《ニーニー》は二人とも静かにさせて、まっすぐ寝室へ行った。八十《バーシー》のベッドは整えたばかりで、シーツも毛布も枕カバーも全部、つがいの燕が春の柳にとまっている柄でそろえてあった。「死んだ人たちのための祝日だからね」妮妮《ニーニー》は、顧師《グー》と会ってからまだ立ち直っていなかった。「八十《バーシー》のためだと思った?」

八十《バーシー》は謎めいた笑みを浮かべた。「そのばかみたいな笑い方やめて」と妮妮《ニーニー》。彼女は赤ん坊を、おばあさんが死んでから寝具を剝いだもう一つのベッドに運び、ポケットからロープを出した。家にあるレンガのベッドよりもずっと小さいので、ロープを二つ折りにし、さらにもう一度折ってから、赤ん坊のお腹に巻きつけ、それをベッドの奥の杭にくくりつけた。八十《バーシー》は心配そうだったが、妮妮《ニーニー》が安心させた。ちび六はロープに慣れているし、奇跡でもなければ窒息したり、ロープをほどいて頭から地面に落ちたりはしない。

八十《バーシー》は、ちび六が新しい陣地を調べているのを見守った。「いい子だね」彼はベッドの脇に膝をついて、ちび六と同じ目の高さになるようにした。彼は大きな裏声を出したり、おもしろい顔をしたりしたが、ちび六は気に入らず、また泣き出したので、彼はあきらめて立ち上がった。「この子が退屈したらどうするんだい」

「どうして退屈するのよ。毎日こうしてるのに」

八十《バーシー》はまったく納得がいかず、台所に行ってクラッカーの袋をまるごと持ってきた。ベッドの四隅にクラッカーを積み重ねてから、簞笥を引っかき回して古い絹の靴を見つけた。それは纏足《てんそく》だった祖母のものだったので、子供の手のひらほどの大きさしかなかった。ちび六はおやつよりも靴に興味を示し、握って花の刺繡を嚙んだ。

八十《バーシー》がちび六を心地よくさせてやろうとあくせくしている間、妮妮《ニーニー》はそれを見物していた。わざわざ赤ん坊に時間を遣ったりして、ときどき妙にいい人になるな、と思った。彼女は居間に行って、ふかふかの大きな椅子に身を沈めた。八十《バーシー》が気づかってくれるので、偉くなったような気がした。この家の女主人になって、彼を召使いにしてもいいな。

数分後、八十《バーシー》が出てきて言った。「プレゼントがあるよ」

妮妮《ニーニー》は彼のほうを向いてじっと眺めた。変な行動をとっていないときは、そこそこハンサムに見える。

「何か当ててみる?」

「わかるわけないじゃない。その頭の中で、どのネジがゆるんだんだか」

彼は笑った。「そのとおり。当てるのに百万年かかるよ」彼は物置へ行くと、すぐダンボール箱を持って戻ってきた。箱は大きくはないが、注意深く両手で水平にしながら運んでいる様子からして、何か高いものか重いものか、その両方かだろうと妮妮《ニーニー》は思った。親や妹たちから隠しておけるようなプレゼントだろうか。

八十《バーシー》は箱をテーブルの上に置いて、蓋を開けた。それから一流の手品師みたいに、脇へどいて深々とお辞儀をし、前へ進み出るよう促した。彼女は箱の前でかがみ、中を見た。箱には高価な食べ物も宝石もなく、裂いた新聞紙でいっぱいだった。真ん中に、つんつん針がついた小さな灰色の玉がある。指で動かすと一方へ転がったが、小さな玉の下にはただ新聞紙があるだけだった。

「というわけで、どう思う?」と八十《バーシー》。

「何これ」

「ハリネズミ」

近くで顔をまじまじと見られたので、妮妮《ニーニー》はいらだった。「どういうプレゼントなのよ、これ。あたしがハリネズミを昼ご飯にするスカンクだとでも思ってるの」

八十《バーシー》が世にもおもしろい冗談を聞いたようにげらげら笑ったので、妮妮《ニーニー》はぴしっと怒ったままでいたかったのに、やっぱり笑ってしまった。彼女は針をつまんでハリネズミを持ち上げ、テーブルの上に置いた。ハリネズミはじっと動かず、小さな顔と柔らかいお腹を世の中から隠していた。「死んでるよ」と妮妮《ニーニー》。

「ばかだな。死んでるように見えるのは、昨夜《ゆうべ》物置小屋に出しておいたからだよ」彼はちりとりを取り上げて、ハリネズミを中へすくい入れた。「いたずらを見せてやろうか」

彼はハリネズミを台所へ運んだ。こんろの火が音を立てて燃え上がっていたので、台所が家でいちばん暑かった。八十《バーシー》はセーターを脱いでシャツの袖をめくり上げた。「ほら、見てよ」彼はこんろの近くで床にちりとりを置いた。しばらくするとハリネズミが動き出した。最初はゆっくりした動きだったが、それから長く平たくなり、伸びた体の下に顔が出てきた。妮妮《ニーニー》はその淡いピンクの鼻ときらきらした小さな目を見た——ハリネズミはとまどっているようだった。頼りなさげに鼻をひくひくさせている。

「お腹がすいているの?」と妮妮《ニーニー》。

「まあ見てろって」八十《バーシー》が水を入れた浅い皿をそばに置くと、まもなくハリネズミは水のほうへ這っていった。驚いたことに、ハリネズミは水を見つけると一気に飲み干してしまった。

「喉が渇いてるってどうしてわかったの」妮妮《ニーニー》は訊いた。

「君が来る前に、このいたずらをやってみたんだ。ハリネズミを凍えさせて、それからあっためると、冬眠から覚めたばかりだと思って喉が渇く」

「ばかな動物」

八十《バーシー》はにやっとして、もう一ついたずらを見せようと言った。彼は食器棚から塩の瓶を取り出すと、手を出すように言った。妮妮《ニーニー》はいいほうの手を握り拳にして突き出した。彼が指をぐいっと伸ばしたら、ちょっとくすぐったい感じがした。その感じは手ではなくて体のどこか、これまであることも知らなかったところから来た。彼は手のひらに塩をほんの少しのせ、「じっとしてて」と言って、手のひらをなめようと体をかがめた。舌が届かないうちに彼女が手を引っこめたら、塩が調理台一面にこぼれ落ちた。「何するの」と妮妮《ニーニー》は訊いた。

八十《バーシー》はため息をついた。「いたずらのやり方を教えてるんだよ。じっとしてないと、ハリネズミが怖がるぞ」

妮妮《ニーニー》はうさんくさそうに八十《バーシー》を見たが、彼は実演に夢中のようだった。彼は自分の手のひらに塩をのせ、声を立てないように言った。それからまごまごしているハリネズミのそばに膝をついて手を差し出し、水平にして動かさないようにした。しばらくするとハリネズミは近づいてきて、八十《バーシー》の手のひらをなめた。舌が小さすぎて妮妮《ニーニー》には見えなかったが、八十《バーシー》はくすぐられているかのようにまばたきしたり、歯を見せて笑ったりしていた。小さな塩の山はすぐ手のひらからなくなり、ハリネズミは満足してのそのそ離れていった。どういうことかと八十《バーシー》を見ると、彼はにやにやして、まあ待てと合図した。

それから一分ほどすると、ハリネズミは激しく咳きこみ出した。妮妮《ニーニー》はびっくりして、誰も家に入ってこないのはわかっていても、あたりをさっと見回してしまった——ハリネズミが出す声は低く、薄気味悪いほど人間らしくて、肺病で死にそうな老人のようだった。彼女はハリネズミをじっと見つめた。この動物が咳をしているのは間違いない。八十《バーシー》は妮妮《ニーニー》を見て笑い出した。ハリネズミはさらにしばらく咳をすると、また体を丸めてちくちくする玉になってしまった。妮妮《ニーニー》は二回ほどつついて、もう咳をしないとわかると、立ち上がった。「こんな悪さ、どこで習ったの」

八十《バーシー》はにんまりした。「そんなことどうでもいいよ。おかしいのは、ハリネズミが塩をなめないように学習しないってこと」

「どうしてかな」

八十《バーシー》は考えた。「いたずらされるのが好きなんじゃないの」

「ばかな動物」妮妮《ニーニー》は丸まったハリネズミを持ち上げて箱に戻した。「咳する他にどんなことができるの」

「たいしてできないよ」

「ハリネズミ、どうするの」

「君に任せる。プレゼントだもん」

妮妮《ニーニー》は首を振った。ハリネズミをどうすればいいのか、まるで思いつかなかった。八《バー》十《シー》と大笑いした後、急に虚しくなった。「なんであたしにハリネズミがいるのよ」

「ペットにすりゃいい」

「自分ですれば?」彼女はちび六の様子を見に寝室へ行った。ちび六はクラッカーを発見していた。一枚齧っているちび六を見つめた。今日はずっと待ちかねていた日なのに、いまは自分でもわからない理由でいらだっていた。

八十《バーシー》は彼女について寝室に入ってきて、赤ん坊にさらにクラッカーを差し出した。それを受けとる前に妮妮《ニーニー》がさっと奪ったので、赤ん坊は泣き出した。「死ぬまで食べさせる気？」妮妮《ニーニー》はぴしっと言った。

八十《バーシー》は頭をかいた。急に妮妮の機嫌が悪くなったので、途方に暮れているようだった。まもなく彼はおそるおそる「他にも考えがあるんだ」と言った。

「八十《バーシー》の考えはつまらないんだもん」

「これはそんなことないんじゃないかな。ハリネズミを食べるのはどうだい。最高の強壮剤の一つだって聞いたことがあるよ」

「あたしたちは八十歳のお年寄りじゃないんだから、高麗人参やハリネズミがなくても生きていられる。あんなに針がついている変なもの、誰も食べたくないよ」

八十《バーシー》はにやにやして、聞いたことがあるいたずらをまた見せるから、ついて来いと言った。彼女は興味がなかったが、何であれちび六と寝室にいるよりはましだった。ちび六はしばらくの間だらだらと泣いてから、自分の握った手をしゃぶり出した。ちび六はじきにうとうとし始める、と妮妮《ニーニー》は思った。彼女は八十《バーシー》を探しに出て、庭にいるところを見つけた。彼は解け出したばかりの土をシャベルで掘っていて、それから土の山ができると、水を少しかけ、熟練したパン職人のように泥を根気よくこねた。

「ハリネズミで泥饅頭つくるの？」

「まあそんなところ」八十《バーシー》は部屋に入り、箱を持ち出してきた。ハリネズミは怯えた小さな玉のままだ。八十《バーシー》はそれを箱から持ち上げて、泥の塊の中に入れた。「物乞いが盗んだ鶏をどうやって料理するか知ってる？　泥で包んでまるごと熱い灰の中に入れるんだ。蒸し焼きが済んだら、泥の殻を割って柔らかい肉を食べる。ハリネズミも一緒だって聞いた」八十《バーシー》はハリネズミが完全に覆われるまで、泥をハリネズミになすりつけた。その玉をさらに二、三度泥の中で転がし、完璧に丸くするようにした。こんろの火がしゅっと音を立てた。八十《バーシー》が、息で火を吹き消そうという虚しい試みをしていた。妮妮《ニーニー》は笑って節気弁《ダンパー》をぱたっと閉めた。まもなく火は音もなくくすぶりながら消えた。八十《バーシー》が泥の玉を琥珀色の灰の中に突っこむと、二人並んで立ち、こんろの腹に入った泥の玉を見守った。外側が乾燥して、硬い皮になっていく。まもなく妮妮《ニーニー》はため息をついて言った。「さてどうしようか」

八十《バーシー》は泥だらけの両手をかぎ爪のように突き出して、彼女のほうを向いた。「鷲《わし》がひよこを捕まえる（中国の鬼ごっこ）をやろうか」彼は黄色い歯をむいた。「ほら行くぞ」

妮妮《ニーニー》はうれしそうな悲鳴を上げながら足を引きずって逃げ、八十《バーシー》は歯ぎしりして奇妙な鋭い音を立てながら、常に二歩離れて追いかけた。二人は居間を一周し、妮妮《ニーニー》が寝室に駆けこんだ。彼女は八十《バーシー》のベッドに身を投げ出して息をはずませた。「この遊び、好きじゃない」そう言って、枕に顔を埋めた。

八十《バーシー》は返事をしなかった。妮妮《ニーニー》は仰向《あおむ》けになると、八十《バーシー》がベッドの脇に立ち、ちょっと妙な笑みを浮かべて見つめているので、びっくりした。「でくのぼうみたいに突っ立ってないでよ。もっとましなことないか考えて」

「僕と結婚する？」八十《バーシー》は言った。

妮妮《ニーニー》は一瞬、冗談だと思った。「やだ」と言った。「八十《バーシー》と結婚するのやだ」

「なんで、やなんだよ」八十《バーシー》は傷ついてがっかりしているようだった。「決める前によく考えなきゃだめだぞ。僕には金があるし、この家は僕一人のものだ。僕は君の友達だし、笑わせてやれる。優しくしてやるぞ――僕は女の人にはいつも優しいんだ。だろ？」

妮妮《ニーニー》は八十《バーシー》を見た。彼の目が見たことがないほどの真剣さでこちらの顔をじっと見つめているので、彼女は不安な気持ちになった。顔がますます曲がって見えるんじゃないかと思い、向きを変えて彼の視線からよくないほうの側を隠した。

「考えてみろよ。君と結婚したいっていう男はそんなにいないぞ」

言われるまでもなく、妮妮《ニーニー》にはわかっていた。目がついている者なら誰だって、彼女に結婚話は来ないとわかる。彼女はよく考えもせず、ゆがんだ顔を気づかれたくないと思っていたが、やっぱり八十《バーシー》もみんなと同じように、それを忘れることはできないのだ。

「じゃあ、なんで八十《バーシー》は結婚したいの。みんなと同じじゃないの？」

八十《バーシー》は妮妮《ニーニー》のそばに座り、指で彼女の髪をなでた。彼女は逃げなかった。手に泥がついていたけれど。「もちろん僕は違う。じゃなかったら、どうして友達になると思う？」

妮妮《ニーニー》が八十《バーシー》のほうを向くと、彼は真心からうなずいた。彼女は、彼の言うことを信じるべきかどうか考えた。本人の言うとおり、彼は世界じゅうの人と違っているのかもしれないし、そうじゃないかもしれない。でも、たとえ嘘だとしてもどうってことはない。

彼はたった一人の友達なのだし、彼女を化け物だと思っていたとしても、嫌がっているわけではなさそうだ。彼女に選択の余地はない。どっちにしろ彼は悪くない選択肢なのだ。「あたしが結婚してもいいって言ったら、結婚するの?」

「もちろん。君が結婚するって言うんだったら、他の女なんかいらないよ」

彼と結婚したがる女はあんまりいないだろうな、と妮妮《ニーニー》は思った。彼には彼女の他に選択肢がいないんじゃないかとも思ったが、彼がどんなに変な男でも、こと結婚となると彼女は最低ランクなのであって、彼はそれよりは上である。「結婚することになったら、どうするの。あたしはいつ実家を出ることになるの」

八十《バーシー》は泥のついた指で、妮妮《ニーニー》の目を囲むように円を描き、それから体を引いて仕上がりを見た。「鏡を見ろよ。すごいばかっぽいから。そんなこと言ってるの聞かれたら、みんなに笑われるぞ」

妮妮《ニーニー》は目の周りの肌がつっぱるのを感じた。「何がおかしいの」

「女の子はそんなにがつがつ結婚したがってるところを見せちゃいけないんだ。待ちきれなくってもさ」

「あたしが待ちきれないのは家を出ることだよ。うちの人、みんな嫌いなの」カーテンの向こうで、赤ん坊が反論するかのように何かばぶばぶ言った。妮妮《ニーニー》はベッドから起きて、ちび六をちらっと覗いた。ちび六は半分欠けたクラッカーがないのに気づいて、それを取ろうと這っていた。そのクラッカーを食べると満足して唇をなめ、それからロープで遊び始めた。ちび六はいい子だ。お腹がすいていなければ、ずっと一人で遊んでいられる。妃妃《ニーニー》はカーテンを放すと、八十《バーシー》の隣に座った。「もし結婚するなら、ちび六を連れて来てもいいのかな？」

「いっぺんに二人？　おでこに福が命中したな（棚からぼた餅）」

もし彼女が見守っていなかったら、ちび六はどうなるかわかったものではない。母親がじきに弟を産んだりすればなおさらだ。もし連れて行くのを親が嫌がったら、家から盗み出す手を見つけよう。でも、娘二人を苦もなく片づけられて、うれしくないはずがない。考えれば考えるほど、ちび六は親のものというより自分のものだという確信が湧いた。いつか時が来たら、この子のためにいい旦那さんを見つけてやればいい。妃妃《ニーニー》は八十《バーシー》のほうを向くと顔をぴたぴた叩き、歯を出してにやけるのをやめさせた。「まじめな話。あたしはいつ親元から出て行けるの」

「ちょっと待ってよ。君、いくつ」

「十二歳。十二歳半」

「僕は正直、すぐにでも結婚したいんだよ。でも問題がある。君、結婚するにはまだちょっと若すぎるかも」

「なんで」

「だからさ、それを快く思わない人たちがいるんだよ」

「誰それ。その人たちに何の関係があるの」

八十《バーシー》は指をぴっぴっと振って妃妃《ニーニー》を黙らせ、げんこつで自分のおでこを打った。妃妃《ニーニー》はそれを見つめた。部屋に珍しい香りが漂ってきたので、何の匂いだろうと彼女は鼻をしきりにひくつかせた。しばらくして「ハリネズミ」と彼女は言った。「できたよ」八十《バーシー》は妃妃《ニーニー》の口に手を当てた。「邪魔をしないでくれ」彼の手のひらが彼女の唇に触れた。手についた泥がもう乾いていた。妃妃《ニーニー》は、灰の中で蒸し焼きになったハリネズミのことを考えた。八十《バーシー》と一緒にいると、いつも思いもよらないことが起こるのが楽しい。彼と結婚するのは、とてもいい考えなんじゃないかと思えてきた。

「わかった」まもなく八十《バーシー》が言った。「童養媳《トンヤンシー》のこと聞いたことある？」

「ない」

「華《ホア》ばあさんに訊いたら教えてくれる。幼い娘を未来の夫や家族と同居させることがあるんだ。それで女の子が大きくなったら結婚する。君は僕の童養媳《トンヤンシー》になればいいんじゃないかな」

「八十《バーシー》が言ってた人たちは、それを快く思わないんじゃないの？」

「童養媳《トンヤンシー》だったら、そんなはずない。君の両親がだめだって言ったら、華《ホア》夫妻に力を貸してくれって頼んだらどうかな。あの人たちは僕のいい友達だから、君は一緒に暮らせばいい。あの人たちは引き取ってもいいって言うよ。生活費は僕が出せる。君はそのほうがうれしい？」

妃妃《ニーニー》はその計画について考えてみた。無料の家政婦である彼女を、親がそうやすやすと手放すだろうか。でも、自分の夫のところへ行くと言い張っているのに、彼らに何ができるだろう。市場で人々がいつも言っている。結婚すると覚悟を決めた娘の心は、盆からこぼれて飛び散った水みたいだと——どんなに親が必死になっても水は盆に返せない。もちろん、彼女の親もこのことを思い知るだろう。うまく夫を見つけてこれたことをかえって祝福するかもしれないし、わずかな持参金を持たせるぐらいの気前の良さを見せるかもしれない。「華《ホア》さんたちを探して話そうよ」と妮妮《ニーニー》は言った。

「せっかちな子だな。いまはばあちゃんを埋葬してるところだよ。後で会おう。僕たちにはもっと大事な仕事がある」

「ハリネズミのこと？」

八十《バーシー》は笑みを浮かべた。「それよりもっと大事なこと。婚前検査のこと、聞いたことある？」

「ない」

「昔は仲人が花嫁の体を調べて、妻になれるいい健康状態だって確かめたものなんだよ。僕たちみたいな恋愛結婚の場合は、夫が自分で調べるんだ」

妮妮《ニーニー》は自分の曲がった顔、鶏の足みたいな手、不自由な脚のことを思った。童養媳《トンヤンシー》として迎えると約束しておきながら、それでも断る可能性があるのか。

「そんな心配そうな顔するなよ」八十《バーシー》は近くに寄った。彼は妮妮《ニーニー》を立たせて自分の前に来させた。それから彼女の肩に両手を置き、親指を妮妮《ニーニー》の古びたセーターの下へ入れた。

「こんな感じ」彼は親指で鎖骨を擦った。「痛い？」彼の顔を見ると、表情が調べ物でもしているようでまじめだった。妮妮《ニーニー》は息を殺して首を振った。彼は両手を下へ移動させ、あばら骨を大きな手のひらで覆った。くすぐったくて、彼女は身をくねらせて笑った。彼はシッと静かにさせてから言った。「セーターが邪魔だな。脱ぐ？」

妮妮《ニーニー》がうさんくさそうに見たので、八十《バーシー》はにたっとした。「別にいいよ」彼は両手をセーターと肌着の下に潜りこませ、洗濯板のような体をまた包んだ。その手は冷えた肌に熱く感じられ、彼女は身を震わせた。彼はあばら骨をかぞえるように、指を上下に動かした。「ちょっとやせ気味。でも、でぶな女よりは楽に解決できることだな」

顔を上げると、八十《バーシー》の顔が近くにあった。他人がこんなふうに女の子に触るのはよくないとわかってはいるけれど、八十《バーシー》とは結婚の話し合いをしたのだから、もう他人ではない。彼の両手が肌に触れると、気持ちがよかった。もう不安はなかったが、体は意思を持っているかのように、まだ震えていた。彼の両手が下のほうに這ってきても、彼女は口を出さなかった。彼は腰のくびれたところで一瞬手を止め、かすれた声で言った。

「あそこも調べる必要があるんだ」

「終わる頃にはハリネズミが焼きすぎになってるかな？」妮妮《ニーニー》は訊いた。台所から漂う少し焦げたような肉の香りが強くなっていくのに、八十《バーシー》が気づかないので妮妮《ニーニー》は驚いていた。

八十《バーシー》は返事をしなかった。彼は妮妮《ニーニー》を抱き上げ、ベッドに寝かせた。彼の両手が彼女のベルトをはずそうとしているのに気づいた。古いシーツを裂いて作った、すり切れた長い布だ。彼女は自分でやらせてと言って、彼の前で初めて気恥ずかしさを感じながら、ちょっと手を押しのけた。結び目をほどくと、彼に手を貸されながらズボンとパンツを膝が曲がっているところまで下ろした。八十《バーシー》を見上げると、彼女より震えているようだった。寒いの？　彼女は不思議に思って訊いた。彼は黙ったまま、彼女のむき出しになった体に毛布をかけた。あそこへ潜っていくには懐中電灯がいる、そうすれば風邪を引かないから。彼は声をひそめてそう言うと、寝室を出て行った。

妮妮《ニーニー》は待った。終わる頃にはハリネズミは黒焦げだろうと思った。何をされるのだろう——市場で男も女も話しているような、あっち関係のこと？　どんなことか知らないけれど、いいことだろうと思った。あの恥知らずの女たちはいつも興味がないふりをしているけれど、顔を赤くしてくすくす笑うところを見ると、どうも実際は違うみたいだから。

懐中電灯を探すのに、どうしてこんなに時間がかかるんだろうと妮妮《ニーニー》は思った。ちび六がカーテンの向こうで泣き出した。「ここにいるよ」と彼女はこれ以上ないほど優しい声で言った。それでも泣きやまないので、ちび六のお気に入りの子守歌をうたった。妮妮《ニーニー》が自分で作って、気分がいいときにうたって聞かせる歌だ。ちび六は泣くのをやめ、一人でばぶばぶ言い出した。妮妮《ニーニー》は歌詞のない自作の歌に我を忘れ、うたい続けた。

ようやく戻ってきたとき、八十《バーシー》は前ほどうろたえていないようだった。

「どこ行ってたの。すごく長かったね」

「ええと、急に公共便所に行きたくなっただけ」八十《バーシー》は懐中電灯で彼女の顔を照らした。「探偵の最高の懐中電灯だぞ」彼はそう言うと、毛布の下へもぐっていき、両脚をベッドからゆらゆらさせた。彼がそっと脚を開けるのを、妮妮《ニーニー》は感じた。そこで何をしているのか訊こうとしたとき、彼の指が一本、おずおずと脚の間に触れた。おしっこしたくてたまらなくなったが、こらえて待った。指はちょっと這い回ったが、本当にそっとなので、わかるかわからないぐらいだった。しばらくすると、八十《バーシー》が毛布の下から出てきた。「すばらしい」

「終わった?」

「とりあえず」

妮妮《ニーニー》はがっかりした。以前、母親と父親が、夜中に長いこと荒い息をしているのを聞いたことがあった。やっと後になって、あっち関係に熱中していたのだとわかった。

「なんで時間がかからないの」

「何にかからないって?」

妮妮《ニーニー》はベッドから起き上がって服を着た。「夫婦って、見るだけじゃなくて、もっと他のこともするんだと思ってた」

八十《バーシー》は妮妮《ニーニー》のことをしばらく見ていたが、そばに行って抱き締めた。「怖がらせたくなかったんだ」

「何を怖がるの。あたしたち、もう夫婦でしょ？」

八十《バーシー》はほほえんだ。「うん。君は妻には最高だし、もちろん近いうちに夫婦になるんだよ」

「なんでいまじゃないの」

八十《バーシー》は困って質問に答えられないようだった。「夫婦になるには結婚式を挙げなきゃいけないんだ」彼はようやく言った。

妮妮《ニーニー》は肩をすくめた。結婚式などどうでもよかった。彼が体を調べて、すべてよしと言ったのだ。行くところをようやく見つけたいまとなっては、それしか気がかりなことはない。実現させたくて仕方なかった。しばらくして彼女は「ハリネズミはどうなったかな」と言った。

八十《バーシー》は、蒸し焼きにしていることをやっといま思い出したようにぎくっとし、台所へ走って行った。妮妮《ニーニー》もあとに続いたが、結果を見て無理もないと思った。彼が乾燥した泥の玉を叩き割ったら、ハリネズミは炭の玉で、もう食べられなくなっていたのだ。

第3部

10

凱《カイ》は疲れてみじめな気持ちに襲われながら、一人で市の広場へ向かって歩いていた。日が暮れようとしている黄昏どき、通りは寂しく、誰もいなかった。いまではほとんどの人が山の遠出から戻ってきていて、祝日はいつもそうだが、清明節もあっという間に終わってしまったのだった。

正午頃、彼らが顧珊《グー・シャン》の裁判の調査と死後の名誉回復を要求する陳情書に、書き写した署名をつけて裁判所に届けたとき、職員が任務についていて彼らのことを待ち受けていた。職員は凱《カイ》の知り合いだったが、気づかないふりをして、余分なことを言わず陳情書を受理するための公式文書に署名した。

顧珊《グー・シャン》の拡大写真は毛主席像の台座のところにそのまま残されていて、縁を囲む哀悼の黒いリボンが夕方の風のせいではずれていた。紙の花は集められて三つの花輪にされ、薄明かりにぼうっと浮かぶ大きな菊のようだった。花輪の下には三百名以上の署名がされた白い布があり、四隅に石が置かれていた。さっきの集会で会った人々あるいは会わなかった人々が、山から持ち帰った野花と松の若枝を花束にして布の上に置いていた。顧珊《グー・シャン》を追悼するために即席につくられた場を、凱《カイ》はじっと眺めた。市政府から撤去するよう命令が来ていないこともまた、彼女たちの成果を実証しているように思われた。

その日の午後、凱《カイ》は家林《ジァリン》の小屋に立ち寄った。彼の仲間が全員いて、今日の成功に酔っていた。家林《ジァリン》に紹介された范《ファン》医師という女性が、見事なスピーチをありがとうと凱《カイ》に礼を言い、中年の男性がまったくだとうなずいた。町の図書館員は、無口だが気さくな人だとわかった。彼女は、小屋に持参した魔法瓶のお茶を凱《カイ》についでくれた。家林《ジァリン》と凱《カイ》の他に男四人と女四人がいたのだが、顧《グー》夫人だけが夫の面倒を見に帰ってしまい、祝賀会に姿を見せなかった。みんなで集会のことを語り合い、いつになったら市政府から連絡が来るか考えた。辛抱しなくては、と家林《ジァリン》は言ったが、彼も興奮を抑えきれないでいるのが目から伝わってきた。イギリスとアメリカのラジオ局はどこも、中央政府が大きく変わると予測しているし、香港の放送もそうだ、と家林《ジァリン》は言った。凱《カイ》がそのニュースを裏づけ、顧珊《グー・シャン》の処刑について省都で調査がおこなわれていることを明かした。大喜びした一人の女が凱《カイ》を抱き締め、仲間になってくれてありがとうと礼を言った。以前は自分を疑っていた一人かもしれないとは思ったが、いまは仲間であり同志である者として彼らが受け入れてくれたのだから、凱《カイ》はそれだけでよかった。

家林《ジァリン》は短波ラジオをつけ、アコーディオンでワルツを合奏している局を見つけた。小屋が音楽で陽気な雰囲気になり、五十代後半の技師が中央に進み出て、誰か踊ろうと誘った。四人の女のうち、会計係、学校の教師、范《ファン》医師の三人は笑いながら拒んだ。楽しく踊って何がいけない、と機嫌を損ねたように技師が言った。凱《カイ》は自分が買って出ようかと思ったが、進み出る前に家林《ジァリン》がこちらに向かってちょっと首を振った。振り向くと図書館員が中央に出てきて、赤面している技師の両手に自分の両手を置いた。技師は家林《ジァリン》に目配せをし、小屋の狭い空間でダンスをリードした。凱《カイ》は図書館員の顔が、初めて恋する少女みたいに真っ赤になるのを、じっと見つめた。

凱《カイ》はその午後、家林《ジァリン》と二人きりで話せなかった。集会のおかげで気をそらすことができて、自分と同じように彼もありがたく思っているのだろうかと考えた。期待できる未来があったら、二人は違う決断をしただろうか。午後が過ぎていくにつれてつのっていく疲労を、彼は隠そうとしていた。仲間たちは、彼の病気を彼女ほど悲しんでいるのか、凱《カイ》にはよくわからなかった。

着古した上着の下からお腹が少し突き出ている女が一人、広場に近づいてきた。凱《カイ》は会釈したが、女は白い布の署名を読んでいて、こちらに目もくれなかった。凱《カイ》は、いまから署名しても遅くないと声をかけた。他の多くの女たちのように、夫の目を盗んで朝の集会に行くことができなかったんじゃないかと思ったのだ。女は憎しみのこもった目でこちらを見た。「あんたたち全員、みじめに死ねばいいのに」彼女はそう言って悪意を隠そうともしなかった。

女が追悼の場に唾を吐き、よたよた去っていくのを凱《カイ》は見つめた。世の中は十人十色で、龍や鳳凰もいればヘビやネズミもいるものなんだ、と父親が言っていたのを思い出した。それにしても、家林《ジァリン》や仲間たちと午後を過ごしただけなのに、こうもあっさり忘れられるものなのか。世間はまだあいかわらず冷淡で悪意あるところだということ、そして友情の小さな灯火《ともしび》では、人に情熱と希望を持たせておくには限界があるということを。凱《カイ》は、いま頃怒り狂っているにちがいない義理の両親のことを考えた。実の母親のことはここ数時間考えるのを避けていたが、きっとマンションに引きこもって義理の両親の怒りに身構えていることだろう。寒《ハン》のことは、考える勇気さえなかった。

マンションの部屋に入って行くと、中は暗かった。癖で明明《ミンミン》の名を呼んだら、やはり明かりがついていない子供部屋から、子守が黙って出てきた。凱《カイ》が電気をつけると、子守はまばたきをした。泣いたばかりで目が腫れている。明明《ミンミン》はどこ？　凱《カイ》に尋ねられると、子守は返事をせずに、怯えながら洗面所のほうを見た。まもなくドアが開いて、母親がむくんだ顔を濡らして出てきた。凱《カイ》は子守に、向こうに行っているよう合図した。子守が子供部屋に行ってドアを閉めると、母親が言った。「どこに行っていたの」

「明明《ミンミン》はどこ」

「おまえの舅と姑が連れて帰ったよ。明日の朝、子守に暇をやるようにって伝言を残して行ったわ」

「その命令を誰にして行ったの」

母親は唇を震わせながら、凱《カイ》をしばし眺めた。「誰にしたか？　おまえの母親だよ。おまえの母さんは、ここに立って向こうのご両親に許しを請わなきゃいけなかったの。私は年寄りの頭がおかしくなったからね。教えて、凱《カイ》。どうして私にこんなことするの。私は年寄りの後家だっていうのに、いっときも気が休まる暇をもらう資格がないのかい」

凱《カイ》は母親が泣くのを見つめた。父親が死んでから、一度も母親の目をちゃんと見たことがなかったのに気づいた。顔に涙の筋がついていると、母親はこれまで以上に知らない人のように見えた。「ほんとにうれしいよ。お父さんがずいぶん前に亡くなっていて、私みたいに恥をかかされずに済んで。私は自分の娘の家にいながら、孫と子守の目の前でさんざん罵詈雑言を浴びせられたんだからね」母親はむせび泣きながら言った。

「他に何て言っていたの」

「何て言ったかここで繰り返したってしょうがないだろ。言われたことは、私が墓場まで持っていったほうがいいんだ」

母親はいつも家では威圧的だったが、目上の者にはすぐにおじけづくことで知られていた。いつか父親が母親のふるまいを解説し、人は常に抑えつけておけるものじゃないんだ、怒りを発散する必要があるんだよ、と言っていた。父親は母親の怒りのやり場になっていたのだと凱《カイ》は気づいた。きっとそれが父親を殺したにちがいない。「自分をしっかり持って。舅と姑のことは無視するのよ」

「よくもそう簡単に言うね。おまえと私にはもう明明《ミンミン》を会わせないって言い残していったんだよ。言ってよ、どうやってそれを無視するの」

凱《カイ》は母親から目をそむけた。できたてのテレビ台の下に、何か青いものが見えた。かがんでそれを拾い上げると、明明《ミンミン》が好きな鯨の形のガラガラだった。子守は明明《ミンミン》がなくしたことを知っているだろうか。それとも明明《ミンミン》は、隠れん坊の遊びとしてそこに置いたのだろうか。前に一度、小さなゴムまりが凱《カイ》のブーツの中に入っていたことがあった。その三日後には違うおもちゃが入っていたので、明明《ミンミン》が目的を持ってしているのだとわかった。じきに明明《ミンミン》は妥協して、その遊びに祖父母の靴を使うようになるのだろうか。

「どうしてやったの。何が欲しいんだい。何が足りないっていうんだい」

こんな問いかけをされたことはいままでになかった。凱《カイ》は首を振った。大事なのは何が欲しいかじゃないのよ。

「私たち、これからどうしよう。どんな面倒なことになっているのかしら」と母親は言った。

凱《カイ》は、母親が娘と運命をともにする気でいることに心を動かされ、慰めようかと思った。でも母親は、耳を貸そうとしなかった。「おまえはいつだって、とてもいい子だった」母親は泣き叫んだ。「いつも親や先生の言いつけを守って、間違ったことをしなかった」

凱《カイ》は、漠然としすぎていて何の効果もない言葉だとは知りながら、心配しないようにとふたたび言った。ほんとに頼もしかった子が。母親は信じられないというように繰り返した。道を踏みはずすことがなく、弟妹の成功を後押しするような娘がいて運がいい、といつも世間から言われてきたのに。

凱《カイ》は母親を置いて、子供部屋へ行った。ドアを開けると、すぐ後ろで立ち聞きしていた子守が、恥ずかしさにあわてふためいた顔で後ずさりした。凱《カイ》は気づかないふりをし、少し余分にお金を受けとって翌朝実家に帰ってもらってもいいかと尋ねた。

少女は質問が理解できないかのように、凱《カイ》をじっと見つめた。凱《カイ》はため息をついて、少なくとも当面は親元に帰るのがいちばんいいと言って聞かせた。「ご両親に怒られるのが心配なの？　手紙を書いて、あなたに非はないことを伝えてあげてもいいのよ」と凱《カイ》は言った。

「うちの親――字が読めません」

「じゃあなたが説明してくれる？　こっちのごたごたがおさまり次第、使いを出してあなたをまた迎えに行くからって言って」この子は状況をどのぐらいわかっているのか、そしてこんな嘘でこの子と親に少しでも慰めや希望を与えることができるのか、凱《カイ》は考えてしまった。

「明明《ミンミン》の世話は誰がするんですか」少女が訊いた。

「あの子はさしあたり、おじいさんとおばあさんのところにいるわ」

「でも、誰かが世話をしなきゃいけないでしょう。明明《ミンミン》が泣いたとき、何を欲しがってるかわかるんですか」

「あの子は平気よ」

「でも、あの人たちは一度もあの子の世話をしたことがないんでしょう。明明《ミンミン》のこと、わからないですよ。おしめを濡らしているのに、無理にミルクを飲ませようとしますよ」

洗面所の半分開いたドアの向こうで水道の水が流れていたが、それでも母親が泣いているのが聞こえてきた。「明明《ミンミン》は大丈夫。あなたが心配する必要ないの」と凱《カイ》は言った。

少女は返事をせずに、自分の両手を見下ろした。どういうわけか気持ちを傷つけてしまったんだな、と凱《カイ》は思ったが、疲れ切っていたので、どんな悪いことを言ったのか考えられなかった。余分に一ヶ月分の賃金に当たる金額をかぞえて、札《さつ》を渡した。

少女はお金を受けとらなかった。彼女はブラウスのいちばん上のボタンをはずして、小さな翡翠《ひすい》の首飾りを取り出した。「これを明明《ミンミン》にあげてもらえますか。他に何もあの子に置いていってあげられないので」

「特別なものなの？　小さな子にそんなに簡単にあげたりしちゃだめよ」

少女は首飾りを握りしめ、明明《ミンミン》はこれに触らないと寝つかないと言い張った。

「それがなくても眠るわ」凱《カイ》はお金を少女のブラウスのポケットに入れて礼を言い、仕事を続けてもらえなくなったことを詫びた。少女は、自分を思い出す物を持っていられるように、明明《ミンミン》のもとに首飾りを置いて行かせてほしいとまた頼みこんだ。

凱《カイ》は受けとった。少女は頭を下げ、それから涙を拭いた。明明《ミンミン》は、少女が弟妹以外で世話をした初めての赤ん坊だった。彼女はこれから何年も他の赤ん坊の面倒を見ることになるのだろうか、そして暮らしの中で別れが珍しくなくなれば、もっと楽にさよならできるようになるのだろうか、と凱《カイ》は思った。

「それと、明明《ミンミン》が寝る前に耳の後ろを触ってもらうのが好きだってこと、おじいさんとおばあさんに教えてあげてください」と少女は言った。

凱《カイ》は首飾りを見下ろした。魚の形に彫った翡翠だった。彫り方が粗雑で素人くさく、農民の家庭が娘に買ってやれるような類の安価な品だ。寒《ハン》の親はこういうものを明明《ミンミン》に近づけないだろうが、凱《カイ》は少女に礼を言い、明明《ミンミン》が手首につけられるように銀の鎖を買う、と言った。あなたはいつでも訪ねてきていいのよ、状況が落ち着いたらあなたをまた雇うわ、と凱《カイ》は約束した。嘘を言う側も聞く側も、あまり信じてはいなかった。まもなく凱《カイ》は話すことがほぼなくなり、最後に言った。あなたの人生に幸運がありますように。

寒《ハン》が渾江に戻ってきたのは清明節の夜で、待ち望んでいた勝利の知らせを市長に電話で伝えた後のことだった。北京では、中央政府の情勢が深夜の会議の後で大きく変わり、いまや民主の壁は反共産主義運動とみなされるようになっていた。腎臓を提供された男は、省政府から民主の壁の支持者や同調者を排除しようとしているところであり、噂では省の指導者になるか、昇進して中央政府に異動するということだった。しかし市長は寒《ハン》の仕事を称えながらも、心ここにあらずといった感じだった。両親と電話で話してから、やっと市長の生返事の理由がわかった。自分の妻が何をたくらんでいるか知っていたの？　寒《ハン》の母親は電話越しに彼を怒鳴りつけ、それから返事を待たずに、ただちに帰ってくるよう命じた。

彼は戻る途中、留守にしていたからここ数週間凱《カイ》が何をしているのかわからなかった、と言って自己弁護する練習をした。想像の中で、彼は両親と市長に凱《カイ》を救ってくれるよう懇願した。そして自宅のマンションに着く頃には、自分の勝手な考えを正しいと思うようになっていた。まず親のところに顔を出すよう言われていたにもかかわらず、寒《ハン》はまっすぐ自宅に戻った。もう真夜中になっていて、妻がベッドにいないとわかると子守を起こした。子守は、寒《ハン》に腕をぐっとつかまれて怯えながら、呉《ウー》夫人――凱《カイ》の母親――が今夜来て、凱《カイ》に実家のマンションに来るように言い、赤ん坊は寒《ハン》の両親が連れて帰った、と話した。寒《ハン》は、子守が嘘でもついているかのようににらみつけたが、寝間着で震えている彼女が泣きそうなのに気づくと、よく寝たほうがいい、朝いちばんに明明《ミンミン》を連れ戻すからね、と言った。すると子守は、寒《ハン》の両親に首にされたので、朝になったら実家に帰らなければならないことを、口ごもりながら話した。寒《ハン》は、ばかばかしい、と言った。僕も凱《カイ》も明日の朝、明明《ミンミン》を連れて帰ってくるのに。

寒《ハン》は義理の母親の家を訪ねようかと思ったが、結局は実家のマンションに赴いた。両親は居間でタバコを吸っていて、少しも眠っていないようだった。「おまえのあの女房は」寒《ハン》の姿を見て父親が言った。「我々の勝利を台無しにしてくれたな」寒《ハン》は無表情な両親の顔を見た。自己弁護の言葉を練習したにもかかわらず、彼はこう切り出した。悪いのは僕だ。凱《カイ》が何をしているか、早めに見抜けなかったんだから。起こってしまったことは仕方ないから、手遅れにならないうちに彼女を守る方法を考えてくれないか。

「あの人を守る？　自分たちの身を守ることを考えなきゃいけないのに。いま私たちにできるのは、あの人と関係を絶って祈ることだけよ」と母親は言った。

「でも僕の妻だよ」寒《ハン》は言った。

「あさってからは違うわ」母親は話を続けるよう父親に合図した。父親は、明らかに母親が考え出した策を説明した。寒《ハン》は夜明けまでになんとしても離婚届を準備し、朝になったらそれを提出する。「まずは離婚届からだ。もっとも根本的なイデオロギーの問題で、おまえと妻の考えは合わないと書きなさい――細かいところは自分の頭を使えよ――それから反政府的陰謀における妻の役割を知って衝撃を受けたと――『衝撃を受けた』っていうのは、彼女が集会の指導者だと知らされるまで、事前に何も知らなかったということだと説明するんだ。知らせたのはもちろん私たちではなく、誰か無関係な地位の低い人間だぞ――でもそうとわかったときには、彼女の悪事をやめさせるには遅すぎたと述べるんだ。それと、誠実な自己批判を書け。血肉かけて誠実に、骨の髄から誠心誠意。底の底まで深く掘り下げ、心を開き、政治的な警戒を怠り後悔していることを示しなさい。罰を求めるんだ――さあここは際どいところだぞ――本当はおまえは悪くないんであって、ただ間違った人間と結婚しただけだ、という点で罰するよう頼むんだよ――それから、償《つぐな》いをする機会をくれと書け。どういう意味かわかるな。生かしておく価値があることを証明できるよう、党に命を預けたいと述べるんだよ」

「凱《カイ》はどうなるの」

「あの人がどうなるかは、もう私たちとは関係ないことなの。お父さんの言ったことが聞こえなかった？　いまこそおまえの行動のときよ。この機会を逃せば、あの人がばかなことやったせいで、私たち全員が引きずり下ろされるわ」と母親が言った。

せめて作戦を考え直してくれないか、と彼は両親にまた懇願した。自分の孫を母親のいない子にしたいのか？　説得しながら、寒《ハン》は泣き出した。

母親は無言のままおしぼりを持ってきた。彼は、生温かいおしぼりに顔を埋めて泣いた。両親は、彼が気を持ち直すのを辛抱強く待ちながら見守った。しばらくして彼が持ち直すと、親の仕事や自分の政治的将来のことを考えるよう、母親が言い聞かせた。その声はいつになく優しく思いやりがこもっていたので、つい寒《ハン》はほんの一瞬、母親の優しさを得るためには妻をあきらめなくてはならないような気になってしまった。彼女は、明明《ミンミン》の将来のことも考えなくちゃ、母親の愚かさのせいで息子に特権のすべてを失わせたいの、と問いかけた。そして、この世にいる女は凱《カイ》だけじゃないんだし、この危機が去ったら、もっと美人で従順で、優しい継母にもなれるいい嫁を探しましょう、と言った。こうした話し合いをしばらく続けても、寒《ハン》がまた泣き出して、凱《カイ》にそんなことはできないと言うと、父親はため息をつき、これ以上言っても無駄だと母親に言った。父親は机の引き出しから、寒《ハン》のために二人で書いた離婚届の下書きを出してきた。いいから書類に署名しなさい、と母親が言った。その声はあいかわらず優しくて、聞き慣れない感じがした。

署名はしたものの、寒《ハン》は意気消沈し、これまで経験したことのない悲しみに胸が引き裂かれそうだった。母親は彼のためにお茶を淹れてそばに置き、それから夜明けまでに寝ておこうと、父親とともに寝室に引き上げた。寒《ハン》は両親のソファに深く腰かけていた。見事に作られたテレビ台の上で、新品のテレビがまばたきをしない黒い目のように、こちらを見つめている。彼は、子供が三人いて、末っ子の娘は凱《カイ》のように美しく、兄たちにちやほやされている、そんな幸せな年月を思い描いてきた。目を閉じれば、十年後の自分たちが見えた。愛情深い一家が大晦日の夕飯の食卓についている。魚や鶏や豚の料理から湯気が立ち、みんな舌なめずりをしている。爆竹が窓の外で鳴り出して零時が近いことを告げると、彼も妻も子供たちも、真新しいダウンコートを着こんで市の広場へ向かう。広場では、息子たちが男の子らしい虚勢を張って花火を打ち上げ、娘が大喜びで叫ぶ。見上げる彼女の顔を、母親の両手が包みこんでいる。

いったい何が欲しいんだ。凱《カイ》の母親のマンションで、寒《ハン》は彼女に問いかけた。彼の両親は妻に会うことを禁じたが、彼が離婚届を取り消すと脅したので、最後には彼女と一度話すことを認めた。明け方に迎え入れてくれたとき、凱《カイ》の母親の目は赤く腫れていて、やはり眠れない夜を過ごしていたのがわかった。

「どうかあの子を救ってやってくださいな」凱《カイ》の部屋に案内する前、彼女の母親はそう言った。「凱《カイ》は頑固な人間なの。もしあの子に何かあったら、頼れるのはあなただけよ」

寒《ハン》は老女と目を合わせる勇気がなかった。

「助けてちょうだいね。ご両親には、お望みなら這いつくばってでも慈悲を請いに行きますって伝えて」

寒《ハン》は母親に慰めの言葉をかけようとしたが、途中で涙にむせてしまった。彼女はハンカチを渡し、それから顔をそむけて自分の目を拭いた。彼が六年前に訪ねてきて、凱《カイ》の好きな料理の作り方を教えてほしいと頼んでから、彼らはずっと親しかった。二人してこのことは、寒《ハン》の両親には内緒にしていた。

凱《カイ》は妹の寝室にいた。一家が新しいマンションに引っ越せるよう寒《ハン》が手配したときには、すでに結婚していたのに、それでも凱《カイ》のために余分のベッドがそこに常備されていた。その晩、母親が凱《カイ》とともに帰ると、妹の琳《リン》の書き置きがあった。親友の家に数日泊まることにしていると書いてあり、凱《カイ》のことをいまいちばん会いたくない人と呼んでいた。二十一歳の琳《リン》は、町でもっとも似合いの若者たちから誘いを受けるようになってきたところだった。以前の彼女は、小路に住むのは恥だという考えを母親からもらい受け、不機嫌の種にしていた。凱《カイ》が寒《ハン》と結婚したとき琳《リン》は十六歳だったが、引っ越したことで自信と喜びを持ち、きれいになったのが凱《カイ》にもわかった。

寒《ハン》が入ってきても、凱《カイ》は驚きを見せなかった。実家で明明《ミンミン》に会ったかと彼女は尋ねた。

「明明《ミンミン》は元気だよ」寒《ハン》は部屋に一つきりの椅子を、凱《カイ》が座っているところへ腕の長さの距離まで引き寄せた。「最後に会ったときよりずいぶん大きくなってたよ」

「それが子供の仕事だもの。大きくなることが。そうでしょ?」

「あの子はいい子だな」知らない間に涙が膝にこぼれ落ち、灰色のズボンが黒ずんだ。北京で弾圧がおこなわれていることを彼が話すと、その知らせは衝撃というよりも失望を呼んだ。凱《カイ》は、家林《ジァリン》がトランジスタ・ラジオでそうした報告を聞いただろうかと考えた。今夜一緒にいられたらいいのに、と思った。君が欲しいのは何なんだ、何が足りないっていうんだ。寒《ハン》に尋ねられると、凱《カイ》はほほえんだ。良心が求めることをしたまでよ。

「明明《ミンミン》はどうなんだ。あの子に良心がとがめたことはあるのかい」

すべての女がいい母親になるようにできているわけじゃないの、と凱《カイ》は言い、その日初めて謝った。

寒《ハン》は泣きじゃくると、小さな子供のようになった。彼は、何をおいてもまず母親の息子なのだった。母親は女らしい優しさには欠けているけれども、常に彼のことを人生の中心に置いて考え、仕事で成し遂げたことはすべて彼のためだとしっかり教えてきた。

母親がそう簡単に息子を棄てられるとは知らなかった。理解を超えたそんな残酷さが、彼の世界を打ち砕いた。息子と自分のために凱《カイ》に懇願しようと思ったのだが、口を開かないうちに、涙の向こうで彼女が哀れみと嫌悪の眼差しをよこし、立ち上がって行ってしまうのが見えた。彼は息子のため、そして自分のために泣き、ついには疲れ切ってうなだれた。夢うつつの中、そう遠くない昔の春の日のことを思い出した。ドイツ製のカメラを手に入れた、渾江で最初の人間になった頃だ。凱《カイ》とデートするようになってから、二ヶ月たっていた。彼女をファインダーから覗いて、シャッターを押したのを憶えている。

しばらくすると凱《カイ》の母親が打ちのめされた様子で入ってきたので、寒《ハン》は頭に鈍い痛みを感じながら、さっと口の端を拭いた。いま警察が来て凱《カイ》を連れて行ったわ、と彼女は言った。どうか凱《カイ》を助けて。あの子を救えるのは、もうあなたしかいないのよ。

清明節が明けた朝の渾江で、情報不足と生々しい想像から生まれた噂や臆測がささやかれ出した。人々は、凱《カイ》ではなく彼女の同僚の男性が読む七時のニュースで目を覚ました。二人の退職した技師が一緒に朝の散歩をしながら、どうなることかと考えを巡らしていた。今度は政治の大変動になるかもしれない、と話し合った。勝負に勝ったほうが王になる、という古いことわざを引き合いには出したものの、二人ともどちらが勝者になるか推測する危険は冒さなかった。彼らはこれまでの人生、あらゆる革命から無傷で身をかわしてきたのである。二人は三年前やもめになったとき、病院の霊安室で知り合った。そして人生の黄昏どきにあって、互いにかけがえのない存在になった。こういう微妙な問題を話せる唯一の相手として互いを信頼し、ここ二週間は毎日の散歩のときに、いまの情勢について語り合ってきた。どちらも何も期待せず、明確な態度を示すこともない——この年で残された役割は、ただ劇場の観客でいることだけだと考えていた彼らは、自分たちの席について遠くから冷静に眺めていた。二人の賢者は、このことで引きずり落とされる者がいれば、そのぶん出世する者がいる、とつらつら考えた。社会的エネルギーの均衡ですな、と一人が言えば、もう一人がうなずいて言い添えた。まったく、この国で出世するには他人を踏み台にするしかありませんからな。彼らの時代に平穏無事でいるには、それなりに他の軀《むくろ》を踏みつけにして身を支えてきたことをどちらも知っているので、わざわざ自分の過去を取り上げたりはしなかった。そういう話はもう関係がないのであり、恥と後ろめたさは年寄りだから許されるのだ。

ところ変わって、ある女が朝食の席で、女のアナウンサーはまずいことになってるよ、と夫に言った。彼女の放送時間のスケジュールが変わっただけじゃわからないよ、と夫は言い返したが、妻は自分には先見の明があると主張した。もしあたしがいなかったら、あんたは馬鹿みたいに女のスピーチに呼び出されて広場へ行っていたでしょうよ。夫は黙って食事をしたが、そんなことでは妻はおさまらなかった。彼女は親しい数人の友達とともに、女のことを嫌っていた。彼女がきれいな声でニュースを読んで聞かせると、夫に家のことであれこれ文句を言っても耳を貸してもらえなくなるのだ。「そうよ」と言う彼女の声が、渾江市の第一四半期の歳入が過去最高だったというアナウンサーの報告をかき消した。「絶対そう。あの女は誰にとっても空恐ろしい女なんだ」

　市立病院の緊急救命室では、死にかけている者も、担ぎこまれて死ぬ者もおらず、一人の若者が回復室に収容され、母親がベッドのそばでうたたねしていた。若者は昨晩ギャングの喧嘩に加わり、レンガで頭皮が裂けていた。彼を二十五針縫った医師はいま非番で、彼女の同僚の女二人が、口をつぐんだまま窓辺に立っていた。二人は昨日、集会に行った。陳情書に署名をした女は、いざ取り締まりとなったら、夫の血液内科科長への昇進に差し障らないように離婚しよう、と心の中で考えていた。もう一人の女は、だいたいが楽観的な性格なのと陳情書に署名しなかったのとで前向きな気分でおり、深刻なことは起こらないと信じていた。道を踏み誤ったからといって、法が大衆を罰することはないからだ。二人は話はしなかったが、朝の勤務のために別れるとき、一人がもう一人の肩をぽんと叩いて励まし、それですべてが理解された。

　家林《ジァリン》は枕に寄りかかっていた。母親が遅い朝食を持って小屋に入ってきても、そのままでいた。母親は暖房用の湯のやかんを持ってくるのを忘れたのだが、彼は頼まなかった。昨夜、三人の弟たちが手やシャツを血で汚して帰ってきた。ギャングの喧嘩で一人の若者の頭をぶちのめし、生まれて初めて恐怖の味を知った。彼らは一晩じゅう眠れなかった。敵がバットやレンガを手にやって来ないか、もっとやばいことに警察が手錠を持ってやって来ないか、交代で門を見張った。末っ子は家林《ジァリン》とあまり話したことがなかったのに、夜明け前に小屋に入ってきて、三人が二、三年高飛びしなくてはならないことになったら、両親の面倒を見てくれと頼んでいった。

家林《ジァリン》は末っ子の悲劇の主人公じみたふるまいを滑稽だと思ったが、そうは言わなかった。彼が入ってくる前、家林《ジァリン》はトランジスタ・ラジオを香港の局に合わせて、北京で秘密警察が逮捕を始めたというニュースを聞いていた。

「市場で昨日の集会の噂を聞いたよ」家林《ジァリン》の母親はそう言って、古木の切り株で作った間に合わせのテーブルに食事を置いた。

「何て言ってた?」

「政府はそう簡単には逃がさないだろうって」

家林《ジァリン》はじっとしていた。「他には何だって?」

「女のアナウンサーはお偉いさんと結婚しているから、その人は心配いらないんだって」母親はちらっと彼を見た。「おまえ、その人たちと一緒だったんだね?」

家林《ジァリン》はいつも家族に、友達は本を読みに来るのだと話していたが、母親にはすぐ関係がわかってしまうだろうと思っていた。「他には? 他に何て言ってた?」

「アナウンサーは有名になるために集会を利用してるんだって。でも、わからないね。もう有名じゃないか。どうしてもっと有名になる必要があるのかね」

「噂に耳を貸すなよ。みんな実際よりも知っているように思いこんでいるんだ」

「それで、おまえは仲間なのかい？」

「そうだよ」

母親は口をつぐんだ。しばらくして彼が見やると、母親はそっと目を拭いていた。

「母さん《マーマ》。心配いらないよ。何も起きていやしないのに、みんな想像にふけっているだけだ」

「天なんてものはありゃしないんだ」彼女はブラウスの端で目頭を押さえた。「じゃなかったら、なんでおまえは頭があるのに病気になってしまって、弟たちは健康で頑丈なのに頭がからっぽなんだい」

「あいつらも懲《こ》りるだろう」

「おまえはどうなんだい。おまえを失うわけにはいかないよ」涙でブラウスの前が濡れていた。

家林《ジァリン》はほほえんだ。もうじき死ぬのは周知の事実だ。彼にとって問題は、いかにこの世を去るかなのだ。でも母親は彼に、自分の腕の中で死んでほしかった。自分のもので、自分だけのものでいてほしかった。

「面倒なことになると思う？　みんながそれぞれいろんなことを言うから、誰を信じればいいかわからないよ」

「何にも耳を貸さず、誰の言うことも信じちゃいけない」

「おまえはどうなるの」

家林《ジァリン》は首を振った。たぶんほんの数日、いや数時間で誰かが小屋に来て、母親は打ちひしがれるかもしれないのだが、そのことは言いたくなかった。「考えてもみなよ、母《マ》さん《ーマ》。僕はいつまでも生きられる運命じゃないんだ」

母親は顔をそむけた。

「悲しむことはない。三十年後——いや、それほど先じゃないことを祈ろう。五年や十年後にみんなが訪ねて来て、息子の家林《ジァリン》は英雄で先駆者で、先見の明と勇気を持つ男だったって言うよ」

「おまえが弟たちぐらい大志を抱かない子だったらよかったのに」

「弟たちは無知なまま生きたいように生きていくだろうけど、僕は違う。闘う価値のある主義に従って生きないなら、何のために本を読むんだ」

「一生本に触れないでほしかったよ。おまえに本を盗んでくるんじゃなかった」

「それは愚かな考え方だ、母《マ》さん《ーマ》」家林《ジァリン》は自分の激しい感情に愕然とした。ひとしきり咳をしてから、穏やかな声で言った。「僕が他に何を残してあげられる？　母《マ》さん《ーマ》。孫はつくってあげられないんだよ」

母親は返事をせずに小屋を後にし、出て行くとき戸枠にぶつかった。わっと泣き出す声が家の奥へ消えていくのが聞こえた。家林《ジァリン》は、情に流されないように努めなければならなかった。母親の涙に、心動かされないようにと。

清明節が明けた月曜日、教師は落ち着かない気分だった。彼女は生徒たちに教科書を書き写す課題をやるように言って、机の前にしばらく座り、それから別の教師と話しに廊下へ出た。子供たちはまだ興奮さめやらず、静かにしていられなかった。男の子たちは山で幽霊や野生動物を見たという話をし、女の子たちは自然がくれたおみやげ——若葉や野の花を本に挟んでつくった栞《しおり》、鮮やかな色の羽、乾燥した実をつなげた腕輪——を見せっこした。教室が騒々しくなってからやっと教師が入ってきて、木の黒板を定規でビシッと叩いた。教科書の全課目を書き写す作業を、一回ではなく三回にします。終わるまで昼食を食べに戻ってはいけません。

子供たちは、お昼休みに居残りになるかもしれないと思うとぞっとして、長椅子の上でもぞもぞ動くのをやめ、書き始めた。紙を擦る鉛筆の音は、たくさんの蚕《かいこ》が餌を食べているようだった。童《トン》は残り少ない練習帳の空きページをかぞえた——この課題をやるにはページが足りない。でも、たとえ世界じゅうの言葉を書き写せる空きがあったとしても、今日は気乗りがしなかった。〈耳〉が昨夜《ゆうべ》も帰ってこなかったので、童《トン》は希望をなくしかけていた。

犬が盗まれて食われるなんて、しょっちゅうだ。昨夜《ゆうべ》父親がそう言っていた。そんなことで泣くいわれはないぞ。犬もだけど、それを言うなら子供だってな、いなくなってもらわないと、世の中があふれかえっちまうんだよ。父親が、誘拐される子供や肉にされる犬についての自説を酔いに任せてしゃべり続けている間、母親は童《トン》の手を握っていた。ところが父親が酔いつぶれてしまうと、彼女も同じようなことを言うのだった。犬の発情期が始まったら新しい子犬を見つけてあげる。もし慰めになるなら、新しい子犬の名前も〈耳〉にしたらいいんじゃない。

代わりを飼うという考え方は納得がいかないし、がっかりもしたのだけれど、どうやら大人にとってはそう考えるのが当たり前らしかった。華《ホア》じいさんですら、同じことを言っていた。まるで、何にでも複製や代用品が果てしなくあるかのように。コートにも、犬にも、男の子にも。

目がひりひりする。授業中に泣くなんて恥ずかしいので、洟をすすって涙を引っこめようとした。しばらくすると胸のあたりが苦しくなった。昨日の晩、声を立てずにずっと泣いてしまい、それから泣いたりして恥ずかしいと思った。おじいさんの村の人たちは、彼が情に弱いと知ったらどう思うだろう。昆《クエン》の黒犬を手なずけることや、天気予報から自然の秘密を解き明かすことのように、〈耳〉を失うことは力を試す試練なのかもしれないけれど、そう考えても胸のつかえを下ろすことはできなかった。

休み時間が来ると、童《トン》は廊下に走り出て隅っこにしゃがんだ。ずっとこらえていた涙《トン》をコンクリートの床に落としても、気分は楽にならなかった。上の学年の教師が童を見つけ、どうしたのか尋ねたのだが、童《トン》は一言も言えず、泣き叫ぶまいとして体を震わせた。きっと腹痛か何かね、と教師は言った。彼女は童《トン》に、一人で家に帰れるか、それとも病院に運ぶ必要があるか訊いた。彼がうなずいてから首を振ったので、教師は混乱し、用務員を探してきて診療所に連れて行ってもらうことにした。用務員を探し出すのに、しばらく時間がかかった。用務員は地下室にある薪の山の後ろで居眠りをしていて、揺り起こされるとうろたえた様子だった。教師のあとについて用務員が廊下に行ってみると、病気の男の子の姿は消えていて、あとに涙の小さな水たまりが残っていた。彼はぶつぶつ言って涙を靴の底で拭き、教師が朝の居眠りを邪魔するために嘘をついたのではないことを示す、唯一の証拠を消してしまった。

童《トン》は町をうろついた。〈耳《ホア》〉がこの時点で帰ってこないということは、誰かの夕飯にされてしまったのだと両親と華じいさんが結論を出したのは知っているし、ふたたび通りや小路をくまなく捜してもしようがないことだった。それでも、低い天井や煤けた小さな窓の教室を離れ、晴れた朝の空の下を歩いていると、またわずかに希望が湧いてきた。あちこちの区画を歩き回った。大人たちと目を合わせないようにしていたが、彼らは担任の教師と同じく、学校をずる休みしているところを見とがめるような気分ではなさそうだった。主婦や夜勤を終えた労働者たちが、通りに二、三人ずつ集まって話をしていた。店の主人が何人か、高いカウンターの後ろから出てきて入口の前に立ち、会話を交わしたり、何か変わったことはないか道行く人を見たりしていた。

「なんでいま学校にいないんだ」童《トン》が小路に入ると、老人が怒鳴った。春真っ盛りだというのに、厚ぼったい羊皮のコートと綿の裏地がついた帽子を身につけていた。片手で木の杖をついて体を支え、さらに封筒を持っている別の手で木の塀につかまっていた。

「君に訊いているんだ。月曜日の朝十時だぞ。こんな小路で何をしている」

童《トン》はじわじわと後ずさった。走り出せば簡単にこの口うるさい男を振り切ることができるけれど、老人が王様のように敬われる田舎で育ったので、老人に訊かれた質問を無視するのは性格からしてできなかった。

「どこの学校だ」

「紅星」童《トン》は嘘を思いつく前に、つい本当のことを言ってしまった。

「じゃあ、うちの小路にいて学校にいない理由は何だ」

「知らない」

「先生にそんな答え方をするのか。いいか、私は学校の教師だぞ。二週間前、私の組に君みたいな男子がいたから、たくらんでることは何でもわかるんだ。さあ、もう一度訊く。どうして今日、ずる休みできると思った」

「先生が、昼ご飯までに教科書を全部写せって言いました」童《トン》は小声で言った。「僕、練習帳のページが足りないんです」

「どういう教え方をしているんだ！」老人は低い声で嘆いた。「そんなくだらないところは欠席してもいいぞ」

学校の教師だと名乗ってはいても、気難しい無学な年寄りみたいに話すこの老人を、童《トン》は置いて行ってしまおうかと思った。「とっとと逃げ出したいか。たわ言を言っていると思っているんだな。いいか、人は辞書に出ている文字を全部覚えることもできるし、世界一見事な文を書くこともできる。孔子より博学にだってなれる――孔子が誰か知ってるか。やれやれ、最近の学校では何かを学ばせることなど期待できないな。いずれにしろ、人は学者並みに物知りになれるが、それでも学のない農民や物乞いより無知な人間になるかもしれないのだ。わかるか」

童《トン》は首を振った。

「私が言いたいのはこういうことだ」――老人は杖で地面を突いた――「教科書から真の知性や叡智は得られない。私の見たところ、君の頭に無駄なことばかり詰めこむその愚かな教師からは逃げてもよかろう」

童《トン》は思わずにっこりした。

「さあ、役に立つまっとうな人間になりたかったら、この手紙を郵便ポストに入れるのを手伝ってくれ」

童《トン》は老人から手紙を受けとり、その重さに驚いた。ちらっと封筒を見ると、切手が四、五枚貼ってあった。「盗み見するな！」と老人は声を張り上げ、考えを変えて、童《トン》に手紙を返すように言った。

「手伝ってあげますよ、おじいちゃん。あそこにポストがある」

「そんなことは承知の上だ。顧《グー》先生と呼びなさい。誰のじいさんでもないぞ」

童《トン》が手紙を返すと、顧《グー》師はそれをぱっとなでてコートのポケットに入れた。童《トン》は両手を老人の空いているほうの腕に添えた。「歩くのを手伝います」

「ありがとう。でも結構だ。ちゃんと歩ける」顧師《グー》は童《トン》を押しのけ、杖を頼りに前へ進んだ。
杖が側溝に引っかかるといけないので、童《トン》は顧師《グー》のあとについて行った。しかし顧師《グー》
は、急に童《トン》が消えたかのように目もくれず、よろよろと進んでいった。ポストのところ
に来ると、顧師《グー》は脇に貼ってある小さな活字の収集時刻表を調べた。「何時だと書いて
ある？」彼はしばらく顔をしかめてから言った。
童《トン》が読んで聞かせると、顧師《グー》は腕時計を見た。「十時二十分か」彼はつぶやいた。「じ
ゃあ、待つことにしよう」
収集する人を待ちたがるなんて変だと童《トン》は思った。ポストはそもそも、ただ手紙を入
れるだけで待たなくてもいいように作られたんじゃないのか。
「なんでそこに突っ立ってるんだ」しばらくすると、顧師《グー》はそう言った。「私を偵察し
に派遣されたのか」
待っているように頼まれたと思ったから、と童《トン》は説明したが、顧師《グー》は自分の言ったこ
とを忘れているふりをした。彼は通りの先を見て、それから指で腕時計を軽く叩いて童《トン》
に見せた。「このポストの担当者が誰であれ、遅刻だ。書いてあることを鵜《う》呑《の》みにする
のだけはよせ」
これほど昼休みが長く感じられたことはない。妻が昼食を終えて銀行の出納窓口に戻

っていくのを待ちながら、顧《グー》師は食卓を指でとんとん打っていた。週末が来る前に、学校が健康状態を理由に早期退職を要請する文書を送ってきたので、年金の四分の三を受給する資格が与えられるとわかると、彼はまったくためらわず、妻に相談もせずに、書類に署名した。地方から戻ってきた学のある若者が山ほどいる。若者に職を譲ったほうがいい。どっちみちもう満足できなくなっている職だ。若者には家族を持つ夢があるから、うるさい子供たちと長時間一緒にいても耐えられるだろう。

「ここに座ってわたしを待っていなくてもいいのよ。それとも、もっとご飯がいる?」顧《グー》夫人が言った。

「別にこれでいい」

顧《グー》夫人は昼食を済ませた。食卓を拭いて洗い物をすると、お茶を淹れ、とんとんやっている彼の手のそばに置いた。「少し横になる?」

「もう仕事に行かなきゃいけないんじゃないのか」

「ええ」

「じゃあ、行きなさい。自分のことは自分でできる」

顧《グー》夫人が食卓の前に座ったので、彼はがっかりした。「山から女の子を雇って、家事を手伝ってもらう必要があると思う?」

「うちは金持ちか?」

「それか、妮妮《ニーニー》を雇うか。考えたんだけど——あなたには話し相手がいるわ。手助けもいるでしょうし。妮妮《ニーニー》ならいろんな意味で適任よ」顧《グー》夫人は言った。

「あの子のことを嫌っているんだと思っていたがね」

顧《グー》夫人は彼の視線から目をそらした。「わたしがあの子にひどいことをしたのはわかってるわ」

「ならば、あの子は受け入れることを学んだほうがいい。ひどい扱いをするのはおまえが最後じゃないだろうからな」

「でも、わたしたちは償ってあげられる。あの子の家族にもね。あの子のお母さんがまた妊娠しているのを道で見かけたわ。余分にお金が必要になるでしょう」

顧《グー》師は、妻が若い同志たちにどう洗脳されたかを考えた。あくまでも正しいことをしたがる彼女の欲求に、彼は嫌悪を感じた。「監視されるのはもうたくさんじゃないか。嫌だね。放っておいてもらいたい」

「わたしに何かあったらどうするの」顧《グー》夫人は彼を見て、それから首を振った。「もう仕事に行くわ」

「そうだ。いま答えを出さなくていい質問は、しないほうがいい」顧《グー》師は妻の背に向かってそう言った。ドアが閉まると、引き出しから万年筆を取り出して、帳面の中から最初の妻に宛てた書きかけの手紙のページを見つけた。読み返したが、妻が昼食に戻ってきたときに遮られた考えを、どうがんばっても呼び戻すことができなかった。彼はページを破りとって、やはり未完成の手紙が三通入っている封筒の中に入れた。これらをどう整理するかは、彼女に任せよう。彼は新たなページに書き始めた。

〈近頃は仏典を丹念に読んでいます。いや、目の前に仏典があるわけではありません――祖父が遺してくれた仏典は、想像がつくと思いますが、他でもない我が娘がつけた革命の火を免れませんでした。しかし、私が読んでいる仏典は頭の中に書いてあります。きっと共産主義の無神論者であるあなたにはほとんど興味がないことでしょうが、少し一緒に想像してみてください。仏陀が聖なる樹の下に座って弟子たちに繰り返し話をしているところを。賢者の中の賢者だったという仏陀、世界に広大無辺の愛を抱いていたという仏陀――彼の言うことを理解しようとしない世界に倦《う》まず語りかけるなど、見境のない希望を抱く老人でなくて何でしょう。私たちは自らの信念の囚われ人になります。そのような運命から誰も逃れることはできないのですから。親愛なる友よ、これが世界が呈する唯一の民主主義なのです〉

誰かが錠の開いている門を抜けて庭に入ってくるのが聞こえ、書く手を止めた。窓から見ると、隣の若い狂信的革命家とその夫がやって来るところだった。妻のほうが声を張り上げて誰かいないか尋ねた。家のドアにも錠がかかっていなかったので、顧《グー》師は一瞬、こっそり部屋を歩いて内側から錠をかけようかと思ったが、ドアまでの距離は長く、行けば消耗しそうだった。彼は息を殺して目を閉じ、このままじっとしているうちにいなくなればいいと思った。

夫婦は返事を待ち、それから女がドアを開けてみたところ、きしんだ音を立てて開いた。「あら、いたんですか」女は意外そうなふりをして言った。「何か変な音がしたので、問題ないか見に来ようと思ったんです」

顧師《グー》は、何の問題もないと冷ややかに答えた。書きかけの手紙を用心深く新聞紙で覆った。

「本当に？　脳卒中を起こしたそうですね。問題ないか調べるお手伝いをしてあげますよ」女はそう言うと、夫に部屋に入るよう合図した。彼はドアのそばできまり悪そうに両手をもみ合わせていた。「奥さんはいます？」女が訊いた。

「どうして答えなきゃいけないんだ」

「ただ、いるかなと思って。妻が夫を家に置いていくのはよくないことですから」

「仕事をしているんだ」

「わかってます。一般的な話をしてるんです。あなたが入院しているとき、奥さんが夜になってから少なくとも二回家を出たのを見ましたよ」女は夫のほうを向いた。「あの物音は何か調べたらどう。ネズミが子供を産んだのかもしれないわ」

男はしぶしぶ入ってきて、顧師《グー》の目を避けながらあたりを見回した。しかし女は好奇心を隠そうともせずに部屋を歩き回り、隅々まで調べ上げた。彼女が鍋の蓋をとって中を覗くと、顧師《グー》は辛抱できなくなり、杖で床を打った。「鍋の中のネズミも始末できないほどの年寄りだから、おまえたちみたいなヘビが必要だとでもいうのか」
「なんですって。隣人に対してそういう言い方は行儀が悪いわね」彼女は蓋を鍋に投げつけるように戻した。「手がつけられない状況になる前に、助けてあげようと思って来たのよ」
「あんたの助けはいらん」顧師《グー》は食卓に片手をついて立ち上がり、杖でドアを指した。「さあいますぐ出て行け。捜査令状はないんだろ？」

女は彼の言葉を無視して食卓に近づいた。新聞を持ち上げたら、書きかけの手紙が出てきたので、にやりとした。顧師《グー》は彼女が一字も読まないうちに、杖で食卓の上を叩いてカーンと耳をつんざくような音を立てた。手をつけていないお茶が、食卓から跳ねて女のズボンにこぼれた。茶托がコンクリートの床に落ちたが、割れなかった。

女が反応する間もなく、夫が彼女を後ろへ引き下がらせた。彼女の顔は青ざめたままだったが、悪気はないと夫のほうが顧師《グー》に言った。その声が上品な美しいバリトンだったので、顧師《グー》は驚いた。男は油まみれの作業ズボンにすり切れたシャツを着ているのだから、何かの労働者である。そういえば男が口をきくのを一度も聞いたことがなかった。目を閉じれば、その声からもっと教養ある人物が想像できた。

顔色を取り戻した妻が、男の後ろから出てきた。「自分のしていることがわかっているの？ ここは文明社会なのよ」

女の声はけたたましかった。思わず夫のことが気の毒になった。彼の美しい声は——

もし命を持ったら——きんきんした醜いもう一つの声と釣り合いが悪いので、言葉にできないほど失望することだろう。

「あなたの娘みたいに紅衛兵式に私を脅せると思ったら大間違いですからね。言っとくけど、我が国では真実は暴力で押し通すものじゃないのよ」

顧師《グー》は体じゅうを震わせながら、杖で女の顔を指した。「この家にクソみたいなたわ言を抜かしに来るな」彼は一語一語をはっきり発音しようと、ゆっくり言った。

「学校の教師のくせに、なんて下品な。早く首になったほうが次世代のためだわ」

夫は妻を後ろへ制し、勘違いして申し訳なかったと謝りながら、彼女と震える杖との間に割って入った。彼女は夫を押しのけ、この年寄りの無礼な態度に屈服する必要はないと言った。「さあ、打てるなら打ってみなさいよ。打ちなさい、ほら。この小ずるい反革命分子！　打てば、あんたを正義のギロチンにかけてやれるわ」

顧師《グー》は、不可解な憎しみに泡を飛ばしてまくしたてている女を見た。娘ぐらいの年頃だが、あまり教育を受けていないのかもしれない。頭が悪いのは確かだ。彼は杖を床に落とし、夫のほうに言った。「君、頼むよ——これは男同士の頼みだ——心からお願いしたい。こんなことをしても結局は醜い嫌われ女になるだけだ、と奥さんに教えてやってくれないか」

女がせせら笑った。「腐った考え方ね。どうして私が夫に教わらなきゃならないの。女性こそ共産主義の館《やかた》を支える大黒柱なのよ」

顧師《グー》は座って紙に大きな筆致で字を書いた。字は曲がり、とりたてて美しい書ではなかった。〈黙れ　出ていけ〉彼は紙を夫婦に見せた。この女には、もう一言も無駄に使わないことに決めたのだった。

「あれこれ命令したりして、何様のつもり。言っておくけど、あんたとあの奥さんは、初霜が下りた後のコオロギみたいなものよ。そう長くは跳ねていられないわ」

男は妻を引っぱっていき、彼女に抵抗されると、もう黙ったほうがいいと小声で言った。彼女は声を張り上げて夫に異議を唱えた。夫は彼女を引きずるようにして家から連れ出した。開けっ放しのドアから、あんたは年とった役立たずの男にすら臆病だ、と夫をののしる叫び声が聞こえてきた。顧師《グー》は全力を振りしぼって部屋を歩き通し、ドアを閉めた。食卓に戻っても、両手が震えて書くことができなかった。彼らが隠れた情報を直接暴くつもりなのは、火を見るより明らかであり、そういう人間が現れるというのは危険が迫っていることを感じさせる。しかし、首の縄が締まるのを待っている間、人に何ができるだろう。目を閉じて、運命から逃れられるかどうかは他人の手ではなく、自らの意思にかかっていると信じる以外に。

清明節の翌日、夕方の空に下りた薄暗い帳《とばり》のもとで、十軒の家が家宅捜索を受けた。逮捕が執行されたが、容疑者は誰も抵抗しなかった。夜になる頃には、反共的騒乱の一度目の制圧に成功したことが、機密電信文で省都に報告された。

省都から党の高官が指揮にあたるために送りこまれ、市長や職員と面会した。かつては市長のもっとも信頼が置ける片腕とされていた寒《ハン》と彼の両親は、会合からはずされた。渾江の取り調べと粛正が公正におこなわれるようにするため編制された、百六十キロ離れた都市の警察部隊と労働者による特別治安部隊が、幌付き軍用トラック十台で市に移送された。移動中、父親の警察部隊の職を継いだばかりの一人の若者が、防水帆布の結び目をほどいて外を覗いた。空に銀色の星が光り、黒い山がそびえているのを見て、遠くにあるのに子犬のように震えた。二十歳になったばかりの彼は、故郷を離れたことが一度もないのだった。戻ったら若い受付の子に聞かせてやろうと、彼は話をいろいろ思い描いた。大げさな人ね、一つも信じないわ、と彼女は言い張るだろうが、頰を染めたその笑顔は別のことを物語るのだ。二人だけが理解できることを。

渾江市民はあれこれ考えたり不安に思ったりしていたが、悪いことをしても法が大衆を罰することはない、という古い格言を信じていた。おかげで、夜には酒や口喧嘩や睦み合いにいそしんでいられた——土手で野生の桃や梅が咲き、その香りが春風に乗って開け放した窓から家の中に入ってくるこんな夜は、壮大な夢もちっぽけな欲望も、何もかもが生気を取り戻す。

大工と弟子が通江橋を山に向かって歩いていた。若者は道具を積んだ手押し車を押しながら、師匠の口からぶらさがっているタバコの赤い先端を見ていた。大工はタバコを味わいたい、と市内に入る前に宣言していたとおり、なけなしの金でタバコを買った。

山を出る前に妻や弟子の両親にしていた約束もあったが、一財産もうけようという望みは役人たちにくじかれてしまった。役人たちは、三つのテレビ台をはじめいろいろ作らせておいて、せいぜい最低限の報酬しか払わなかったのだ。大工はタバコをふかしながら、都会の奴らは心を犬に食われた最低の奴らの集まりだ、と言った。おまえは同じ失敗を繰り返すなよ、と見習いに言ったが、その若者は役人の家で見たテレビのことを考えていた。彼は、作るのを手伝った肘掛け椅子に自分が座り、スイッチを押すと画面に出てくるきれいな女を見て楽しんでいるところを思い浮かべた。

盲目の物乞いが華《ホア》夫妻の小屋の前に座って、松脂《まつやに》の小さなかけらを二胡の弓の端から端まで滑らせていた。彼はあちこちの町を渡り歩いているうちに華《ホア》じいさんと妻に会い、家に泊まっていくように誘われ、おいしい食事でもてなしてもらった。物乞いはそれまで夫妻に会ったことはなかったが、酒を一杯やった後で夫妻が放浪生活をしていた話を始めても、意外だとは思わなかった。どう装っていても、同類のことはわかるものなのだ。結局三人はともに飲んで、笑って、泣いた。放浪をやめてここに落ち着かないかと夫妻に求められると、それを受け入れるのが当然のように思われた。しかし、米酒の魔法が解けてきたら、明日の朝いちばんに出て行かねばと盲目の男は思った。彼は生まれてから一度も誰かと暮らしたことがないし、宿命を変えるにはもう遅すぎる。弓の弦の調子を試すと、二胡はため息のような音や嘆くような音を立てた。

ドアが開いたので、盲目の男は手を止めて耳を澄ました。夫は小屋の中で鼾《いびき》をかいている。妻はドアを開けたときと同じぐらい静かに閉め、男のそばに腰を下ろした。

「私のせいで眠れないんだね」盲目の男は言った。

「続けてちょうだい」

盲目の男は夫婦を起こさずにそっと出て行こうと考えていたのだが、妻がそばに座っている以上は、説明をしなければならなかった。「とどまるように誘ってくれて、親切にありがとう。考えをころころ変えるつもりではないんだが、ご厚意は断らなきゃいけないようだ」

「放浪の旅に戻るしかないんだね。仕方ないよ」

「宿無しの定めを負った者が、落ち着くのは難しい」

「わかってるよ。あたしもまた放浪生活に戻れたらって思うもの。さあ弾いてちょうだいな」

盲目の男はうなずいた。出て行っても、夫婦が気を悪くしたりしないのはわかっていた。彼は昨日生まれたばかりの友情のために、ゆっくりと弦の上に弓を引き、「驪歌《りか》（別離の歌）」という古代の曲を奏でた。

11

八十《バーシー》は恋をしていて、そのことでとまどっていた。妮妮《ニーニー》と片時も離れたくないという強い思いは、股間からではなく体のどこか別のところから来るようなのだが、これに関してはは経験もなかったし、説明もできなかった。よくよく考えてみたら、唯一似たような経験をしたのは、母親に祖母のもとに置いて行かれてまもない三歳の頃だ。その年の渾江の冬は特別厳しくて、祖母は石炭にお金を惜しんだことはないというのに、毎朝洗面台のタオルが凍っているのに気づいたものだ。いつも夕飯が済むとすぐ一緒にベッドにもぐったが、八十《バーシー》はよく夜中に足が凍えて目が覚めた。彼がむずがると、祖母は夢うつつのまま彼の小さな足を握って、寝間着の上からではなくじかに胸にあてがった。心地よいぬくもりを感じて、八十《バーシー》は言い知れない怖さと興奮に震えた。眠れないまま、つま先がしている冒険を想像しながら交互にくねくねさせ、そのうち眠りに落ちた。

　彼は祖母の胸を慕っていたように、妮妮《ニーニー》と一緒にいることを願った。ときどき、男根がおかしくなったんじゃないかと心配になるのだが、妮妮《ニーニー》のことを考えると律儀に必ず勃《た》った。妮妮《ニーニー》の温かくて柔らかい生身の体がそばにいるときにも、この問題は起こった。彼は、彼女への欲望を思いどおりにできなかった。思いつきでやった婚前検査が、頭から離れない。それに、自分を信じきって安心し、遊びのように開いてくれた秘所を覗き見たりして、恥ずかしいと思った。母親に大ざっぱに短く切られた彼女の薄い髪は、鳥の巣みたいだ。それに尖ったあご、骨ばった腕、いつもかさかさに荒れた唇を見ると、腕に抱いて揺すり、ささやいてやりたくなった。でもこんな欲望すら、彼女の前で湧いてくると不安になる。彼女はどう思うだろう。ゆるんだ頭のねじが一つだけじゃない男のことを？

ところが妮妮《ニーニー》は、彼の苦闘に気づいていないようだった。清明節の翌朝、彼女は日差しのようにごく自然に家に入ってきて、そこで育ったかのように動き回った。八十《バーシー》は、彼女がまた結婚の話題を持ち出してくるだろうと思っていた。婚前検査のとき話したことに偽りはないつもりだけれど、それでも十二歳の子と結婚するのは言うほど簡単ではないことを知っていた。いっぽうの妮妮《ニーニー》は、彼が恐れていたようにうるさく迫ったりしなかった。彼女は口数が多くなり、ちょっとおしゃべりにさえなった。寝室が散らかっていることを冷やかすようにけなして、言い訳する暇も与えずにさっさと自分で片づけにかかった。ベッドの下から臭い靴下や下着が出てきても動じない。彼女はその洗濯物をかき集めているとき、やめてくれと言われても耳を貸さなかった。男の人が自分で自分の面倒を見られるなら、どうして女が必要なの。

妮妮《ニーニー》は自分の価値がわかっていないようだな、と八十《バーシー》は思った。彼女は他の女が男に言い寄られたときのような、もったいぶった態度をとらない――いや、本当に黄金のような心を持った女の子なのかもしれない。彼は自分の幸運に酔いしれ、恋の話ができる友を見つけたくて仕方なかったが、そんな友ができた例《ためし》はない。知っている人全員を思い出してみた――当然華《ホア》夫妻が真っ先に浮かんだ。考えれば考えるほど、自分と妮妮《ニーニー》が必要としている力を貸してくれる人は、華《ホア》夫妻しかいないように思えた。でも、彼らがもし時代遅れの考えを持っていて、若い二人が勝手に決めた結婚を認めなかったら？

八十《バーシー》は朝、通りで華《ホァ》ばあさんを見つけた。前の晩におこなわれた逮捕は、渾江の日常生活にほとんど波紋を呼んでいなかった。「結婚は自分の親が取り持ったの？　それとも華《ホァ》じいさんの親？」と八十《バーシー》は訊いた。

彼女は掃除の手を止めなかった。話しかけられているのはわかっていたが、末娘のうさ子が死ぬ夢を見てからというもの、人との会話になかなか集中できなくなっていた。盲目の二胡奏者が来て、悲哀に満ちた曲を弾いて去って行ったのがきっかけで、旅の暮らしが懐かしくなっていた。彼女は、家を捨てて放浪生活に戻ろうと夫に話した。娘たちに会いに行けるよ。結婚した娘たちにも、奪いとられた娘たちにもさ。あたしたちがこの世の最後の出口から出ていく前にね。彼は最初は何も言わなかったが、彼女がもう一度頼むと、訪ねて行ったって、娘たちにとっても自分たちにとっても何にもならないだろうよ、と返事をした。

「華《ホァ》ばあさん？」八十《バーシー》が箒に触れると、彼女は彼のことをじっと見つめた。いつにも増して八十《バーシー》は、昔知っていた誰かに似ていた。目を閉じたが、記憶の中からその人物を呼び戻すことはできなかった。

「仲人がいて、自分の親と華《ホァ》じいさんの親に話してくれたの？」

無関係なことをしつこく真剣に訊いてくるこの若者に、彼女はとまどいを覚えた――彼の体に入ってまた現れたこの人は誰なのか。

「華《ホァ》ばあさん？」

「旦那には物乞いをしているとき会ったんだ」

「つまり、誰も双方の親を取り持つ仲人はいなかったってこと？」

「死んだ親を墓まで訪ねる仲人はいないよ。旦那は――物心ついてからずっと孤児《みなしご》だった」

その答えを聞いて、八十《バーシー》はだんぜん励まされた。彼自身が孤児だし、妮妮《ニーニー》だっておおよそそんなものだ。もちろん二人は両親が生きていようといまいと、祝福を受けなくてもかまわない。「妮妮《ニーニー》のことをどう思う」

華《ホァ》ばあさんがあまりに一心に見つめるので、彼は怖くなった。この話題を持ち出したのは間違いだったかなと思った。疑われて警察に突き出されるだろうか。

笛吹きの男の子だ、と華《ホァ》ばあさんは思った。一度、息子にしてくれとせがまれた。彼女は空を見上げてかぞえてみた。どの年だっただろう。初めて夫と二人で自分たちの死と、死んでからの娘たちの人生について考えた年――一九五九年だ。飢饉が始まったばかりで、誰もが大変な思いをしたが、物乞いがいちばんひどい目に遭った。その頃は四人の娘がおり、朝顔が十三歳、牡丹が十歳、睡蓮《すいれん》が八歳、芙蓉《ふよう》が七歳だった。男の子はせいぜい十二歳といったところで、彼らと同じくあちこちの村を回っては笛を吹いて物乞いをしている孤児だった。

「笛のことはわかるかい？」と華《ホァ》ばあさんは八十《バーシー》に訊いた。

「笛って誰。知らない。僕のこと知ってる人？」

二十年前に会った男の子も、こんなふうにぺらぺらしゃべる子だったけれど、彼が吹く調べは石をも泣かせることができた。そんな悲しみを彼の笛は奏でたのだ。でもその気になれば、棺桶の死者を笑わせることもできた。ずっと年上の女の子たちが彼に恋をしていたし、結婚している女までが、夫が市《いち》に行ったり畑に出ていたりするときに家の前に立ち、普通は家の中で既婚の男女にだけ言う冗談で彼をからかった。これだけ人の注目を浴びながらも、彼は華《ホア》ばあさんとじいさんに、子供にしてくれと頼みに来たのだった。父《バー》さん、母《マー》さんと呼んで、笛で二人を支える、と約束したのだが、華《ホア》じいさんが断った。彼の笛と甘い言葉のせいで、娘たち全員がつらい思いをすることになる、と華《ホア》じいさんは後で言っていた。彼女は納得したが、残念に思わないわけではなかった。そしていま、その男の子が別の姿をして戻ってきたのだ。笛はないけれど、彼女にはあの子だとわかる。

「妮妮《ニーニー》のこと、どう思う。華《ホア》ばあさん」

「どうしてだい、お若いの」

「僕が妮妮《ニーニー》と結婚するのってどうかな」八十《バーシー》は言った。「華《ホア》ばあさん。そんなに見ないでよ。僕に頭が二つあるみたいに。怖くなるよ」

「どうして妮妮《ニーニー》と結婚したいんだい」

「あの子は親と一緒にいるより、僕のところに来たほうがずっといい暮らしができる。もしあの子と一緒にいられたら、僕は世界一の幸せ者だよ」

華《ホア》ばあさんは八十《バーシー》をじっと見つめた。笛吹きの男の子が去ってから一年の間、睡蓮は元気をなくしていた。八歳の子には珍しいことだ。姉妹の中で、彼女がいちばん男の子と親しくしていた。彼の伴奏に合わせてうたうことを覚えたので、彼の笛と彼女の声があれば最高の物乞い夫婦になる、と男の子が冗談を言っていた。華《ホア》ばあさんは当時、男の子を拒んだのは間違いだったんじゃないかと思ったのだが、そう言うと華《ホア》じいさんは首を振った。睡蓮は四人姉妹でいちばん器量が悪くて、男の子は本人のためにならないほどきりっとした顔をしているのだから、彼女の心はいつかひどく傷つけられる。それに、娘を物乞いと結婚させて宿無しにして、また自分と同じ運命を辿らせたいのか。

「真剣なんだ」八十《バーシー》は言った。華《ホア》ばあさんが黙っているので不安になり、誠意を示そうとやっきになった。「あの子を大事にするよ」

「あんたが大きくなるのを何年も見てきたんだよ、八十《バーシー》。よく知ってるから悪い人間じゃないのはわかってる。でも他の人たちがそんなこと言うのを聞いたら、みんな頭がおかしいって思うだろうね」

「なんで」

「あの子はまだ子供じゃないか」

「だけど大きくなるだろ。僕は待てるよ」

確かに、どうして彼に妮妮《ニーニー》との結婚を考える権利がないのか。笛吹きの少年を家族の一員にしていたらどうなっていただろう——そうすれば、いま頃もっといろいろ得るものがあったんじゃないか。あの世へ送ってくれる娘と義理の息子、単調な暮らしに彩りを添えてくれる音楽、愛する孫。「もし僕がいなかったら、誰があの子と結婚して、大事にしてやれる？　僕はあの子を愛してるんだ」八十《バーシー》は勇ましく言いながら胸を張った。「あの子は自分の家にいても幸せだったことはないんだよ。僕の仲人になってくれない？　それで僕たちのためにあの子の家族に話をしてくれない？　これほどいい申し出はないはずだよ」

「妮妮《ニーニー》は若すぎる」華《ホア》ばあさんは言った。

「自分の娘たちは幼くしてよその家に嫁がせたんでしょ？　僕はあの子が年をとるのを待てるし、華《ホア》ばあさんたちと暮らす費用を出せる。ただ妮妮《ニーニー》は僕と結婚させるって家族の人に保証してもらえれば、それでいいんだ」

華《ホア》ばあさんは八十《バーシー》を見た。人生の車輪は無情に回転するけれど、ときおり慈悲を見せることもあるのだ。男の子が彼女のところにまた戻ってきて二度目のチャンスを与えていいるのだが、母にとって、女にとって、どういう決断が正しいのだろう。「旦那と話をさせてちょうだい。午後になったらうちに来てくれるかい。そのとき返事をするから」

ずいぶん歩いてから、童《トン》はやっと学校に行く勇気を奮い起こした。昨日はどうしたのか説明しなさいと先生に言われるのが目に浮かんだ。病気のふりをして学校をさぼったずるい子になったから、もう紅いスカーフは絶対にもらえないだろう。先生は前に、船底に開いた小さなひびが、大きな海の真ん中で船を沈めてしまうと言っていた。童《トン》は、自分が罪深い人生へ堕《お》ちてゆくダメ人間のような気がして、目に涙をためた。今日、悪いことをしたと朝いちばんに認めよう。ひびが広がって小さな罪人にならないうちに。

ところが教師は、童《トン》を問いつめるどころの気分ではなかった。授業は一年生から六年生まで休みになった。校長が教師と職員全員による緊急会議をおこなうと告げ、生徒たちは講堂に集められた。でも誰からも監督されなかったので、まもなく監督者のいない講堂は一気に騒がしくなった。高学年の男子は通路で勝手気ままにふるまい、低学年の男子は席を離れる勇気はなかったものの、紙飛行機を飛ばし合った。女子は男子がぶつかると悲鳴を上げ、何人かは色とりどりのビニールの紐を出して、金魚やオウムの形のキーホルダーを編んだ。どうしてここに入れられているのか、いつまで続くのか、といった疑問の声は上がらなかった。子供たちから見れば、このうれしい日は永遠に続くのだ。

童《トン》は、数人の静かな同級生たちに交じって座っていた。教師に言われたら、何時間でもじっと席に座っていられる男子と女子だった。戦争になるんだよ、と隣に座っていた女の子がささやいた、何の戦争？　童《トン》は尋ねたが、彼女はそれには答えず、お父さんがお母さんに言っているのを聞いたとしか言わなかった。彼女は何か言うたびに顔を赤くする女の子で、童《トン》はその真っ赤な顔を見て、この子の言うことはちょっと信じられないな、と思った。

三十分後、校長が教師たちを講堂に引き連れてきた。校長があらんかぎりの力で笛を吹き鳴らし、みんなの鼓膜が痛くなった。生徒たちはあわてて席に戻り、すぐに講堂は静かになった。校長は演壇に立つと、話を始める前にいつものようにマイクに向かって四、五回咳払いし、音が割れてきーんと大きくなった。

「反革命的風潮が突然広がり、渾江は不意打ちを食らいました。皆さん、緊急を要する事態だと思ってください。気をつけないと、明日は自分がこの致命的な病にかかるかもしれません」

生徒たちは、席で体をずらす者がいるかと思うと、二、三人は咳をし、鼻を擦る者もいた。

「いまこそもっとも強い消毒剤で、心の底まで完全に浄めるときです」校長は一言一言を強調するため演壇を叩いた。その拳と一緒に、子供たちの心臓が跳ねた。

「皆さんは革命の紅旗のもとに生まれ、党がくれた蜜壺のような幸せの中に育ちました。ときにこうした恩恵そのものが、かえってこの国にいる幸せのありがたみを忘れさせてしまうことがあります。さあ、答えてください、皆さん。この幸せな生活は誰のおかげですか」

ちょっとためらってから、高学年の生徒たち数人が答えた。「共産党」

「聞こえませんよ」校長は言った。「自信があるなら、もっと大きな声で答えなさい」

教師が二、三人立ち上がって生徒たちに合図をすると、もっと多くの声が加わった。

それが四、五回繰り返されて大きくなって、やっと校長は満足した。「〈もっとも偉大で栄光に満ち、常に正しい中国共産党、万歳〉」校長は、また拳をドンドン叩きながら言った。「皆さんはいまの言葉がわかりますか。どういう意味でしょう。これは、我が党に過ちがあったことは一度もないし、これからもないという意味です。そして私たちの行動が、党の監視の目を逃れることは一切ないという意味です。皆さんは親を敬うように教えられてきましたね。でも私たちのいちばん大事な親である党に比べれば、自分の親など何でしょう。皆さんは親の子供である前に、まず党の子供なのです。全員が等しく党に愛されているのですが、誰かが間違ったことをすれば、子供が間違ったことをしたときと同じように、党は悪者を一人も見逃しません。誰も大目に見てはもらえないし、どんな罪も許されないのです」

童《トン》の目が涙でほてってった。自分はなんてだめなんだ。党に愛されている子供なのに、飼い犬がいなくなったぐらいで授業をさぼったりして。英雄になるために生まれてきたのを、忘れたりして。父さんが言っていたように、優しい心を持つとだめになる。特別な男子になる運命なのだから、それを二度と忘れないようにしよう。彼は他の生徒たちとともにスローガンを叫んだ——自分の声は聞こえなかったが、きっとこの声は党に届くと信じ、赦《ゆる》しを求めた。

集会の後、生徒たちは並んで教室に戻った。高学年の生徒たちは、自分と家族の一人一人が清明節の日に何をしていたか、詳細に書くように言われた。小さな子供たちは、よく考えて思い出す時間を与えられた。教師が机の間を回って、授業中にとりとめもないことを考えがちな生徒たちに、集中するよう絶えず注意した。

前の晩に犬がいなくなったので、清明節の日は犬を捜していました。童《トン》は別室で告白の順番が来ると、教師たちにそう言った。ノートを広げた机の向こうに質問者が二人座っていたが、どちらも知らない人だった――彼らは別の学校から呼ばれて来ていた。子供たちの答えが担任教師に影響されるといけないので、職員を交換するよう学区から学校に指示が出されていたのだ。二人のうち若いほうは三十代の女で、答えを書き留めてから尋ねた。「犬は何ていう名前かしら」

「〈耳〉」

二人の教師は目を見合わせ、それから五十代の男のほうが「それは、どういう名前なんだね」と訊いた。

童《トン》は椅子の上で体をくねらせた。大人用の椅子で、足が床に届かなかった。椅子は部屋の中央に置かれ、机のほうに面していて、机の向こうには椅子が二つあった。童《トン》は自分の靴を見ていようとしたのだが、すぐに目が勝手な行動をとって、向こうの机の下から覗く四本の脚へ、ふらふらとそれていった。男のズボンは緑がかった灰色で、両膝に似た色の継ぎが当たっている。女の黒い革靴には、蝶の形をした光る留め金がついている。童《トン》には、いつまで質問が続くのかわからなかった――校長も先生たちも陳情書の署名のことは何も言っていなかったけれど、それでも隠しておかなければならないのは心得ていた。

「犬を捜していたことを誰が証明できるかな」と男の教師が訊いた。

「母《マーマ》さんと父《バーバ》さん」と童《トン》。

「犬を捜しているとき、一緒にいたの？」

童《トン》は首を振った。

「じゃあ、君が何をしていたか、どうしてわかる。君が犬を捜していたとき、お父さんとお母さんは何をしていたんだい」男の教師が言った。

「知りません。僕は朝早く出かけたから。父《バーバ》さんたちは日曜日は遅くまで寝てるんです」

「お父さんとお母さんが日曜日の朝、いつも何をしているか知ってる？」男の教師が独特の声音《こわね》を使うと、女の教師が悟った笑みを隠そうとしてノートを見下ろした。

童《トン》はまた首を振った。背中が汗で冷んやりした。

「お父さんとお母さんは起きてから何をしたのかな」男の教師が訊いた。

「何にも」

「何も？　大人二人が何もしないなんてことがあるかい」

「母《マーマ》さんは少し洗濯しました」童《トン》はもじもじと言った。

「それならよし。それから？」

「父《バーバ》さんはかまどを直しました」必ずしも嘘ではなかった——かまどの節気弁《ダンパー》が壊れた

ので母親が何度も父親に頼んでいて、それを先週、父親が直したのだ。それは父親なら日曜日によくやることだ。

「他には？」

「母《マーマ》さんが朝ご飯と夕ご飯を作ってました」

「じゃ、お昼ご飯はないのかい。お母さんかお父さんがお昼ご飯を買いに出かけたの？」

「うちは日曜は二回しか食べないんです。二人とも出かけなかったです。午後はずっと昼寝してました」

「また寝たのかい」男の教師は、大げさに信じられないような様子をして見せた。

童《トン》は唇を噛んで黙っていた。母親はいつも、エネルギーを節約するには寝るのがいちばんだと言っていた。そうすれば日曜に昼食をとる金を遣わなくて済むからだ。でもこんなことを説明できるものか。

「お父さんとお母さんは午前中、家を出たかい？　だいたい七時から十時ぐらいの間に」男の教師が尋ねた。

童《トン》は首を振った。彼はなんとなく、二人が自分の言うことを信じていないような気がした。遅かれ早かれ、学校と親に嘘をばらすのだろう。そうしたらどうなる。六月までに紅いスカーフを首に巻くことができない。

「本当だね？」

「朝ご飯を食べに家に帰ったら、〈耳〉を捜しても無駄だって言うから、それで一緒に家にいました」

「犬は見つかった？」と言いつつ、女の教師は万年筆の蓋を回し戻して名簿に目をやり、次の生徒に移ろうとしていた。

童《トン》は懸命に涙をこらえようとしたが、罰を受けるんじゃないかという恐怖にその努力も負けてしまった。嘘をついていることだけではなく、白い布に父親の名前を署名したことでも、罰を受けるかもしれないのだ。しばし二人の教師は童《トン》を見つめた。「犬がいなくなったからって泣かないで。ご両親に他の犬を飼ってくれるように頼みなさい」と女のほうが言った。

童《トン》は返事をせずに泣き声を上げた。男の教師が手を振って行かせるよう合図し、女の教師が童《トン》の手を引いて教室から連れ出した。一瞬、童《トン》は何もかも女の教師に話してしまいたくなった。彼女のふかふかした温かい手のひらのおかげで、気持ちが少し安らいだ。でも口を開くこともできないうちに、彼女は担任の教師に彼を連れ戻すよう合図し、次の生徒の名前を呼んだ。

童《トン》は他の子供たちと口をきかずに、席で待っていた。どうして泣いているのか訊く者はいなかった。彼の前にすでに二人の女子と一人の男子が洟をすすったり泣きじゃくったりしながら帰ってきていたので、驚きも心配もしなかったのだ。

校長が拡声装置を通じて、昼食のために一時間休憩すると告げたときには、昼休みの時間は過ぎていた。校長は、同級生や両親と何も話してはいけない、決まりを破った者は厳重な処分をする、と言った。

童《トン》はそろそろと歩いた。今朝「楊喇子《ヤンラーズー》」という愛称の黒い芋虫が、突然たくさん出てきたのに気づいたが、それから半日しかたっていないのに、何百と増えて歩道や小路の壁に現れた。多くは無頓着な人の足や自転車の車輪につぶされ、小さな体と内臓が陽を浴びてからからになっていた。

童《トン》が部屋に入ると、両親が彼のことを見て、それから会話に戻った。「わからないぞ。政府はちょっと皆を怖がらせるただのお膳立てのつもりなんじゃないか。結局は大ごとにならないだろう」

童《トン》はテーブルにつき、麵料理の碗と向かい合った。母親が、二人とも三十分以内に仕事に戻らなければいけないから、急いで食べるようにと言った。「こういうやり方をされると、心臓がどきどきするよ」

「女の心臓は何にだってどきどきするんだ」父親が小馬鹿にした。「雀がつぶされても、おまえの心臓は口から飛び出して来そうだな。いいか。法が大衆を罰することはないんだ。大げさに考える必要さえない——一九六六年に紅衛兵がどれだけの人に暴力をふるったか、ちょっと考えてみろ。いまじゃあいつらの行動も悪くて違法だと考えられているけどな、それで紅衛兵だった奴が罰を受けているか？　そんなことないだろ」

童《トン》はのんびり食べたが、呑みこむとき一口一口が痛かった。母親がもっと速くするよう急かすと、童《トン》は言った。「父《バー》さん《バ》、どうして法が大衆を罰することはないの」

「じゃ、おまえもやっと自分の犬以外のことに疑問を持つようになったんだな」と父親は言った。尾を引くサイレンの音が、遠くから聞こえてきた。母親は箸を止めて聞き入った。「消防車みたいよ」彼女は父親に言った。

父親が様子を見に庭へ出て、しばらくすると戻ってきた。「煙が見えるぞ」

「火事はどこ」

「東のほうだ」

いつもなら童《トン》は、行かせてと言って大急ぎで火事を見に行くのに、ただ座って、果てしないように思える麵を少しずつ齧っていた。母親が童《トン》のおでこに手を当てた。「具合でも悪いの？」

「犬に恋煩《わずら》いだろ」と父親が言った。

童《トン》は黙っていた。父親から食習慣をとやかく言われないよう、むりやり昼食を平らげた。結局のところ父親が言うように、悪いことは何も起こらないのかもしれない。学校まで歩きながら、そんな希望に励まされた。でも、もし父親が間違っていたらどうなる。大人は、間違える。〈耳〉のことだって大丈夫だと言っていた。そう思うとまた一気に落ちこんで、春のそよ風に寒気を感じた。脚がよろよろして、綿雲《わたぐも》の中を歩いているようだった。

さらに別の学校から来た違う教師二人が童《トン》のクラスに割り当てられ、生徒が一人一人入って二度目の同じ質問に答えた。今回は、教師二人が前ほど怖い感じではなかったので、童《トン》は相手の目を見上げることができた。彼らは両親の睡眠のとり方を、変わっているとは思わないようだった。質問に答えるたびに、教師の一人に「本当ね？」と訊かれたが、彼女の声が優しかったので、嘘をつくのは難しくなかった。質問が終わる頃には、ほっとした気持ちになっていた。教師たちは優しくしてくれる――もしばれているなら、そうはしないだろう。確かに〈耳〉を捜したこと以外、彼はとりたてて何もしていないのだ。考えれば考えるほど、白い布に書いた署名は現実にあったことではないような気がしてきて、じきに陳情書のことを心配するのはやめてしまった。

秘密が命を持つことがあるなんて、妮妮《ニーニー》は知らなかった。いつか行く場所があるということがたちまち胸の隅々にまで広がり、いまだにふくらんでいて、小さな乳房が疼《うず》いている。関節がゆるんで言うことを聞かなくなり、いいほうの手と脚でさえ体から離れて遠くへ行ってしまうようだった。妮妮《ニーニー》は、二番目の妹が枕の下に隠している手のひらほどの卵形の鏡に、自分を映してよくよく見た。鏡は小さくて一度に顔の一部しか映らないけれど、鏡の中にいる人はもう記憶にある醜い自分ではなかった。唇はふっくらし、頬は丸みを帯び、いつも赤みがさしていた。

心が支配されてしまうのはこれが初めてではない。八十《バーシー》に会う前は顧《グー》師と顧《グー》夫人がいた。でも人への想いは突き上げるように強くなることがあるらしい。体が小さすぎて、もう秘密をしまっておけないような気がした。道で知らない人に、それどころかうっかり家族にしゃべったりしないよう、口の内側を噛んでいなければならなかった。ついには爆発しそうになって、妮妮《ニーニー》は赤ん坊を抱き上げると、市場にこの子を連れて行く、とちび四とちび五に言った。二人の妹はついて行きたいとせがんだが、他にもやることがあって二人がいても役に立たない、と妮妮《ニーニー》は言った。妹たちをなだめるために、八十《バーシー》の家から持って帰ったお菓子を一つずつあげた。彼女は、もし家でいい子にしていたらもっとおやつをあげる、と約束した。庭で遊んじゃだめ？　ちび四がそう訊き、小路には出ないと誓った。妮妮《ニーニー》は迷った。二人の妹は双子のようになりつつあって、お互いがいれば世界が完結してしまう。たいていは庭で遊ばせてもかまわないのだ。でも、何かしてあげるたびにありがたいと思わせ、言うことを聞くようにさせるためには、今回はもっと権力をふるってもいいだろうと判断した。彼女は妹たちに、家に錠をして閉じこめなきゃいけないと言った。二人はがっかりしたようだったが、どちらも文句を言わなかった。並んで立ってお菓子をしゃぶりながら、妮妮《ニーニー》がドアを閉めて外から錠をかけるのを見ていた。

「おまえに義理の兄さんを見つけたからね」通りに出ると、妮妮《ニーニー》はちび六の耳に唇をつけて、そうささやいた。

赤ん坊は、脇道でランプを点滅させているパトカーを指さして「ぴかぴか」と言った。

「おまえにもいい旦那さんを見つけてあげる。そうしたらみんな羨《うらや》ましがって嫉妬の目で見るよ」妮妮《ニーニー》は、両親と上の二人の妹が地団駄《じだんだ》を踏むところを思い浮かべた。もしちび四とちび五がいい子にしていたら、彼女たちにも手を貸すことを考えてあげよう。妮《ニー》妮《ニー》がそっと引っぱったので、赤ん坊はパトカーではなく彼女のことを見なければならなくなった。「ねえ。もっといい暮らしがしたい？　したかったら、あたしに引っついていなきゃだめだよ。他の家族は誰も愛しちゃだめ。他におまえを幸せにしてやれる人はいないんだから。この姉さん以外はね」

「ねえたん」ちび六は濡れた唇を妮妮《ニーニー》の頰にくっつけた。

「おまえの義理の兄さんはね」八十《バーシー》のことを大胆にそう呼んで、彼女は頰を染めた。「おまえの兄さんは、石だって笑わせることができる人なんだよ」

赤ん坊は、「兄さん」という初めて聞く言葉の練習で、ばぶばぶ言った。

「その人はお金持ちだから、おまえが結婚する番になったら持参金をくれる。他にそんなことしてくれる人なんかどこにもいないんだからね」

鍵の開いたドアから八十《バーシー》の家の中に入っても、しばらく挨拶の返事が返ってこなかった。寝室のドアが閉まっている。妮妮《ニーニー》はドアをノックした。「中にいるんでしょ。いたずらしようとしたってだめだよ」

部屋から返事はなかった。ドアに耳をつけると、布が擦れ合う音が聞こえた。「八《バー》十《シー》？」

ちょっと待って。返ってきた彼の声は、あわてふためいているようだった。妮妮《ニーニー》はドアを開けた。八十《バーシー》は片手で社会の窓のボタンを閉めながら、駆けつけてきた。「来るとは思わなかったよ」ちょっと息を切らしている。

妮妮《ニーニー》は彼の赤らんだ顔をじろじろ見た。「誰がいるの」

「誰もいないよ。僕だけ」

妮妮《ニーニー》はちび六を八十《バーシー》に押しつけ、調べに入った。八十《バーシー》の反応がどうもおかしい。本能的に、他の女を隠していると思った。乱れた掛け布団をベッドから持ち上げたが、下には誰も隠れていなかった。ベッドの下を覗いた。カーテンの向こうのおばあさんのベッドはからっぽ。箪笥もそうだった。

「何を探してるの」八十《バーシー》はにこにこしながら言った。赤ん坊は肩車をされ、彼の髪を引っぱっていた。

「誰か隠してる？」寝室に女の痕跡が見つからなかったので、妮妮《ニーニー》は訊いた。

「そんなわけないだろ」

「そうじゃなかったら、どうして朝の真っ盛りに寝ていたの」

「寝てたわけじゃないよ。散歩から戻ってきて、ベッドで休もうと思ったんだ。本当は君が入ってきたとき、君のことを夢見ていたよ」

「そんなこと信じるばか、いないよ」

「信じてよ。僕は君のことしか考えてない」

妮妮《ニーニー》は笑ってやろうと思ったのだが、彼は切なげな目でこちらを見つめていた。「信じる」と彼女は言った。

「華《ホア》ばあさんに話したんだ」

妮妮《ニーニー》は心臓が一瞬止まったような気がした。「何て言ってた?」

「だめとは言わなかった」

「じゃ賛成?」

「華《ホア》じいさんと話さなきゃいけないって言うんだ。でも賛成してくれると思うよ。しない理由がないもんな。僕がおまえと結婚したいって言ったら、いまにも僕にキスしようって感じだったよ」

「ばかみたい。あの人が八十《バーシー》にキスしたいと思うわけないでしょ。おばあさんなんだよ」

「じゃあ、君がキスする? お嬢さん」

妮妮《ニーニー》は八十《バーシー》の腕をぶった。彼が脇へ飛びのくと、赤ん坊がうれしそうに金切り声を上げた。妮妮《ニーニー》が両手を広げて捕まえようとすると、彼はあちこちへひょいひょい逃げた。三人とも笑った。

妮妮《ニーニー》が最初に騒ぐのをやめた。もう疲れた、と言って、八十《バーシー》のベッドに座った。ちび六はもっと動けと髪を引っぱった。八十《バーシー》は寝室じゅうを行進しながら、朝鮮の前線に向かう兵士の歌をうたい、赤ん坊は彼の頭を叩き、妮妮《ニーニー》は一緒に口ずさんだ。うたい終えると、彼は赤ん坊を妮妮《ニーニー》の隣に下ろした。それから赤ん坊がしているよだれかけのハンカチをとって、小さなネズミの形に折り、指でネズミが生きているかのように動かして、ちび六の上に飛び乗らせた。赤ん坊が大喜びで叫んだので、妮妮《ニーニー》はびっくりし、それから笑った。

「花のような女の子が二人いるなんて、僕はなんて運がいい男なんだ」

妮妮《ニーニー》は笑うのをやめた。「何ですって」

「いたずら一つで二人とも笑わせたって言ったんだよ」

「ううん。違うこと言った。どういう意味なの」

八十《バーシー》は頭をかいた。「どういう意味かって？　わかんないよ」

「嘘つき」知らないうちに涙がこみ上げてきた。自分は市場で見かける性悪女みたいな口をきくし、あの母親みたいな口をきく。それが恥ずかしかった。

ちび六はハンカチのネズミのしっぽをしゃぶり、興味深げに二人を見物していた。八十《バーシー》は心配そうに妮妮《ニーニー》のことを見た。「お腹が痛いの？」

「この赤ちゃんをどう思っているの。言っておくけど――この子は八十《バーシー》のものじゃないんだからね。この子は世界一の男と一緒になるんだよ」

「この僕よりもさらにいい男？」

「百倍いい男」妮妮《ニーニー》はもう笑顔になりかけていた。「ちび六を自分のものにしようなんて思わないで」

「まさか、ほんの赤ん坊だぞ！」

「ずっと赤ん坊のままじゃないよ。この子はいずれ大きくなる。そのときには、八十《バーシー》はあたしのこと好きじゃなくなってるに決まってる。だってこの子のほうが若くてかわいいもん。教えて、そういうたくらみなわけ？　あたしと結婚して、いつかちび六を手に入れようっていう」

「誓うよ。何もたくらんでません」

「じゃあ、この子が大きくなったら――」

「僕はこの子の兄さんなんだから、もちろん気を配ってやるよ。この子のために、僕より百倍いい男を選んでくる」

「にいたん、にいたん」ちび六はまだハンカチを口に入れていた。

信じない、と妮妮《ニーニー》はまじめな顔を保ちつつ言った。

「本気だよ。もし嘘だったら、世界じゅうのネズミに齧られて死ぬか、サソリに舌を刺されて二度と口がきけなくなるか、魚の骨が喉に引っかかって飯を一粒も呑みこめなくなる。誓うよ。僕の心には君しかいない」

彼を見ると、その目には少しも冗談の気配がなかった。「そんなにぎゃんぎゃん誓うのよして」彼女は優しい声で言った。「信じるよ」

「いや、信じてない。わかってもらえたらなあ」彼は大きく息を吸った。「妮妮《ニーニー》。愛してる」

彼が愛を口にしたのは初めてだった。二人とも顔を赤らめた。「わかってる。あたしも愛してる」妮妮《ニーニー》はささやくように言った。腕も脚もみんな場違いで、体がうっとうしい重荷に思えた。

「何だって？　聞こえない。もっと大きな声で」八十《バーシー》は手を耳にあてがった。「いま何て言った？」

妮妮《ニーニー》はにたっとした。「何にも言ってないよ」

「あー、みじめ。片思いなのか」

「そんなことない」思ったより大きな声が出た。八十《バーシー》がこちらを見て、信用できないように首を振ったので、彼女はあわてた。誤解しているの？「もしあたしの言うことが本当じゃなかったら、稲妻の神さまがあたしの体をまっぷたつにする」

「そうしたら雷鳴の女神がものすごい音で僕を殺す」

「ううん。あたしのほうが百倍痛い思いして死ぬんだよ」

「僕の死に方のほうが千倍痛い」

「生まれ変わったら奴隷になってあげる」

「生まれ変わったら蠅になって周りをぶんぶん飛んで、君に叩き殺される」

相手のためなら苦しんでもいいことを証明したい、という強い思いで感きわまったように、二人とも口をつぐんだ。二人は静けさの中、赤ん坊がばぶばぶ言うのを聞いていた。どれだけ求め合っているかわかってしまったいま、どうなるんだろう、と妮妮《ニーニー》は思った。八十《バーシー》が彼女の顔に手を添えると、ごく当たり前のように唇が唇に触れた。それかった。

ら二人の体はベッドに、それから床に音もなく倒れこんで、骨まで痛くなるほどきつく抱き締め合った。

八十《バーシー》は彼女を抱き上げて祖母のベッドに乗せた。ちび六はそれをじっと見ていたが、カーテンが引かれると興味をなくした。八十《バーシー》のベッドの端から端まではいはいをして新たな陣地を探検し、ロープでベッドに縛られない自由を楽しんだ。まもなくベッドから転がり落ちたが、引きずっていた枕のおかげで助かった。ちび六はいいかげんに泣いてから、もう一つのベッドのほうへ這って行った。からみついてきそうなカーテンを通り過ぎ、大きな靴をよけて回り、それからもっと大きな靴をよけると、ひたすら目指していたベッドの下に、ようやく到着した。ベッドでは姉と兄が、初めて体験する喜びと苦しみにあえいでいた。ちび六はベッドの下で細長い高麗人参のかけらを拾い、しゃぶってみた。最初は甘かったのに、後からひどい味になった。棒を吐き出して力いっぱい放り投げたら、大きな靴の上に落ちた。

「八十《バーシー》」妮妮《ニーニー》がささやいた。八十《バーシー》は間近で見つめていたが、彼女の首の曲線に頭を埋めた。「結婚するまで待とう」八十《バーシー》はささやき返した。「責任感のある男だってわかってほしいからね」

妮妮《ニーニー》は自分の乱れた服を見て、恥ずかしそうにほほえんだ。彼は彼女のシャツのボタンをとめ、それから二人してちび六が一人で何か言っているのを聞いた。

「君が帰ったら、すぐ華《ホア》ばあさんとじいさんを探しに行く」と八十《バーシー》は言った。

「明日にでも結婚したいって言って。うちの親は気にしないから」

「なんて僕は運がいいんだ」

「運がいいのはあたし」

二人は抱き合ったまま横たわっていた。ときおりどちらかが沈黙を破って、自分たちとちび六の今後の計画を話した。将来の生活のことだ。ずいぶんたってから八十《バーシー》が時計を見て、また見直した。「もうお昼近いよ」

時計を見た妮妮《ニーニー》は、耳を澄ました。いつも小学生や大人が昼休みで家に帰る時間なのに、それにしてはやけに静かだ。彼女は体を起こして、もう行かなきゃ、と言った。体を満たすけだるい夢が、重すぎて動けないとでもいうようにぐずぐずした。親も妹たちも、待たせておいたっていい。

「午後になったら来る? その頃には華《ホア》じいさんとばあさんに話しているよ」

「お昼の後に来るね」妮妮《ニーニー》は彼に背を向けて服を整えた。出る前に、揚げた南京豆の小袋をコートのポケットに入れた。ちび四とちび五にあげるの、と言うと、八十《バーシー》がそれにキャラメルを少し足してくれた。

八十《バーシー》の庭から出ると、二人の年配の女が妮妮《ニーニー》をじろじろ見て、それから顔を見合わせた。白昼堂々と彼の家から出たのは初めてだ——いつもは用心して、早朝の薄暗いときにこっそり出入りしていた——でも、女たちには探りを入れたいとか妬ましいとか思わせておけばいい。彼女は彼のものだし、彼は彼女のもの。それに華《ホア》じいさんとばあさんがすぐに結婚させてくれる。もう何も恐れることはないのだ。

通りは気味が悪いほど人気《ひとけ》がなかった。市場は閉鎖され、表通りのほとんどの店が閉店していた。小学校の前を通りかかると校門が開いて、全学年の子供たちが走り出してきた。学校が子供たちを遅く帰らせているんだと思い、妮妮《ニーニー》は足を速めた。親と妹たちが帰ってくる前に戻れるだろうか。留守にしていたことに、気づかれもしないかもしれない。

家の数区画手前から、煙が上がっているのが見えた。人々がバケツや洗面器を持って脇を走り抜けていく。家の小路に入ると、近所の人がほっとして大声を出した。「妮妮《ニーニー》。家にいなくてよかったな」

妮妮《ニーニー》は、火に包まれている家を見た。黒い煙がもうもうと青空に立ち昇り、すばしこく質《たち》の悪いオレンジ色の火の舌が、屋根をなめていた。さっきの近所の人が、安全なところまで離れていろと怒鳴った。親はこっちへ向かっていて、消防車も来るところだという。

学校の子供たちが数人、妮妮《ニーニー》の脇を走り抜けた。通りかかる人たちみんなに大声で注意を呼びかけていたが、警報のためというよりはむしろ興奮からで、じきに大人たちに小路から出て行くよう命じられた。見るとさっきの近所の人が、家に向かって走っていくところだった。もう自分のことなど忘れていてほしいと思った。彼女は赤ん坊をしっかり抱いて、走っていく人々の流れに逆らい、近くの小路に忍びこんだ。空気になって消えてしまいたい、と思いながら。

八十《バーシー》は妮妮《ニーニー》の家の小路を二回通ったが、近所の家をノックして一家がどこにいるか尋ねても、誰も何一つ教えようとはしなかった。レンガの壁は残っていたが、屋根が崩れていた。家の前屋は、二つの窓とドアだったところに黒い穴が開き、髑髏《どくろ》を思わせたが、八十《バーシー》は唾を吐いて縁起でもない連想をした自分を叱った。一人の年配の女がトングで残骸を丹念に調べていて、彼の足音を聞くと怯えたように顔を上げた。八十《バーシー》は近所の人だと思って会話をしようと、火事に遭った家の人たちのことを知らないかと声をかけたが、彼女はひどくうろたえ、小物をあれこれ入れた籠を持って、そそくさと行ってしまった。彼はしばらくしてやっと女が何をしていたのか気づき、人の物を返せと叫んだが、すぐ姿が見えなくなってしまった。

八十《バーシー》は市立病院に行って情報を探ることにした。もし妮妮《ニーニー》が思っているとおり二人の妹が火に巻きこまれたのだとしたら、病院にいる誰かが何か知っているにちがいない。午後、八十《バーシー》が華《ホア》夫妻のところから戻ってくると、鍵をかけたドアの前で妮妮《ニーニー》が体を縮めて丸くなっていた。起きなよ、おい。うれしい知らせがあるぞ、と言ったが、妮妮《ニーニー》が目を開けると、彼ははっとした。一時間もたたないうちに彼女は別人のようになっていた——いつも妮妮《ニーニー》は、飢《う》えも怒りも興味も決意も、小さな顔に全部出してしまう。でもいま、その顔が空白なのを見て八十《バーシー》はぞっとした。ちび六が彼の声を聞きつけ、物置小屋から這い出してきてにっこりした。

妹たちを殺して家族を宿無しにした縁起の悪い女の子だけど、それでも結婚したい？　妮妮《ニーニー》が訊いた。質問の意味を理解するのに八十《バーシー》は数分かかった。彼は妮妮《ニーニー》の気持ちを軽くしてやれることはないか考えてみたが、彼女がまばたきもせずにじっと見つめるので、どうも頭が働かなかった。彼は、君の両親が結婚の申し込みに応じれば、華《ホア》夫妻は君を迎え入れてもいいと言ってくれたよ、と話したが、思い描いていたほど堂々と話せなかったし喜びの気持ちもなかった。天国にいられたのに、すごく幸せでいられたのに、と妮妮《ニーニー》が言った。八十《バーシー》は、まだ幸せになれるよ、と言ったが、彼女は首を振って、幸せの罰を受けているの、と言った。天は与えるよりも取り返すもののほうが多いけちんぼだ——八十《バーシー》は祖母が好きだったことわざを思い出し、妮妮《ニーニー》に言った。天は意地悪だよ、と妮妮《ニーニー》が言うと、それなら一緒に地獄へ行く、と八十《バーシー》は答えた。そうしてしばらく手を握り合い、ちび六が庭ではいはいしているところを見つめた。二人とも最初は子供で、世間にとって用のない存在だったのだが、お互いを得て半日のうちに成長し、世間など必要としない男と女になっていた。

病院に行く途中、八十《バーシー》は見慣れない顔が二、三人ずつ通りをうろついているのを見かけた。火事のことがなかったら、このよそ者たちに話しかけて会話を始めるところだが、いまは他人《ひと》ごとのように見ていた。世の中は崩壊しつつあるのかもしれないが、妮妮《ニーニー》と彼にとってはどうでもいいことだった。

緊急救命室の受付はいつもどおり愛想が悪く、これといった情報を引き出せなかったので、八十《バーシー》は病院の前にいる二人のよそ者に目をつけた。「忙《せわ》しい日ですね、兄貴」彼は二人に近づいた。

二人の男は八十《バーシー》を頭の先から足の先までなめるように見て、口をきかなかった。八十《バーシー》はタバコを一箱すすめた。八十《バーシー》に年の近い若いほうが手を出したものの、相棒をちらっと見て首を振り、タバコは持っていると言った。

「がっかりだなあ。気を悪くしないでほしいんだけど、タバコをすすめられて断るなんて許されないんですよね。少なくともこの町じゃ」

年上のほうが申し訳なさそうにうなずき、自分と相棒に一本ずつタバコを引き出した。若いほうがマッチをすって、まず年上のほうのタバコに火をつけた。彼が尻のほうまで燃えているマッチを差し出すと、八十《バーシー》は首を振った。「ところで、どこの人ですか」

「どうしてそんなこと訊くんだ」年とったほうが問いただした。

「ただ興味があるだけですよ。僕はたまたま町の人をたくさん知ってますけど、おたくらは見かけない顔だから」

「ほう、それで？　君、職業は？」年とったほうが言った。

八十《バーシー》は肩をすくめた。「火事のこと何か聞いてます？」

「火事があったのか」

「一軒、全焼したんです」

「災難だな」若いほうが言った。

「じゃあ何も聞いてないし、見てもいないんですか。何か知ってるんじゃないかと思ったのに。一日じゅうここに立ってなきゃいけないところからして」

「一日じゅう立ってるなんて誰に聞いた」と若いほうが言った。年とったほうが咳払いをして相棒の袖を引いた。

八十《バーシー》は二人を見て、にやりとした。「なめてもらっちゃ困るな。おたくら、例の集会のことで来たんでしょ？」

「誰に聞いたんだ」二人は両脇から迫ってきた。

「僕には目も耳もついてますからね。もし手伝ってくれたら、こっちも手を貸したっていいんですよ」

年上のほうが八十《バーシー》の肩に手をかけた。「知ってることを言えよ、兄ちゃん」

「ちょっと、痛いんですけど。何を知りたいんですかね」八十《バーシー》は言った。

「知っていること全部だ」年上のほうが答えた。

「言ったでしょ。先に手伝うって約束してくれなきゃ」

「こういうことに駆け引きはなしだ」

「へえ、そう。あの人が何をしたか教えてほしくないんですか」八十《バーシー》は、一人の中年男を指さした。男は病院を出て、通りを渡って行った。

年上のほうが若いほうに目線を送ると、若いほうはうなずいて通りを渡り、ちょっと走って中年の男に追いついて行った。

「緊急救命室に入って、火事で負傷した人がいるかどうか訊いてくれたら、あの人が何をしたか言いますよ」年とったほうにまた迫られると、八十《バーシー》はそう言った。

「まずそっちが言え」

「そうしたら手伝ってくれないじゃないか」

「手伝うから」

八十《バーシー》は男をじろじろ観察した。「信じますよ。あの男は——名前は知らないけど、病院で働いてるのは知ってます——反革命分子の女のための陳情書に署名したんです。さあ、そこに入って手伝ってくれなきゃ」

男は動かなかった。「それだけか」

「あれっ。これ、重要な情報じゃないんですか」

「頭を使えよ、兄ちゃん。陳情書に署名をしたなら、教えてもらわんでもいいだろうが」

「それじゃ、何を知りたいんですか」

「誰か見たか。たとえば、集会に行ったけど署名はしなかった人間だ」

それが狙いだったのか。八十《バーシー》はにやっとしながらうなずいて、緊急救命室の入口を指さした。男はそれを見ると、吸い終えたタバコを側溝の中へはじき飛ばした。「やってやるけど、それなりの返礼はしたほうがいいぞ」

数分たつと、男が戻ってきて言った。火事で死んだ者はいないが、二人の幼女がひどい火傷《やけど》を負って、今日の午後、省都に移送された。八十《バーシー》は、火に呑みこまれた小さな体を思い浮かべておののいた。

男は八十《バーシー》をじっと眺めた。「女の子たちは死んでいない——いい知らせか悪い知らせか知らんが、突きとめてきたぞ。今度はおまえの番だ」

「何を知りたいですか」

「言っただろ。知っていること全部だ」

「あるおばあさんが——誰のことかわかるだろうけど、反革命分子の母親ね——黒幕なんです」

男は、そんなことかと鼻であしらった。「他には？　こっちの知らないことを言えよ」

「えらく人がたくさんいたから、とても全員の名前は憶えられませんね」

「せめて少しは憶えているんだな？」

「そうだなあ」八十《バーシー》は考えてから名前を挙げた。集会で見かけた数名と、いつだったか彼を怒らせた二、三人。報告が正しいかどうかチェックする気が男にないようだったので、八十《バーシー》はもっと大胆になって、集会に出ていた人の名前を憶えているかぎり挙げ、そこに敵とみなしている者たちを付け加えた。男は手帳に名前を書き留め、それから八十《バーシー》の個人情報を尋ねた。

八十《バーシー》は名前と住所を教えた。「助けがいるときはいつでもどうぞ」

「ちょっと待て。君はどうして集会に行ったんだ」
「何やってるのか見に行っただけ」八十《バーシー》はそう言うと、男たちに別れを告げた。

若さの喜びは一日をまばたきのように短くするが、老いの孤独は一瞬を永遠の悪夢のように引き延ばしてしまう。小路の壁に夕日が映す、傾いた自分の影を顧師《グー》は見つめた。手にした封筒にはずしりと重みがあったが、一瞬、最初の妻に何を書いたのか思い出せなくなった。この手紙が彼女の机に届き、開封されて読まれ、ふたたび読まれ、それから返事を書かれるまでにどれだけかかるだろう。返事が届くまでの時間をかぞえたり足したりしてみたが、日数は出てこなかった。

妻は昨夜、二人の警察隊員に連行された。彼は最後に書いた一通に、逮捕のことを事務的にしたためたことを思い出した。警察がやって来てノック一回でドアを押し開けると、妻は寝室から出てきて、黙って手錠をかけさせた。顧師《グー》は食卓の前に座っていて、手紙を書いていたわけではないが、万年筆を手にしていた。警察隊員も妻も彼には何も言わなかったので、一瞬、意思が通じて透明になったような気がした。彼は最初の妻に長い手紙を書いた。解放されたという事実が、魔法のように彼を詩人に変えた。ずいぶん前から、詩人でいるのはやめていたのだが。

妻は朝食にも昼食にも戻らず、いまや家路を行く人々の重なり合う長い影が、通りや小路を埋め尽くしていた。すでに顧師《グー》は、妻が夕食にも戻らない、いや、おそらくは死ぬまで戻らないのを知っていた。こうして誰もが消えていく。彼は与《くみ》するどころか、反対すらさせてもらえない。最初の妻は、ある日仕事から戻るのが遅かった。そして気がつくと、離婚を申し出る美しい筆跡の手紙がお茶のポットの脇に残されていた。彼女のために淹れておいたお茶は、手をつけられないまま冷えていった。珊《シャン》は警察が来たとき、ベッドで本を読んでいた。もう就寝の時間に近かったのは、逮捕がおこなわれるのがいつもその時間帯だからだ。珊《シャン》が逮捕が合法なのか問いただしながら抵抗してもみ合いになったが、最後には引きずられていき、あとには読み古した本が枕元に残された。妻は昨夜、警察が逮捕すると告げても何も訊かなかったし、抵抗もしなかった。妻は夫の背に向かって謝罪の言葉を言ったが、そんなことをして何になる。三十年ともにした家にいながら、もはや彼女の心は彼のもとを去って遠くへさまよい、すすんで祭壇にまつられようとしているのに。誰もがいとも簡単に退場していく。まるで彼がいい夢でも悪い夢でもない、退屈な内容のどうでもいい夢であるかのように。彼女たちはある日目が覚め、彼が消えたことなど気にも留めずに生活を続けていくのだ。二本の枝の間に彼の顔が見えたり、老犬の咳払いに彼の声が聞こえたりしたとき、ちょっとは立ち止まって彼のことを考えることもあるのだろうか。妻はいまどこにいるにせよ、小路で泣きながら待つぐらいしかやることがないこの年寄りの病人のことを考えているだろうか。顧《グー》師は杖で体を安定させようとしたが、手がむやみに震えるので、一瞬、待ちかねていた終焉が来たのかと思った。肉体が自らの意思をふるい、精神が止める隙もなくどん底の状態へ彼を投げ入れるときが。

「大丈夫ですか」美しい声をした隣の男だった。顧師《グー》はわざわざ男の名前を突きとめたりしなかったが、男の妻はやたらとこちらを監視したがっていた。男はすぐ脇で自転車にブレーキをかけ、片手で顧師《グー》の体を支えた。

顧師《グー》はうろたえつつ、腕をなんとか放して逃げようとした。しかし男の手は、鉄の締め具のように固く握っていた。男は自転車から降りて、片手で顧師《グー》の腕をつかんだまま言った。「病院に行かなきゃいけないんですか」

「郵便ポストへ行くんだ」顧師《グー》は威厳を取り戻すと、そう言った。

「代わりに行きましょう」

顧師《グー》は首を振った。金属の箱に手紙が落ちる、すとんという音を聞きたかった。最初の手紙を出してから何日たっただろう。彼はまたかぞえた。名前と住所を書いたその手紙は、彼が出した他の分厚い手紙と同様、まず他人の手に渡って読まれることも知らずに。手紙を読んだのは、退職までの一年を警察部隊の事務職として務めている年配の男だった。彼はほとんど判読できない文章を読んで、心を悩ませていた。読んでいると、死の床にある両親のことや、すぐそこまで来ている退職のことを考えさせられた。政府に対してやや敵対的なことを言おうとしている部分を線で囲んで騒ぎ立てることもできたが、わびしい晩年を過ごしている同胞に理不尽な苦しみをもたらす理由もないため、結局は問題なしと判を押し、続けて配達に回すようにした。彼は眠れない夜、手紙を読んで返事を書く女のことまであれこれ考えた。顧家《グー》の住所に送られてくる返事を読むのも彼が担当したいところだが、それは別の同僚の仕事だった。彼女は三十代後半の女で、読む間いつも飴玉を口に入れていて、歯に当たる煩わしい音がいらだたしかった。彼は、顧師《グー》宛ての手紙のことを彼女に尋ねる気にはなれなかったが、ほとんど顧師《グー》に負けないほど返事を書く女のことが知りたくてたまらなくなっていた。彼も顧師《グー》も、手紙は開封されないまま、他の郵便物とともに書斎に置かれているとは思いもよらなかった。当の女は癌と孤独で死にかけており、北京の高官専用の病院にいたのだ。

「ポストに入れるの、手伝いますよ」男は顧師《グー》に言った。

顧師《グー》は口をきかなかった。彼は男の手から逃れて歩き続けたが、数歩歩いて男がまた申し出ると、嫌とは言わなかった。顧師《グー》は前の晩から何も食べていなかった。男はまたそばに来て、顧師《グー》がかろうじて壁で体を支えているのがわかると、軽々と持ち上げて自転車の荷台に乗せた。「病院に連れて行きますよ、いいですね」男は片手で自転車のハンドルを握り、もう片方の手で顧師《グー》の体を安定させながら、声を張り上げた。

顧師《グー》はそれに激しく抵抗し、おかげで二人も自転車ももう少しで倒れそうになった。近所の人がもう一人手を貸しに来て、一緒にゆっくり自転車を押して顧家《グー》の門の前まで行った。男は自転車を壁に立てかけ、顧師《グー》が荷台から降りるのを手伝ったが、彼らが庭に入ろうとすると、男の妻が降って湧いたように登場した。「どういうことなの、これは」彼女は舌打ちをした。「あんたは私たちプロレタリアートを嫌っている人じゃなかったの？」

顧師《グー》は立ち止まったが、言われているのは自分だと気づくのが一瞬遅れた。これでもかと詰め寄ってきたので、顔の前で彼女の目が拡大した。「あの妻はどこよ。もう人民の力を認める？」

もう一人の近所の人が、そっと立ち去った。男は妻に言った。「すぐ帰れよ。騒ぎ立てるのはよせ」

「どうしていけないの。この人たちが目の前でだめになっていくところを見たいのよ」

顧師《グー》が咳払いをすると、女は手で顔をかばった。「どうぞ。入りなさい」顧師《グー》は力なく言った。「それほど引き留めないよ」

女が口を開けたが、夫がせがむような声でまた言った。「もう帰ってくれ。すぐ戻るから」

「私に指図するなんて何様のつもり」

もうふらふらしなくなったので、顧師《グー》は丁寧に男の指を腕からはずした。「ありがとう、君。ここは自分の家だから、もう行っていいよ」

男はためらったが、妻は笑った。「さあ早く。あんたのお父さんじゃないんだから、孝行息子みたいに付き従わなくてもいいのよ」

男は何も言わずに妻と行ってしまったが、その間にも妻は、どうして年寄りの反革命分子にいんぎんな態度をとるのか問い続けていた。二人が自宅のドアに姿を消すのを、顧《グー》師は見守った。しばらくすると、静まりかえった家の中に入った。薄暗く、冷えきっていた。ふと、隣人の妻のように口の減らない妻がいたら、と思った。家じゅうを愚かな発言でみなぎらせてくれたら、空虚さを埋める意味を自ら見出さなくてもすむのだが。彼は立ち尽くして愚かにあれこれ望んでいたが、それから気を取り直した。生ぬるいやかんの水を茶碗に注ぎ、粉糖を数匙入れた。からっぽの胃といっぱいになった膀胱とその後のあふれそうなおまるという、真っ先にやらなければならないことを端から片づけるには、エネルギーがいる。他にも後で考えることがあった。妻の居所を突きとめる段取りと、妻に会うためにとるべき手続きと、かつて娘のためにやり、いま十年前にも増して希望がないにもかかわらず、ふたたび妻のためにやらなければならないこと全部だ。顧《グー》師が砂糖水をすすると、むせるほど甘かった。

ドアが一度だけノックされ、また招かれざる客が来たことを告げた。振り返ると、さっきの男がいた。まだ仕事着を着ていて、作業ズボンの前に黒ずんだ潤滑油がついている。「顧《グー》先生。女房の無礼な態度を気にしないでもらえるといいんですが」

顧《グー》師は首を振った。黙って手ぶりで食卓の前に座るように促した。男はポケットから紙袋を二、三取り出した。それらを破いて開け、伸ばした紙の上に中身——揚げ豆腐、豚足の塩漬け、ゆでた南京豆、白ごまをふりかけた海草サラダ——を広げた。「誰かと語り合ったらどうかと思いまして」男は高粱酒の平たい小瓶を顧《グー》師に渡した。

顧《グー》師は手のひらにおさまった平たい瓶を眺めた。緑色の厚いガラスに、紅い星がついたざら紙が巻かれている。「何もお返しできなくて申し訳ない」顧師《グー》はそう言いながら、箸を男に渡した。

男は自分用の酒をもう一瓶取り出した。「顧《グー》先生。女房のことで謝りに来たんです。おっしゃるとおり、男同士で」

顧師《グー》は首を振った。成人してから、この男のような地位にいる者、つまり全権を握るプロレタリア階級にいる教育程度が低い労働者と、食卓についたことは一度もなかった。それに近い唯一の記憶は、幼い頃に女中の家を訪れたときのことだ――彼女の夫は大工で、事故で右手の指を四本なくしていた。顧師《グー》はお茶を注ぐ男の短い指をじっと見たのを憶えている。男の体が放つ匂いは、文芸の大家や高名な教師など、馴染みがある男たちとは違っていた。「何の仕事をしているんだい、君」顧師《グー》は訊いた。

「セメント工場で働いています。あのセメント工場、知ってるでしょう?」

顧師《グー》はうなずいて、男が南京豆をいっぺんに二つ口に入れ、ぼりぼり嚙み砕くのを見つめた。「名前は?」

「狗剩《ゴウシェン》といいます」男はそう言うと謝るかのように、「物を知らない老いぼれなもので、お許しいただきたい」読み書きのできない親が、悪魔が欲しがらないように犬の食べ残しという名前をつけたのだと説明した。

「恥ずかしいことは何もない。兄弟は何人いるのかね」

「六人いますけど、全員女なんですよ。自分だけが両親の唯一の福だったんで」

顧師《グー》が意識的に望んでいたのは息子ではなかったが、いままでは間違っていたのだろうかと思う。息子がいればずっとましだっただろう。一緒に飲んで、男同士の話をして。

「それでも、よその多くの家に比べれば運がいい」顧師《グー》は言った。

狗剩《ゴウシェン》は酒の瓶をぐいぐいやった。「はい。でも男兄弟がいたら、これほどの重圧は感じなかったでしょうね」

「君と――奥さん――には、子供はいないのかい」

狗剩《ゴウシェン》は首を振った。「赤ん坊ができそうな兆しはぜんぜんないです」

「それで君は」――顧師《グー》は懸命に言い方を探した――「つくろうとはしているのかい」

「できるだけ。女房は――顧《グー》先生、あいつの無礼な真似はどうか気にしないでください――根は優しい女なんですよ。子供ができないのを気に病んでましてね。世間の物笑いの種になっていると思ってるんです」

顧師《グー》はその妻のことを考えた。彼女が放った言葉は剃刀の刃のようだった。心優しい女だとは想像できない。当然の報いを受けて絶望しているというので、彼は一瞬うれしくなった。とはいえ、意趣返しの喜びもすぐに消えてしまった。皆それぞれが過酷な苦しみの渦中にいるのであって、女を笑う権利など自分にあるだろうか。彼女の夫が自分に心情を打ち明けているのに。男が同胞に対して、真心からの告白をしているのに。

「あいつの気性のせいで、ますます赤ん坊ができないんじゃないかと気がかりでしてね。何でも欲しがる質《たち》の人間なんですよ。成功と名誉なら何でも。だけど、とても言えやしません。何でも」

顧《グー》師は瓶を取って、じっと眺めた。狗剩《ゴウシェン》は食べ物を顧《グー》師のほうに寄せて「さあ、やってくださいよ」と言った。「顧《グー》先生、自分は本に書いてある言葉をあんまり知らない男です。あなたほど物を知っている人には会ったことがない。どうか、教えてください。顧《グー》先生――もっとうまい手はないですか。女房がたくさんの人に意地の悪いことをして、そのせいで罰を受けるんじゃないかって心配で」

顧《グー》師は瓶をそろそろと飲み、喉あたりのきつい液体に身構えた。「科学的に言うと」彼はそう言って、自分の言い方に嫌気がさした。これでは孤独な夜から救ってくれた男を、白けさせてしまうだろう。「医者に行ったことはあるかい」

「女房が嫌がりまして――結婚して三年たつんです。妊娠できないってだけでもうたくさんなんですよ――医者に行ったら、世間にうちの問題を知られてしまうでしょう」

顧《グー》師は、女だけに原因があるとはかぎらないと説明しようかと思ったものの、誰が彼女を恥と屈辱から解放してやりたいものか。彼は酒を飲み、南京豆を狗剩《ゴウシェン》のように口に放りこんだ。「他に方法はないな。またやってみるしかない。でも卵を決して産まない雌鶏もいることは知っておくことだ」顧《グー》師は自分のえげつない比喩にうんざりし、それからいい気分になった。

狗剩《ゴウシェン》はそれを聞いて考えた。彼は数回酒をあおり、うなずいた。「だったら運が悪い定めなんですね。うちの親はあいつの写真を見たとき結婚に反対したんですよ。妻にしては男みたいに見えるって心配して」

「それじゃ、君が好きになったのかい」

「あいつはもう共青団の支部代表になっていて、自分はただの平凡な労働者でした。そんな相手を断れるわけないですよ。どれだけ運がいいか、誰にだってわかります。なにしろ縁組を言い出したのは相手のほうなんですからね」

「それなら、奥さんはどうして君を選んだのかな。いや、もちろん、君は二枚目だけども」顧師《グー》は見え透いたお世辞を言った。

狗剰《ゴウシエン》は首を振った。「信頼のおける男がよかったんだそうです。プロレタリア階級で、自分の手で生計を立てている男がね。でもいったいどうして自分を選んだんですかね。その基準にかなう男はたくさんいるのに！　ときどき自分じゃなかったらよかったと思います――もっと言うことを聞く女房が持てたかもしれないと思うと……。自分が言うことを聞くほうじゃなくて！」

顧師《グー》は酔って目を潤ませ、若者を見た。「女っていうのは予測がつかないものなんだ。男は女の論理を理解したいと本当に思っているんだがね。いいかい、女の行動に意味なんぞほとんどないんだよ。離婚したらどうだい。彼女は苦しませておけばいい。一緒に苦しむことなんかないぞ。女はどいつもこいつも同じ――男の足を引っぱるだけだ！」

顧師《グー》が突然語気を荒くしたので、狗剰《ゴウシエン》はぎょっとしたようだった。しかし顧師《グー》は、酒を飲んで活力を入れ、語り続けた。「たとえば私の女房だ――自分をなんという状況に追いこんだことか！」

狗剩《ゴウシエン》は黙って酒を飲み、それから言った。「顧《グー》先生。奥さんは……」

「女房をかばおうなんて思うのはやめてくれ。女房が何をしたかはわかっている」

「たぶん、せいぜい手を貸しただけでしょう。奥さんは年をとっているし、あんまり厳しい処分は受けないんじゃないですか」

慰めようとする彼の努力を、顧《グー》師は黙殺した。もう狗剩《ゴウシエン》に負けないほどの勢いで酒を飲んでいた。「いいかい、この新中国に起こった最悪のことは――私は新中国に逆らう気はまったくないんだよ。しかし男の同意なしに好きなことをやり出した、こういう女たちときたら。世間のことをずいぶん知っているように思っているが、まったく頭を使いやしない！　君の奥さん、気に障ったらすまないが――奥さんもうちの女房と同じ穴のむじなだぞ。それからうちの娘もそうだ――娘のことは知らないかもしれないが、奥さんとそっくりでな、思想や意見で頭でっかちだったが、礼をわきまえた人間でいることを知らなかった。彼女たちは自分を革命的だとか進歩的だとか思っているし、自分の人生を自由にできるようになって、おおいに世の中の役に立っていると思っている。でも革命なんぞ、ある人種が別の人種を生きたまま食らう計画的手段でしかないじゃないか。言っておくが――歴史は、拡声器から聞こえてくるようなものじゃない。革命の力ではなく、人々の欲望に動かされてきたんだ。他人を犠牲にして自分の利益のために好き放題やってやろうという欲望だよ。悪事は男がもうやり尽くしているというのに、この状況に女まで加わるなら、そんな世の中に赤ん坊を送り出そうなんて望みは抱かないほうがいい。生まれてくるような価値のあることが、こんな世の中にあると思うかい。教えてくれ。一つ満足な理由を聞かせてくれたまえ」

転がっていく南京豆のように、心が食卓の上にこぼれ出たような気がした。指をもううまく動かせないので、その南京豆をつかむことはできない。顧《グー》師は世の中に対して、このような強い感情を持ったことはなかった。憎むべき男だけでなく、愛する女にまで苦しめられなければならないのに、なぜ礼をわきまえ、謙虚でいなければならない？そもそも、どうして彼女たちを愛さなければならないのだろう。美しい女は白い骨の袋が化けた姿にすぎない、と仏陀が明言しているというのに。よくもだまされたものだ。妻と恋人と娘に――彼女たちは私を破滅させるために、つまり私が苦しみながら生きるよう、苦しみながら死ぬように遣わされた者でしかないじゃないか。

「顧《グー》先生。声がでかすぎます」狗剰《ゴウシェン》はひそひそと言った。「羽目がはずれてきましたよ」

食卓の前に座っている若者の名前を、もう思い出せなかった。若者が瓶を取り上げようとした。顧《グー》師は、若者とその背後に控えている世の中と闘う気で、その手を押しやった。ここは私の家なのだからやりたいことをやっていいんだ、と顧《グー》師は声をひそめずに言った。若者の大きくてがっしりした体の後ろから、世の中がおそるおそる覗き見ているのがわかった。もしそいつがまた見たら、緑の厚いガラスの瓶で頭を思い切り殴ってやろうと心に決めたが、手を見下ろすと、瓶はどこかへ消えていた。

革命の歌をうたっている途中で声がだんだん小さくなり、まもなく童《トン》の父親は鼾《いびき》をかき始めた。「飲んでも陽気でいられる人はあんまりいないんだよ」酒を好き放題飲ませている言い訳でもするかのように、母親が感心しながら言った。彼女は彼の脇に膝をつき、靴紐をゆるめて靴を脱がせた。「酒飲みのお手本みたいな人なんだから」

童《トン》は椅子の縁に腰かけ、ぶらぶらしている自分の脚を見下ろした。彼は父親が酔いつぶれるのを待っていた。陳情書の署名のことを口にする人は誰もいないけれど、それでも不安が消えず、念のため母親に話すことにしたのだ。

母親は父親の足から靴下を脱がせ、「少しぬるま湯を持ってきて」と顔を上げずに言った。童《トン》が行こうとしないので、父親が風邪を引かないうちに早くと命じた。童《トン》は重い足取りで、調理台に高くそびえている湯わかしのところへ行った。湯わかしのピンク色をしたプラスチックの蓋の上で、つがいの鶴が散歩している。彼は鶴を見た。一羽は首を空へ伸ばし、もう一羽は何か見えないものに向かって頭を下げている。母親にまた急かされたので、椅子の上にのぼって湯わかしを赤ん坊のように胸に抱いた。飛び下りると大きな音がして、母親が顔をしかめた。童《トン》は洗面台の下から足で洗面器を引き出した。洗面器の底がセメントの床に擦れて音を立てたが、その音を聞いたら一日ずっとしぼんでいた元気が復活する気がした。彼は運動場で必死にボールをとられまいとするように、洗面器をまず片足で、それからもう片方の足で少しずつ押していった。一、二、一、二とやっていたら、母親にぶつかりそうになった。

彼女はまず洗面器をとって、ほうろうの底をじっくり見ると、がっかりしたように言った。「童《トン》。もう大きいんだから、しちゃいけないことぐらいわかるでしょ」

涙があふれてきそうだったが、泣くのはよくない。彼は湯わかしを抱きしめて、厳しい小言を待ち構えたが、母親が湯わかしを奪いとった。彼女がまず手の甲で湯の温度を確かめ、父親の大きな足にかけるのを、童《トン》はじっと見ていた。父親は椅子で少し体を動かしたが、鼾をかき続けた。

童《トン》は、どうして父親のために何もかもしてあげるのか、母親に尋ねた。

「なんてこと訊くんだろうね！」母親は顔を上げて童《トン》の真剣な顔を見るとにっこりし、髪をなでてやった。「おまえが一人前になったら、いい奥さんといい息子ができる。そうしたらおまえも尽くしてもらえるんだよ」

童《トン》は黙っていた。湯を庭に運んで、塀のそばの隅に流した。部屋に戻ると、母親は父親を引きずるように抱えながら寝室へ連れて行くところだった。父親は文句を言って腕を振り回していたが、母親に布団に入れられると、酔いつぶれて寝てしまった。母親はしばし父親のことを見ていたが、それから童《トン》のほうを向いた。「宿題は終わった？」

「今日は宿題ないよ」

「どうして」

童《トン》は母親にさっと目を向けたが、わかってもらえないみたいだった。「学校は一日じゅう緊急会議やってたんだ」

「ああ、そうだっけ。思い出した。例の集会のことだね」

「清明節の日に何があったの」秘密を隠していることを見抜かれるかなと思いながら、童《トン》は尋ねた。

「複雑で説明できないようなことなの。全部大人の問題」

「校長先生が、ひどいことがあったって言ってた」

「おまえが考えてるほどひどいことじゃないよ。人によって考え方が分かれるの。人はいつだってそう。めったに同じ意見になることはないんだ」

「どっちが正しいの」

「担任の先生や校長先生だよ。いつも教わったとおりにしていれば、間違いはないからね」

童《トン》は、昨日集会で見かけた数人の先生たちのことを考えた。陳情書の向こうに座っていた先生と、白い花を手に黙って列に並んでいた二人。「考えても仕方がないことをあんまり考えるんじゃないよ。人と同じ列におとなしく並んでいれば、面倒に巻きこまれることはないし、面倒を起こさなければ何も恐れることはないの。夜中にお化けが来てドアをノックしてもね」

童《トン》はもっと質問しようと思ったが、何も訊かないうちに誰かが門を叩いた。母親が笑った。「噂をすれば、ほら、ドアを叩いてるよ。こんな遅くに誰だろうね」

童《トン》は母親について庭へ出たが、恐ろしさにいきなり喉が締め上げられた。庭で隠れるところと言えば、〈耳〉の家だった逆さまのダンボール箱以外にない。懐中電灯が放つぎらぎらした二本の光に向かって母親が門を開けると、童《トン》はダンボール箱にもぐりこんで息を殺した。

母親が用件を尋ね、誰かが低い声で答えた。何かの間違いじゃないですか。母親の声には恐怖がこもっていた。きっと誤解です。母親はお願いでもするように言い返したが、訪問者たちは耳を貸さないようだった。一人がきっと母親の体を押したのだろう。小さな驚きの悲鳴を上げて彼女が後ずさりした。童《トン》は外を覗いて、訪問者がはいている四つの革ブーツの中に、母親の綿の靴を探した。二人の男が家に向かって歩き、母親がそのあとを追った。主人は病気で床《とこ》に伏せっているんです、と彼女は嘘をついたが、その必死の願いは無視された。訪問者たちは部屋に入っていき、じきに目を覚ました父親が、侵入してきた人々に何か訊いているのが聞こえてきた。訪問者が淡々とした低い声で話すので、どうがんばっても何を言っているのか聞こえなかった。「はっきり言っておきますがね。その朝はこの家から一歩も外に出ませんでしたよ」と父親は言った。

訪問者は聞き取りづらい声で返事をした。

「きっと間違いです。断じて私たちは法を守る人民です」母親が主張した。

童《トン》は箱から出て、家のほうへ這って行った。開いているドアから、訪問者の一人が落ち着いた声で話すのが聞こえた。「いま話をするつもりはない。我々の仕事は署に連れて行くことだ。言いたいことは署で言えばいい。ほら、逮捕状を見ただろう。もし動く気がないなら、腕ずくで連れ出すからそう思え」

「あの、すみません、明日の朝まで待ってくれませんか。どうして今夜じゃなきゃいけないんです。家で寝させてくれたっていいのに。朝いちばんに伺って誤解を解くってお約束しますから」と母親は言った。

　訪問者たちが返事をしないので、童《トン》は彼らが母親の声には応じないで、父親を見ているところを想像した。そんなふうにふるまう男はたくさん見たことがある。女を、もっと言うとすべての子供を、まるでいないかのように無視するのだ。母親がそれを知って父親に任せておけばいいのにと童《トン》は思った。「女が見通せることなんてな」父親があざけった。「蟻の足みたいに短いんだ。このことわざを聞いたことがないのか。〈幽霊に話をしようと招かれたら、ぐずぐずしてはいけない（嫌なことは先延ばしにするな）〉」

「その意気だ」一人がふっと笑った。

「でも本当に、この人が何をしたっていうんですか」母親がぶつぶつ言った。

「はっきり令状に書いてあるんだ。警察の命令につべこべ言うな」もう一人が答えた。

「騒ぐなよ、おまえ。今夜はおとなしく出かけていくしかないらしい。だったら突っ立ったまま人生を無駄にすることもないでしょう、ねえ？」父親が言った。

「さあこれを。ものわかりのいい奴だな」一人が言って、何かの金属音を立てた。

「そんなことする必要ありますか。暴れるわけじゃないのに」と父親は訊いた。

「悪いな」手錠がカチャッと鳴った。「特別扱いはできない」

「少しおやつを持って行ってもいいですか。長い夜になるかもしれないし」と母親が尋ねた。

訪問者たちは何も言わなかった。「おやつなんてばかなこと言いやがって。うまい朝飯作っとけ。明日の朝、誤解が晴れたら戻ってくる」父親が言った。

「行く前に熱いお茶でもどう？　その上着で寒くない？　羊皮のやつ出そうか？」

「あんたのにしちゃ、いい女房だな」一人が言った。

「女なんてどんなものか知ってるでしょう。ゴミ扱いすればするほど、へつらいたがるんだ。うるさいばばあみたいに騒ぎ立てるのはよせ。ぐっすり寝てりゃ、すぐ戻る」

童《トン》は箱の中に引っこんで、まだほろ酔いかげんの父親が、黒い制服を着た二人の男たちと出て行くのを見守った。父親は後ろ手に手錠をかけられていたが、それでも長年会えなかった兄弟みたいに親しげに訪問者たちと話を続けていた。父親の余裕と自信を見て、童《トン》は怖くなった。白い布に自分の名前が署名されているのを見せられて、父親が仰天するところを思い浮かべた。父親は、自分の字ではないと言えるぐらい正気でいられるだろうか。でも、そうしたら警察は童《トン》に手錠をかけに来るのだろうか。そう考えたらぞっとした。少先隊の紅いスカーフを絶対にもらえなくなる。

二人の男が父親とともに出て行き、目の前で門がバタンと閉じられると、母親は呆然と立ち尽くしていたが、それから童《トン》の名前を呼んだ。返事がないので、声を張り上げてまた呼びかけた。

童《トン》は黙って息を殺した。耳の中で血がどくどくと音を立てて流れていた。母親がしばらく耳を澄まし、それから家の中へ入っていくのを見つめた。まだ名前を呼んでいる。忍び足で門まで行けば、捕まる前に逃げられるかもしれない。そして行きずりの夜行列車に飛び乗れば、明日までに祖父母の村に戻れるかもしれない。村では何があろうと誰も叱らないだろう。偉人として名を上げる運命の男子だと知っているから。

母親が庭に出てきた。まだ名前を小さな声で呼んでいて、もうひどくおろおろしているのが伝わってきた。彼は箱から這い出し、立ち上がった。「母さん《マーマ》。ここだよ」

このまま椅子にじっとしていたら、八十《バーシー》のおばあさんの霊がいても、部屋の家具の一部だと思うかもしれない、と妮妮《ニーニー》は思った。彼女はポスターを見た。毛主席が朱徳元帥と握手しているところ、太った少年が陽気な金色の鯉《こい》を持ち上げているところ、吉祥を告げる赤い鵲《かささぎ》のつがいがさえずり合っているところ。どれも石炭灰で煤《すす》けて、ぼうっと壁にかかっている。家をきちんと片づけておかないと、おばあさんが気を悪くするだろうな、と思いながら、妮妮《ニーニー》は片脚ずつゆっくり椅子の上に引き上げてあぐらをかいた。寝室でちび六がもぞもぞして少し泣いたが、しばらくたつとまた寝てしまった。八十《バーシー》と妮妮《ニーニー》と赤ん坊、みんなもう家族だ。

魚のスープがテーブルの上で湯気を立てていて、二つの飯碗がおいしそうに食欲をそそっていた。焼いた豆腐も、蒸したソーセージも、もやしの漬け物も、ぐうぐう鳴っているお腹を誘惑した。これが八十《バーシー》と食べる初めての夕食なので、精一杯がんばってご馳走にしたのだ。箸を一本取ってスープに浸し、それをすすった。その味でますますお腹がすいたけれど、盗み食いをする気にはなれなかった。これから八十《バーシー》とともに歩く人生に、厄《やく》がつくといけないから。

八十《バーシー》が出かけてからしばらくたつので、いつになったら妹たちのことを聞いて戻ってくるんだろう、と思った。親とか、怪しむ大人たちと出くわすこともあるだろうか。彼女がどこにいるか訊かれるだろうか。妮妮《ニーニー》はしびれたつま先をくねくねさせて、天井を見上げた。誰も見ていない。彼女は箸を取り上げ、魚のスープからしょうがを一切れつまんだ。それでついもう一切れつまみ、さらに魚の腹の下のほうを少しだけ食べた。柔らかい肉のおかげで元気が出た——将来のことは自分の力ではどうすることもできないのだから、心配しても仕方ない。もし本当に天罰があるのなら、彼女は地獄行きだろう——ちび四とちび五の人生をめちゃめちゃにしてしまって。だから楽しめるうちに楽しんだほうがいい。妮妮《ニーニー》はまた一口食べ、それからもう一口食べた。魚を全部食べ終えると、古新聞で魚の骨を包み、かまどの火に放りこんだ。取り残された魚が寂しげに見えたので、これも災いの兆しなのだろうかと思った。結婚した夫婦は、何でも二つ一組ですることになっているのだから。

妙な臭いがかまどから漂ってきたので、家のベッドのかまどに放りこまれた父親の羊皮の帽子を思い出した。このいたずらを思いついたのは、ちび四とちび五だった。どうしてやったのか理由はわからないが、代わりにさんざん打ちすえられたのは妮妮《ニーニー》で、背中が一週間腫れた。

燃える魚の骨を鉄のトングでつつくと、むかつく臭いがよけいにひどくなった。寝室に行って箪笥を漁ってみたが、見つかったのはおばあさんが使っていたらしい花露水《ホアルーシュイ》（薬用ハーブ水）の古い瓶だけで、緑色の液体はもうねばついていた。蓋を開けて少しだけ手のひらに出してみたら、瓶の底に何年も放置されているうちに濃縮した、刺激の強い香りにうえっとなった。そのせいで、くしゃみが出てきた。

流れる水に手を長いことさらして、手のひらの匂いを嗅いだら、もうあまり気にならなくなった。彼女は八十《バーシー》の枕の脇に、橙《だいだい》が半分残っているのを見つけてほっとした。一切れむいてほおばり、残りは火の中に入れた。半分の橙が火に包まれると、まもなく部屋はましな匂いになった。

誰かが門を叩いた。彼女は部屋の明かりを消し、そっと家を抜け出して物置小屋に入った。薄い木の門を何かの金属で何度も叩く音がして、身がすくんだ。もうすぐこの人たちが入ってくる。幸せな生活の望みを打ち砕くために、親に送られてきた悪魔たち。それなのに、守ってくれる八十《バーシー》はここにはいない。もうすぐこの家から引きずり出されて、親の牢獄に連れ戻されるんだ。

「やあどうも。うちの門に何してるんですか」

八十《バーシー》の声が聞こえ、妮妮《ニーニー》はありがたくて泣きそうになった。

「陸八十《ルー・バーシー》か」

「陸八十《ルー・バーシー》って人には、他に会ったことないですけど」

「じゃあ一緒に来てもらおう」

「どこに」

「行けばわかる」

「それはわくわくするなあ。でもいますぐは行けないんですよ。もっと大事な用があるもんで」八十《バーシー》は言った。

「じゃ残念だな。今夜は来てもらう以上に大事な用はないんでね」男が言った。

何かの金属が外で揺れた。

「その手錠、本物ですか。こんな小さいとき、おもちゃの手錠を持ってたの憶えてるな」

「かけてみろ」

「悪いけど、かける側のほうがいいや。何の用ですか」

「おまえのほうがよく知っているだろう」

「自分のした悪いことなんて、ほんと何も考えられませんね」

「ほう。署に行ったら、ずっと考えていられるぞ」

妮妮《ニーニー》は、自分がいることを悟られる前に、門を開けて八十《バーシー》を引きずりこもうかと思った。内側から門に錠をすればいい。そして門を壊されるまでに、八十《バーシー》とともに姿を消すのだ。庭から、家から、この恐ろしい世界から。

「でも今夜は忙しくて。明日の朝でもいいですか」

男が短くうなった。「これを見ろ。何かわかるか。字は読めるか」

「逮捕状。え、なんで」

「やれやれ、行こう。おまえほどよくしゃべる人間には会ったことないぞ」

「ちょっと、ねえ、少しは教えてよ。女の子が原因？　女の子と関係あるかどうかわかります？」

「女の子だと！」男は笑った。「女の子一人のことで捕まえに来ると思うなんてな。スケベな夢でも見てわけがわからなくなったんじゃないのか」

「じゃ、女の子のことじゃないのか」と八十《バーシー》は言った。

しょせん親は、面倒な思いまでして捜すほど心配してはいないのだと妮妮《ニーニー》は思った。むしろ彼女がいなくなった幸運を喜ぶかもしれない。

男たちは一緒に来るよう、また八十《バーシー》を急きたてた。

「ちょっと待って。同志、慈悲深い人だなあ。家のことをいくつか片づけるんで、ちょっと時間くれます？」

「いっちょまえの男に見えて、女の子みたいに往生際が悪いな」一人が手錠をまた揺らした。「他の家も回らなきゃいけないんだ。一晩じゅう、おまえと遊んでるわけにはいかないんだよ」

「お願い、一分だけ。今夜は帰らないって祖母に言わなきゃいけないんで。ほら、おばあさんのこと、わかるでしょ——たいしたことがなくても、しじゅう心配ばかりする」

「さあ、その手には乗らないぞ。おまえがこの家の唯一の住民だとここに書いてある。違うか？」

「戸籍はそのとおりだけど、ばあちゃんの霊を勘定に入れてもらわないと——ばあちゃんは僕を育ててくれた人で、ここに僕を一人で置いて行こうとはしなかったんですよ。だから僕は毎日話しかけて居所を教えてるんですよね。もし何も言わずに僕を連れて行って、ばあちゃんが署までついて来たらどうします？　それで間違えておたくらの家について行って、子供たちの眠りを邪魔したら？　この町の人間じゃないからそんな心配ないって言ってもだめ。幽霊は僕たちより速く移動するんだから」

妮妮《ニーニー》は暗闇の中でぶるぶる震えた。見上げると、ちょうど頭の上にハムがぶらさがっている。幽霊に見張られていたらどうしよう。それにしても、自分の孫を救いに来ないんだったら、いったいどういう幽霊？　妮妮《ニーニー》は小声でおばあさんに祈り、本当の敵は誰かわかってくれるようにお願いした。

「こけおどしか？　新しい世の中になって、迷信はもう通用しなくなっただろうが」

「あ、信用しないんだったら、すぐ連れて行けば。問題は、どうなるかわからないってことですけどね。幽霊は新聞を読まないし、政府の放送も聞かないから」

「わかったよ」二人のうち年上のほうの声が言った。「一分やろうじゃないか。逃げられることもなかろう」

「はい、逃げません。約束です――一分で戻ります」と八十《バーシー》。

「何言ってる。一緒に中に入るんだ」

「でも、ばあちゃんは入っていいって言ってないけど」

「行儀のいい客でいるよ」

門が開いて、三人の男が庭に入ってきた。妮妮《ニーニー》は物置小屋の壺の後ろにしゃがんでいたが、早めに寝ついたちび六が寝室にいることを思い出した。鼓動が高鳴った。「匂います?」ドアが開いた後で、八十《バーシー》がそう言うのが聞こえた。

「何の匂いだ」

「祖母の花露水《ホァルーシュイ》ですよ。この匂い、いつ嗅いだっけ。最後にばあちゃんが使っていたのは、僕がまだ子供で、パンツもはかないで外に出ていた頃だ」

二人の男はそわそわと咳払いをし、一人が「さあ急げ」と言った。

「中に入らないんですか。おたくらが来るのを知って、ばあちゃんが食事を用意してくれたんじゃないかな」

「もう行くぞ」一人が急に毅然とした声で命じた。「迷信じみたたわ言にはもううんざりだ」

「怖いんですか、同志?」八十《バーシー》の高笑いは男たちに遮られた。一人に後ろへぐいと引っぱられたので、八十《バーシー》はよろめきながら踏み段を下りた。大きな叫び声を上げたが、二人に体をつかまれてドアから引きずり出された。「ばあちゃん」八十《バーシー》は呼びかけた。「男の人たちの言うこと聞こえた？　一晩留守にしなきゃいけないけど、心配いらないからね、ばあちゃん。あっという間に戻ってくるから、おとなしくここにいてよ。変な気起こして、この人たちについて行こうなんて考えちゃだめだよ、いいね？　迷子にならないでほしいからね」

誰かが悪態をつき、八十《バーシー》が痛みに悲鳴を上げた。妮妮《ニーニー》は暗闇にうずくまって泣いた。近所の門がきしみながら開き、また閉まるのが聞こえた。しばらくすると、彼女は物置小屋から出た。三日月が空に昇り、赤みを帯びた金色をしていた。小路に出る門が、ほんのわずかに開いていた。妮妮《ニーニー》は忍び足で門のところへ行き、外を覗いた。近所の人たちは家に戻っていて、小路の門はどこも閉まっている。彼女は門をちょっとずつ押して、最後には音を立てずに閉めた。この世に幽霊なんかいない、と思った。おばあさんは埋められて土の中で冷たくなっているのであって、八十《バーシー》を助けに来ることも、妮妮《ニーニー》に腹を立てることもない。自分たちは他人のなすがままだ。あいかわらず。

水滴がゆっくり、ためらうように滴《したた》っていた。昔祖母の庭で、雨垂れがバナナの葉先から小さな水たまりへ滴り落ちていたときのように。いまにも子守が来る。目を閉じなければ。でもいつも子守には、泣いていたことを見抜かれてしまう。枕をごらんよ。子守はそう言って、彼の濡れた睫《まつげ》を指でなぞり、別の手に持った赤い提灯《ちょうちん》の明かりで彼の頬を染めたが、涙のわけを決して説明できないように、そんなことをしても憂鬱な気持ちを追い払うことはできなかった。子守が寝室を出て、若旦那さんがまた泣いていたと祖父母に言う声が聞こえてきた。すると祖母は、ふたたび根気よく言って聞かせるのだ。子供が泣くのはね、前世から持ってきた悲しみを全部涙と一緒に流してしまうためなんだよ。

完璧な循環だ、と顧師《グー》は思った。前世から引きずってきた痛みとともに人生が始まり、成長するとその重荷を流してしまうのだが、結局は来世に携えていく新たな痛みを積み重ねるのみ。少しずつ現実が蘇ってくると、彼は苦労してベッドのそばの明かりをつけた。シャツと下着になっていた。ジャケットとズボンは——きっと吐いたもので汚れたのだろう——洗って物干し紐にかけてあり、水がセメントの床の小さな水たまりにぽたぽたと垂れていた。狗剩《ゴウシェン》がベッド脇に置いていったお茶のポットは触るとまだ温かい。どのぐらい意識をなくしていたのだろう。顧師《グー》は口を開けたが、いがらっぽい喉からは声が出なかった。では他でもない、生き続けるという自らの幻想によって、こんな結果に陥ったわけか。二日酔いの老人に。生き続けることこそ、離婚して以来信じて守ってきたことだった。そのためには尊厳も希望も怒りも、愛する者たちも手放してきた。でもそんな信条を持っていても、誰も逃れることができないこの循環に還り着くだけだったのか。

〈愛しい人よ、満月の銀の光が照らす磨き抜かれた鏡のように、私の心は澄みきっています〉と書いて、最初の妻宛ての他の手紙とともに大きな封筒に入れた。これを最後に彼女の名前と住所を書き、万年筆の蓋を丁寧に閉めて、それも手紙と一緒に封筒に入れた。

妻が貴重品を保管している古い木の収納箱がベッドの下にあり、彼は難儀しながらそれを引きずり出した。収納箱には西洋風のスーツが入っている。おまえのおじいさんが着ていたスーツなんだ。珊《シャン》と同志が、ブルジョア的な所有物を排除しに来ようと計画していた日の前の晩、彼女に言った。スーツの脇にある傘は、両親の恋物語の形見だ。両親ゆかりの数少ない品々を、見逃してくれるとありがたい。彼の懇願を、珊《シャン》はそのときはあざ笑っていたが、翌日、スーツと傘は見逃すことにしてくれた。とはいえ、母親の絹のブラウスや顧《グー》師の大学の学士服をはじめ、他の物は火に投げこんだ。顧《グー》師はスーツのボタンをとめ、髪を整えた。人は身ぎれいにしてこの世を去る責任がある。

ポストまでの距離は思ったより長く、二回立ち止まって息をつかねばならなかった。手紙はせいぜい彼の心臓ほどの重みしかなく、金属の箱の中へ落としても、何の音も返ってこなかった。

犬が吠えた。野良猫が哀れな声で鳴き、別の猫が甲高い声でそれにこたえた。近所の家で子供が泣いていて、母親が子守歌をうたって聞かせていた。春の空の下、この世は美しかった。新月が銀色の星に囲まれ、そよ風が柳の長い枝を見えない指で梳《くしけず》っている。

顧師《グー》は耳を澄ました。彼の心は底なしの井戸だ。小さな音の一つ一つを、深い安らぎの中に受け入れる。ため息を、ささやきを、もっともひ弱な翼の羽ばたきを。

「どこへ行く」顧師《グー》が小路を出ようとすると、二人の男が呼び止めた。

「川だ」顧師《グー》は答えた。

二人は顔を見合わせ、そこに行くことは禁じられていると言った。なぜだ。顧師《グー》は訊いたが、男たちはただ肩をすくめて、八時以降は誰も町をうろついてはいけないことになっている、と答えた。彼らは歩いてきた方向を指さし、家に戻るよう命じた。あちこちで、同じような要請がされていた。よその町から来た労働者たちによって、外出禁止令が強要されていたのだ。

気をつけるんだな。ろくに考えもせず思いこみの中に生き、いつか魂に一条の光も差さないまま死んでいくこうした人々に哀れみを感じながら、顧師《グー》は言った。今日は肉屋でいても、明日はおまえがまな板の上の肉になる。他人の喉を切り裂いたナイフは、いつか自分の喉を切るんだ。

二人の男は激昂して顧師《グー》の体を押し、逮捕するぞと脅した。男たちの口が、無意味な言葉や虚しい警告で開いたり閉じたりした。愚かな人間どもめ、と顧師《グー》は言った。そして彼を運び去ってくれる川に入水する決意で、男たちを杖で打ち、通せと命じた。男たちが顧師《グー》を地面にねじ伏せるのに、たいして時間はかからなかった。水のように冷たい。そんなほっとした思いがささやきのように彼を通り抜けた。砕けた眼鏡で頬が痛み、頭をずらした。

顧《グー》師の消えていく意識には知る由もなかったが、拷問を受けた肉体の悲鳴や叫び声が、無情な壁と無情な心に押し殺されていた。童《トン》の父親は殴られて前後不覚になり、いつも酔いつぶれて見る夢に一瞬我を失った。熱いまぶたの裏で、母親が卵を一つかき混ぜている。でも、磁器に竹の箸がかちゃかちゃ当たる音は、ブーツで頭を強く蹴られてぶちこわされた。近くにある別の部屋にいた男は、かつて八十《バーシー》が憧れたことのある二人の娘を持つ父親だが、突きつけられた供述書に血まみれの拇印を押した後、冷えたセメントの床の上で泣いた。彼は用心深い男なので、ビラには決して近寄らなかったのだが、八《バー》十《シー》がでっちあげた根も葉もない説明では、白い花を持って集会に行ったことになっていた。

また別の部屋では、八十《バーシー》が股間を両手でつかみながら床をのたうち回り、やはり泣いていた。やめてお兄さんやめておじさんやめておじいさんやめてやめて。彼は懇願した。僕は皆さんの足のいちばん小さな爪よりつまらない奴です自分の屁よりもつまらない奴ですやめてください何でも認めます白状させたいこと何でも言います、はい反革命分子ですはい集会に行きました、やめてお兄さんやめておじさんおじいさん見た人たち全員憶えています、名前を言います写真で顔を指しますやめてやめて蹴らないでぶたないで、だって卑しい人間ですその靴や手を汚してしまいます、やめてくださいお話しすること何から何までいろいろありますやめてください共産主義の悪口言っていた男と毛主席の像に唾を吐いた女のこと教えます、それにはいはい何もかも話します女の死体を犯して切り刻んだ男がいるんです早く捕まえないとそいつは奥さんやお姉さんや妹さんにも同じことをします。

12

何年も後、渾江の親たちは子供たちに童《トン》を指さしてみせたものだ。父親の耳を不自由にし、頭蓋骨を割り、体を麻痺させた唯一の犯人だと言う者もいた。またある者は公平を期して、童《トン》は愚かなことをしたものの、孝行息子だし、父親の体に床ずれを絶対起こさせないし、母親には嫁の指図を受けさせない、と付け足した。童《トン》は昼間は市政府の建物へ事務員として働きに行っていて、夜は読書をした。深夜過ぎまで読書をし、母親が寝てしまうと、鍵をかけた引き出しから分厚いノートを取り出して書きものをした。書いたものを読み返すことはないし、読ませてくれと求める人もいなかったのだが。

父親の逮捕の翌朝に校長室に入ったとき、人生が今後どれだけ暗いものになるかも顧みず、童《トン》にはただ信念の開花だけがあった。どんな花よりも見事で、純金よりも純粋な信念だ。彼は集会で会った人々の名前を挙げていった。両親の工作単位のおじさんやおばさん、先生や近所の人、華《ホア》じいさんとばあさん。よく知らない人は顔の特徴を述べ、もし機会をくれれば全員指してみせると誓った。僕の命は党と人民の厳しい手に預けます。父さんのこと、お願いです、校長先生から役人の人たちに、ただの酔っぱらいだって言ってくれませんか。

絶好のときにお出ましだな。校長は、妙ななまりのある田舎くさい様子の童《トン》を、つくづく眺めながら思った。この子は石の板みたいなもので、色は私がつけるのだ。赤になるか黒になるかは、すべて私の手腕にかかっている。

校長は電話をとって、交換台のきれいな声の女が、市議会の教育担当官につなぐのを待った。少年は校長室の真ん中に座って自分の靴を眺めていて、校長はもっとよく見えるように顔を上げろと二回合図しなければならなかった。私たちはいま同じ紐にくくられたコオロギだ、と校長は思った。手は震えていたが、心には博打《ばくち》打ちのぞくぞくする感覚があった。ともすれば少年はこの政治的騒動の最年少の反革命分子になり、自分はだめな教育者として、骨折って積み上げてきたキャリアを失うこともありうる。でももし少年を、父親を含めた犯罪者全員を非難しようと立ち上がる幼い英雄に仕立てられると上官を説得できれば、彼らは英雄少年を育てた者として履歴書に輝かしい経歴を加えられる。

自らの大義のために死ぬ覚悟だ。裁判の前日に面会を許されたとき、家林《ジアリン》は母親にそう言った。もうそろそろ母さんも悲しんでいないで、僕のために喜んでくれなくちゃ。羽より軽い生があれば泰山より重い死もあるんだ。母親は目にハンカチを当てて、世間にとってどれだけちっぽけであろうと、息子の命はかけがえがないと答えた。母親に我が子の不幸を祝福してほしいなんて、よく思えるね。

白い花を持って集会に行った者と、行ったと近所の者や敵対する者に告発された者、合わせて八百八十五名の人々が取り調べを受け、後に工作単位から追放された。その中には市立病院の緊急救命室の医師もいた。どうして運命は気まぐれなの、と医師の娘は日記に書いた。十四歳の少女の心の中で、母親の不幸は腫瘍のような根深い恨みに変わっていった。ある若い受付嬢は、二週間後の労働節（メーデー）に結婚式を挙げる予定だったが、婚約者から儚《はかな》く終わった愛を謝罪し、新しい仕事と夫を見つけられるよう幸運を祈る手紙を受けとった。ある中学校の教師は授業中、生徒たちに別れを告げた。教師に一緒に熱を上げていた仲良しの二人が泣き出した。そのせいで二人は校長室に何度も呼ばれることになり、ついには互いに敵対するよう仕向けられ、父親ほどの年の男にもう一人がみだらな思いを抱いていたことを、先を争って暴露するようになった。

　華《ホア》ばあさんとじいさんは、逮捕されてから数時間後、一時的な拘置所にされていた民兵の訓練施設から解放された。後に華《ホア》ばあさんは、救い出してくれたのが年とった独り者の上司、少康《シャオカン》だったことを知った。彼に会ったとき、この恩はずっと忘れないと華《ホア》ばあさんは言ったが、彼はいかつい声で、もう仕事はないぞ、と答えた。それにしても、どんな手を使ったの、といまだに幸運が信じられずに彼女は訊いた。きっと政府の偉い人を知っているんだね。兄弟、親戚、友達？　少康《シャオカン》は彼女を見上げた。そのことは忘れてくれ。彼がほとんど頼みこむような言い方をしたので、初めて華《ホア》ばあさんは、彼の独身生活には決して明かせない秘密があることに気づいたのだった。彼は自分たちのために、その生活を危険にさらしてくれたのだ。

妮妮《ニーニー》は八十《バーシー》の家で四日間食べたり寝たり泣いたりしていたが、その後警察に見つかった。警察は彼女を捕まえに来たのではなく、ありもしない犯罪のありもしない証拠を探しに来たのだった。八十《バーシー》が、処刑された反革命分子の女の遺体に対する犯罪行為の共犯者だと昆《クエン》から申し立てられたからだ。両者の家が捜索され、ホルムアルデヒドの中に女の切断された乳房と陰部を飾ったガラス瓶二つが、昆《クエン》の小屋で警察に暴かれた。その前には、うなり声を上げる番犬が銃で額を撃ち抜かれた。もう一方の家では、少女が赤ん坊の妹とともに発見された。犯人に脅されて自己監禁していたのだ。少女は結婚が決まっていると言い続けていたが、誰も信じなかった。その後連れ出されるとき、彼女は金切り声を上げて捕まえに来た人間を蹴っ飛ばした。彼女の身体検査がおこなわれ、精神に異常はないし、しかもまだ処女であることが証明されたが、それでも誘拐犯である八《バー》十《シー》と結婚すると言い続けるので、警察は首をひねった。父親は、娘二人が行方不明なのをなぜ報告しなかったのか訊かれると、火事で火傷を負った二人の娘と、流産した妻の面倒を見なければならなかったので、忘れていたとしか言わなかった。親が娘のことをどうして忘れられるんだろう。警察隊員の若い女性が同僚たちに訊くと、それは他の子供たちがもっとひどい目に遭っていたからで、あなたもこういう仕事なんだからもっとたくましくならなきゃね、という答えが返ってきた。

処刑された女から肉が切り取られた話と、監禁少女が親に棄てられて誘拐犯に同情を感じ出したという話は、人の口から口へ、耳から耳へと伝わっていった。それはさしあたり渾江で話しても問題ない唯一の話題だったので、人々は細かい部分まで勝手に創作した。そんな想像をして、理解不能な生活の恐怖を紛らわしたのである。

反政府組織及び個人に対しては、例外なくもっとも重い処罰を科すという方針のもと、陳情書に署名した三百十一名が反革命分子として裁判にかけられた。判決は追随者の三年の刑から、指導者の終身刑までさまざまだった。裁判の審査をおこなった際、死刑判決を出さないと大衆への見せしめにならない、と省の当局者たちが指摘した。〈悪さをする猿を脅しておとなしくさせるには、鶏を殺せ〉ある高官が文書で強く促すと、他の数名も同意する意見を述べた。

こうも静かだとは思わなかった。ごく当たり前の一日の流れをつくっていた音――明《ミン》明《ミン》の夜泣き、寒《ハン》の冗談、母親の愚痴、町のためにかける愛国の曲、一様に無関心な耳に向かってニュースを読む自分の声――が耳を離れず、むしろそれが凱《カイ》のために日々の音を遮ってくれた。水滴が落ちる音、近くの監房にいる女たちの泣き声やささやき声、食事を入れる窓の鍵を開ける音、四角い監房の寸法を測る自分の足音を。

最初の日、渾江で最高の宿泊施設に監禁された後、手錠をかけられていまの監房に移送されたことには驚かなかった。これからどうなるのかわからないが、妙に待ち遠しかった。知らない土地の上に浮かぶ者が、硬い地面に着地するのを楽しみにするように。

そしていま、馴染んでいた音の残像のような手にねじ伏せられている。本当に静かな夜には、明明《ミンミン》のことを想った。明明《ミンミン》にとって彼女は、父親と祖父母によって少しずつい なかったことにされていくのだろう。恋しい人々――母親と弟妹、家林《ジァリン》、それに寒《ハン》だってそうだ――の中で、この一件が終われば彼女のことを完全に忘れてしまうのは、よりによって明明《ミンミン》だ。秋瑾《チウ・ジン》は死を恐れず待っていたとき、我が子たちの母でいられる世界がもう一つあればいいのに、と望んだだろうか。

心の痛みを忘れるために、凱《カイ》は歌をうたい出した。ずいぶん前に青春の夢とともにしまいこんでいた歌だ。いまは以前の声とは違っているが、当時の広々とした舞台は、この冷たい壁ほど彼女の心をつかむことはなかった。

彼女がうたう歌は、顧珊《グー・シャン》も長年の投獄生活でうたったにちがいない。〈五月の花が草原に咲き、紅い花びらが殉難者たちの血に降りかかる〉彼女は歌に登場する人々に、これほど親しみを感じたことはなかった――処刑の直前に夫婦になった男女。日の出が見られるように、墓石を東向きにして埋葬してほしいと母親に頼んだ獄中の娘。目の前で秘密警察に拷問されて死んだ子供に、子守歌をうたった母親。彼らはかつて生きていて、それから伝説が彼らの存在を動かぬものにした。そしていま、彼らは彼女の歌声の中に生き、彼女と秘密を分かち合い、彼女の手をとり、彼女とともに待っている。

何年も後に、収監された活動家の一人が、彼女がうたっているのを聞いたと回顧録に書くことになる。彼は釈放のうえ赦免されたが、その頃には彼女はとうの昔に伝説の人になっていた。

労働節の式典の目玉は、反政府暴動を起こした呉凱《ウー・カイ》とその共犯者たちに対する公開の批闘だった。批闘の朝、童《トン》は早めに起きて顔を洗い、耳の後ろを念入りに拭いた。母親が青いズボンと白いシャツをここ二晩で縫ってくれていて、彼がそれに着替えると、彼女はどんな小さなしわでも伸ばそうと服をなで回した。童《トン》は批闘のときにスピーチをする一人になっていた。寒《ハン》をはじめとする模範的な渾江市民たち数名もそうで、彼らは共産中国の英雄守護者という称号を授けられる。そして童《トン》は、批闘の前に特別な式が執りおこなわれて少先隊隊員になるのだ。彼は、まもなく紅いスカーフが添えられることになるシャツを見た。見上げると、母親が実に感心したように、そしてどういうわけか悲しげに、こちらを見つめていた。ちゃんと行儀よくするんだよ。母親はそう言って、父も母もとても誇りに思っていることを伝えた。童《トン》はベッドに寝ている父親をちらっと見て——童《トン》の顔がわかるほど快復していなかった——僕が賞を片っ端からとって、世界一幸せで誇らしい親にしてあげる、と言った。

女の警察隊員が二人、監房の鍵を開けて入ってきた。どちらも凱《カイ》とは目を合わせなかった。一人が、母親からの小包だと言って凱《カイ》に服の包みを渡した。逮捕されてから母親は四、五回来ていたが、凱《カイ》は面会を拒否していた。なんて情のない女だ。裁判所の職員

二、三名だけが同席して秘密裏におこなわれた一審で、判事は言った。育ててくれた党だけでなく、母親も夫も息子も裏切った、と。凱《カイ》は黙って超然としていた。二審が同様の形でおこなわれても、驚かなかった。死の何を恐れることがあるの。判決が読み上げられると、彼女はそう言った。家林《ジァリン》にも同じ内容が読み上げられるところを思い浮かべた。彼も彼女と同じく、覚悟ができていることはわかっていた。

包みを広げた。母親が包んだであろう新しい服と靴だった。こんな娘を持って母親は運が悪い、と凱《カイ》は思ったが、着替えという瑣末《さまつ》な作業に無理やり集中した。私は娘ではなく、妻でも母でもない。私は私だ。今日は最後まで私自身でいよう。

九時半過ぎに警察の護送車に連れて行かれた。両腕が背中で厳重に縛られ、感覚がなくなりつつあった。警察隊員は男女二人ずついたが、口をつぐんでいた。四人のうち、他より十歳ほど年上の統率者が、丁重と言ってもいいくらいの態度で言った。批闘のとき、あなたは反革命的な発言をしないことになっています。

どうして顧珊《グー・シャン》のときみたいに、おとなしくさせておくために声帯を切らないの。凱《カイ》はほぼ好奇心から尋ねた。若い三人の警察隊員は何を言っているのかわからないらしく、無表情のままだった。凱《カイ》が年のいった警察隊員をじっと見据えていると、護送車が道路脇に寄せられた。彼は、彼女の視線から目を下へそらしたが、しばらくすると答えた。

囚人は誰もが文明国らしい待遇を受けるべきであり、もし特別な処置がなされるとすれば、それは人道的な配慮からです。

東風体育場に着くとスローガンが叫ばれていて、凱《カイ》は過去の経験から、批闘が山場を迎えたところなのがわかった。舞台に上がったら、すでに同志たちが連れて来られていたので、さっきのスローガンは彼らに向けられていたのだと気づいた。彼らの腕はすべて縛り上げられていて、各人の後ろに警察隊員が二人ずつ立っていた。彼らと目を合わせる暇もなく、彼女は舞台中央に押しやられた。聴衆がようやく静まると、女の声が反革命分子たちの罪状を発表した。

新しいアナウンサーの声に、凱《カイ》は耳を澄ました。その声は、かつての彼女のように非の打ちどころがなかった。やや田舎なまりの幼い少年が舞台に上がって原稿を読み上げ、さらに二、三人がそれに続いた。全員、渾江からもっとも危険な敵を排除することに、何らかの英雄的な方法で役立ったのだった。スピーチの最後は寒《ハン》だ。彼は、元妻が母国に敵対する暴動の指導者であることがわかって葛藤し、その後、迷いから覚めた話をした。

判決が読み上げられると、凱《カイ》はその日初めて驚きを覚えた。最後に発表された彼女の判決が、十名の中で唯一の死刑判決だったのだ。死ぬには若すぎる、と顧《グー》夫人が叫んで泣き崩れたが、舞台から引きずり下ろされた。それで初めて、彼女の判決が仲間たちには知らされていなかったことがわかった。最大の衝撃を与えるためかもしれないし、ただそういう決まりになっているだけなのかもしれない。二人の警察隊員が彼女の頭を懸命に押し下げようとしたが、なんとかして家林《ジァリン》を見上げた。彼は彼女のほうを振り返っていた。眼鏡の奥の目が、切実に何かを求めるような不思議な眼差しを帯びていた。二人とも何も口に出せないうちに、家林《ジァリン》は舞台から押し出されていった。凱《カイ》は最後に舞台から降ろされた。彼女はふと、五年生のときに父親が下書きを書いてくれた作文のことを思い出した。〈革命の夢を持つ人は、決して孤独ではない〉――題名を憶えている。目を閉じれば、省のコンテストの最優秀作品として貼り出されたその作文が、見えてきそうだった。父親の立派な言葉が、とても立派とは言えない彼女の筆跡で書かれている。

華《ホア》じいさんとばあさんは、労働節の式典の前夜、渾江をあとにした。離れがたいようなものなどこの町にはほとんどないし、世界のどこにもなかった。物乞い暮らしという自由な身に戻れる希望のおかげで、二人の心にはふたたび火が灯っていた。彼らと一緒に出て行くのは妮妮《ニーニー》だ。親に勘当されて、物乞いの夫婦に連れて行ってくれと頼みこんだのだった。華《ホア》ばあさんは、娘たちの顔をもう思い出せなくてもかまわない、と思った。妮妮《ニーニー》が最後の娘だ。夫妻は、妮妮《ニーニー》が八十《バーシー》のトランクから現金をすべて持ち出し、靴下の中に隠していることを知らなかった。札束はいま足の裏を擦っている。水ぶくれを何日もつくっているうちに硬くなってたこになっていたが、足を引きずっても怪しむ者はいなかった。

夫妻が年をとって働けなくなったら、靴下のお金で面倒を見ようと妮妮《ニーニー》は考えていた。渾江にとどまっている理由はない。でも十七年後、八十《バーシー》が児童性的虐待と誘拐の罪で刑に服し終えたら、戻ってくると心に決めていた。彼女は一度八十《バーシー》と面会しようとしたのだが、家族と親戚にしか許されていないと看守に言われた。彼の童養媳《トンヤンシー》だと言っても無駄だし、華《ホア》夫妻も含めて誰に何を説明しても無駄だった。彼女にできるのは、これからの年月を指折りかぞえることだけだ。

昆《クエン》は、屍姦と遺体損壊の罪で七年の刑を宣告された。労働節の朝、刑務所の高い塀の向こうの拡声器から音楽とスローガンの叫びが聞こえてくると、狭い簡易ベッドで丸くなっている八十《バーシー》に向かって、昆《クエン》が聞けよと合図した。二人とも、新入りなのと女関係の犯罪なのとで、監房の仲間から繰り返し袋叩きに遭っていた。畜生にも劣る奴だと思われているのだ。殴られても昆《クエン》はこたえていないようで、彼がこうした暴行を指揮する立場になるのもそれほど先のことではないのだが、でも凱《カイ》が護送車で丸背島に送られていくこのときは、昆《クエン》も八十《バーシー》も生傷だらけで動きがのろかった。あれを聞いたか。昆《クエン》が言った。あの世行きの命が、また一つ。八十《バーシー》は返事をせずに、恐怖と嫌悪の眼差しで昆《クエン》を見上げた。あの日を憶えてるか。俺たち、女の死体のことで友達になったよな。昆《クエン》は八十《バーシー》の肩をぽんと叩き、そう怯えた顔をするな、と言った。天国のドアは狭いから一度に英雄一人しか通れんが、地獄に堕ちる奴はな、お手々つないで二人で行くと決まってるんだよ。

訳者あとがき

本書は、二〇〇九年二月に米国で刊行された『*The Vagrants*』の全訳である。イーユン・リーによる初めての長編小説であり、前作の短編集と同様に英語で書かれている。刊行されると同時に英語圏で大きな反響を呼び、多くのメディアに取り上げられた。現時点ですでに約二十言語に翻訳されることになっている。

舞台は中国の小さな新興工業都市だ。文化大革命終結から二年後の一九七九年、ある政治犯が処刑される。そのことを巡って、街の人々の運命があらゆる形でつながりを持ち、からみあっていく。多くの人々が事件に否応なく巻きこまれ、風にそよぐ葦のように迷い、悩み、苦しむ。

この物語は、実際にあった事件をもとにしているという。著者のリーが事件のことを最初に知ったのは、インターネットだったそうだ。人々がネット上で事件のことを回想しているのを読んだ彼女は、この件を「それは私と何の関係があるのか」というエッセイに書いて二〇〇三年に発表した[1]。「これからお話しするのは、本当にあった話である」というフレーズで始まるこのエッセイの前半部分をざっとご紹介しよう。

一九六八年、湖南省に住む元紅衛兵の十九歳の女性が、文化大革命を批判する手紙をボーイフレンドに送ったところ、密告されて逮捕され、十年収監された。そして一九七八年、臓器移植のために生きたまま麻酔なしで臓器を抜かれた後、銃殺された。女性の遺体は野に放置され、ある男に屍姦のうえ損壊された。それからしばらくたって彼女の名誉回復のために数百名の市民が抗議行動を起こし、その結果、二歳の男の子の母親だったリーダー格の三十二歳の女性を含め、全員が処分の対象とされた――。エッセイはこの後さらに、リーの子供時代や軍にいた頃の話などが続く。

歴史家によって記録されるような、権力者ばかりが主人公の歴史だけを歴史と言うのではない。事件の当事者たちには重すぎて表現できなくても、誰かが書いて人間の本質を問わなければならないことがある。しかし公式な記録というのはたいてい権威が残すものであり、権威の側が事件や個人を存在しなかったことにしてしまえば、その事実は歴史から消え去ってしまう。さらに当事者も目撃者もこの世からいなくなれば、その記憶だけでなく、彼らの思いもこの世から消滅する。そうした、歴史の表舞台には出てこない小さな存在をすくいとり、想像のフィルターを通して生き返らせるのは、フィクションの持つ大きな力の一つだ。

ただしリーはこの小説を、歴史や政治の記録として読まないでほしいという[2]。「(登場する)人々は、自分が歴史の中に生きているとは思っていません」登場人物たちは、私たちと同じようにささやかな幸せや富や愛を得たいと望みながら、日々の暮らしを続けている。そんな人々を、時代の犠牲者のようにはしたくない、とのこと。「私の役割は記録することではありません。これは私のつくりごとです。ですから高邁な目的を掲げるわけにはいかないのです。私はただ強く関心を引かれた、それだけのことです」

実際、本書を読んでいると、歴史的背景や事件の特異性よりも、市井に生きる人々の生活や情感のほうが強く印象に残る。場の細部や心の襞が非常に繊細に描かれていて、そのとき事件の周辺にいたのは決して特別な人間ではなく、私たちと同じ人間だったことが感じられる。処刑が小説の大きな枠組みとして使われてはいるものの、処刑される女性が主人公というわけではなく、むしろ社会の周縁に生き、日々の暮らしを坦々と営む人々が主人公なのである。彼らを、優しい目で見つめながらも感情を排して突き放し、被害者や加害者というレッテルを避けて、あくまでもリアルな人間として描こうとしている。

たとえば文革の犠牲者ともいえる妮妮《ニーニー》は、復讐心を持つこともなく可憐に生きているが、主に自分のエゴのために動いており、そのせいで妹に大火傷を負わせてしまう。無実の罪で処刑された珊《シャン》は、かつて紅衛兵として人々に暴力をふるい、女の子に障害を負わせた人間である。また、幼い子供である童《トン》が多くの人の運命を左右する力をふるうことになったり、残酷な所業に手を貸す寒《ハン》が優しいマイホームパパであったりと、人物像が多層構造を持つため、単純な勧善懲悪の図式を超えた、厚みのある作品になっている。特に弱者を犠牲者として美化してはいない。

後に英雄扱いされることになる凱《カイ》も、内面に矛盾を抱えたごく普通の人間だ。彼女は主義や思想のために身を犠牲にするよう教育されて育ち、しかも女優としてそうした英雄を演じてきたはずだが、命を賭した実際の動機はむしろ、自らの人生の苦悩や家林《ジアリン》への愛といった個人的な問題のほうに比重をおいているようである。

革命的行動を扱っていながら、この小説に単純明快なヒーローはいない。むしろ、童《トン》のように子供の頃から共産主義の「英雄」の話を聞かされて育ったリーは、ヒロイズムそのものに対して疑問を呈しているようである。物語の中で顧《グー》師に「歴史を振り返れば常に殉難者は、大規模に人々をだます目的に奉仕してきた。宗教であろうとイデオロギーであろうと」と語らせている。

この作品の中で唯一、英雄として描かれている人物がいるとすれば、ゴミ拾いの華《ホア》夫妻だけだ。八十《バーシー》が言うように、七人娘なら七仙女でその親が天帝と皇后になるなら、七人の娘の命を救って育てた夫妻はその地位を与えられていることになる。真の英雄は誰なのかが問われているのかもしれない。

表題の『さすらう者たち』をもっとも彷彿させるのも、この夫妻だ。この巨大な一党独裁政権下において、そして老人たちが話すように、生き残るためには「他人を踏み台にする」しかないような世の中においては、唯一自由でいられるのは宿無しの物乞いだけである。

しかし作品からは、実は「さすらう」のは彼らだけではないことが浮き彫りになってくる。子供を追いかけ回す八十《バーシー》、障害者の妮妮《ニーニー》、娘が反革命分子の顧《グー》夫妻、いじめられがちな田舎者の童《トン》、みな何らかの原因で世間とずれを生じ、はみ出してしまった人間である。いっぽう寒《ハン》や役人たちは、権力者たちの動向に一喜一憂し、職場の仲間にすら猜疑心を抱いている。

隣人ですら信用できない社会においては、心安らげる場所はない。顧珊《グー・シャン》は愛する人に密告されて逮捕されたが、それは最後になって、愛する人を守るために幼い子供が隣人たちの罪を密告するという形で繰り返される。密告の文化はありもしない罪のでっちあげを生み、悲劇が拡大する。登場人物の誰もが魂をさまよわせているのだ。

リーは子供の頃、家族以外の誰も信用してはいけないと親に教えられて育った。親戚を含めると、一家には内戦で国民党の側についた人間が三人いたという。母親からそのことを誰にも言うなと言われていたのだが、しかし学校では、両親の言うことを信じないで教師の言うことを信じるように教えられた。「私はこの小説を、そうしたことのすべてを掘り下げるため、自分なりに理解するために、書きました」[3]と述べている。

リーは物語の舞台となる一九七九年には六、七歳ぐらいだったので、当時のことはよく記憶に残っている。小路や市場の様子などの風俗はもちろん、もっと幼い頃には批闘大会に出たことも憶えているそうだ。また胎児のときに母親が紅衛兵に蹴られて障害を持って生まれた少女も、子供に強い関心を示す少年も、リーの記憶の中に実在のモデルがいる。[4] だからこの小説で、童《トン》という小さな男の子が大きな役割を与えられ、町の様子が主に彼の視点から語られていることは、偶然ではないだろう。ただし、舞台のモデルになっている土地は、リーの夫の出身地である吉林省白山市だ[3]。だから童《トン》のモデルは、もしかすると夫なのかもしれない。リー自身はそこを訪れたことがなく、彼から当時の記憶を聞き出し、それを頼りに市内の様子を再現した。名称を改める前は渾江《こんこう》市と呼ばれていたこの都市は、北朝鮮との国境に近いところにある。物語の舞台は、北京など国の中央の大都市ではなく、地方都市にしたかったのだそうだ。中央から近すぎず遠すぎず、やや距離を置いた場所がよかったらしい。

　小さな町から工業都市へ発展しつつある土地柄もそうだが、この市の人々は、あらゆる意味で間《あわい》に生きているのだ。人々の生き方は善でも悪でもないグレーゾーンにあり、誰もが人を傷つけ、また傷つけられる。時代もまた、文化大革命を終え、経済的に外へ開かれようとしている過渡期にあった。毛沢東の死去、文化大革命の終結、「改革・開放」政策の始動など、七〇年代末はあらゆる側面で国全体が古い殻を脱ぎ捨て、姿を変えつつある分岐点にあったのだ。春分の日から物語が始まり、渾江の氷が少しずつ解けていく様子がそれを象徴しているように思われる。全体として明るい希望が持てる時期ではあったが、同時に毛沢東という精神的支柱を失い、あまりにも急激な変化の波に翻弄され、もしかすると国民全体がよるべなく「さすらう」ような気分だったかもしれない。

　この作品の時代背景は実際の歴史におおむね合っており、「民主の壁」も現実にあったことである。では七九年の春がどのような時点にあったのか、ここでその三年ほど前から主要なできごとを辿ってみることにしよう。

一九七六年九月、毛沢東が死去。その翌月には江青ら四人組が逮捕された。華国鋒が毛沢東の後継者となり、七七年に約十年続いた文化大革命の終結を宣言。また失脚させられていた鄧小平が中央に復帰し、七八年に入ると「改革・開放」政策が本格的にスタートする。この頃から人権などを訴える民主化運動が徐々に高まりを見せ、「北京の春」と呼ばれるようになった。活動家らは北京の西単に大字報（壁新聞）を貼り、民主化を求める意見を表明した。これが「民主の壁」である。八〇年には経済特区が設けられ、外資を導入。その後も対外開放が続き、世界経済との連携を強める。農業の改革もおこなわれ、生産責任制が導入され、人民公社が解体されていく。

さてイーユン・リーの作品を初めて読む読者のために、彼女のプロフィールをご紹介したい。リーは一九七二年に北京で生まれ、研究者の父親と教師の母親と祖父と姉のいる一家に育った。生物学を学ぶため北京大学に入学したが、前年に起こった天安門事件の余波で、入学していきなり思想教育のため軍に入隊[5]させられ、一年間訓練を受けた。彼女は早くからアメリカに留学することを夢見ていたが、卒業後には念願かなって渡米し、アイオワ大学で免疫学の修士課程に進んだ。修了後は博士課程で研究を続けたが、その傍ら英語で詩や小説の執筆を始め、ついには進路を変更し、同大学の創作科に編入して本格的に執筆生活に入った。

在学中から作品を評価されて雑誌に短編やエッセイを次々に発表し、二〇〇五年には短編集『千年の祈り』を刊行。時代に翻弄される中国人や中国系移民の姿を、広い視野から無駄のない筆致で描いて好評を博し、フランク・オコナー国際短編賞、PEN／ヘミングウェイ賞、ガーディアン新人賞などを受賞した。

その中の初期の作品である「不滅」という短編は、ある町の人々を語り手に、中国の長い歴史を短い頁数に閉じこめ、そのスケールの大きさで読者を圧倒する。いち早く『ニューヨーカー』誌に掲載された「あまりもの」や、息を呑むラストシーンが用意された「市場の約束」は、独特の斬新さが光る。かと思うと「死を正しく語るには」は時代から取り残されていく胡同《フートン》の老夫婦の姿を少女の目から描き、静かな涙を誘う。さらに、思いがすれ違う父娘関係を描いた表題作の「千年の祈り」と「ネブラスカの姫君」の二編は、ウェイン・ワン監督により映画化された。そして「千年の祈り」のほうは著者本人が脚本を担当し、サン・セバスティアン国際映画祭で最高の作品に贈られる金貝賞を受賞した（日本でも二〇〇九年公開）。

現在、同じく中国から移住した夫との間に男の子が二人いて、ともにカリフォルニア州オークランドに暮らす。すでに米国の永住権（グリーンカード）も取得した。カリフォルニア大学デービス校で創作を教えながら執筆を続けている。彼女は当初からずっと英語で書き続けていて、中国語で作品を書くことはできない[5]し、書いたこともなく、ま

た中国に住んでいても書けないそうである。(6) 母語は中国語だが、作家として選んだ言語は英語なのだ。(7)

そして二冊目となる本書が、リーの初めての長編小説である。初めてでありながら、これほど際どいテーマを選んだことにまず注目したい。高い評価を受けた前作の自己模倣ではなく、新境地を果敢に開拓しようとする姿勢は、特に新人の表現者としておおいに賞賛されるべきではないだろうか。

また前作に比べて英語の構文が複雑になり、表現力がいっそう豊かになったように思える。基本的には依然としてやさしい語彙を用いながらも、人の心の動きの微妙な変化を鮮やかにすくい取っている。日常の暮らしを描いたディテールもすばらしく、原文を読んでいると自然に映像が目に浮かび、空気まで感じられる。しかも、処刑という陰鬱な題材を扱いながら、ユーモア感覚が巧みに加味されている点には驚かされる。グロテスクな内容を詳細に書いても悪趣味にならないのは、リーならではのセンスの賜物だろう。おかげで狂気と日常は常に紙一重のところにあることが、まざまざと浮かび上がってくる。古いことわざや清明節などの習慣や食べ物、小路の様子など、中国独自の大衆文化をほどよく取り入れているのも楽しく、作品世界をさらに豊かにしている。彼女の故郷への愛情は、こんなところから伝わってくる。

リーによると物語というのは、台詞《せりふ》、人物像、詳細、雰囲気や速度、文章の響きなど、あらゆる方法で別の物語と対話することができるという。(4) そして作家というのは、書くことによって自分にとっての文学の師である作家と対話するのだそうだ。「これは身の程知らずの望みかもしれませんが、私はいつもトルストイとチェーホフと語り合いたいと思ってきました——というより、物語や小説の中で彼らと語ることを目標にしてきたのです」とのこと。ただし誰よりも影響を受けたのはウィリアム・トレヴァーなので、実際には物語を書いて彼の物語と語り合っているのだそうである。そんな彼女が本書を書いている間、よく読んでいたのはグレアム・グリーンだった。特に『権力と栄光』で主人公の司祭が死ぬシーンは、見事に感情を排した筆致で書かれていたため何度も読み返したという。また司祭の娘が父親を見る視線は、妮妮《ニーニー》が世間を見る視線に似ていることにも気づいたそうだ。二つの作品がどのように響き合っているか比較するため、合わせてお読みになってみるとおもしろいかもしれない。

原書で中国語の発音に則《のっと》った表記をしてある語には、原則として著者本人が指定した漢字を使用した（顧珊《グー・シャン》 Gu Shan など）。また、中国語を英語に直訳してある語（三杯《サンベイ》鶏《ジー》 three-cup chicken など）と、日本語に置き換えることが難しい中国特有の事物（童養《トンヤン》媳《シー》 child bride など）についても中国語を用いた。

中国の文化についても少し補足しておきたい。妮妮《ニーニー》の母親が娘たちを「借金取り debt collector」と呼んでいるが、これは中国の故事に出てくる討債鬼《タオヂャイグイ》という、借金を取り立てる亡霊のことを指す。

それから顧《グー》師が処刑の朝に粥を火にかけているとき、一粒の砂にも世界のすべてがある、とつぶやいていたのを憶えておられるだろうか。ここからウィリアム・ブレイクの「一粒の砂にも世界を……」（『ピカリング稿本』所収）で始まる詩を連想された方が多いと思うが、実はその世界観にも通じる「一沙一世　一塵一劫」という言葉から来ているそうだ。

作品中においしそうな食べ物がいくつも出てきて、気になった読者の方もおられることだろう。妮妮《ニーニー》が石炭をもらいに行く朝、山から下りてきた農民が売るために携えて来る「薄焼きパン」とは煎餅《ジエンビン》のことで、中国ではよく露店などで売られていて、朝食に好まれるようだ。また妮妮《ニーニー》の一家が処刑の朝に朝食として食べる「揚げパン」は油餅《ヨウビン》。見た目はお焼きのような食べ物で、小麦粉を練ったものを油で揚げてある。朝から部屋じゅうがいい香りに包まれていたはずだ。

凱《カイ》が姑から教わったという三杯鶏《サンベイジー》は伝統の家庭料理。醤油と酒とごま油で鶏肉を煮たもので、うっかりすると焦げつきやすい。また、清明節の前日の朝に八十《バーシー》が妮妮《ニーニー》のために用意した「豚の血の煮こごり」とは猪血凍《ヂューシュエドン》で、狗剰《ゴーシェン》が顧《グー》師の家に持参した「豚足の塩漬け」とは腌猪手《ヤンヂューショウ》だ。

それから歌について。批闘大会で渾江の人々がうたう『共産主義はよい』という歌は、実は『社会主義好』という中国では非常に有名な歌がモデルなのだそうである。インターネットのＹｏｕＴｕｂｅ《ユーチューブ》で「Socialism is good」と入力して検索するとたくさんヒットする。同様に『共産党がなければ私たちの暮らしはない』は『没有共産党就没有新中国』という歌がモデルで、「No Communist Party, No New China」と入力して検索すると出てくる。さまざまな登場人物の思いを想像しながら、試しにお聴きになってみてはいかがだろうか。

イーユン・リーの次作は二冊目の短編集になる予定で、その次の長編の構想もすでにスタートさせたそうだ。(3) 彼女には、前作の短編集に続いて本作の翻訳でも中国文化や言葉についていろいろ教えていただき、深く感謝している。ただし不備な点があれば、それは訳者の責任であり、もし詳しい方がお気づきの点をご指摘くだされば、大変ありがたく思う。

また、冒頭に登場するオーデンの詩の訳にあたっては、先達諸氏による優れた訳をお手本にさせていただいた。

本書の翻訳は、河出書房新社の木村由美子さんにお声をかけていただけなければ実現しなかったかもしれない。貴重なチャンスをくださった編集担当の木村さん、そして校正担当のみなさまに、この場をお借りして心より御礼申し上げます。

二〇〇九年十月

篠森ゆりこ

参考文献

(1) Li, Yiyun. "What Has That To Do With Me?" *The Gettysburg Review.* 16.2 (2003):185-194.

(2) Timberg, Scott. "Haunting memories." *latimes.com.* 15 Feb. 2009. 9 Dec. 2009. <http://articles.latimes.com/2009/feb/15/entertainment/ca-yiyun-li15>

(3) Benson, Heidi. "People on the edge intrigue writer Yiyun Li." *SFGate.com.* 19 Mar. 2009. 6 May 2009. <http://www.sfgate.com/cgi-bin/article.cgi?f=/c/a/2009/03/18/DD9P16CKAU.DTL>

(4) Warner, James. "I believe a writer writes to talk to his/her masters and literary heroes." *Identitytheory.com.* 7 May 2009. 8 Aug. 2009. <http://www.identitytheory.com/interviews/yiyun_li.php>

(5) Thompson, Bob. "Will Words Fail Her?" *washingtonpost.com.* 21 Dec. 2005. 10 Oct. 2009. <http://www.washingtonpost.com/wp-dyn/content/article/2005/12/20/AR2005122001748.html>

(6) Thomas, Louisa. "A Novel English Lesson." *newsweek.com.* 7 Feb. 2009. 10 Oct. 2009. <http://www.newsweek.com/id/183661>

(7) Gathman, Roger. "Chinese Gothic." *publishersweekly.com.* 8 Dec. 2008. 10 Oct. 2009. <http://www.publishersweekly.com/article/CA6620245.html>

文庫版によせて

このたび、短編集『黄金の少年、エメラルドの少女』文庫化の好評を受け、著者初の長編『さすらう者たち』もついに文庫化されることになりました。これも読者の皆さんのあたたかい後押しのおかげです。本当にありがとうございます。

本書が単行本として世に出てから早六年。すでにご存じの方も多いと思いますが、イーユン・リーの著書にはその後、短編集『黄金の少年、エメラルドの少女』、続いて長編『独りでいるより優しくて』が新たに加わりました。

前者には中国を舞台にした短編が九つおさめられています。孤独を抱える女たちの出会いと別れを、軍事教練を受ける若い主人公の目を通して描いた「優しさ」、代理母と実母の関係が意外な展開を見せる「獄」というO・ヘンリー賞受賞作二編を擁した、短編好きにはこたえられない一冊です。

そして後者の『独りでいるより優しくて』は、天安門事件直後に起こったある毒殺未遂事件を巡る高校生三人の心の傷と二十一年に及ぶ深い孤独を、中国とアメリカの二大国を舞台に、スリラーの要素を交えて描いた意欲作です。

実は、これを書いているいまから一ヶ月ほど前のこと、訳者は初めて著者にお会いする幸運に恵まれました。というのも東京国際文芸フェスティバルに参加するため、リーさんがご家族とともに来日したのです。滞在中、リーさんは二日連続でトークショーに参加し、その翌々日にはラジオ番組の収録といくつかの新聞取材を受け、その合間にご家族とともに観光もする忙しい一週間の日程をこなしたのでした（二日目のトークショーの内容は河出書房新社の『文藝』二〇一六年秋号に掲載されるそうですので、ご興味のある方はぜひ）。

実際にお会いした印象はと言いますと、知的で清楚で穏やかな佇まいや、誰にでもあたたかく接しながらも文学の話では目の奥に秘めた情熱をのぞかせるさまは、まさに作品から受けるイメージそのものでした。訳者はもちろん多くの関係者がファンになってしまいました。

ところで、以前から次は短編集を出すと公言していたリーさんでしたが、お会いしたときに尋ねてみましたら、長編を書き出したというお答えが返ってきました。彼女はトークショーで短編と長編を同時に書くことはしないと発言していましたから、次に刊行される本はどうやら長編小説ということになりそうです。また、これまでずっと中国人を描いてきましたが、そのこだわりについては変わってきて、最近は西洋人も書きたくなってきた、という趣旨の発言もありましたので、次の長編がどんな内容になるか改めて注目したいところです。

ただしその前に、初めてのエッセイ集の刊行が来年に控えています。これまで文芸誌や新聞などにしばしば優れたエッセイが掲載されてきましたが、今度のエッセイ集に収録されるのは多くが書き下ろしの作品になりそうです。いずれの新刊も、本当に楽しみです。

今回の文庫化にあたって大幅な改稿はおこなっていませんが、表記の訂正や言い回しの改善など細部の修正は施しました。この文庫化がきっかけとなって、より多くの皆さんと感動を分かち合えますように。そして、末永く愛読していただけますように。

末筆ながら、文庫化の実現にご尽力くださった河出書房新社の木村由美子さんに、篤く御礼申し上げます。

二〇一六年四月七日

篠森ゆりこ

この作品は二〇一〇年三月、小社より単行本として刊行されました。

さすらう者《もの》たち

二〇一六年 九 月一〇日 初版印刷
二〇一六年 九 月二〇日 初版発行

著 者 イーユン・リー
訳 者 篠森《しのもり》ゆりこ
発行者 小野寺優
発行所 株式会社河出書房新社
〒一五一―〇〇五一
東京都渋谷区千駄ヶ谷二―三二―二
電話〇三―三四〇四―八六一一（編集）
〇三―三四〇四―一二〇一（営業）
http://www.kawade.co.jp/

ロゴ・表紙デザイン 粟津潔
本文フォーマット 佐々木暁
本文組版 KAWADE DTP WORKS
印刷・製本 凸版印刷株式会社

Printed in Japan ISBN978-4-309-46432-9

イーユン・リー作品

黄金の少年、エメラルドの少女

篠森ゆりこ訳

現代中国を舞台に、代理母問題を扱った衝撃の話題作「獄」、心を閉ざした四十代の女性の追憶「優しさ」、愛と孤独を静かに描く表題作など、いずれも深い失望や喪失に苦しむ人々の心もようが切々と伝わる珠玉の短篇９篇。O・ヘンリー賞受賞作２篇収録。解説＝松田青子

河出文庫　ISBN978-4-309-46418-3

独りでいるより優しくて

篠森ゆりこ訳

一人の女子大生が毒を飲んだ。自殺か、他殺か、あるいは事故なのか。事件に関わった当時高校生の三人の若者は、その後の長い人生を、毒に少しずつ冒されるように壊されていく。中国の闇を背景に、犯罪ミステリーの要素も交えた傑作長編。

単行本　ISBN978-4-309-20675-2

河出書房新社